Drei Stufen ins Verderben

Heinrich Veh

Drei Stufen ins Verderben

Impressum

Die Deutsche Nationalbibliothek
Bibliografische Information der Deutschen Nationalbibliothek
Die Deutsche Nationalbibliothek verzeichnet diese Publikation in der Deutschen Nationalbibliografie; detaillierte bibliografische Daten sind im Internet über http://dnb.d-nb.de abrufbar.

Veh, Heinrich
Drei Stufen ins Verderben

Umschlaggestaltung: Storch Design, Lauf
Druck und Bindearbeiten: Scandinavianbooks
Fotos Umschlag: Alexander Biernoth, Ansbach

ISBN 978-3-942251-08-2

Für Erika

Sonntagnacht

Die Nacht lag kalt über der schlafenden Stadt Ansbach. Über ihren Dächern wölbte sich ein Himmel in herrlicher Klarheit. Die Sterne glitzerten silbern und warfen im Verein mit der fahlen Scheibe des Mondes ihr mattes Licht auf Straßen und Plätze.

Es war still. Wie ausgestorben wirkte der ganze Ort. Jetzt waren schnelle Schritte auf dem Kopfsteinpflaster zu hören.

Eine junge, schlanke Frau lief hastig über den gähnend leeren Karlsplatz, eilte die Karlstraße entlang und überquerte ängstlich nach rechts und links blickend den alten Durchgang in die sogenannte Neustadt. Ihre Schritte hallten überlaut in ihren Ohren wider.

Immer wieder blickte sie ängstlich um sich.

Hanna Kuhn konnte jeweils nur einen kleinen Ausschnitt des Himmels erblicken, als sie so durch die schmalen, finsteren Gassen der Innenstadt huschte.

Die Kälte fuhr ihr in Mund und Nase, durch Jacke und Pullover. Ihre Hände fühlten sich an, als wären sie in den dünnen Wollhandschuhen wie erstarrt. Sie merkte es kaum, denn ihr Herz schlug ihr bis zum Hals und ihre Gedanken jagten weit voraus.

Eine innere Stimme riet ihr dringend, sofort umzukehren. Aber der Gedanke, dem Ziel ganz nahe zu sein, siegte fortwährend über die Angst, die ihr wie ein Alb in der Brust drückte. Scharf atmete sie im schnellen Lauf. Ihr keuchender Mund stieß Wolken feuchten Atems aus. Sie trug eine geräumige Tasche in einer Hand. Die Tasche war leicht, denn sie enthielt nichts als eine Taschenlampe.

Jede dunkle Ecke, jede scheinbare Bewegung im tiefen Schatten hatte ihren Pulsschlag weiter erhöht.

Endlich sah sie jetzt den dunklen Klotz von Sankt Gumbertus vor sich aufragen. Die alte Fürstenkirche leuchtet tagsüber mit ihrer hellgrauen Fassade freundlich einladend. Nun aber wirkte sie auf die von Angst erfüllte Frau wie ein riesenhaftes, bedrohliches Ungeheuer, das lauernd auf sie wartete.

Hanna Kuhn nahm angesichts der geballten Drohung all ihren Mut zusammen und versuchte verzweifelt, alle furchtsamen Gedanken aus ihrem Kopf zu verbannen. Sie wollte nur das eine denken: In der Grablege der Markgrafen von Ansbach und deren Familienangehörigen wartete auf sie die Belohnung für alles ausgestandene Leid, für viele Ängste, der Ausgleich für zahllose Ungerechtigkeiten der vergangenen Jahre.

„Ich habe Mut", redete sie sich in einem fort zu. „Ich schaffe es!"

Als sie die nachtschwarze Chorwand der Kirche mit bangem Herzen umrundet hatte, sah sie vor sich die von einer nostalgisch gestalteten Laterne schwach erleuchtete niedrige Eingangstüre.

Die große Kirche mit den hoch angelegten Fenstern, deren Frontseite schwach beschienen wurde, wirkte auf Hanna merkwürdigerweise weniger beängstigend als manche Gemäuer, an denen sie eben vorbeigekommen war.

Dennoch spürte sie ihren Puls jagen. Sie ging mit weichen Knien zu der alten Tür. Ihre froststeife Hand fuhr in die Jackentasche und förderte mit einiger Mühe einen alten, großen Schlüssel hervor. Gehetzt sah sich Hanna nach allen Seiten um, bevor sie mit einiger Mühe in der Dunkelheit des eigenen Schattens das Schlüsselloch fand. Ihre Hand zitterte.

Als sie schließlich den Schlüssel im Schloss drehte, erschien ihr das knirschende Geräusch unerhört laut.

Der Riegel schnappte mit einem scharfen Laut zurück und gab den Eingang frei. Hanna blickte sich nochmals hastig um. Kein Laut, keine Bewegung auf dem kleinen, verschlafenen Platz neben der Kirche. Nur der Mond hoch oben schien sie mit seinen Riesenaugen zu beobachten, den Mund zu einem lautlosen Schrei geöffnet.

Hanna betätigte behutsam die Türklinke und drückte energisch gegen das alte Holz. Die Türe öffnete sich mit einem schwachen Scharren.

Sie schlüpfte schnell hinein. Sofort umfing sie ein dumpfer, modriger Geruch. Sie unterdrückte den aufkommenden Ekel und versuchte, innerlich zur Ruhe zu finden.

Diesen Raum mit seinem Deckengewölbe und der tausendjährigen Krypta hatte sie sich bei Tageslicht mehrmals gründlich angesehen. Nun stand er ihr deutlich vor Augen. Dem größeren Treppenabsatz, auf dem sie jetzt stand, folgten drei Stufen nach unten auf die Ebene mit den verschiedenartigen Särgen, in denen die verblichenen Mitglieder des Fürstenhauses, Männer, Frauen und Kinder, ruhten. In der Mitte dominierte ein in barocker Manier reich geschmückter, etwas protzig wirkender goldener Sarkophag. Auf seinem verzierten Deckel saßen zwei überlebensgroße kindlich gestaltete Engelsfiguren, sogenannte „Putti". Die beiden wirkten auf Hanna im schwachen Licht wie aufmerksame Wächter über diesen Prunksarg.

Zu ihm wollte sie.

Sie ließ die Türe hinter sich unverschlossen. Ihre Hand suchte und fand die kleine Taschenlampe in der Tasche. Sie knipste die Lampe hektisch an. Der dünne Lichtstrahl erfasste das Geländer und blieb einen Augenblick zitternd daran hängen, huschte dann nervös über die Oberfläche eines Sarges hin. Hannas Beine schienen nun ihren Dienst verweigern zu wollen und drohten unter ihr nachzugeben. Ihr Herz schlug im Stakkato.

Mit einer Hand fasste sie nach dem kalten, eisernen Geländer. Sie fand es im Dunkeln und umschloss es energisch. Es gab ihr Halt. Hanna stützte sich einen Moment ganz fest darauf. Ihr Atem ging jetzt stoßweise.

„Ganz ruhig", sprach sie sich ermutigend zu. „Gleich hast du es geschafft!"

Aber in ihrem Inneren spürte sie dauernd den starken Drang, sich umzudrehen und diesen grauenhaften Ort so schnell wie möglich zu verlassen. Statt zu fliehen, wandte sie alle Energie auf, um ihre Gedanken auf die bevorstehende Aufgabe zu projizieren.

Sie lenkte den Strahl der Lampe auf die Stufen und begann, sie zielstrebig hinabzusteigen.

Ihre Hand folgte dem Schwung des Geländers. Endlich hatten ihre Füße die untere Ebene erreicht. Als Nächstes richtete sie die Lampe auf den reich verzierten Sarkophag im Zentrum des Raumes. Seine Vergoldung leuchtete hell auf.

Hanna erkannte jetzt deutlich die überreichen Verzierungen und die beiden Engel, die mit trauernder Gebärde ein goldenes Schild mit dem Porträt des verblichenen Markgrafen in ihren Händen hielten.

Der tanzende Leuchtfinger ihrer kleinen Taschenlampe verlieh den Engelsgesichtern eine seltsame Lebendigkeit.

„Nur noch wenige Schritte!", redete sie sich zu.

Von Hanna unbemerkt saß zur gleichen Zeit im Haus gegenüber ein beleibter älterer Mann in seinem Lesesessel. Eine kleine Lampe leuchtete punktgenau auf die Seiten eines aufgeschlagenen Buches. Pfarrer Reinhard Schneider litt an einer schweren Herzkrankheit, die ihm manchmal den Schlaf raubte. Auch jetzt, aufrecht sitzend, fiel ihm das Atmen schwer. An eine erholsame Nachtruhe im Liegen wäre zu dieser Stunde absolut nicht zu denken gewesen. Er blickte mit müden Augen zur Uhr vor sich auf dem kleinen Tisch. „Lieber Himmel, fast zwei

Uhr. Ich bin so müde! Wie soll ich nur den morgigen Tag überstehen, mit dem Gottesdienst im Altenheim und den verschiedenen Gesprächen?“

Schneider sehnte sich in letzter Zeit mehr und mehr nach seinem bevorstehenden Ruhestand. „Wenn das Gesuch nur endlich durch wäre! Ich werde noch eine Tablette nehmen“, dachte er entschlossen. Der übermüdete Mann griff nach einem Glas mit Wasser und schluckte die bereitliegende Pille.

In diesem Moment meinte er, im Blick durch das Fenster nach draußen an der Tür zur Gruft eine schnelle Bewegung gesehen zu haben. Er sah noch einmal hin, konnte aber nichts erkennen. „Die Müdigkeit gaukelt dem Gehirn so manches vor“, resümierte er kopfschüttelnd.

Reinhard Schneider versuchte, sich wieder auf sein Buch zu konzentrieren, aber er war mittlerweile so müde, dass die Buchstaben vor seinen Augen tanzten.

Einen Moment die Augen schließen!

Vorher blickte er noch einmal kurz zum Fenster hinaus und gewahrte zu seiner Überraschung einen matten Lichtschein in der Gruft. Der Schein war nur eine gewisse Zeit zu sehen gewesen, gerade als er hingeschaut hatte. Dann sah er den Lichtschein im vergitterten rechteckigen Fenster wieder, diesmal ganz deutlich. Kein Zweifel war mehr möglich.

Sein Herz begann heftig zu schlagen. Dem Pfarrer war bewusst, dass ihn sein Arzt ernst ermahnt hatte, bei seinem angeschlagenen Gesundheitszustand jegliche Aufregungen zu meiden.

„Aber hier stimmt doch etwas nicht!“

Noch einmal sah er in der Grablege gedämpftes Licht aufstrahlen. „Das muss eine Taschenlampe sein. Einbrecher in der Gruft!“ Schwer atmend erhob sich der übergewichtige Mann und schaltete das Deckenlicht seines

Zimmers an. Ein schneller Griff nach dem Telefonhörer auf dem Schreibtisch. Seine Hände zitterten stark, als er die Tasten drückte.

Erst ein Freizeichen, ein-, zwei-, dreimal, dann eine energische Stimme: „Polizei Notruf!" Schneider schluckte schwer und meinte, keine Luft zu bekommen.

„Polizei, Notruf, hallo, wer ist da, bitte melden Sie sich!"

Jetzt gelang es Schneider, unter heftigem Schnaufen zu krächzen: „Hier Pfarrer Schneider, Sankt Gumbertus, Ansbach. Bitte schicken Sie einen Wagen zur Gruft hinter unserer Kirche. Ich habe Licht dort drinnen gesehen. Ich glaube, in der Gruft sind Einbrecher!"

Die Antwort kam prompt. Beruhigend erwiderte der Diensthabende: „Ich schicke Ihnen eine Streife, Herr Pfarrer, es kann allerdings eine gewisse Zeit dauern."

„Wie lange?", wollte Reinhard Schneider mit wachsender Unruhe wissen. „Zehn Minuten, eine Viertelstunde höchstens", kam die ermutigende Antwort.

„Gut, ich warte auf Ihre Leute vor der Gruft."

„Seien Sie bitte vorsichtig, Herr Pfarrer", kam es besorgt aus der Leitung. „Man kann nie wissen. Riskieren Sie nichts! Unsere Beamten sind gleich da."

„Ist gut, ich bin vorsichtig", entgegnete Schneider ungeduldig. „Beeilen Sie sich!"

Voll innerer Anspannung legte er den Hörer auf und hielt sich dann einen Moment schwer atmend am Schreibtisch fest. Schließlich siegte die Empörung in ihm über seinen Wunsch, einfach so stehen zu bleiben und nach Luft zu schnappen: „Das ist doch ein Schweinerei, mitten in der Nacht in die Gruft einzubrechen!"

Er stieß sich energisch vom Tisch ab, ging in den Flur und knipste entschlossen das Licht an. Die Hausschuhe schüttelte er einfach rasch von den Füßen und stieg zielsicher in seine wie gewohnt bereitstehenden Stiefel. Es schien ihm, als ging alles, was er tat, unendlich langsam. Keuchend zog Schneider den Reißverschluss seiner Stiefel hoch, dann musste er einen Moment innehalten.

Sein Herz schien sich in einen Hammer verwandelt zu haben, der von innen an seine Rippen schlug. Um ihn drehte sich alles, ihm wurde leicht übel. In seinem Rücken meldete sich ein Ziehen, das beständig anhielt und spürbar den rechten Arm vorzog.

Er hielt sich Halt suchend an der Wand fest. „Langsam, langsam! Erst einen Augenblick verschnaufen!"

Schneider lebte seit dem Tod seiner Frau vor drei Jahren als Witwer allein in der großen Pfarrwohnung.

„Ich sollte mir wirklich eine Haushälterin einstellen, die könnte ich jetzt rufen", schoss es ihm nervös durch den Kopf, aber er verdrängte den Wunsch schnell wieder mit dem unangenehmen Gedanken, welche Umstände ihm ein fremdes Wesen in seiner vertrauten Umgebung bereiten würde.

Eilig zog er sich seinen wollenen Wintermantel über, legte einen Schal um den Hals und fand zum Glück gleich den großen Schlüsselbund. Wie gut, dass er auf Ordnung achtete!

Kaum hatte er die Korridortüre aufgeschlossen, polterte der schwere Mann, so geschwind es ihm möglich war, die Treppe hinunter. Beim Öffnen der Haustüre traf ihn ein Schwall eiskalter Luft. Jetzt wurde ihm schlagartig klar, worauf er sich womöglich einließ, wenn er unbedacht handelte. Das konnte wirklich gefährlich werden.

Einen Moment blieb er zögernd im Schatten des Pfarrhauses stehen und wog hektisch sein weiteres Vorgehen ab. Einfach in die Gruft hineinzustürmen erschien ihm doch zu leichtsinnig. Er gehörte schließlich nicht zu einem SEK. Sein angeschlagenes Herz würde dabei nicht lange mitspielen. Unwillkürlich griff er sich an die Brust. Immer noch empfand er diesen Schwindel. Auch hatte sich das diffuse Ziehen im Rücken hin zum Arm verstärkt. Kein gutes Zeichen, wie er wusste.

„Morgen gehe ich zum Arzt", schwor er sich und schüttelte energisch Oberkörper und Arm. Das half zwar nicht viel, aber er war wieder bei der Sache.

„Ruhig stehen bleiben und beobachten, das ist meine Devise", mahnte er sich unschlüssig.

Dann gewann die Empörung in ihm doch die Oberhand. Er lief resolut ein Stück auf den Eingang der Gruft zu und rief dabei mit lauter Stimme: „Hallo, ist da wer in der Gruft?!"

Hanna hatte endlich ihr Ziel erreicht. Der goldene Sarkophag stand direkt vor ihr. Sie blickte ängstlich in die Gesichter zweier übergroßer Kinderengel. Trauernden Blickes schienen sie durch die zaghaft vor ihnen stehende Frau hindurchzublicken, hinein in eine andere, vergeistigte Welt. Hanna atmete stoßweise. Als ihr die unmäßige Aufregung in ihrem Inneren zum Bewusstsein kam, zwang sie sich zu etwas mehr Ruhe, um sich jetzt besser auf die diffizile Arbeit zu konzentrieren, die vor ihr lag.

Gerade hatte sie entschlossen ihren Arm gehoben, um mit der Arbeit zu beginnen, da hörte sie von draußen lautes Rufen, gleichzeitig nahm sie eine schnelle Bewegung hinter dem Sarkophag wahr.

Zutiefst erschrocken wollte sie den Arm mit der Taschenlampe hochreißen, um besser zu sehen, aber da war es schon zu spät.

Sie fühlte sich aus der Dunkelheit heraus hart an beiden Armen gepackt. Überraschung und Entsetzen hinderten sie daran, sich auch nur ein bisschen zu wehren. Ein Schrei blieb ihr im Hals stecken. Die Taschenlampe fiel ihr aus den Händen und knallte neben ihr auf den Boden.

Dann wurde Hanna mit großer Kraft herumgeworfen. Schließlich traf ihr Kopf hart auf die scharfe Kante des Flügels eines goldenen Engels.

Der zierliche Frauenkörper wurde sofort schlaff und von der angreifenden Person zu Boden geschleudert.

Diese knipste hektisch ihre eigene Taschenlampe an und rannte die Stufen zur Türe hoch.

Pfarrer Schneider wagte nicht, weiter zu laufen. Er wiederholte seinen Ruf noch einmal energisch, wie er fand.

Im Fenster leuchtete kurz ein Licht auf, dann hörte er aus der Gruft zuerst metallene, klirrende, dann scharrende Geräusche, schließlich ein Plumpsen.

Da waren offenbar mehrere Gegenstände auf den Boden gefallen. Kurz darauf ein Lichtstrahl in der Gruft, schnelle Schritte die Treppe herauf.

Vor Schneiders Augen flog die Grufttüre auf und knallte an die Wand. Eine schwarze Gestalt schoss auf den spärlich beleuchteten Platz heraus und hetzte in entgegengesetzter Richtung davon. Unwillkürlich hatte sich Schneider erschrocken in den Schatten der Wand gedrückt.

Nachdem ihn der Schreck zunächst wie versteinert hatte, kam er nun mühsam in Bewegung. Sein Drang, den Flüchtenden zu verfolgen, endete aber schon nach einigen Schritten. Eine unerbittlich aufsteigende Übelkeit brachte ihn zum Würgen. Alles drehte sich um ihn. Er versuchte, seine gewichtige Gestalt mit größtmöglicher Konzentration auf den Beinen zu halten, schaffte es nicht, taumelte ein paar Schritte und fiel schließlich mit einem dumpfen Geräusch zu Boden.

Eine Zeitlang blieb er hart würgend und hustend liegen. Als es ihm etwas besser ging, bewegte er mit pfeifendem Atem vorsichtig seine steifen Arme und Beine, prüfte Oberkörper und Nacken. Offenbar nichts gebrochen, nur der Arm, auf den er gefallen war, stach heftig.

„Das wird schon wieder", versuchte er sich zu beruhigen.

Sein Herz raste noch immer, alles tat jetzt weh. Er wartete, bis sich der Schwindel und die Übelkeit etwas gelegt hatten, dann rappelte er sich ächzend und mit schmerzverzerrtem Gesicht mühsam hoch.

„Wann kommt denn bloß die Polizei?"

Im Stehen probierte er nochmals seine Beine. Sie fühlten sich seltsam instabil an. Trotzdem nahm er jetzt Kraft und Mut zusammen und bewegte sich, immer noch leicht schwankend, ganz vorsichtig auf die offene Türe der Gruft zu.

Drinnen lautlose Stille. Der Raum hinter dem Eingang wirkte drohend in seiner völligen Schwärze.

„Das Licht an!", kommandierte eine energische innere Stimme im Kopf des Pfarrers. Er tastete mit den zitternden Fingern um den Türpfosten und fand den Schalter. Hell wie ein Scheinwerfer beleuchtete die sonst eher schummrige Deckenleuchte die schockierende Szene, die sich seinen vor Schreck geweiteten Augen darbot.

Pfarrer Schneider stockte der Atem, als er die bewegungslos auf dem Boden liegende Frau sah. Entsetzt nahm er all das Blut war. Wie ein Heiligenschein hatte es sich rasch um Hannas Kopf ausgebreitet.

Dieser Anblick war zu viel. Schneider fühlte seine Beine nachgeben, etwas griff nach seiner Brust und presste sie hart zusammen. Ihm wurde schwarz vor Augen. Er verlor das Bewusstsein.

So konnte er das Polizeiauto nicht mehr wahrnehmen, das schnell heranpreschte und scharf neben ihm bremste.

Polizeihauptwachtmeister Gruner riss, kaum dass das Auto zum Stehen gekommen war, den Wagenschlag auf und sprang heraus. Sein Kollege hatte inzwischen den Funkkontakt zur Inspektion hergestellt. „Markgraf elf am Einsatzort Gruft Sankt Gumbertus angekommen."

Gruner hatte sich zu dem am Boden Liegenden hinabgebeugt und schüttelte ihn: „Hallo, was ist los mit Ihnen?" Reinhard Schneider bewegte sich nicht.

Er wandte sich dem Kollegen zu: „Ruf den Notarzt!"

„Vor der Gruft von Sankt Gumbertus leblose Person. Erbitte Notarzt und Verstärkung!"

Gruner hob den Kopf und blickte in die Gruft. Erschreckt sah er die blutende Frau am Boden.

„Komm her, da drinnen liegt eine Frau, sie ist verletzt. Gib das durch. Ich gehe rein, sichere mich von oben!"

Sofort zog er seine Dienstwaffe, sprang die Treppenstufen hinab, duckte sich hinter einen Sarkophag und sah sich vorsichtig um. Der oder die Täter waren vielleicht noch in der Gruft.

Im Türrahmen oben erschien kurz die Silhouette seines Kollegen, der ebenfalls mit der Waffe in der Hand in Deckung ging.

Gruner schlich gebückt und aufmerksam lauschend um den Sarkophag. Vor der Frau blieb er stehen und berührte ihren Arm. Keine Reaktion, aber sie lebte noch. Der Polizist brachte sie ganz vorsichtig in die stabile Seitenlage.

Er musste den Raum durchsuchen. Entschlossen wandte er sich ab. Alles andere war Sache des Arztes.

Behutsam nach allen Seiten sichernd, ging er langsam seitwärts und fing an, Schritt für Schritt den Raum mit den vielen Särgen abzusuchen, doch der war – abgesehen von der bewusstlosen Frau – leer.

Einige Zeit später hörte er, wie auf dem Platz vor der Gruft mehrere Autos nacheinander zum Stehen kamen. Blaulichter blitzten in die Gruft und verliehen der Grabkammer etwas ganz Unwirkliches. Nun konnte er verschiedene Stimmen von oben hören. Er vernahm hastig hervorgestoßene Kommandos, dann stürmten weitere Polizisten mit schussbereiten Pistolen die Stufen herab.

Auf ein Signal zum Eingang hin kam ein Notarzt mit einigen Sanitätern im Gefolge hastig die Treppe herunter. Mit geübten Griffen suchte der Arzt nach dem Puls der Frau.

„Sie lebt, wir müssen sie vorsichtig zum Wagen bringen. Vermutlich Schädelbasisbruch!"

In einem zweiten Krankenwagen lag bereits Reinhard Schneider und war von einem Arzt erstversorgt worden. Er hatte seine Herzattacke überlebt, lag jedoch in tiefer Bewusstlosigkeit.

Montagabend

Am Abend des nächsten Tages fand eine eilig einberufene Krisensitzung des Kirchenvorstandes von Sankt Gumbertus statt. Den Vorsitz hatte gemäß den kirchlichen Richtlinien Herr Dekan Ernst Hase übernommen.

Seit zwei Jahren in diesem Amt, hatte Hase gelegentlich Mühe, sich in seiner anspruchsvollen Aufgabe zurechtzufinden. Deshalb versuchte er, sein ab und zu auftretendes Gefühl von Überforderung mit einem betont würdigen Auftreten zu kaschieren.

Das hatte in den Gemeinden seines Dekanates einen alten Kalauer wieder zum Leben erweckt. Hinter vorgehaltener Hand murmelte man sich immer wieder grinsend zu: „Aus Spaß wurde Ernst und der ist jetzt leider unser Dekan." Und auch an diesem Abend machte er seinem Vornamen wieder alle Ehre.

Er hatte seine Stirn in mehrere horizontal verlaufenden Falten gelegt, als er die Sitzung eröffnete. Zehn erwartungsvolle Augenpaare blickten ihm entgegen.

„Meine Damen und Herren des Kirchenvorstands, liebe Schwestern und Brüder!"

Kurz und bedeutungsschwanger hielt er einen Moment inne und fuhr dann einen Ton tiefer fort: „Gestern ist in Sankt Gumbertus eine furchtbare Tat geschehen. Wir sehen uns vor manche Rätsel gestellt und fragen uns: Warum geschah diese Tat? Wer ist die Frau, die – wie wir wissen – im Krankenhaus zwischen Leben und Tod schwebt und von der wir lediglich erfahren haben, dass sie Hanna Kuhn heißt? Ob sie jemand in Ansbach kennt, wo sie wohnt, das alles wissen wir noch nicht."

Schwer atmend und sichtlich bedrückt stellte er weitere rhetorische Fragen, dabei zog er die Schultern hoch und breitete seine Hände aus: „Wer war der Täter und welches Ziel verfolgte er? Woher hatten beide Eindringlinge den Schlüssel zur Gruft? Wie wird es mit dem lieben Bruder Schneider weitergehen, dessen Leben – Gott sei Dank! – gerettet ist? Fragen über Fragen! Die Polizei wird das Ihre tun, um den mysteriösen Vorgang zu klären."

Nach diesen Worten verdrehte er gequält die Augen, klappte nach vorne in sich zusammen und rief pathetisch: „In dieser Stunde lasst uns aber Herz und Sinn sammeln und beten."

Das sehr ausführliche Gebet beendete Hase mit einem überlauten „Amen!". Die Kirchenvorsteher stimmten mehr oder weniger kräftig ein.

Glasermeister Meier legte sofort los, damit ihm niemand zuvorkam. Er fing an, in breitem Fränkisch zu reden, bevor die anderen noch Gelegenheit hatten, Luft zu holen: „Heut früh, als ich des ghört hob, denk ich mir: Des derfs doch net geben! Etz hommer erscht den erwischt, der dauernd unsern Opferstock ausgräumd hod, und etz des scho widder! Wo soll denn des nu hinführn?" Bebend und mit erhobenen Händen fuhr er fort: „Mir sind scho gesdroft! Etz hommer a kann Pfarrer mehr. Wos song denn dou die Leut dazu? Do kommer doch blous nu hoffn und bedn. Lasset uns beten!"

„Nein, bloß nicht dauernd beten!", rief Frau Schwalbe mit schriller Stimme. „Gerade eben haben wir doch gebetet, ich finde, das langt jetzt wirklich. Wir müssen etwas tun!"

„Was redest du denn da?", wurde sie von Frau Stahlheimer mit ablehnend erhobenen Händen angefahren. „Ich möchte wissen, was WIR da tun könnten? Die Aufklärung eines solchen Falles liegt in den Händen der Polizei, das sind die Fachleute, doch nicht wir!"

„Also Annemarie", keifte die Schwalbe zickig zurück, „jetzt kennen wir uns schon seit dem Kindergarten, aber dass du einen solchen Schwachsinn redest, erstaunt mich immer wieder." Dann warf sie die Hände in die Luft und rief dabei: „Die Polizei, die Polizei! Und dazu noch die Ansbacher Polizei! Was die schon tun! Als Chefsekretärin des Oberstaatsanwalts könnte ich da Sachen erzählen, da kämt ihr aus dem Staunen nicht mehr heraus. Aber ich unterliege ja der Schweigepflicht."

Und dann kreischte sie plötzlich mit schriller Stimme los: „Ein Rechtsanwalt muss her! Ein guter Rechtsanwalt, der unsere Interessen vertritt!"

Oswald Nothnagel stimmte ihr heftig kopfnickend zu: „Die Überstunden für unsere Putzfrau sind uns teuer genug zu stehen gekommen. Die wollte das ganze Blut nicht einfach für den üblichen Lohn wegmachen. Eigentlich unverschämt, was die sich erlaubt hat zu verlangen!"

Er keuchte richtig vor Empörung und seine zur Blässe neigende Gesichtsfarbe wechselte mehr und mehr ins Kalkweiß. Wie ein übereifriger Streber erhob er dann seinen Finger und schwenkte ihn in der Luft herum: „Ich habe gründlich in den Personenstandsakten nachgesehen. In Ansbach ist keine Hanna Kuhn in dem mutmaßlichen Alter verzeichnet."

Nach diesem wichtigen Einwand lehnte sich Nothnagel mit betont besorgter Miene in seinem Stuhl zurück. Dann schoss er jedoch unerwartet so heftig von seinem Stuhl hoch, dass dieser gefährlich ins Wanken geriet. Jetzt erinnerte er mit seinem abermals erhobenen Zeigefinger an einen Propheten des Alten Testaments, der dem Volk das Strafgericht Gottes verkünden muss; also wie ein bleiches, dünnes Gespenst eines Unheilspropheten sah er aus, um genau zu sein.

Mit einer müden Handbewegung erteilte der Dekan Oswald Nothnagel noch einmal das Wort, als der seine Hand in die Luft reckte und sich dabei vor lauter Eifer vom Stuhl erhob: „Das muss ich euch allen eindringlich sagen: Es tut unserer Gemeinde gar nicht gut, wenn dauernd so peinliche Sachen bei uns passieren", japste er. „Als Kirchenpfleger und damit für die Gelder zuständig, bin ich sowieso sehr besorgt über den ständigen Rückgang der Spenden und Einlagen. Allein im letzten Jahr hatten wir zweitausend Euro weniger an Einnahmen als im Vorjahr. Ich erinnere an unsere laufenden Personalkosten und rückläufige Kirchensteuereinnahmen auf Landesebene. Wir haben noch die eine oder andere Investition zu tätigen in diesem Jahr, das wisst ihr. Also ich weiß nicht, wie das weitergeht. Jeder macht hier, was er will, und jetzt fällt auch noch der Pfarrer aus, der sowieso nicht voll einsatzfähig war bisher. Ich weiß nicht, wie lange ich das alles noch mitmache!"

Nothnagel, der ein gutes Gespür dafür hatte, was gerade Mehrheitsmeinung war, rief zum Abschluss seiner Rede mit vor Dramatik vibrierender Stimme in die Runde: „Wir fahren diese Gemeinde noch an die Wand, wenn wir so weitermachen! Und wer ist schuld daran?"

Auf diese Frage wusste nun niemand sofort eine Antwort. An den konzentrierten Gesichtern sah man jedoch, wie es in den Gehirnen der Damen und Herren heftig arbeitete. Jemand musste doch an all dem schuld sein – oder nicht?

Eigentlich hatte man sich bisher immer schnell auf den Pfarrer einigen können: „Lasch, unbegabt, faul, bequemer Bürokrat, ahnungsloser Traumtänzer, versteht von nix was, und so weiter", aber jetzt war er so krank und schließlich empfanden sie sich doch als gute Christen. Da kann man doch nicht ...

So richtete sich der Blick aller gleichzeitig auf den Dekan. Der war eine Spur blasser geworden und hob instinktiv abwehrend die Hand. Sein ängstlicher Gesichtsausdruck erinnerte an einen ertappten Fünfjährigen.

Die angsterfüllte Haltung des Herrn Dekans stand augenblicklich in einem merkwürdigen Widerspruch zu seiner recht wuchtigen Figur und dem eindrucksvollen Haupt mit dem kurz geschnittenen grauen Haar, das die Erscheinung sozusagen krönte.

„Liebe Schwestern und Brüder", sagte er ein wenig zaghaft, „mir scheint, wir sind mit unseren Überlegungen in einer Sackgasse angekommen. Ich werde jedenfalls am nächsten Sonntag den Gottesdienst in Ihrer Kirche selbst halten und in meiner Predigt die Dinge aufklären."

Mit dieser hoffnungsfrohen Zusage entlockte er den Anwesenden ein anerkennendes Kopfnicken. So fuhr er eilig fort: „Eine Vertretung für Bruder Schneider wird sich finden. Meinen Kollegen wird es eine Ehre sein einzuspringen, wenn tatsächlich Not am Mann ist."

Diesmal erntete er sehr skeptische Blicke.

Schnell fügte er hinzu: „Ähem, da fällt mir ein, dass Sankt Johannis demnächst einen Vikar bekommt. Ich will mich dafür einsetzen, dass dieser junge Mann zunächst in Ihrer Gemeinde Dienst tun könnte."

Jetzt reichte es Frau Stahlheimer aber endgültig. Empört fuhr sie hoch: „Einen Vikar, auch das noch! Vielleicht einer, der von nichts und niemand eine Ahnung hat?" Sie sah mit ihren runden, dunklen Augen verzweifelt in die Runde.

„In Sankt Johannis ist die Kirche am Sonntag gut besucht, bei uns ist nichts los, das macht mich ganz traurig."

Ihre Stimme war vom Lautstark ins Weinerliche gekippt und alle erwarteten gespannt, ob sie gleich in Tränen ausbrechen würde.

„Lass gut sein, Annemarie!", wandte Eveline Schwalbe ebenso lässig wie scharfzüngig ein: „Wir haben einfach Pech mit diesen geistlichen Herren übereinander."

Dann fuhr sie überraschend geschäftig fort: „Sorry, ich muss mal für kleine Königstigerinnen!" Sprach's, sprang auf und lief eilig Richtung Ausgang. Die Anwesenden schauten verdutzt wegen ihres überraschenden Schnellstarts.

Die meisten der Herren schielten ihr auch hinterher. Ihre Mienen spiegelten wider, was sie sich dachten: tolles Haar, klasse Klamotten, klasse Figur, super Beine! Alle Achtung. Ja, alles recht interessant, wenn sie nur nicht so eine furchtbar schnippische, arrogante Zimtzicke wäre!

Einige Mitglieder des Kirchenvorstands hatten bisher beharrlich geschwiegen. Das war ganz normal. Es waren in der Regel immer die selben, die kaum den Mund aufmachten. Aber am Ende stimmten sie jedoch brav im Sinne der Mehrheit ab. Auch gut!

Eveline Schwalbe kam überraschend schnell wieder zur Saaltüre herein. Sie gestaltete ihren Auftritt wie üblich etwas originell. Nachdem sich die Türe hinter ihr geschlossen hatte, stellte sie sich hin, wartete ein, zwei Wimpernschläge, bis alle auf sie aufmerksam geworden waren. Dann gähnte sie demonstrativ und rieb sich umständlich die Augen. Mit einem Schwung hob sie schließlich den Arm und sah auf ihre Armbanduhr. „Uaa“, machte sie. „Ist das heute schon wieder spät. Ich glaube, ich geh jetzt heim. Mir langt es!“

Dekan Ernst Hase schaute sie alle perplex an. Als er sich von seinem Erstaunen erholt hatte, sagte er mit einer ausladenden Handbewegung salbungsvoll: „Liebe Brüder und Schwestern, ich bedanke mich herzlich für den überaus lebhaften Meinungsaustausch am heutigen Abend. Ich glaube, wir können nun langsam zum Ende unserer Sitzung kommen. Möge Gott uns Rat und Weisheit und Hilfe in diesen schweren Tagen zukommen lassen. Wir singen zum Schluss noch ein Kreuz- und Trostlied.“

Dienstagvormittag

Der folgende Tag brachte eine überraschende Wetterwende. Nach einer längeren Kälteperiode schien endlich der Frühling anzubrechen. Es wehte ein laues Lüftchen und die Sonne schien warm vom blauen Himmel.

Hauptkommissar Wolfgang Sperber konnte zum ersten Mal in diesem Jahr genüsslich eine seiner Lieblingsbeschäftigungen pflegen.

Er liebte es, vor einem Café in der lebhaften Fußgängerzone von Ansbach zu sitzen, in Ruhe einen guten Cappuccino zu trinken und dabei die vorbeikommenden Passanten zu betrachten. „Dabei könne er am besten nachdenken“, sagte er immer, wenn er darauf angesprochen wurde. Somit war dieses Kaffeetrinken gewissermaßen eine wichtige dienstliche Handlung.

Er hatte sich heute Morgen zwar vorsichtshalber einen warmen Mantel angezogen, aber die Sonne schien schon recht kräftig, sodass es ihm schnell warm wurde und er seinen Mantel ausziehen konnte.

Früher hatte er bei dieser Gelegenheit auch immer genussvoll ein oder zwei Zigarillos geraucht, aber in letzter Zeit war er mehr und mehr auf seine Gesundheit bedacht. Mit vierundfünfzig war das hoffentlich noch nicht zu spät.

Seine Frau, Julia, gertenschlank, sportlicher Typ im Gegensatz zu ihm, war seit langem auf dem totalen Gesundheitstrip und hängte ihn bei Bergwanderungen regelmäßig ab.

So nahm er sich bei solchen Gelegenheiten jedes Mal fest vor, von nun an mehr für seine Fitness zu tun, weniger Bier zu trinken, auf die heiß geliebte Schokolade zu verzichten und was der Grausamkeiten mehr waren.

Sperber war an diesem Morgen in ungewöhnlicher Weise tatsächlich hoch konzentriert mit dienstlichen Gedanken beschäftigt.

Der mysteriöse Fall in der Kirchengruft ließ ihm keine Ruhe. Nirgendwo ein greifbarer Hinweis.

Die Spurensicherung hatte zwar alles Mögliche gefunden; jede Menge Haare und Fasern und überall Fingerabdrücke. Das war aber schließlich kein Wunder, täglich kamen mehr oder weniger große Besuchergruppen, um die Gruft zu besichtigen. Alles wurde genau angeschaut, auch mit den Händen.

Auf einer Taschenlampe, die zusammen mit einer großen Tasche am Boden lag, fand man lediglich die Fingerabdrücke des Opfers.

Das alles zusammen warf mehr Fragen als Antworten auf. Wer war diese Frau? Woher kam sie? Alle Nachforschungen waren bisher ergebnislos. Sie hatte keinerlei Papiere bei sich und wäre nicht in ihrer merkwürdigen, altmodischen Jacke ein verwaschenes Namensschild gefunden worden, auf dem kaum noch leserlich „Hanna Kuhn“ stand, wüsste man auch keinen Namen von ihr. Der Polizeicomputer hatte weder zum Namen noch zu den Fingerabdrücken etwas ausgespuckt.

Mittlerweile hatte die Zeitung auf seine Veranlassung hin unter einem sensationsbetonten Artikel ein Bild der Verletzten abgedruckt:

„Wer kennt diese Frau und kann Auskunft über ihren bisherigen Aufenthaltsort geben?“, stand darunter.

Im Krankenhaus hatte man ihm mitgeteilt, sie sei zirka dreißig Jahre alt und – so weit man das bisher beurteilen konnte – vor ihrer Verletzung bei bester Gesundheit gewesen.

Die Frau lag in einem künstlichen Koma. Niemand konnte ihm derzeit verbindlich sagen wie lange. Der harte Aufschlag auf den Engelsflügel hatte bittere Folgen. Die klaffende Kopfwunde war, trotz des großen Blutverlustes, nicht das größte Problem, sondern dass sich der Verdacht auf einen Schädelbasisbruch als eine heikle Tatsache erwiesen hatte. Der zugezogene Neurologe wollte sich in Bezug auf die Überlebens- und Heilungschance vorsichtshalber noch nicht festlegen.

Ihr gepflegtes Äußeres und die Qualität ihrer Kleidung wiesen, abgesehen von der sehr einfachen, altmodischen Jacke, darauf hin, dass sie offenbar in guten Verhältnissen lebte. Vielleicht konnte die Kleidung doch noch Hinweise liefern. Gottfried Arpogaus von der Spurensicherung bemühte sich gerade intensiv darum herauszufinden, wo sie gekauft worden sein könnte.

Sperber grübelte über seiner Kaffeetasse: Was wollte diese Person nachts in der Gruft? War da vielleicht noch etwas, das sie alle miteinander übersehen hatten?

Die Spurensicherung hatte alles akribisch abgesucht. Unzufrieden waren sie abgezogen. An der Spitze ihr grantiger Chef Arpogaus; der ihm beim Verlassen der Grablege zugeknurrt hatte: „Nix zu finden! Außer Spesen nichts gewesen!"

Der gemütlich wirkende Hauptkommissar, der jedoch sehr ungemütlich werden konnte, wenn es nötig war, forschte konzentriert weiter in seinen geistigen Aufzeichnungen herum.

Wer war diese obskure Person, die sich gegenüber der Frau so rabiat gezeigt hatte? Was wollte der oder die um diese Zeit in der Gruft? Woran waren beide interessiert gewesen? Es sah penetrant danach aus, als wollte dieser rätselhafte Täter, die schwarze Gestalt, die sich nach dem Anschlag auf die Frau so schnell davongemacht hatte, etwas Bestimmtes verhindern. Aber was?

Es gab keine ordentliche Beschreibung vom anderen Einbrecher. Jeder Erwachsene könnte das gewesen sein. Verflixt, das war wohl die berühmte Nadel im Heuhaufen. Der Pfarrer, einziger Zeuge der Tat, war bei all dem keine echte Hilfe. Er war die Tatzeit über fast ausschließlich mit sich selbst beschäftigt gewesen. Den Täter hatte er jedenfalls nicht erkannt. Auch die Herkunft der Gruftschlüssel, mit der die beiden Akteure die uralte, schwere Türe zur Gruft geöffnet hatten, konnte bisher nicht geklärt werden. Vom kirchlichen Personal vermisste sie keiner, das beteuerten sie zumindest. Alle schworen Stein und Bein, ihren Schlüssel niemandem überlassen zu haben. „Irgendetwas stimmte da nicht", sagte ihm seine Spürnase. Sperber nahm sich vor, denen nochmals gründlich auf dem Zahn zu fühlen.

Er nahm einen tiefen Schluck aus der Kaffeetasse, um seine Konzentration zu verstärken.

Mit einer Hand winkte er der hübschen blonden Bedienung, damit sie ihm noch einmal eine Portion des weißgeschäumten Göttertrankes bringen sollte. Lissi und er waren ein eingespieltes Team. Sie wusste natürlich sofort, was der gemütliche Stammgast mit seinem Winken meinte. Mit einem kurzen, verständnisvollen Kopfnicken schwirrte sie ins Innere des Lokals Richtung Theke.

Sperber resümierte weiter vor sich hin. „In solch einem Fall musste man einfach mit Geduld und Beharrlichkeit weiterermitteln, das wird schon werden, ist doch immer geworden, na ja, fast immer zumindest", sprach er zu sich, um sein Selbstvertrauen zu stärken. Er hoffte, „Kollege Zufall" würde, wie schon so oft, dabei eine wichtige Rolle spielen.

Nach all den ermutigenden Gedanken wiegte er, dann doch von leichtem Zweifel geplagt, den Kopf. Er wusste, ein Problem lauerte förmlich auf ihn. Es trug das herzlich unsympathische, längliche Gesicht des manchmal penetrant übereifrigen Chefredakteurs des „Ansbacher Tageblattes", Herbert Mostrich, mit seinen fahlen Wangen und den ständig halb geschlossenen Schlitzaugen, hinter denen glitzernde Pupillen ständig auf der Lauer zu liegen schienen. Bei manchen Gesprächen war sich Sperber wie das sprichwörtliche Kaninchen vor der giftigen Otter vorgekommen. Scheußlich dieser Typ, bei dem er den Eindruck hatte, dass sich Geifer hinter dem meist zusammengekniffenen Damm seiner dünnen Lippen aufstaute, um sich dann wie eine Fontäne in einen Computer zu ergießen, der den aufgesammelten Mist mittels Zeitungspapier über die ganze Stadt streute. Bei diesem anschaulichen Bild schauderte der erfahrene Polizist merklich.

Die helle Stimme der Bedienung ließ ihn überdies zusammenfahren: „Doch noch ein wenig kühl, gell? Vielleicht sollten Sie den Mantel anziehen! Jetzt trinken Sie erst mal den heißen Kaffee, der hilft auch gegen die innere Kälte."

Er hatte das Kommen von Lissi gar nicht bemerkt, so sehr war er in seinen negativen Gedanken versunken gewesen. Sperber gab sich einen Ruck, nickte der Bedienung lächelnd zu und trank erst einmal vom verführerisch duftenden Cappuccino. Daraufhin verfiel er dann doch wieder in die Grübelei.

Ein nerviger Gedanke drängte sich förmlich auf: „Wie lange wird es dauern, bis all die anderen informationsgierigen Medien härtere Bandagen anlegen. Spitzen in der bisherigen Berichterstattung waren nicht zu übersehen gewesen. Mostrich schoss, immer vorneweg, bereits über die Grenze der seriösen Berichterstattung hinaus. In seinem heutigen Kommentar zum Bericht über den Tathergang ging es schon richtig zur Sache: ‚Wieder einmal lässt die Polizei verlauten, sie tappe im Moment völlig im Dunkeln. Diesen Satz kennt man von ihr schon zur Genüge aus anderen Fällen. Es drängt sich die Frage auf, warum sich die Ordnungshüter unserer Stadt wieder einmal so lange bedeckt halten. Die Öffentlichkeit hat ein Recht auf Information! Oder verbirgt sich hinter der Wand des Schweigens vielleicht schlichte Unwissenheit? Die Bürger unseres Gemeinwesens sind beunruhigt. Es drängt sich die Frage nach der Sicherheit in unserer Stadt auf.‘“

Sperber seufzte. „Wunder dauern eben ein wenig länger.“ Schade, dass er das Rauchen aufgegeben hatte. Jetzt könnte er ein Zigarillo gebrauchen.

Er sah die Straße hinab. Sein Blick erfasste seinen jungen, hoch aufgeschossenen, schlaksig wirkenden Kommissar, der in Jeans und Lederjacke auf Turnschuhen eilig herantrabte. Die Haare standen ihm, wie gewöhnlich, wuschelig vom Kopf ab. Seine Eltern hatten ihm bei seiner Geburt den Namen Karl-Otto Grollmisch verpasst. Der kleine Karl-Otto hatte als Kind unter diesem Namen, der mit größter Wahrscheinlichkeit auf seine beiden Paten Karl Grollmisch und Otto Frauenschläger zurückzuführen war, schrecklich gelitten. Freunde nannten ihn schließlich in barmherziger Weise „Karlo", das entsprach ihm sehr. (Wobei sich der literarisch gebildete Leser natürlich sofort an „Kater Carlo" aus der „Micky Maus" erinnert fühlt. Aber erstens wird der mit „C" geschrieben und zweitens ließ sich dieser Typ keinesfalls mit Karl-Otto Grollmisch vergleichen.)

Karlo Grollmisch näherte sich seinem Chef, Wolfgang Sperber, fast im Laufschritt. Sein immer widerspenstiges Haar hatte er auch an diesem Tag versucht, mit Gel zu bändigen. Was den Spöttern unter den Kollegen Anlass genug war, ihn hinter vorgehaltener Hand „Karl-Otto der Glänzende" zu nennen. Offen ausgesprochen hätte das manchem nicht eben zu seinem Glück verholfen, denn damit hätte er gleich zwei wunde Punkte bei dem jungen Kommissar berührt und dieser hatte bekanntermaßen den schwarzen Karategürtel.

Als Karlo nun schließlich bei Sperber angekommen war, stieß er die Atemluft demonstrativ aus. Dann sagte er mit Kopfschütteln und leichtem Tadel in der Stimme: „Chef, dein Handy ist anscheinend nicht an, darum musste ist selber kommen. Der Boss verlangt dringend nach dir. Ich würde sagen dicke Luft wegen der Gruftgeschichte. Er hat dem Fall übrigens einen Namen geschenkt: Fall ‚Flügelschlag'. Und er macht keinen Hehl daraus, dass er stinksauer ist wegen des Kommentars in der Zeitung."

Sperber fühlte sich in seinen trüben Vorahnungen bestätigt, ließ sich jedoch äußerlich nicht aus der Ruhe bringen. Zunächst hob er beschwichtigend die Hände: „Karlo, jetzt sei um Himmels willen nicht gleich aus dem Häuschen. Chef! Boss! Wenn ich das schon höre!" Er verdrehte gequält die Augen. „Ich sitze hier und denke gerade über alles nach. Außerdem hat Lissi mir noch diesen Kaffee gebracht, den möchte ich jetzt auch in Ruhe trinken."

Ungeduldig stieß er hervor: „Und jetzt setz dich schon her, damit du nicht auch noch einem Flügelschlag zum Opfer fällst. Ich lade dich zu einer Tasse ein. Unser verehrter Dienststellenleiter wird sich schon wieder beruhigen. Jetzt trinken wir erst mal den Kaffee."

Wie Sperber unschwer feststellen konnte, teilte Kommissar Karlo Grollmisch diesen gespielten Optimismus seines Vorgesetzten gerade nicht. Er ließ sich zwar auf einen Stuhl neben Sperber fallen, rutschte dann darauf aber ständig aufgeregt herum. Schließlich rang er sich die Worte ab: „Irgendetwas müsste jetzt schon passieren, sonst kriegen wir Feuer unterm Hintern, befürchte ich."

„Karlo, ich bitte dich! Es passiert doch etwas!", entgegnete Sperber seinem Gegenüber energisch. „Unser allseits anerkannter Kriminaltechniker Gottfried Arpogaus forscht wegen der Kleidung. Wir warten gespannt auf eine Reaktion nach der Bildveröffentlichung in der Zeitung. Heute Nachmittag werden wir das Personal von Sankt Gumbertus wegen der Schlüssel nochmals befragen. Von irgendwem müssen die Gruftschlüssel doch in die Hände der beiden Akteure gelangt sein. Wir finden das alles heraus. Aber du weißt doch, Rom ist auch nicht an einem Tag erbaut worden. Wir dürfen uns jetzt bloß nicht verrückt machen lassen."

Lissi fegte derweil mit Schwung und Eleganz an den Tisch der beiden heran und machte Karlo gleich schöne Augen. Dieser erwiderte den Annäherungsversuch seinerseits mit einem breiten Grinsen. Sperber bemerkte das natürlich. „Noch mal so jung sein wie die beiden Hübschen", schoss es ihm ein wenig neidisch durch den Kopf.

„Bring meinem Kollegen einen Cappuccino, Lissi, und bitte auch die Rechnung. Wir zahlen gleich." Das appetitliche Geschöpf nickte und widmete Karlo ein weiteres holdes Lächeln. Dann wirbelte sie ins Innere des Cafés. Karlos Augen folgten ihr sehnsuchtsvoll auf dem Fuß. Er seufzte vernehmlich. „Karl-Otto, du bist im Dienst!", tadelte Sperber spaßend und erhob mahnend den Zeigefinger.

Karlo fühlte sich ertappt und errötete sogar ein wenig. Er grinste jedoch schon gleich wieder wie ein angeheitertes Honigkuchenpferd, als Lissi ihm flink die Tasse Cappuccino hinstellte.

Sperber reichte Lissi zehn Euro und bekam von ihr das Wechselgeld heraus. Das Trinkgeld nahm sie dankend entgegen und warf dabei immer wieder einen verstohlenen Blick auf Karlo, dessen Haar dadurch noch mehr zu glänzen schien. Oder waren es nur seine Augen, die so wundersam aufleuchteten? Als sie gegangen war, sagte Karlo, nach wie vor wie betrunken grinsend: „Chef, deine Idee mit dem Nachdenken beim Kaffee finde ich genial. Ich glaube, das mache ich in Zukunft auch öfter."

„Hoffentlich wirst du mir nicht kaffeesüchtig dabei", antwortete Sperber und kniff ein Auge zu.

„Könnte schon passieren bei der aufmerksamen Bedienung", erwiderte Karlo mit breit gezogenem Mund.

„Ja, die Lissi ist schon ein Goldstück", bekräftigte Sperber, „ein außerordentlich netter Anblick und immer gut gelaunt, das tut einem richtig gut."

Dem konnte sein junger Kollege nur eifrig nickend zustimmen. Beide tranken, nun etwas gelassener, ihren Kaffee aus, wobei sich Karlos Blick immer wieder sehnsüchtig zu Lissi hin verirrte, die gewandt zwischen den Tischen agierte.

Auf dem Rückweg zur Inspektion diskutierten die beiden den Fall noch einmal, kamen dabei aber zu keiner neuen Erkenntnis.

Karlo schien nicht mit ganzem Herzen bei der Sache zu sein. Sperber vermutete stark, dass Lissis schöne Augen eine geistige Einbahnstraße im Kopf des Kommissars hinterlassen hatten.

Wenig später klopfte Wolfgang Sperber gefasst an die Tür seines Vorgesetzten. Ein lautes, schroffes „Ja“ erklang von drinnen.

Der Gesichtsausdruck von Polizeidirektor Rudolf Dotzauer stand in einem seltsamen Gegensatz zu der grantigen Stimme, die Sperber nach dem Anklopfen vernommen hatte. Dotzauer saß wie immer geschniegelt im tadellosen maßgeschneiderten Anzug mit eleganter Krawatte und mit aufgeräumter Frisur hinter seinem fast leeren Schreibtisch und lächelte ihn freundlich an. Sperber ließ sich aber keinen Moment von dieser Freundlichkeit täuschen. Er kannte Dotzauer seit langem und wusste, dass sich hinter der scheinbar harmlosen Maske seines Gegenübers eigentlich alles verbergen konnte. Offenbar sollte die aufgesetzte Verbindlichkeit das Gegenüber in Sicherheit wiegen. Eine freundlich lächelnde Spinne, die ihr Opfer mit Genauigkeit taxierte, um dann unverhofft zuzupacken.

„Bitte nehmen Sie Platz, Herr Sperber“, Dotzauers Förmlichkeit hatte etwas zusätzlich Alarmierendes an sich. Sperber setzte sich und fuhr dabei genervt alle Antennen aus.

„Lieber Herr Sperber, ich habe Sie rufen lassen“, begann Dotzauer und faltete dabei die Hände, als wollte er zu einem Gebet ansetzen, „weil ich heute schon ein Telefongespräch mit dem Herrn Oberstaatsanwalt Doktor Sauber hatte. Er hat sich über den Fortgang unserer Ermittlungen in der Sache ‚Flügelschlag‘ vorgestern Nacht erkundigt.“ An dieser Stelle räusperte sich Dotzauer und fuhr in einer völlig anderen Stimmlage fort.

Seine Stimme klang jetzt, als käme sie aus einem Gefrierschrank: „Ich muss schon sagen, es war mir etwas peinlich, ihm nichts Definitives, geschweige denn Positives auf seine eindringlichen Fragen zum Stand der Sache ‚Flügelschlag' – wie ich den Überfall in Sankt Gumbertus von nun ab nenne – mitteilen zu können. Nicht genug damit! Gleich darauf musste ich zu meinem Entsetzen im Tageblatt Mostrichs Kommentar dazu lesen. Ich sage Ihnen, mir geht es nach all dem heute gar nicht gut. Nun erwarte ich von Ihnen die Freude einer guten Nachricht."

Das freundliche Lächeln um Dotzauers Mund war nun zwar immer noch da, es wirkte aber jetzt total unecht, wie festgetackert, in seinem versteinerten Gesicht. Seine Augen hatten sich zudem in die sprichwörtlich glänzenden, steinharten Billardkugeln verwandelt. Die gefräßige Spinne zeigte ihr wahres Gesicht.

Sperbers Mund war plötzlich ganz trocken. Er schluckte erst ein paar Mal krampfhaft, bevor er antworten konnte. Seine Stimme krächzte ein wenig, als er versuchte, seinen Chef mit wohl bedachten Worten positiv zu beeinflussen.

Er setzte beherzt an: „Ich hoffe, es freut Sie tatsächlich zu hören, dass wir eifrig ermitteln." Dotzauer glotzte ihn nur weiter reglos an.

Sperber versuchte, sich davon nicht aus dem Konzept bringen zu lassen. Er redete einfach weiter. „Der augenblickliche Stand der Ermittlungen ist folgender: Die Nachforschungen, die Person des Täters betreffend, brachten zwar noch keine unmittelbaren Erkenntnisse. Ich sehe uns aber auf dem besten Weg dahin. Zunächst ist zu sagen, dass wir bereits umfangreiche Befragungen durchführten. Bisher leider noch ohne direktes Ergebnis. Heute wollen wir jedoch nochmals das kirchliche Personal unter die Lupe nehmen. Wir sind der Meinung, hier könnte die Lösung bezüglich des Gruftschlüssels liegen." Einen Moment stockte Sperber, weil ihm sein vorhergehender Satz nochmals durch den Kopf ging. „Ich lasse mich nicht von dem stressen!", beschwor er sich und nahm seinen angefangenen Bericht wieder beherzt auf:

„Der überfallenen Frau Kuhn geht es leider gleich bleibend schlecht. Wir haben in absehbarer Zeit vermutlich keine Möglichkeit, mit ihr zu sprechen. Herrn Pfarrer Schneider geht es inzwischen etwas besser, aber er hat uns bisher nichts Neues berichten können." Sperber räusperte sich und breitete entschuldigend die Hände aus: „Es ist im Augenblick einfach noch zu früh, um mit der Aufklärung des Falles aufwarten zu können, aber wir sind an der Sache wirklich dran."

Er versuchte, nach dieser Rede ein möglichst neutrales Gesicht zu machen, das eine gewisse Offenheit für Verständnis erregen sollte. Weit gefehlt!

Die Miene Dotzauers hatte sich während des Berichts mehr und verhärtet und war nun, seiner Stimme nachfolgend, ebenfalls zur ausgesprochen wütenden Maske gefroren. Sperber blickte mit tapfer überspieltem Entsetzen in zwei Augen, die ihn hart und starr fixierten.

„Es ist immer das Gleiche!", stieß sein Vorgesetzter scharf hervor. „Es geht hinten und vorne nichts voran. – Und wer darf es ausbaden? Ich natürlich! Von Ihnen muss ich mir bis zum Erbrechen anhören, dass die übliche Routine abläuft. Das nützt mir nichts." Schroff setzte er noch eins drauf: „Ich erwarte von Ihnen bis zum Ende der Woche Ergebnisse. Nun gehen Sie endlich und bringen Sie gefälligst Ihre Mannschaft auf Trab!"

Damit wandte er sich abrupt irgendwelchen Schriftstücken zu, die er aus einer Schreibtischschublade zog.

Sperber erhob sich steif und ging gemessenen Schrittes grußlos hinaus. In ihm züngelte eine heiße Flamme. Hätte er etwas in der Hand gehabt, so hätte er es jetzt wohl mit Wucht an die Wand gefeuert. Stattdessen schleuderte er ein paar saftige Verwünschungen in den leeren Gang.

Innerlich noch sehr aufgewühlt, knallten seine schnellen Schritte auf dem Steinboden, bis er das Zimmer von Barbara Robertazzi erreichte. Barbara war die Sekretärin für alle, ein Umstand, der fast alle Beamten der Inspektion manchmal an die Grenzen ihrer nervlichen und mentalen Grenzen brachte und immer wieder ein böses Kompetenzgerangel zum Anlass hatte. Auf Anfragen und Beschwerden über diesen Umstand und die Bitte um Einstellung einer zusätzlichen Kraft lautete die Antwort von höherer Stelle immer nur: „Kein Geld dafür vorhanden."

Anlass zur Verschärfung der ohnehin heiklen Situation bot die Ansicht des Inspektionsleiters, Barbara Robertazzi sei ausschließlich seine eigene Sekretärin. Er vertrat seinen fatalen Irrtum immer wieder vehement gegenüber seinen darob verärgerten Untergebenen. „Das ist meine Sekretärin, damit das ein für alle Mal klar ist! Ich leite diese Dienststelle und damit basta!", fuhr er jeden an, der durch einen bestimmten Auftrag die Sekretärin für ihn blockierte. Dotzauer scheute darüber hinaus nicht davor zurück, sie mit allerlei privaten Dingen zu belasten.

Barbara agierte in ihrer heiklen Situation mit viel Geschick und Diplomatie und ließ sich von all dem Durcheinander höchstens im Katastrophenfall aus der Ruhe bringen. Die echt hellblonde, wohlgeformte, etwas mollige Ehefrau des Italieners Franco Robertazzi paarte ihre Heiterkeit und ihr offenes Wesen mit einer Standfestigkeit, die man ihr auf den ersten Blick durchaus nicht zugetraut hätte. Sie besaß ein feines Gespür für die Befindlichkeit der Menschen, die sich um sie tummelten, und sah sich als gleichwertiges Teammitglied der Arbeitsgruppe um Wolfgang Sperber, den sie wegen seiner menschlichen Eigenschaften besonders ins Herz geschlossen hatte. Als Sperber nun in ihr Zimmer stürmte, erkannte sie sofort, dass er geladen war wie eine Haubitze. Wortlos reichte sie ihm erst einmal eine noch gut gefüllte Pralinenschachtel hin. Sperber schaute etwas verwirrt zwischen ihr und der Schachtel hin und her. Der Duft der schokoladigen Köstlichkeiten fand jedoch einen unmittelbaren Zugang zu seinem olfaktorischen Nervensystem. Seine Augen fingen an, die kunstvoll gestalteten Pralinen einzukreisen. Wie ein Raubvogel stürzte sich seine Hand schließlich auf ein besonders verlockendes Exemplar und führte es zunächst unter seine Nase, die entzückt daran zu schnuppern begann, und schob es daraufhin entschlossen in den erwartungsvoll geöffneten Mund. Genussvoll kauend sagte Sperber dankbar: „Barbara, du hast mir mit deiner Gabe, im rechten Moment das Richtige zu tun, wieder einmal mein Nervenkostüm repariert. Ich spüre schon, wie sich meine Aufregung in Schokolade auflöst. Ich danke dir!"

„Ja, Schokolade macht glücklich", sagte Barbara lakonisch und strahlte ihn an. „Bei mir wirkt sie manchmal tatsächlich Wunder", bekräftigte Sperber überzeugend. „Zur Festigung dieses erfreulichen Zustandes solltest du mindestens noch eine Praline nehmen, Wolfgang", fand Barbara.

Mit den Worten: „Eine zur Festigung meiner Nerven und eine zur Prophylaxe gegen künftige Versuche, sie zu töten", nahm sich Sperber nach gewissenhafter Wahl zwei feine Stückchen aus der Schachtel. „Jetzt aber im Ernst, Barbara, rufe bitte Konstanze und Karlo. Sie sollen gleich zu einer Besprechung in mein Büro kommen."

Er setzte sich aufatmend an seinen Schreibtisch und schob sich eine weitere Praline in den Mund, die er in aller Ruhe aß, bevor seine beiden Mitarbeiter zu ihm kamen. Oberkommissarin Konstanze Grunwald und Karlo trafen nacheinander ein und setzten sich erwartungsvoll auf die bereitstehenden Stühle.

Sperber begann seine Erklärungen mit einer bedauernden Geste und knurriger Stimme: „Dotzauer wünscht bis zum Wochenende in der Gruftsache Ergebnisse. Er scheint von oben irgendwie unter Druck zu sein. Die Sache genießt also jetzt absolute Priorität. Bitte macht eure angefangenen Arbeiten nur insoweit weiter, als aktueller Handlungsbedarf besteht. Was warten kann, lasst liegen, bis wir – hoffentlich schnell – eine Lösung in diesem Fall gefunden haben."

Die Kommissare seufzten ein wenig, nickten dann aber zustimmend.

„Wir müssen dem Personal nochmals auf den Zahn fühlen. Karlo, wir beide machen das heute Nachmittag zusammen. Konstanze, du klapperst bitte die Nachbarschaft um die Gumbertuskirche herum ab. Vielleicht finden wir doch noch brauchbare Zeugen."

Das schrille Klingeln des Telefons unterbrach seine Rede. Sperber hob mit einer entschuldigenden Geste zu den beiden Kommissaren hin den Hörer ab.

„Hier Sperber. Was ist los? – Das gibt's doch nicht! Mitten am Tag auf der Intensivstation!"

Er war mit einem Mal blass geworden, dann rief er seinen Leuten zu: „Ein Anschlag auf Frau Kuhn im Krankenhaus. Der Täter könnte noch im Haus sein. Wir müssen uns beeilen. Karlo, du fährst!"

So schnell sie konnten rannten die drei die breite Treppe ins Erdgeschoss hinab und sprangen in ihr Fahrzeug. Karlo stellte voller Begeisterung das Blaulicht auf das Dach. Das war jetzt so richtig etwas für ihn, der gerne seine Fahrkünste zeigte. Kaum waren die Türen zu, schoss der BMW davon und über den Parkplatz hinaus auf die Straße. Glücklicherweise war der Verkehr nicht so dicht.

Sperber bellte unterwegs in das Sprechfunkgerät: „Anschlag im Stadtkrankenhaus. Täter eventuell noch in der Klinik. Alle verfügbaren Streifen zum Krankenhaus. Eingangstüren besetzen. Täter womöglich bewaffnet. Äußerste Vorsicht. Warten, bis ich da bin. Weitere Anweisungen vor Ort. Ende!"

Sie kamen schnell vorwärts. Die wenigen Autos vor ihnen wichen erschrocken aus, als sie den BMW mit Martinshorn und Blaulicht von hinten heranrasen sahen. Nur einmal, an der Kreuzung vor dem Brücken-Center, stauten sich die Fahrzeuge vor der Ampel. Karlo steuerte den Wagen einfach über den Gehweg. Glücklicherweise war dort gerade niemand unterwegs Seine Kollegen hielten den Atem an und klammerten sich ängstlich an ihren Sitzen fest.

Konstanze rief wütend von hinten: „Mensch Karlo, willst du uns umbringen?"

Ihr Kollege grinste übermütig und drückte das Pedal noch weiter durch. Mit röhrendem Motor jagte das schwere Fahrzeug die Bergstraße zum Klinikum hoch. In der scharfen Kurve vor dem Krankenhausparkplatz schleuderte der Wagen etwas. Karlo fing ihn elegant ab und hielt schließlich mit quietschenden Reifen vor dem Eingang.

Ein Blick auf die Uhr: Vier Minuten, eine gute Zeit – bestimmt hatte er einen persönlichen Rekord gebrochen. Innerlich klopfte sich Karlo anerkennend auf die Schulter.

Als er sich Sperber zuwandte, tippte der sich mit dem Finger an die Stirn. „Irgendwann fährst du uns noch in Tod mit deiner Raserei!"

Im Rückspiegel sah Karlo das wütende Gesicht seiner Kollegin, wandte sich rasch ab und stieg schwungvoll aus.

Verkrampft und noch etwas geschockt von der gefährlichen Fahrerei folgten die beiden anderen.

Karlo stellte etwas enttäuscht fest, dass eine Streife schon vor ihm eingetroffen war.

Hinter sich hörten sie nun von allen Seiten Martinshörner, die sich schnell näherten. Nach und nach trafen fünf Polizeiautos ein.

Sperber gab den Polizisten sofort Anweisungen: „Zwei Kollegen nehmen an dieser Türe Aufstellung, die anderen zu den übrigen Ausgängen. Nehmt die Personalien von allen auf, die euch irgendwie verdächtig erscheinen. Karlo und Konstanze gehen mit mir auf die Intensivstation."

Während sich die Polizisten anschickten, ihre Posten zu beziehen, liefen Sperber und seine Leute auf die Eingangstüre zu. Im Inneren der Eingangshalle trafen sie auf eine aufgeregte Gruppe von Leuten, die rätselten und diskutierten, was geschehen sein könnte. Neugierig und ein wenig ängstlich wurde das große Polizeiaufgebot beobachtet. Ob es gleich gefährlich werden würde?

Sperber und seine Mitarbeiter kümmerten sich nicht um die Menge, sondern stürmten die Treppe in den ersten Stock hoch.

Vor der verschlossenen Türe der Intensivstation läutete Sperber. Eine aufgeregte Schwester öffnete ihnen.

Sperber hielt ihr seinen Ausweis hin. „Guten Tag, wir sind von der Polizei. Ich bin Hauptkommissar Sperber, das sind meine Kollegen Frau Oberkommissarin Grunwald und Kommissar Grollmisch."

„Ich bin Schwester Inge Krämer, die Leiterin der Intensivstation. Bin ich froh, dass Sie kommen!"

„Was ist geschehen?", wollte Sperber wissen.

„Offenbar wollte eine Person in die Pflegekabine von Frau Kuhn, sie hatte eine Spritze in der Hand. Schwester Sabine kam gerade dazu und konnte so verhindern, dass der- oder diejenige die Spritze einsetzte."

„Wo ist Schwester Sabine? Wir müssen sie als Zeugin befragen.“

„Sie ist im Stationszimmer. Sabine wurde von diesem Menschen grob beiseite gestoßen und ist gestürzt. Sie wurde wohl nicht allzu sehr verletzt, ist aber ziemlich geschockt.“

Schwester Inge eilte der Gruppe voraus in das Stationszimmer.

Die verletzte Schwester saß bleich auf einem Stuhl und hielt sich mit beiden Händen den Kopf. Neben ihr standen ein Arzt mittleren Alters mit langem weißem Arbeitsmantel und ein stämmiger Pfleger in Grün. Beide blickten besorgt drein.

Schwester Sabine hob langsam und bedacht den Kopf und blickte mit zusammengekniffenen Augen und schmerzhaft verzogenem Gesicht auf die Ankömmlinge.

Schwester Inge deutete auf die beiden Männer: „Das ist Herr Doktor Beerbach, unser Chefarzt, und das ist mein Kollege, der Pfleger Udo Klein.“

Wolfgang Sperber ging auf den Arzt und den Pfleger zu, gab beiden die Hand und stellte sich und seine Kollegen vor.

Der Arzt zeigte auf die leidend vor ihm sitzende Schwester: „Und hier sitzt unser Pechvogel Sabine Friebe.“

Sperber wandte sich der Verletzten zu: „Wie geht es Ihnen?“

In unverkennbar sächsischem Dialekt antwortete die etwas übergewichtige Schwester: „Nu, nich so gut. Mein Koppe tut ma noch weh. Bin an das Bettgestelle von Frau Kuhn gesaust damit. Der wollte zu Frau Kuhn, war ja schon in der Box. Der hat mich anscheind von außn nich gesähn. Wollt er wohl ne Spritze verpassen. Wer weeß mit was!“

„Konnten Sie die Person erkennen?“

„Nee, bestimmt nich. Nedamal ob es a Mann oder a Frau woa. Die Person woa gekleided wie en Arzt ausm OP, hatte sogor en Mundschutz und ene Haube ufm Koppe. Woar ganz ünd goar grien angezochn. Sie woar nich so sehr groß. Bisschen greßer als ich. So einssiebzsch. Ich soach zu de Person: ‚Was wolln Sie hier und was wolln Sie mit de Spritze? Wer sin Sie überhaupt, eiverpipsch!' Nu, da gibt mir dieser Mensch, Mann oder Frau, ich wees nich, en Schubbs. Ich fliche rickwerds an die Gannde. Der oder die rennd davon wie de Deifl, mitsammd de Spritze. Un dann bin ich so schnell wie mäglich ufgesprungen und wollde dem Misdstick nach, aber da hat sich in mem Koppe alles gedrehd un ich hab mich wo festhalden missen. Ich hab dann gleich nach de Inge gschrien. Die gam gleich grannd und de Udo, de Pfleger, hinderher. Die ham ersd mich moal angeschaut, dann ist der Udo zum Telefon geloffn un had die Bolizei grufn."

Sie legte sich wieder die Hand auf den Kopf und stöhnte: „Ich hab wirklich gen ergannd! Sonst wees ich nischt."

Der Arzt wandte mit ernster Miene ein: „Sie hat sich eine ganz schöne Beule am Hinterkopf geholt. Mittlere Gehirnerschütterung, würde ich sagen. Wenn Sie Frau Friebe nicht mehr brauchen, sollte sie sich gleich hinlegen. Nach Hause möchte ich sie vorsichtshalber nicht gehen lassen. Sie soll zumindest über Nacht zur Beobachtung hier bleiben."

„Schönen Dank, Schwester Sabine", sagte Sperber. „Ich habe momentan keine Fragen mehr an Sie. Erholen Sie sich gut. Herr Klein und Schwester Inge, jetzt meine Frage an Sie beide: Was haben Sie in der Sache gehört oder gesehen?"

Schwester Inge antwortete leicht verlegen: „Wir waren beide beim Frühstücken. Ich höre von draußen im Hintergrund einen Wortwechsel, dann schepperte es und die Sabine schrie. Draußen schnelle Schritte. Udo und ich sind gleich, Böses ahnend, rausgerannt. Sabine stand an die Wand gelehnt und hat sich den Kopf gehalten. Hinter uns ist eine Türe zugefallen. Wir beide haben uns natürlich zuerst um Sabine gekümmert, dann habe ich zu Udo gesagt: ‚Schnell, renn dem nach.' Da ist der Udo losgesaust. Udo, erzähl selber!"

Udo räusperte sich und sagt mit fränkischem Slang: „Na ja, ich hob des Gleiche ghört wie di Inge. Mir sin nädürlich gleich nausgrennd und hom di Sabine do lehna gseng. Die hod si in Kupf ghaldn und gjammerd. Des hod uns im Momend su abglengd, dass mä erschd, als die Dür zugfalln is, afmergsam worn sin. Hobbla, hob er mer denkt, dou stimmd wos ganz und goar ned! Und dann hod die Sabine gsachd: ‚Laf dem noch.' Ich bin grennd wie ä Bläider, obber ka Mensch mehr affm Gang. Dann hobbi hald schnell bei der Bolizei ogrufm. Gseng hobbi kann. Des ist alles, was ich waas. Nädirli hobb ich a schnelle Schridd ghörd, obber wer denggd denn glei an suwos. Und nu am hellerlichdn Dooch aff der Indensivsdation?"

Sperber bedankte sich bei den beiden und fragte Schwester Inge: „Gibt es noch andere Zeugen? Vielleicht haben die anderen Patienten noch etwas gehört oder gesehen?"

Inge überlegte eine Weile, dann antwortete sie mit Überzeugung in der Stimme: „Sicher nicht. Auf dieser Seite des Ganges ist im Moment niemand bei Bewusstsein. Außerdem liegen alle jeweils in getrennten Kabinen und können von ihren Betten unmöglich auf den Gang hinaussehen."

Sperber wandte sich dem Chefarzt zu: „Herr Doktor Beerbach, gibt es hier im Haus einen größeren Besprechungsraum, in dem sich meine Mitarbeiter und ich in einer Stunde treffen können?"

Und mit dem Blick auf seine Uhr: „Es ist jetzt elf Uhr."

„Ja, im zweiten Stock. Ich lasse ihn für Sie herrichten."

„Vielen Dank!"

Sperber gab seinen Mitarbeitern nun Anweisungen: „Karlo, du rufst gleich an, dass die Spurensicherung kommen soll. Irgendwo hat der oder die Täterin vielleicht die OP-Kleidung abgelegt, die müssen wir finden. Wir müssen auch nach der ominösen Spritze suchen. Danach hilfst du Konstanze. Erkundigt euch bitte danach, wer zur fraglichen Zeit Dienst im OP hatte. Ob vielleicht eine Person beobachtet wurde, die in voller Montur diese Räume verlassen hat. Ruft Leute von den Streifenbesatzungen zu eurer Unterstützung und befragt alle, denen ihr begegnet, ob sie etwas Verdächtiges beobachtet haben. Schickt jemanden zur Bewachung von Frau Kuhn herauf. In der Inspektion sollen sie einen Dienstplan zur Dauerbewachung bis auf Weiteres erstellen. Die Leute, die ihr nicht braucht, können wieder abrücken. Ich vermute, dass unser Täter leider längst über alle Berge ist."

Mit dieser Annahme hatte Wolfgang Sperber recht. Niemand hatte die Person kontrolliert, die, gekleidet wie ein Hausmeister, einen großen Müllcontainer aus dem Wirtschaftszugang im Keller der Klinik herausrollte. Die beiden Polizisten, die an der Türe standen, riefen ihm zu, ob sie helfen sollten. Der mutmaßliche Krankenhausangestellte machte eine abwehrende Handbewegung und dankte mit einem kurzen, lässigen Heben der Hand.

Mit einiger Mühe schob dieser Mensch dann die schwere Tonne den ansteigenden Weg zur Straße hoch. Seinen Bewegungen nach war er wohl schon etwas betagt. Die Polizisten sahen sich an und zuckten mit den Schultern: „Wenn er sich nicht helfen lassen will ..."

Wen interessierte es schon, dass ein älterer Hausmeister eine Mülltonne oben an der Straße abstellte und sich dann einfach seelenruhig vom Krankenhaus wegbewegte?

Konstanze und Karlo waren gegangen, um ihre Aufgaben zu erfüllen.

Schwester Inge hatte Sabine Friebe in einen Rollstuhl gesetzt und war mit der verletzten Kollegin zur Unfallstation unterwegs.

Sperber wandte sich jetzt wieder Doktor Beerbach zu: „Ich würde mir bei dieser Gelegenheit gerne Frau Kuhn ansehen. Könnten Sie mich bitte freundlicherweise zu ihr führen."

„Ja, kommen Sie bitte mit."

Der Arzt lief voraus zu einer der Pflegekabinen. Die schlanke Gestalt von Hanna Kuhn lag unter einem dünnen weißen Laken. Der Kopf der Frau war bandagiert, die Lider waren geschlossen und mit einer durchsichtigen Salbe bestrichen, wahrscheinlich um die Augen vor dem Austrocknen zu bewahren.

Aus dem bleichen, hübschen, ganz schmal erscheinenden Gesicht ragte die kleine Nase hervor.

„Wie ein krankes Kind sieht sie aus", ging es Sperber bedauernd durch den Sinn.

Um die Ohnmächtige herum gruppierten sich allerlei medizinische Geräte. Ein Monitor bildete verschiedene Lebensmerkmale in Linien, Zahlen und Lichtimpulsen ab. Ständig piepste es. Ein weiteres verfügte über einige Röhren, in denen sich durchsichtige Flüssigkeiten befanden. Alle Geräte waren mit dem Körper der Frau durch Kabel und Schläuche verbunden.

Sperber sah einen Menschen vor sich, der sich anscheinend in vollkommener Abhängigkeit von diesen Geräten befand.

Das Bild griff ihm ans Herz.

Mit einer leichten Handbewegung bat er den Arzt, wieder mit ihm auf den Gang hinauszutreten.

„Der Neurologe will sich noch nicht festlegen, wie es um sie steht. Wir müssen noch einige Zeit abwarten. Körper, Seele und Geist müssen wohl erst wieder zueinander finden. Wir werden erst in einigen Tagen sehen, ob eine Heilung möglich ist", sagte der Arzt.

Sperber wunderte sich über die Ausdrucksweise des Mediziners. „Körper, Seele und Geist sind irgendwie nicht beieinander, meinen Sie?"

„Sehen Sie, Herr Hauptkommissar", antwortete Doktor Beerbach bedächtig, „die Intensivstation ist ein besonderer Ort. Von den Menschen, die wir hier behandeln, stehen einige hart an der Grenze vom Leben zum Tod. Ich persönlich bin davon überzeugt, dass wir vieles dazu tun können, um unseren Patienten den Weg zurück ins Leben zu ebnen. Wir sind aber keine Götter, auch keine Halbgötter. Wir tun ganz gewiss unser Möglichstes, aber die eigentlichen Entscheidungen fallen anderswo. Ich glaube, dass nicht zuletzt der Patient selbst mitentscheidet, wohin er gehen möchte. Leben oder Tod, es liegt letztlich nicht in unserer Hand. Ich weiß, dass es für viele meiner Kolleginnen und Kollegen sehr schwer ist, das zu akzeptieren. Mir fällt es oft auch schwer, zugeben zu müssen, dass mein Kampf um ein Leben verloren ist. Die Intensivstation ist ein zutiefst spiritueller Ort. Wir dürfen uns nicht von all den Errungenschaften der Medizin zu sehr blenden lassen."

Sperber war von diesen Worten tief beeindruckt. Fast beschämt dachte er daran, dass ihm angesichts der vielen technischen Gerätschaften um das Bett der Frau ganz automatisch das etwas abwertende Wort „Apparatemedizin" in den Sinn gekommen war.

„Vielen Dank für Ihre Offenheit, Herr Doktor Beerbach“, sagte Sperber, „ich glaube, man kann Ihren Patienten zu ihrem Arzt gratulieren.“

Doktor Beerbach lächelte ein wenig verlegen. „Ich tu, was ich kann!“

Sperber verabschiedete sich nachdenklich von ihm und sagte dabei: „Vielen Dank für Ihre verständnisvolle Hilfe.“

In diesem Moment betrat der Pfleger Udo Klein mit einer Polizistin in Uniform den Gang. Sperber wies die Kollegin in ihre Aufgabe ein. Die Beamtin setzte sich auf einen Stuhl vor die Pflegekabine von Hanna Kuhn.

Kaum hatte Sperber die Räume der Intensivstation verlassen, meldete sich sein Handy.

Barbara, die Sekretärin, hatte eine gute Nachricht für ihn: „Die Geschäftsführerin vom Hotel Augustiner, in der Karolinenstraße, hat sich gerade telefonisch bei uns gemeldet. Sie kennt die weibliche Person, die heute in der Zeitung abgebildet ist. Diese Frau wohnt bei ihr im Hotel. Frau Wagner hat sich entschuldigt. Sie ist erst jetzt dazugekommen, die Zeitung zu lesen. Sie hat sich tatsächlich mit dem Namen Hanna Kuhn im Hotel angemeldet. Als Wohnort hat sie London, England, angegeben. Frau Wagner sagt, die Frau war seit vorgestern Abend offenbar nicht mehr auf dem Zimmer. Sie ist seitdem im Hotel auch nicht mehr gesehen worden. Ihren Zimmerschlüssel hat Frau Kuhn in der Nacht wohl selbst an das Schlüsselbord gehängt. Sie hat das Hotel verlassen, ohne dass sie dabei gesehen wurde. Ihre Koffer befinden sich auf ihrem Zimmer. Sie sind noch nicht ausgepackt und ihre Toilettensachen stehen nur zum Teil auf der Ablage im Bad. Alles befindet sich noch in dem Zustand, in dem es Frau Kuhn hinterlassen hat.“

„Endlich ein Hinweis“, Sperber seufzte erleichtert auf.

„Barbara, bitte rufe im Hotel Augustiner an und sage der Angestellten, sie soll das Zimmer von Frau Kuhn verschlossen halten und nichts darin verändern. Wir kommen sobald als möglich hin und sehen es uns an. Und, Barbara, ich brauche für das Zimmer gleich einen Durchsuchungsbeschluss. Bitte rufe deswegen bei der Staatsanwaltschaft an. Ich muss hier erst noch einiges klären. Wir holen uns den Beschluss dann im Vorbeifahren ab."

„Geht in Ordnung, Wolfgang", sagte Barbara freundlich und legte auf.

Sperber wählte auf seinem Handy die Nummer von Gottfried Arpogaus.

„Arpogaus, Kriminaltechnik!", meldete der sich.

„Hallo Gottfried, hier Wolfgang. Die Identität unserer Verletzten scheint geklärt. Sie kam aus London und ist im Augustiner abgestiegen. Ich habe der Hotelbesitzerin mitteilen lassen, dass sie das Zimmer von Frau Kuhn abschließen soll, bis wir kommen. Sobald wir mit unserer Besprechung um zwölf Uhr hier im Krankenhaus fertig sind, nehmen wir uns den Raum vor. Sag deinen Leuten schon mal Bescheid."

„Lieber Wolf, denkst du auch daran, dass ich und die Meinen auch mal zu Mittag essen wollen?"

„Ja, klar, ich habe auch schon Hunger. Außerdem höre ich deinen Magen bis hierher knurren. Aber keine Angst, unsere Besprechung wird nicht lange dauern. Anschließend machen wir anderthalb Stunden Mittagspause, dann kann es weitergehen."

„O.k., das wollte ich hören", kam es erleichtert vom anderen Ende, „bis gleich zur Besprechung."

Ein letzter Anruf und vielleicht der unangenehmste Anruf an diesem Morgen galt Polizeidirektor Dotzauer.

„Dotzauer!", tönte es schroff aus dem Hörer.

Wolfgang Sperber atmete tief durch: „Guten Tag, Herr

Dotzauer, Sperber am Apparat. Wir haben den Aufenthaltsort des Gruftopfers vor der Tat gefunden. Sie kam unseren Erkenntnissen nach aus England und ist im Augustiner abgestiegen. Vom Hotel kam eine entsprechende Meldung."

Dotzauer darauf kurz angebunden: „Gut, endlich ein kleiner Fortschritt."

Sperber berichtete ihm vom Vorfall im Krankenhaus und sprach dann scheinbar ungerührt weiter: „Um zwölf Uhr habe ich eine Besprechung mit allen Mitarbeitern, die hier im Krankenhaus ermittelt haben. Ich gebe Ihnen im Laufe des Nachmittags Bescheid, welches Ergebnis dabei herausgekommen ist."

Dotzauer erwiderte ungehalten: „Ich möchte sobald als möglich über den Sachstand unterrichtet werden. Für heute um siebzehn Uhr ist eine Pressekonferenz angesetzt, zu der ich Sie erwarte. Vorher muss ich wissen, was los ist. Ich hoffe, wir haben dann mehr zu bieten als im Moment."

Zack, aufgelegt.

Sperber atmete langsam tief durch und merkte, wie seine eben misshandelten Nerven sich langsam wieder beruhigten. Dotzauer war eben Dotzauer, manchmal war er in seiner Art schier unerträglich.

Kurz nach zwölf Uhr hatten sich alle beteiligten Polizisten im Besprechungsraum der Klinik versammelt.

Sperber erhob seine Stimme, sofort verstummten die Gespräche. „Liebe Kolleginnen und Kollegen, wir wollen uns jetzt gegenseitig über unsere Erkenntnisse informieren. Wer beginnt?"

Arpogaus hob die Hand und sagte etwas verschnupft: „Wir hatten heute eine Aufgabe, die in einer Stunde schlicht nicht zu schaffen war. Eigentlich hätten wir alle Müllcontainer, alle Papierkörbe und sonstige Behälter genauestens absuchen müssen. Dazu hätten wir bei diesem großen Gebäude bestimmt Tage gebraucht. Deshalb haben wir uns entschieden, exemplarisch vorzugehen. Die Überlegung war, welchen Weg der flüchtende Täter genommen haben könnte. Um es kurz zu machen, wir sind fündig geworden."

Mit einem kleinen Triumph in der Stimme setzte Arpogaus seinen Bericht fort: „Vor dem Krankenhaus, draußen am Straßenrand, fanden wir einen großen Müllcontainer und darin eine komplette OP-Kleidung und zu unserer großen Freude auch eine volle Spritze mit noch unbekanntem Inhalt. Der Container, mit dem verdächtigen Inhalt, war ein Küchencontainer, der mit der OP-Abteilung übrigens nicht das Geringste zu tun hat. Ich glaube, wir können ziemlich sicher sein, die Kleidung und die Spritze des mutmaßlichen Täters gefunden zu haben. Wir können jetzt seine DNA feststellen."

Die im Saal Anwesenden brachten ihre Freude mit vereinzeltem Händeklatschen und lebhaftem Gemurmel zum Ausdruck.

Arpogaus hob nochmals die Hand: „Unser Glück hatte noch kein Ende", verkündete er und zwinkerte vergnügt mit den Augen. „Ausgerechnet heute hat das OP-Team etwas später mit seiner Arbeit begonnen, sodass alle noch ihre Arbeitskleidung anhatten, also haben wir nur einen Verdächtigen. So weit zu unserer Arbeit."

„Danke Gottfried, das hört sich wirklich alles sehr erfreulich an!"

Oberkommissarin Konstanze Grunwald hob ihre Hand.

Sperber deutete auf sie: „Ja, bitte Konstanze!"

Man sah der Oberkommissarin eine gewisse Verlegenheit an, als sie zu sprechen begann. Sie bemühte sich, keinen allzu deprimierten Eindruck zu machen: „Leider hatten wir, Karlo und ich, weniger Erfolg, um nicht zu sagen keinen. Ein Mensch in ärztlicher Arbeitskleidung, der sich normal bewegt, fällt in einem solchen Haus offenbar nicht groß auf. Wir haben ziemlich viele Mitarbeiter und Besucher befragt, aber niemand hat etwas Auffälliges bemerkt. Natürlich könnte jede erwachsene Person der Täter gewesen sein. Es wurde leider kein Mensch beobachtet, der sich besonders verdächtig verhalten hätte. Die beiden Streifenbeamten, die unten am Wirtschaftsausgang standen, sahen zwar jemanden in Hausmeisterkleidung, der den Container zur Straße hochschob, in dem dann der Anzug und die Spritze gefunden wurden. Die beiden Polizisten riefen ihm zu, ob sie ihm helfen sollten. Er wehrte aber mit einer ablehnenden Geste ab und dankte mit einem lässigen Handheben. Die beiden Polizisten gaben an, dass sie diese Beobachtung nicht mit dem Anschlag auf Frau Kuhn in Verbindung brachten, denn die Person sei doch offenbar ein älterer Mann gewesen, der seiner Arbeit nachkam. Erst später sei ihnen ins Bewusstsein gekommen, dass der fragliche Hausmeister nicht mehr bei ihnen vorbeigekommen ist. Die beiden vermuteten jedoch, der Mann sei wahrscheinlich auf seinem Rückweg durch den Haupteingang wieder in die Klinik hineingegangen. Es könnte sein, dass diese Person der Täter war und dann in der Verkleidung eines Hausmeisters das Weite suchte. Leider ist es uns nicht gelungen, den Ort zu finden, an dem sich der oder die Täterin umgezogen haben könnte. Gerade im Keller der Klinik gibt es dafür jede Menge Nischen. Wir haben die Gänge, gerade im Untergeschoss, leider erfolglos abgesucht. Karlo und ich haben uns durch den ärztlichen Leiter des Krankenhauses eingehend über Sicherheitsmaßnahmen im OP und im Intensivbereich informieren lassen. Enttäuschenderweise gibt so gut wie keine entsprechenden Maßnahmen. Jeder, der sich nur ein wenig bemüht und sich geschickt anstellt, hat überall Zutritt."

Konstanze hob die Schultern und breitete die Hände aus: „Leider ergaben sich für uns keine weiteren Erkenntnisse." Mit einem entschuldigenden Lächeln setzte sich die Kommissarin wieder auf ihren Stuhl.

Sperber nickte beiden zu: „Trotzdem, danke, Konstanze und Karlo." Dann fuhr er mit ernster Miene fort: „Es ist wohl zu vermuten, dass der Täter, vermutlich eine männliche Person, als Hausmeister getarnt entkommen ist, dafür gibt es aber zunächst noch keinen Beweis. Wir müssen den richtigen Hausmeister finden und ihn unseren beiden Kollegen gegenüberstellen. Die Nachlässigkeit dieser beiden Streifenbeamten am Wirtschaftsausgang wurmt mich natürlich. Das wird noch ein Nachspiel geben. Hat sonst noch jemand eine Erkenntnis, Frage, Anregung?"

Sperber sah sich aufmerksam um.

„Ich sehe keine weitere Meldung. Es ist nun zwanzig nach zwölf Uhr. Nach einer Mittagspause möchte ich Sie alle gerne um vierzehn Uhr im Hotel Augustiner in der Karolinenstraße wieder sehen. Unser Gruftopfer ist dort abgestiegen. Wir müssen ihr Zimmer genau in Augenschein nehmen. Also um vierzehn Uhr in der Hoteleingangshalle! Guten Appetit!"

Dienstagnachmittag

Wolfgang Sperber ließ sich auf dem Rückweg von Karlo an seinem Haus absetzen. Beim Aussteigen sagte er: „Bringe bitte den Durchsuchungsbeschluss von der Inspektion mit, wenn ihr zum Augustiner kommt."

Der Kommissar beugte sich leicht vor und nickte ihm freundlich zu: „Wird gemacht, Chef. Mahlzeit!"

Als der Dienstwagen weggefahren war, holte Wolfgang Sperber tief Luft und sah sich um.

Der Blick in die ruhige Straße, in der sein Haus stand, tat ihm gut. Die üppig bepflanzten Vorgärten der Nachbarhäuser und die Bäume am Straßenrand ließen ihn durch ihre prallen Knospen und die vielen hellgrünen Blättchen wissen, dass es nun wirklich ernst wurde mit dem Frühling. Obwohl das Blau des Himmels durch einen grauen Schleier im Moment nur zu ahnen war, erschien ihm die Luft noch wärmer als am Vormittag. Während er durch die Gartenpforte zur Türe seines Hauses ging, fiel ihm der Beginn eines Frühlingsgedichtes ein: „Frühling lässt sein blaues Band wieder flattern durch die Lüfte ..."

Ganz plötzlich wurde er von einer wunderbaren Leichtigkeit erfasst. Die Ereignisse des Vormittages waren augenblicklich ganz weit weg.

Aufatmend sperrte er die Haustüre auf und rief laut und fröhlich in den Flur: „Hallo Schatz, ich bin da. Was gibt es zu essen?"

Statt einer Antwort ging die Türe zum Flur auf. Julia, seine Frau, kam mit entschuldigend ausgebreiteten Armen und einem schmerzlich verzogenen Mund auf ihn zu und gab ihm einen Kuss.

„Schön, dass du kommst, Liebster, aber ich muss dich leider ein wenig enttäuschen. Eigentlich wollte ich dich heute mit einem besonders guten Essen verwöhnen, aber ich bin selbst erst nach Hause gekommen. Wir müssen uns mit etwas Kaltem begnügen. Im Vorbeigehen habe ich allerdings einen wunderbaren Apfelkuchen auf dem Markt gekauft. Du weißt schon, bei dem Bäcker von der Zantmühle, dessen Sachen du so magst."

Sperber nahm seine Frau in den Arm, drückte sie an sich und raunzte schelmisch: „Du weißt, wie ich einen guten Apfelkuchen liebe. Aber tausend Mal mehr als Apfelkuchen liebe ich natürlich dich."

Julia befreite sich lachend und sagte: „Du bist anscheinend gut gelaunt und zu Dingen aufgelegt, die gerade nicht möglich sind. Nun muss eben der süße Apfelkuchen sein Bestes tun, um dich ein wenig davon abzulenken."

Sperber seufzte ergeben: „Also, wenn anderes nicht sein kann, dann eben Apfelkuchen."

Wolfgang Sperber spürte seinen Hunger. Er folgte Julia eilig die Küche. Julia hatte den Kaffee bereits fertig und stellte ihn auf den gedeckten Tisch, auf dem auch schon ein lecker aussehender Apfelkuchen stand.

„Kannst dich schon gleich hinsetzen. Ich sehe es dir an, wie hungrig du bist."

Nun bemerkte Sperber, wie erschöpft Julia aussah. Auf ihrer Stirn hatte sich eine scharfe horizontale Falte eingegraben, die ihrem Gesicht einen härteren Ausdruck verlieh, als er es bei ihr gewohnt war. „Du wirkst auf mich angespannt. Was war bei dir heute Morgen?", fragte er sie besorgt. Julia nickte verdrossen.

„Ich habe an einem psychologischen Gutachten für das Gericht zum Fall des Ehemannes zu arbeiten, der auf seine Frau mit einem Messer eingestochen hat. Du hast den Fall doch damals polizeilich bearbeitet."

„Ja klar, ich erinnere mich natürlich an diese schreckliche Sache. Na, du hast es bestimmt nicht ganz leicht damit."

„Da hast du recht, mein Schatz! Die Gespräche mit diesem Menschen machen mich regelrecht fertig. Mir schlägt in den Gesprächen mit ihm ein fürchterlicher Zynismus entgegen und eine so ausgeprägte Frauenfeindlichkeit, dass es einem schlecht werden könnte. Von Schuldbewusstsein kann keine Rede sein." Julia barg ihr Gesicht einen Moment in den Händen. „Ich gebe zu, es fällt mir schwer, den professionellen Abstand zu wahren, der für mich als psychiatrische Gutachterin nötig ist."

Sperber legte den Arm um sie und gab ihr einen Kuss. „Deine Reaktion ist menschlich verständlich. Ich bin froh, dass du dir in den Jahren deiner Tätigkeit dieses Gespür bewahrt hast. Vielleicht gelingt es dir heute Nachmittag, ein wenig Abstand von deiner Arbeit zu gewinnen."

Während des Kaffeetrinkens berichtete Wolfgang Sperber seiner Frau, was sich an diesem Morgen im Krankenhaus zugetragen hatte.

Julia sah ihren Mann besorgt an: „Das scheint eine anstrengende Ermittlung zu sein, die dich da gerade beschäftigt. Ich habe mich heute früh über den Kommentar von Mostrich in der Zeitung geärgert. Dass dieser Mensch so unverschämt über euch herzieht. Ich staune nur, zu welchen Behauptungen der sich hinreißen lässt, nur um sein Blättchen etwas interessanter zu machen."

Julia blies empört die Wangen auf und rollte ihre Augen.

Ihr Mann nickte und schaute sie mit gespieltem Erstaunen an: „Ihr Psychiater habt doch sonst für alles eine Erklärung. Im Fall Mostrich schlage ich vor: frühkindliches Uniformtrauma, Autoritätskonflikte, ausgelöst durch seine beiden Elternteile, Obrigkeitsphobien, oder ganz einfach ein klassischer Minderwertigkeitskomplex, der sich gegenüber beamteten Personen austobt."

Julia schüttelte grinsend den Kopf: „Du bist schon ganz gut. Hört sich an wie unsere Fachsprache, ist aber nur Wolfgang-Larifari. So einfach geht es nicht mit einer seriösen Diagnose, wie sich das Klein-Wolfgang vorstellt. Bei dir stelle ich jetzt neben dem gemeinen Mostrich-Trauma eine gewisse Müdigkeit fest. Ich denke, du solltest dich ein wenig ausruhen."

Ihr Mann reagierte ebenfalls grinsend: „Was mich betrifft, schließe ich mich deinem fachlich fundierten Urteil an. Ich bin tatsächlich ein wenig müde. Aber Scherz beiseite. Mostrichs Kürlaufen würde mich nicht so besonders aufregen, weil das sozusagen sein Geschäftsinteresse ist und er sich anscheinend als selbst ernannter Sicherheitsverwalter Ansbachs darstellen möchte. Was mich ärgert, ist vielmehr die panische Reaktion meiner Vorgesetzten auf diesen Unsinn. Dotzauer lässt sich nach ein paar kritischen Sätzen jedes Mal gleich auf die Palme jagen. Die Tat ist erst vorgestern geschehen und heute sollte sie schon aufgeklärt sein."

Jetzt hatte sich doch eine gewisse Bitterkeit in seine Stimme eingeschlichen. Kopfschüttelnd murrte er: „Mir scheint, er hat jede Bodenhaftung verloren. Kein Wunder bei seinem Schreibtisch- und Sitzungsjob! Heute soll übrigens um siebzehn Uhr eine Pressekonferenz steigen. Der Herr Polizeidirektor will dabei Ergebnisse zum Besten geben, die wir ihm nachher schnell noch liefern sollen."

Erregt fuhr er fort: „Ich fände es gut, wenn er ab und zu mit uns zu den Tatorten und auf die Straße ginge, damit er wieder mehr Gespür für unsere Arbeit bekäme."

Wolfgang Sperber hatte sich in Rage geredet.

Julia legte ihm die Hand auf den Arm: „Recht hast du, mein lieber Wolfgang. Komm, lass uns über angenehmere Dinge sprechen."

Julia leitete das Gespräch nun geschickt in eine andere Richtung. Sie berichtete, dass sie im Vorbeigehen bei einen Reisebüro Kataloge geholt hatte. Beide schwelgten noch ein wenig in Urlaubsträumen, dann legte sich Sperber zehn Minuten auf die Coach im Wohnzimmer und dabei gelang es ihm wunderbar, sich ein wenig aus dem laufenden Geschehen auszuklinken.

Als er sich von Julia mit einem Kuss verabschiedete, sagte er: „Das war jetzt wie ein ‚Miniurlaub'. Danke für deine großartige Mitwirkung dabei. Ich wünsche uns beiden einen erfolgreichen Nachmittag. Bis heute Abend, Liebste!"

Schnellen Schrittes eilte Sperber anschließend von seinem Haus zum Hotel Augustiner. Unterwegs kam ihm ins Bewusstsein, wie schön dieser Tag inzwischen geworden war. Die leichten Wolken hatten sich wieder verzogen und die Sonne leuchtete vom blauen Himmel. Der Frühling hatte an den vergangenen dunklen Tagen zunächst fast unbemerkt Einzug gehalten. Das sprießende Grün war jetzt unübersehbar. Allenthalben blühte es schon. Die Farben der Blumen in den Beeten und Anlagen beim Brücken-Center glühten richtig. Sperber verlangsamte seinen Schritt einen Moment, um die lang ersehnte Pracht auf sich wirken zu lassen. Dann schritt er wieder schneller aus und gelangte zu der Fußgängerbrücke, die eine viel befahrene Straße kühn überspannte.

Natürlich bemerkte er die zwei braunhäutigen Bettler, die den Passanten, auf der Brücke sitzend, in demutsvoller Haltung ihre Mützen entgegenhielten und um eine Gabe baten. Die meisten der Vorübergehenden wandten jedoch den Blick ab, liefen kleine Bögen um die kauernden Gestalten. Womöglich wichen sie dabei ihren eigenen Gefühlen aus, die zwischen Ärger über das Angebettelt-Werden und dem Mitleid mit den erbärmlich anzusehenden Gestalten hin und her pendelten. Andere warfen Geldstücke in die ausgelegten Mützen.

Sperber kannte die beiden Bettler ganz gut. Er wusste, dass sie wegen Verdachts auf Diebstahl schon einige Male auf der Inspektion vernommen worden waren. Der Verdacht schien jedoch mehr ihrem fremdartigen Aussehen geschuldet. Tatsächlich war ihnen bisher kein Vergehen nachzuweisen. Sie schienen ihn auch zu kennen, denn sie verbeugten sich mit verlegenem Lächeln vor ihm, als er vorbeiging. Er grüßte sie mit einem Kopfnicken.

Natürlich war ihm bewusst, dass beide vermutlich einer Gruppe angehörten und den Großteil ihrer Einnahmen an einen Organisator abgeben mussten. Diese Männer wurden von anderen ausgebeutet, das war für ihn sicher. Für die Polizei war es nur möglich einzugreifen, wenn Beschwerden über ein allzu aufdringliches Betteln eingingen. Sperbers gute Laune verzog sich augenblicklich bei diesem Gedanken.

Vorbei an der Sankt-Johannis-Kirche über den Martin-Luther-Platz durch die lebhafte Utzstraße, Neustadt, Karlstraße erreichte er in wenigen Minuten das Hotel Augustiner in der Karolinenstraße.

In der Eingangshalle die bekannten Gesichter der Kollegen. Er ging zu einer gepflegt aussehenden, älteren Dame hin, die wartend hinter ihrer Empfangstheke stand. Sie begrüßte ihn als Geschäftsführerin des Hauses. Er stellte sich ebenfalls vor und zeigte ihr seinen Dienstausweis. Karlo reichte ihm wortlos den Durchsuchungsbeschluss, den Sperber Frau Wagner vorlegte: „Wir möchten das Zimmer von Frau Kuhn ansehen. Bitte führen Sie uns hin."

Die Dame las das amtliche Formular aufmerksam und gab es dann dem Beamten verbindlich lächelnd zurück. „Selbstverständlich, Herr Hauptkommissar", sagte sie und bedeutete ihnen mit einer einladenden Geste, ihr zu folgen.

Im ersten Stock des Hotels schloss sie die Zimmertüre mit der Nummer „104" auf.

Sperber wandte sich ihr zu: „Ist Ihnen an dieser Frau irgendetwas aufgefallen?"

Die Dame überlegte einen Moment, dann antwortete sie: „Die junge, hübsche Frau wirkte auf mich in ihrer ganzen Person eher zurückhaltend. Sie sprach perfekt

Deutsch, allerdings bemerkte ich einen deutlichen englischen Akzent. Sie gab als Wohnsitz London an. Frau Kuhn hat das Zimmer für zwei Nächte gemietet, mit der Option, unser Hotel bereits nach einer Nacht zu verlassen. Mehr kann ich Ihnen leider nicht sagen."

Sperber lächelte sie freundlich an: „Vielen Dank, das sind schon einige wichtige Hinweise. Ich möchte Sie bitten, uns nun ganz ungestört unsere Arbeit tun zu lassen."

Die elegante Dame nickte verständnisvoll und ging über die Treppe wieder an ihren Arbeitsplatz hinunter.

Die Polizisten traten ein, sehr bedacht, etwaige Spuren nicht zu zerstören.

Sperber blickte sich um und kam für sich zu dem Ergebnis, dass auf den ersten Blick alles so war, wie es die Hotelbesitzerin beschrieben hatte.

Da war der unausgepackte Koffer. Im Badezimmer eine halb gefüllte Kosmetiktasche. Nur das Nötigste stand auf der Ablage vor dem großen Spiegel.

Er wandte sich Arpogaus zu, der schon in seinem weißen Schutzanzug hinter ihm stand.

„Gottfried, bitte schaut alles durch. Ich rufe dich um zirka fünfzehn Uhr an, ob ihr etwas Besonderes gefunden habt. Um siebzehn Uhr findet eine Pressekonferenz statt. Vielleicht können wir der Pressemeute etwas Neues zum Fraß vorwerfen."

Der Kriminaltechniker deutete einen militärischen Gruß an: „Aye, aye Sör!"

Dann wies er seine Mitarbeiter in routinierter Weise ein.

Zu Karlo und Konstanze gewandt sagte Sperber: „Ich meine, wir können das alles hier Arpogaus und Co überlassen. Wir nehmen uns jetzt das kirchliche Personal und die Nachbarn von Sankt Gumbertus vor. Konstanze, befrage bitte die Nachbarn und schau mal in der Kartei nach jemandem, der irgendwie durch seine kriminellen Aktivitäten in das Schema eines möglichen Täters passen könnte. Karlo, du redest bitte mit der Sekretärin, Frau Besendörfer. Ich werde den Mesner und den Hausmeister aufsuchen. Wir treffen uns in eineinhalb Stunden wieder in der Inspektion zu einer Besprechung."

Nicht lange danach läutete Karlo beim Pfarramtsbüro von Sankt Gumbertus an. Der Türöffner surrte. Er trat ein. Im Büro herrschte ein Chaos, als wäre ein Sturm darüber hinweggefegt. Jede nur denkbare Ablage war übersät mit aufgeschlagenen Büchern, Ordnern und Schriftstücken aller Art. Dazwischen stand die etwas aufgelöst wirkende Sekretärin.

Im schönsten „Edelfränkisch" stieß sie hervor: „Allmächt, Sie scho wieder! Was wollns denn jetzt? Ich hob doch wirklich alles gsagt, was ich weiß."

Heidi Besendörfer fuhr sich nervös durch ihr bereits verwuscheltes dunkelblondes Haar und wandte die Augen genervt zum nicht vorhandenen Himmel.

„Ich hob doch gsagt, ich kenne diese Frau nicht. Ich weiß nicht, was die in der Gruft gwollt hat, und ich weiß auch nicht, was die da gesucht hat." Genervt fuhr sie mit erhobenen Händen fort: „Also, ich wor ganz quies net die Täterin. In der Nacht hob ich ganz brav neben meinem Mo gschlofn. Den könnens ja fragen. Herr Polizist, jetzt lassens mich halt bittschön in Ruhe mei Arbeit machen. Sie segn doch des Chaos, oder? Ich hob einfach zu wenig Stunden, um des alles zu schaffen."

Plötzlich verzerrte sich ihr Gesicht und sie begann zu schluchzen. Die Tränen rannen ihr über die Wangen und sie konnte nicht weitersprechen, weil es sie nur so schüttelte.

Karlo war angesichts der Gefühlsausbrüche der Frau etwas schockiert und wusste nicht recht, wie er darauf reagieren sollte. „Also Entschuldigung!“, stammelte er, „ich – äh, also es tut mir leid! Ich wollte Sie echt nicht noch mehr unter Druck bringen. Ich kann mir schon denken, wie das ist, wenn man sich nicht mehr hinaussieht vor lauter Arbeit.“

Karlo reichte Frau Besendörfer ein Papiertaschentuch. Sie wischte sich die Augen, schnäuzte sich geräuschvoll die Nase und sah ihn mit tränenfeuchten Augen an: „Na ja, tut mir auch leid. Ich bin mit meinen Nerven völlig runter. Das mit der Frau und unserem armen Pfarrer Schneider is scho schlimm gnug, aber wos denken Sie, wos ich mir den ganzen Tag hier drin anhören muss. Am Vormittag stehen die Neugierigen Schlange und wolln mich nach Neuigkeiten ausfragen. Am Nachmittag kommen immer wieder Damen und Herren vom Kirchenvorstand vorbei, um – wie sie sagn – ‚nach dem Rechten‘ zu sehen. Die schaun sich dann hier überall um, lesen, was ihnen vor die Augen kommt, so schnell kann ich das alles gar nicht verräumen. Dabei sind's misstrauisch, als tät ich hier drin was anstellen. Wenn so jemand endlich wieder weg is, mach ich drei Kreuzli! Ein solches Theater hob ich noch von keinem Pfarrer erlebt, des sog ich Ihnen! Und alle haltens mich von der Arbeit ab. Und jetzt kommen Sie a no.“

„Also, ich gehe jetzt gleich wieder: Nur noch eine Frage: Haben Sie hier im Büro einen Schlüssel zur Gruft?“

„Na freilich, wer soll denn aufsperren, wenn sonst niemand da ist? Wenigstens das Büro ist regelmäßig besetzt.“

„Kann ich den Schlüssel einmal sehen?“

Frau Besendörfer schüttelte resigniert den Kopf und fing an, in einer Schublade zu kramen. Schließlich zog sie einen großen, alten Schlüssel heraus und hielt ihn Karlo mit anklagender Miene vors Gesicht: „Da ist er. Was soll denn das jetzt wieder?“

„Vielen Dank. Ich weiß erst mal, was ich wissen wollte."

Frau Besendörfer machte ein verwundertes Gesicht und warf den Schlüssel abermals kopfschüttelnd zurück in die Schublade.

Karlo bedankte sich kurz und verabschiedete sich schnell von ihr.

Als er die Türe des Pfarramtes hinter sich geschlossen hatte, wurde ihm bewusst, wie er sich während des Gespräches mit der Sekretärin verspannt hatte. Auf dem Flur des Gebäudes lehnte er sich an die Wand und atmete ein paar Mal tief ein und aus. Diese Frau weckte in ihm allerlei unangenehme Empfindungen. Hinter ihrem weinerlichen Getue verbarg sich eine spürbare Aggressivität, die sich auf Karlo irgendwie übertragen hatte. Er hätte in diesem Moment am liebsten laut geschrien, um sich von dem inneren Druck zu befreien, der sich in der kurzen Begegnung mit dieser sonderbaren Frau in ihm aufgebaut hatte.

Energisch stieß sich schließlich von der Wand ab und riss die Eingangstüre des Hauses nach außen auf.

Mit einem Satz sprang der junge Mann dann die Stufen vor der Eingangstüre hinab und joggte ein Stück die Pfarrgasse entlang. Ihm war durchaus bewusst, dass seine Handlungen etwas Fluchtartiges hatten, aber er brauchte nach diesem Gespräch einfach Bewegung und vor allem frische Luft.

Als er die Gumbertuskirche hinter sich gelassen hatte, verspürte er den Wunsch, eine Tasse Kaffee zu trinken. Gleichzeitig erschien vor seinem geistigen Auge das Bild der attraktiven Bedienung im Lieblingscafé seines Chefs. Sofort schlug er den Weg dorthin ein. Die frühlingshafte Temperatur erlaubte ihm, sich an einen Tisch vor dem Lokal zu setzen. Es war so, als hätte Lissi schon auf ihn gewartet, denn kaum hatte er sich niedergelassen, trat sie aus der Türe des Lokals und mit einem erfreuten Lächeln auf ihn zu.

Noch Dienstagnachmittag

Konstanze, sportlich, schlank, mit dunkelbraunem, fast schwarzem, kurz geschnittenem Haar und tiefblauen Augen, saß versonnen an ihrem Schreibtisch und ließ den Tag noch einmal vor ihrem geistigen Auge ablaufen. Die vergangenen Stunden waren für sie mit viel Aktivität erfüllt gewesen. Das Ergebnis der Gespräche fiel recht mager aus.

Aus der Kartei hatte sie allerdings eine längere Liste von Personen herausgefischt, die durch ihre Gewalttätigkeit in Erscheinung getreten waren.

Gleich würde sie in das Büro von Wolfgang Sperber hinübergehen. Soweit sie zu dieser Tageszeit zu Hause waren, hatte die Polizistin die Nachbarn rings um die Kirche befragt. Anscheinend hatten alle in der Nacht der Tat wunderbar geschlafen und absolut nichts gehört oder gesehen.

Pech, aber daran ließ sich jetzt nichts ändern. Die Liste der Verdächtigen würden sie abarbeiten. Vielleicht brachte sie das weiter?

Ein kummervoller Blick von ihr, gefolgt von einem Seufzer, galt dem Stoß Akten vor ihr. Sie hätte auch ohne diesen Fall wirklich genug zu tun. Sie konnte sich nicht erklären, warum der Fall „Flügelschlag“ so hochgejubelt wurde. Na ja, das Geschehnis war schon sehr rätselhaft und die verletzte Frau tat ihr auch leid, aber schließlich war doch kein Mord geschehen.

Sie, die am liebsten nach ihrer eigenen Fasson arbeitete, fühlte sich von Dotzauer unangenehm gegängelt. So von außen bestimmt und gedrängt zu werden, behagte ihr nicht und, wie sie annahm, ihren beiden Kollegen auch nicht. Ihre Gedanken schweiften einen Moment ab. Konstanze sehnte den kommenden Abend herbei. Sie lebte allein in ihrer kleinen, aber feinen Wohnung am Weinberg. Das große Fenster und der geräumige Balkon erlaubten ihr einen gänzlich unverbauten Blick über die ganze Altstadt von Ansbach.

Nachdem sie nach dem Tod ihrer kinderlosen Patentante zur Alleinerbin über deren beträchtliches Vermögen geworden war, hatte sich Konstanze eine Luxuswohnung gekauft. Dazu ein rotes VW Beetle Cabriolet. Damit war ein lang gehegter Traum für sie in Erfüllung gegangen, den sie sich von ihrem Beamtengehalt erst nach einer längeren Zeit des Sparens hätte leisten können. Sie legte Wert auf geschmackvolle Kleidung und konnte sich nun sowohl legere, praktische Stücke als auch Extravaganteres in einigen nicht ganz billigen Läden in verschiedenen Orten der Umgebung oder an ihren Urlaubsorten kaufen.

Eigentlich hatte sie ihre mehr als komfortable finanzielle Situation nun davon befreit, weiter berufstätig sein zu müssen, nur konnte sie sich ein Leben ohne Polizeidienst schlicht nicht vorstellen. Ihr Vater war bereits Polizist gewesen. Er liebte seinen Beruf und erzählte immer wieder begeistert von seinen spannenden Erfahrungen. Diese Begeisterung hatte sie angesteckt und bei ihr schon früh den Wunsch geweckt, in seine Fußstapfen zu treten. Ihr Vater lebte inzwischen mit ihrer Mutter im Ruhestand in seiner Heimatstadt Würzburg. Mit ihren Eltern verband sie ein gutes, liebevolles Verhältnis. Sie fuhr gerne zu ihnen in die schöne Stadt, die ihr schon wegen der Studenten an den zahlreichen Hochschulen um einiges jugendlicher und dynamischer erschien als das manchmal etwas bieder auf sie wirkende Ansbach. Ihre Eltern freuten sich jedes Mal sehr, wenn sie kam, um sie unter ihre Fittiche zu nehmen und zu verwöhnen.

In Würzburg hatte sie sich ein kleines Apartment zugelegt, das sicherte ihr die nötige Selbstständigkeit, die sie auch dort brauchte. Würzburg, das war jedes Mal ein kleiner Urlaub für sie.

Gut, dass sie, durch ihre finanzielle Unabhängigkeit, auch in ihrer Freizeit machen konnte, was ihr Spaß machte. Wenn sie Lust hatte und ihr Dienst es zuließ, ging sie manchmal spontan auf Reisen.

Sportliche Aktivitäten boten ihr den erholsamen Ausgleich zu der oft zermürbenden Kleinarbeit in ihrem Beruf. Ihre Wettkampferfolge in verschiedenen Kampfsportarten gaben ihr immer wieder Auftrieb. Sie übte sich konsequent jede Woche darin.

In den Sommermonaten segelte sie gerne auf den nahe gelegenen Seen. Sie joggte, fuhr Fahrrad durch die reizende Landschaft um Ansbach, schwamm mit Begeisterung und wenn sie Lust dazu hatte, blieb sie einfach einen Tag in ihrer Wohnung, die sie sehr liebte, faulenzte auf dem Balkon, las, sah fern, kochte sich etwas Leckeres und verwöhnte sich einfach selbst.

Gegenüber ihren Kollegen hatte sie ihre Erbschaft nicht an die große Glocke gehängt, nur Sperber und Grollmisch wussten, dass es ihr finanziell sehr gut ging.

Konstanze konnte seit einiger Zeit endlich wieder gut mit sich allein sein. Vor einigen Monaten hatte sie eine zwei Jahre dauernde Beziehung zu einem Mann abgebrochen, der es fertiggebracht hatte, ein schon länger andauerndes intimes Verhältnis zu einer anderen Frau vor ihr zu verbergen. Schließlich war sie ihm aber doch auf die Schliche gekommen. Sie hatte die Entdeckung dieser schockierenden Untreue als einen Bruch erlebt, der sich nicht mehr kitten ließ, und die Partnerschaft sofort und konsequent beendet. Konstanze war mit ihrem Leben, so wie es gerade war, recht zufrieden.

Ein erneutes Zusammenleben mit einem Mann konnte sie sich im Moment nicht vorstellen. Die Enttäuschung über Bernds Untreue hatte sie vorsichtig und misstrauisch werden lassen. Allerdings war auch weit und breit niemand in Sicht, der sie wirklich angezogen hätte. Sie war nun zwar allein, fühlte sich aber keineswegs einsam. Dafür sorgten schon ihre wenigen, aber dafür guten Freunde.

Karin war zum Beispiel eine Freundin, die sie schon jahrelang kannte. Beide verstanden sich hervorragend. Mit ihr traf sie sich regelmäßig, um über Gott und die Welt zu plaudern. Diese Begegnungen waren sehr wichtig für sie, gerade nach Tagen, in denen sie Menschen begegnet war, deren Taten und Schicksale ihr unter die Haut gingen. Seit Karin sich mit einem Banker jedoch fest liiert hatte, war es ein wenig schwieriger geworden, dafür Termine zu finden.

Konstanze fühlte sich auch in der Zusammenarbeit mit ihren Kollegen sehr wohl. Wolfgang Sperber war für sie mehr als ein Vorgesetzter. Sie schätzte an ihm seine absolut zuverlässige Kollegialität, bewunderte seine Intuition und die Nervenstärke, die er in kritischen Situationen immer wieder unter Beweis gestellt hatte. Sie kannte auch seine Härte, die hinter der etwas pummelig und gemütlich wirkenden Person nicht sofort zu vermuten war. Am meisten bewunderte sie aber seine Menschlichkeit, mit der er seinen Mitarbeitern und oft auch ihren Klienten begegnete. Mit ihrem jungen Kollegen, Kommissar Karlo Grollmisch, konnte sie wunderbar herumflachsen. Sein jugendlicher Überschwang war ihr aber manchmal zu unberechenbar. Wenn es darauf ankam, konnte sie sich jedoch auf ihn verlassen, diese Erfahrung gehörte auch zu ihrem beruflichen Miteinander.

Mit Barbara Robertazzi verband sie eine Freundschaft, die aus der Situation von zwei Frauen heraus entstanden war, die in einem Beruf arbeiteten, der nach wie vor, zumindest in ihrer Inspektion, von Männern dominiert wurde.

Manchmal war ihre Arbeit gefährlich, aber die meiste Zeit verbrachte sie mit Recherche, Berichteschreiben, Befragungen, Sitzungen und dem Herumwühlen in irgendwelchen Akten und Archiven. Die Narbe eines Messerstichs an ihrem Oberkörper erzählte jedoch anschaulich davon, dass es auch anders sein konnte. Von einem Moment zum anderen konnte bei einem Einsatz eine Situation eintreten, mit der niemand gerechnet hatte. Ab und zu sehnte sie sich einen Menschen herbei, mit dem sie vertrauensvoll schwere Erfahrungen besprechen konnte. Sie wusste, dieser Wunsch kam und ging auch wieder. Deswegen eine neue Beziehung zu beginnen, wäre ihr nicht eingefallen. Konstanze genoss ihre Freiheit im privaten Bereich und war nicht geneigt, sie so schnell wieder aufzugeben.

Sie konnte sich kaum etwas Befriedigenderes denken, als alleine zu ermitteln und dabei ihre „eigene Frau" zu sein. Die dabei erzielten Erfolge bestätigten sie, in ihrer persönlichen Art als Polizistin zu arbeiten.

Sie wollte sich gerade erheben, um in Sperbers Büro zu gehen, da wurde die Türe ihres Büros mit Schwung geöffnet. Herein tanzte Karlo mit einem bekannten Hit auf den Lippen und einem völlig entrückten Gesichtsausdruck. Er machte ein paar Tanzschritte vor Konstanzes Schreibtisch und blickte sie dann irgendwie vergeistigt an.

Konstanze lachte laut auf und rief: „Hallo lieber Karlo, mein kriminalistischer Scharfsinn sagt mir, du bist in irgendeiner Weise berauscht. Lass mich raten: Wie ich dich kenne, ist es weder Alkohol noch eine Droge. Ich bezweifle, dass dich das Gespräch mit der Pfarramtssekretärin so beflügelt hat. Eine Gehaltsaufbesserung steht nicht ins Haus. Hättest du den Täter auf eigene Faust überführt, wärst du auch anders drauf. Also, es kann nur die Liebe sein, die dich so himmlisch beschwingt!"

Und dann im vertraulichen Ton: „Sag, wer ist es? Wen muss ich beneiden?"

„Ach verehrte Kollegin", säuselte Karlo, „die Lissi ist's, die süße Maus! Du weißt schon, das blonde Mädchen mit dem traumhaften Aussehen, aus dem Café, das unser lieber Wolfgang bevorzugt. Sie ist einfach super, und mega bezaubernd! Ich habe mich mit ihr heute Abend zum Essen verabredet. Was meinst du als Frau, soll ich dazu Blumen mitnehmen?"

Mit gespielter Nachdenklichkeit und in Falten gelegter Stirn erwiderte Konstanze: „Jetzt hast du mich kalt erwischt, mein Lieber. Erstens kenne ich die Lissi nur vom Sehen und von daher weiß ich nicht, was sie mag. Eine kleine Investition könnte aber vielleicht für dich sprechen. Auf jeden Fall solltest du sie zum Essen einladen, das macht sich gut." Mit einem Klaps auf die Schulter schob sie Karlo dann Richtung Türe und rief übermütig: „Auf zu unserem Chef, Herr Kriminalkommissar Grollmisch!" Dann säuselte sie scheinheilig: „Ich weiß nicht, ob du noch daran denken kannst, aber da ist ein Fall, der uns heute schon den schönen Tag lang beschäftigt …"

„Ach ja, jetzt wo du es sagst, fällt mir der auch wieder ein", seufzte Karlo mit Leidensmiene, die sich aber gleich wieder aufhellte und einem seligen Grinsen Platz machte.

„Also dann, du verliebter Gockel!"

Konstanze schubste Karlo schwungvoll vor sich her und kitzelte ihn dabei, sodass er ein paar Mal laut aufschrie und schrill lachte.

Von dem Lärm, den die beiden verursachten, aus ihren jeweiligen Beschäftigungen gerissen, öffneten die Büronachbarn auf dem Gang ihre Türen und blickten zuerst irritiert und dann amüsiert auf das lustige Gespann. Barbara, die Sekretärin, stand grinsend und kopfschüttelnd im Türrahmen: „Kindsköpfe!"

„Ihr habt anscheinend viel Spaß!", knurrte Wolfgang Sperber mit gespieltem Ernst, als die beiden kichernd in seinen Arbeitsraum drängten.

„Ein bisschen Spaß muss sein ...", sang Konstanze und fing an, laut zu lachen.

„Mensch, da hast du recht!", stimmte Sperber ihr, nun ebenfalls lachend, zu.

„Gerade heute! Aber heute ist nicht alle Tage, es wird schon wieder, keine Frage! So und jetzt bitte Schluss mit Jux und Tollerei. Es geht an die Arbeit."

Plötzlich stand Polizeidirektor Dotzauer unter der Bürotüre.

Er hatte die letzten Worte wohl noch mitbekommen, denn er stieß wütend hervor: „Ich verlange, dass hier wirklich gearbeitet wird! Mir scheint, Herr Sperber, in Ihrem Team gibt es viel zu viel Jux und Tollerei. Es geht nichts vorwärts und Sie treiben hier Ihren Unsinn. Ich frage mich, welche Arbeitsmoral bei Ihnen herrscht! Mich setzt man unter Druck und hier tut sich nichts. Keine wirklichen Ergebnisse!"

Und dann in voller Lautstärke: „Ich will, dass Sie heute bei dem Pressetermin endlich etwas auf den Tisch legen können, Herr Hauptkommissar. Ihre Erfolglosigkeit in diesem Fall könnte sich sehr ungünstig auf Ihre nächste Beurteilung auswirken!"

Ohne eine Reaktion der betroffen dreinschauenden Kommissare abzuwarten, drehte sich Dotzauer brüsk um und schlug die Türe mit einem lauten Knall hinter sich zu.

„Uff, das war ein kalter Guss!" Konstanze hielt erschreckt die Hand vor den Mund. Karlo schüttelte empört den Kopf und murmelte ein unverständliches Schimpfwort. Dann sagte er kleinlaut: „Wir machen Unsinn und dich trifft der Hammer. Tut mir leid, Wolfgang!"

Sperber war schon dabei, sich von dem Rüffel zu erholen. Er atmete tief durch und resümierte: „Also, das war immerhin eine deutliche Mahnung, an die Arbeit zu gehen."

Die Tür öffnete sich einen Spalt. Barbaras lächelndes Gesicht erschien. „Dotzauers Wutausbruch hat man im halben Haus gehört. Soll ich euch einen Kaffee machen, ihr armen Gescholtenen?"

Sperber antwortete: „Vielen Dank für dein Mitgefühl Barbara, aber unsere Besprechung wird nicht lange dauern. Wir müssen gleich wieder raus."

Zu seinen immer noch betroffen schweigenden Kollegen sagte er: „Lassen wir uns jetzt von dieser Explosion nicht so sehr beeindrucken. Schließlich bleibt uns und nicht Dotzauer die Aufgabe, den Fall zu lösen. Wir wenden uns jetzt einfach wieder unserer Arbeit zu. Alles andere ist gerade Nebensache. Konstanze, haben deine Nachforschungen bei den Anwohnern von Sankt Gumbertus etwas ergeben?"

Konstanze schüttelte bedauernd den Kopf. „Leider nein, keiner hat etwas gesehen oder gehört."

„Wie war das Gespräch mit der Sekretärin, Karlo?"

Der Angesprochene hob die Augen zur Zimmerdecke des Büros, zog die Augenbrauen hoch und ließ die Mundwinkel fallen. Wolfgang Sperber reagierte auf die Mimik des jungen Beamten ungeduldig: „Karlo, deine dramatische Miene sagt viel, aber nicht alles. Spann uns bitte nicht auf die Folter!"

Karlo schüttelte sich ein wenig und berichtete: „Keine ganz einfache Frau, diese überkandidelte Frau Besendörfer. Sie macht auf mich einen ganz und gar unorganisierten Eindruck. Ihr inneres und äußeres Chaos schiebt sie auf Leute, von denen sie angeblich ständig in ihrer Arbeit gestört wird. Sie jammert zum Erbarmen darüber, dass Personen aus dem Kirchenvorstand ihr gewaltig auf den Keks gehen, weil die dauernd im Pfarrbüro herumschnüffeln und dies als ihre Verantwortung für die Gemeinde ausgeben. In der fraglichen Nacht war sie zu Hause bei ihrem Mann, sagt sie. Natürlich hat sie als Sekretärin einen Schlüssel für die Gruft, sie hat mir den Schlüssel gezeigt." Karlo seufzte auf: „Mann, die Frau nervt mich irgendwie!"

Wolfgang Sperber nickte verständnisvoll und berichtete den Kollegen von seinen eigenen Ermittlungen: „Mit dem Mesner, Anton Kreisel, und Hausmeister Georg Striebel habe ich nochmals gesprochen. Der Mesner ist ledig. Er hat gesagt, er habe die ganze Nacht ruhig und friedlich in seinem Bett geschlafen. Sein Schlafzimmerfenster gehe auf der gegenüberliegenden Seite des Gebäudes zum Pfarrgarten hinaus. Er hat nichts gehört und nichts gesehen, behauptet er zumindest. Der alte Hausmeister benannte seine Frau als Zeugin, dass auch er tief und fest geschlafen hat. Seine Frau ist übrigens wohl etwa so alt wie er. Sie ist seit längerem ständig krank und im Moment auch bettlägerig. Striebel gibt an, selbst dauernd kränklich zu sein."

Konstanze Grunwald reckte den Rücken, legte den Kopf in den Nacken, schloss für einen kurzen Moment die Augen: „Alle könnten das Motiv haben, sich etwas Wertvolles aus der Gruft holen zu wollen. Alle kirchlichen Angestellten können jederzeit in die Gruft hinein. Hat sonst noch jemand Zugang zur Grablege? Wer hat wann seinen Schlüssel an wen ausgeliehen? Eine vage

Hoffnung, dass wir auf diesem Weg zum Täter zu kommen. Wir könnten aber wenigstens den Versuch dazu unternehmen."

Sperber nickte nachdenklich. „Das werden wir tun. Karlo, versuche bitte herauszubringen, wer die Schlüssel in dieser Gemeinde verwaltet. Frag nach, welche Personen über einen Gruftschlüssel verfügen. Erkundige dich, wer in den letzten Jahren so einen Schlüssel bekommen hat und ihn vielleicht nicht mehr zurückgab? Man kann einen solchen Schlüssel natürlich leicht nachmachen lassen, aber eine ganz kleine Chance könnte sein, unser Täter hat das nicht getan und hat noch das Original."

Karlo nickte: „Mache ich gleich."

Sperber sagte entschlossen: „Es hilft nichts, wir werden die Gruft noch einmal Zentimeter für Zentimeter durchsuchen müssen. Irgendetwas haben wir darin übersehen. Ich bin sicher, irgendwo finden wir die Spur, die uns weiterhilft. Wir sind schließlich noch am Anfang der Ermittlungen. Jetzt rufe ich zunächst den Gottfried Arpogaus an, ob die Spurensicherung vielleicht etwas Wichtiges gefunden hat."

Er wählte die Nummer und stellte sein Telefon so ein, dass alle mithören konnten.

Der Kriminaltechniker war gleich am Apparat und begann sofort mit seinem Bericht: „Lieber Wolfgang, wir haben alles gründlich abgesucht. Das Ganze sieht natürlich, wie du bemerkt haben dürftest, so aus, als wenn Frau Kuhn sich nur auf der Durchreise in Ansbach befunden hätte. Auf dem Sprung sozusagen. Ganz so, als wollte sie etwas erledigen und gleich wieder abfahren. Das bestätigt auch ein bestimmter Fund: Neben Wäsche, Toilettensachen und allen üblichen Reiseutensilien fanden wir in ihrem Koffer ein Rückflugticket von Nürnberg nach London, datiert auf gestern. In der Mappe mit dem Ticket fand sich ein handschriftlicher Zettel mit rätselhaften Zeilen. Da steht drauf: ‚Zweimal ruckartig links, dann zweimal rechts. Knopf drücken. Nach rechts drehen bis er abgeht.' Wohl eine Gebrauchsanweisung", mutmaßte Arpogaus

„Wir haben leider nicht herausgefunden wofür. Im Gepäck der Frau findet sich jedenfalls nichts, worauf sich diese Anweisung beziehen könnte, und wir haben alles geprüft, das kannst du mir mit geschlossenen Augen glauben. Im Zimmerschrank hing ein eleganter Mantel. Ich frage mich, welche Bedeutung die alte Jacke mit dem Namensschild hatte, die Frau Kuhn in der Gruft anhatte. Vielleicht eine Art Arbeitskleidung, damit der schöne Mantel nicht schmutzig wird? Das war's bisher, wenn wir noch etwas finden, melde ich mich gleich. Den Zettel mit der Gebrauchsanweisung schicke ich dir sofort per Fax zu. Macht es gut, alle miteinander!"

Nach einer Pause von einem Atemzug schob er nach: „Ach, jetzt hätte ich es fast vergessen: Der Inhalt der Spritze aus dem Krankenhauscontainer wurde von uns analysiert. Da war ein ziemlich wüster Cocktail aus verschiedenen Pflanzengiften und Rattengift drin. Früher konnte man das alles noch in Drogerien kaufen. Einiges davon ist jetzt wegen seiner Gefährlichkeit verboten. Scheint aus alten Beständen zu stammen. Jedenfalls hätte die Flüssigkeit meiner Meinung nach mühelos ausgereicht, um Frau Kuhn in ihrem angeschlagenen Zustand ins Jenseits zu befördern. Seht zu, dass ihr diesen gefährlichen Menschen, der so etwas zusammenbraut, bald findet, der meint es zweifellos ernst."

„Danke, Gottfried! Wir sind eifrig dran."

Arpogaus ließ es sich nicht nehmen, das Gespräch mit Ironie zu beenden: „Mir scheint, das ist diesmal eine harte Nuss, aber du hast ja gute Zähne, lieber Wolfgang."

„Ich würde eher sagen, ich habe einen guten Zahnarzt ...", entgegnete Sperber etwas resigniert.

„Gottfried, bitte sag uns Bescheid, wenn dir eine Idee kommt, die uns weiterhelfen könnte."

Nach einem Moment des allgemeinen Schweigens sagte Konstanze eifrig: „Ich will versuchen, etwas über das Leben von Frau Kuhn in England zu erforschen. Ich kenne jemand, der uns vielleicht weiterhelfen kann. Je mehr wir über sie herausbringen, desto näher werden wir an das Motiv des Falles herankommen, denke ich."

„Das denke ich auch", bestätigte Sperber, „ich schlage vor, jeder macht heute noch, so weit er kommt. Morgen geht es weiter. Ich muss nachher zu diesem Pressetermin und mich vorher noch mit Dotzauer abstimmen."

Dienstag, später Nachmittag

Pünktlich um siebzehn Uhr wurden im größten Raum der Inspektion die Kamerascheinwerfer der regionalen Fernsehsender angeschaltet. Sie richteten sich auf drei seriös gekleidete Herren, die mit betont ernsten Gesichtern hinter einem langen Tisch saßen. In den Stuhlreihen vor ihnen saßen die Vertreter der lokalen Medien mit erwartungsvollen Mienen.

Oberstaatsanwalt Doktor Sauber sprach als Erster in das vor ihm positionierte Mikrofon: „Guten Tag meine Damen und Herren! Ich begrüße Sie, auch im Namen von Herrn Polizeidirektor Dotzauer und Herrn Hauptkommissar Sperber. Zunächst werden Ihnen Herr Polizeidirektor Dotzauer, Herr Hauptkommissar Sperber und ich Informationen zum Stand der Ermittlungen im Fall ‚Flügelschlag' geben. Im Anschluss daran können Sie Ihre Fragen stellen. Wir wollen das Gespräch auf eine halbe Stunde begrenzen."

Auf eine Geste von Sauber übernahm Dotzauer das Mikrofon: „Bevor ich mit meinen Ausführungen beginne, möchte ich eine Bitte aussprechen. Wir bemühen uns in diesem Fall außerordentlich um Aufklärung. Unsere Ermittlungen gehen derzeit intensiv in alle Richtungen. Wir sind zwar noch am Anfang, aber bestimmt auf einem richtigen und guten Weg. Aus gegebenem Anlass möchte ich Sie um eine angemessene Berichterstattung in dieser Sache bitten. Leider mussten wir der gestrigen Presse bereits äußerst unsachliche, ja polemische Töne in Bezug auf unsere Polizeiarbeit entnehmen. Dadurch wird in der Bevölkerung nur Misstrauen gegenüber der Polizei gesät. Diese Art der unangebrachten Kritik dient weder uns noch Ihnen. Ihre Berichterstattung kann dadurch leicht in Misskredit geraten und auch das bisher vertrauensvolle Verhältnis zwischen Ihnen und uns Schaden erleiden. Jetzt wird uns Herr Hauptkommissar Sperber über den Stand der Ermittlungen informieren."

Wolfgang Sperber hatte den Worten seines Vorgesetzten mit Erstaunen gelauscht. So unverblümt hatte er Dotzauer selten in der Öffentlichkeit reden hören. Ob das klug war, würde sich herausstellen. In den Ohren von Mostrich, vom Tageblatt, könnte es sich durchaus nach einer Kriegserklärung angehört haben.

Er sammelte sich und stellte kurz die Sachlage dar. „Das Opfer der Gewalttat, Frau Hanna Kuhn, liegt nach wie vor im Koma auf der Intensivstation des städtischen Krankenhauses. Eine Befragung ist also derzeit unmöglich. Ihre Identität ist noch nicht zufriedenstellend geklärt. Neben ihrem Namen konnten wir ermitteln, dass sie von London aus nach Ansbach gereist ist. Sie scheint einen Kurzbesuch in unserer Stadt geplant haben, wie ein aufgefundenes Rückflugticket vermuten lässt. Weder der Anlass ihres Besuches in Ansbach noch der Grund ihres nächtlichen Aufenthaltes in der Gruft von Sankt

Gumbertus sind uns vorläufig bekannt. Der Schwerpunkt unserer bisherigen Ermittlungen lag auf der Fahndung nach dem Täter oder der Täterin. Obwohl es noch nicht gelungen sei, dieser Person zum gegenwärtigen Zeitpunkt habhaft zu werden, werden wir alles Erdenkliche unternehmen, um den Fall ‚Flügelschlag' möglichst schnell aufzuklären. Wir versuchen im Moment, den Kreis der Verdächtigen einzugrenzen", erklärte Sperber den Anwesenden in sachlichem Tonfall.

Nach dieser Erklärung bat Doktor Sauber die eifrig mitschreibenden Journalisten, ihre Fragen zu stellen.

Die erste Meldung kam von Herbert Mostrich. Er stellte aber überraschenderweise keineswegs eine Frage an die Männer am langen Tisch, sondern wandte sich sofort den anderen Medienvertretern zu.

Mit lauter Stimme rief er: „Liebe Kolleginnen und Kollegen! Was wir hier gerade erlebt haben, kommt einem staatlichen Eingriff in die Pressefreiheit gleich. Mit der hemmungslosen Kritik von Polizeidirektor Dotzauer an unserer wichtigen, den hier anwesenden Staatsvertretern vielleicht recht unangenehmen Berichterstattung ist doch wohl als plumper Versuch zu sehen, unsere kritischen Stimmen gegenüber der Unfähigkeit dieser Organe zum Schweigen bringen. Ich protestiere hiermit ausdrücklich, auch im Namen aller hier anwesenden Vertreter der Öffentlichkeit. Diese hat ein Recht nicht nur auf eine umfassende Information, sondern auch auf die Freiheit der Meinungsäußerung."

Einen Moment herrschte Stille im Raum, dann brach der Sturm los. Alle schienen gleichzeitig zu reden. Im Nu hatte sich die Stimmung aufgeheizt.

„Wir lassen uns von Ihnen keinen Maulkorb umhängen!", wurde gerufen.

Händeklatschen, zwei schrille Pfiffe aus der Journalistengruppe. „Schluss mit Ihren Lügengeschichten! Ihr wollt doch nur euer Versagen kaschieren! Diese Pressekonferenz ist doch nur eine Scheinveranstaltung. In Wirklichkeit verarschen Sie uns!"

Es war Dotzauer anzusehen, dass er sich in diesem Moment wohl sehr viel lieber an einem anderen Ort befunden hätte. Er war puterrot im Gesicht.

In der Absicht, wieder Ruhe in die Versammlung zu bringen, hob und senkte er eine Zeitlang beide Arme mit schnellen, rhythmischen Bewegungen und versuchte damit, die Stimmung wieder zu beruhigen. „Meine Damen und Herren, wir bitten Sie, geben Sie uns doch noch ein wenig Zeit. Wir tun, was in unserer Macht steht. Die Ermittlungen sind in vollem Gange. Verstehen Sie meine Worte doch bitte nicht falsch. Ich wollte Ihnen keineswegs das offene Wort verbieten. Ich versichere Ihnen, dass die Freiheit der Presse für uns ein hohes Gut ist. In den letzten Tagen ist im Ansbacher Tageblatt genug Porzellan zerschlagen worden. Wir sind auf Ihre Fairness angewiesen. Nichts anderes erwarten wir von Ihnen."

Schließlich hatte sein Bemühen Erfolg. Es trat wieder Ruhe ein.

Der sichtlich erregte Oberstaatsanwalt Doktor Sauber wandte sich daraufhin in scharfem Ton an Herbert Mostrich: „Herr Mostrich, wir lassen uns von Ihnen hier nicht in eine bestimmte Ecke drängen! Niemand von uns wird es sich erlauben, die Ihnen zugestandene presserechtliche Freiheit in irgendeiner Weise einzuschränken. Die negative Bewertung unserer Arbeit entbehrt jeglicher Grundlage. Ich sehe darin lediglich einen Versuch von Ihnen, sich wichtig zu machen! Im Übrigen stehe ich voll und ganz hinter den Worten von Herrn Polizeidirektor Dotzauer und habe vollstes Vertrauen in die bewährte Kompetenz der Sicherheitskräfte unserer Stadt, vertreten durch Hauptkommissar Wolfgang Sperber, der mit seinem Team seit Jahren eine hervorragende Arbeit macht."

Bevor das Protestgeschrei wieder einsetzen konnte, fuhr er hastig fort: „Wer von Ihnen noch eine sachliche Frage stellen will, möchte das bitte jetzt tun."

Offenbar hatte sich die Aufregung nach der Erklärung von Sauber etwas gelegt. Einige Hände gingen in die Höhe. „Haben Sie schon irgendeinen Verdächtigen?", wollte eine Journalistin wissen.

Sperber antwortete: „Ich bitte um Verständnis, dass ich diese Frage zum gegenwärtigen Moment der Ermittlungen nicht beantworten kann."

Wieder erhob sich Unruhe. Ein älterer Journalist meldete sich zu Wort und lächelte hämisch, als er lautstark rief: „Täuschen Sie sich nicht, meine Herren, wir haben durchaus Mittel und Wege, die Wahrheit über Ihre Vorgehensweise und über Ihr Versagen herauszufinden."

Sperber entgegnete ihm im neutralen Ton: „Solange Sie sich dabei im gesetzlichen Rahmen bewegen und solange Sie bei der Wahrheit bleiben, ist das auch Ihr Recht."

Die ruhige Reaktion Sperbers auf zwei weitere provokante Fragen brachte die Versammlung auf eine weniger emotionale Ebene.

Nun folgten interessierte Fragen zur Sicherheitssituation im Krankenhaus und zu einzelnen Punkten der Ermittlungen. Sperber gelang es, in sehr auf Sachlichkeit bedachten Antworten die Ruhe in der vorher erregten Veranstaltung mehr und mehr zu stabilisieren.

Schließlich deutete Doktor Sauber auf seine Armbanduhr: „Die vorgesehene Zeit der Pressekonferenz ist schon überschritten. Ich danke Ihnen, meine Damen und Herren, für alles ernsthafte Interesse."

Die drei Herren erhoben sich erleichtert und wollten den Raum durch eine rückwärtige Türe verlassen. Sie wurden jedoch sofort von Medienleuten umringt, die sie mit Fragen eindeckten. Doktor Sauber und Dotzauer wehrten alle Zurufe jedoch mit Gesten wortlos ab.

Sperber wandte sich dem Saal zu und beobachtete, dass in einer Gruppe der Medienvertreter eine sehr lebhafte Diskussion im Gange war. Im Mittelpunkt der Debatte stand Mostrich, der lautstark redete und mit den Armen fuchtelte. Sperber nahm das heftige Agieren des Pressemannes mit einiger Besorgnis zur Kenntnis. So einfach war der schwelende Konflikt zwischen Mostrich und ihnen nicht zu löschen, da war er sich sicher.

Auf dem Weg zum Ausgang des Gebäudes spürte Wolfgang Sperber die Spannung zwischen den beiden Männern neben sich fast körperlich. Auf dem Gehweg vor dem Haus angelangt, sagte Doktor Sauber zu Dotzauer in tadelndem Ton: „Also, bei allem Respekt, ich muss schon sagen, Herr Dotzauer, sehr diplomatisch fand ich nicht, was Sie gerade geboten haben. Das wird einigen Ärger mit den Medien und damit Irritationen bei unseren Vorgesetzten nach sich ziehen. Ich möchte morgen Vormittag noch mal mit Ihnen darüber sprechen. Sie haben durch Ihre ungeschickten Worte gleich zu Anfang der Pressekonferenz Wege verbaut. Das war Pfusch, das möchte ich Ihnen gesagt haben!"

Dotzauer schien bei diesen Worten ein wenig kleiner zu werden.

Ohne eine Reaktion des Angesprochenen abzuwarten, ging Doktor Sauber mit schnellen Schritten von den beiden Polizisten weg.

Dotzauer stand wie ein begossener Pudel da, dann straffte er sich, blickte Wolfgang Sperber empört an und keuchte: „Es ist immer das Gleiche. Dieser Mostrich dreht einem das Wort im Mund um. Ich wollte doch nur, dass etwas mehr Sachlichkeit in die Berichterstattung kommt. Mostrich hat wirklich das Zeug zu einem dieser schmutzigen Billigzeitungsjournalisten. Ein unverschämter Kerl!" Dabei schnaubte er wie ein wütender Stier.

Fast tat er Sperber ein wenig leid. Der versuchte, ihn zu beruhigen: „Warten wir doch erst ab, wie sein nächster Artikel ausfällt. Vielleicht sollten wir uns einmal in Ruhe mit ihm zusammensetzen und reden, um die Beziehung zwischen ihm und uns zu klären."

Mit einer unwirschen Handbewegung gab Dotzauer Sperbers Vorschlag eine Absage: „Wenn er den Krieg will, kann er ihn haben! Ich sage: Vorerst keine Informationen mehr direkt an Redakteur Mostrich. Wir trocknen seinen Sumpf einfach aus." Mit wutverzerrtem Gesicht fuhr er fort: „Der frühere Bundeskanzler Willy Brandt soll einmal gesagt haben: ‚Journalisten sind Randerscheinungen der holzverarbeitenden Industrie.' Dieser elende Mostrich ist auch so eine erbärmliche Randerscheinung. Den stellen wir ab jetzt kalt, dann kann er sehen, woher er seine Nachrichten bekommt."

Sperber verzichtete darauf, Dotzauer darauf hinzuweisen, wie unrealistisch und kindisch er diese Idee fand. Sein Chef schien im Augenblick keinem positiven Gedanken zugänglich.

Dotzauers Wut suchte derweil ein näher liegendes Ziel. Er fauchte: „Alles kommt daher, weil Sie und Ihre Abteilung nicht weiterkommen. Und wer hat es auszubaden? Ich, wer sonst! Ich will endlich eine Festnahme. Haben Sie gehört?"

Sperber nickte und verzog seinen Mund missbilligenderweise.

Dann wandte sich brüsk ab und ging ebenso grußlos weg wie vorher der Oberstaatsanwalt, ohne sich nochmals umzusehen.

Einige Zeit lief er schnell mit verbissenem Gesicht dahin, ohne nach rechts und links zu sehen. Er musste seinen Ärger erst einmal in Energie umwandeln. Dann überquerte er die Promenade, die Fußgängerampel zeigte zufällig Grün an. Sperber lief über die Straße, durchquerte schnellen Schrittes die Neustadt und erreichte schließlich den lebhaften Martin-Luther-Platz. Erst dort spürte er, wie die Spannung und der Ärger über seinen Vorgesetzten mit jedem weiteren Schritt von ihm wichen.

Dienstagabend

Wieder einmal beglückwünschte er sich, dass es ihm möglich war, den Weg von seiner Dienststelle zu seinem Haus, im sogenannten Rüglander Viertel, zu Fuß zurückzulegen. So wie jetzt hatte er dabei schon oft von seiner Arbeit Abstand gewonnen.

Seine Aufmerksamkeit wandte sich mehr und mehr seiner Umgebung zu. Er nahm die Menschen wahr, die ihm entgegenkamen, viele mit Taschen und Tüten bepackt, in denen sie vermutlich ihre Einkäufe aus dem Brücken-Center nach Hause trugen. Auffällig viele junge Menschen waren darunter, Studenten vielleicht, die aus einer Vorlesung in der Fachhochschule kamen.

An der Brücke über die vierspurige Bundesstraße grüßte ihn schon von weitem eine Skulptur. Die überlebensgroße Figur eines hellgrauen Herrn mit fliegenden Haaren und einer großen Tasche in der Hand regte ihn zu ganz anderen Gedanken an. „Ein Mann auf Reisen" oder so ähnlich nannte sich das Abbild. Eine Gestalt, in der viel Dynamik und Witz steckten. Es war eines von den Kunstwerken, die von der jährlich stattfindenden Skulpturenausstellung der Stadt übrig geblieben oder besser gesagt als besonders ansprechend empfunden aufgekauft worden war. Auf der anderen Seite der Brücke stand als weiteres Werk des gleichen Künstlers das

Gegenstück zu dem Reiselustigen: eine Frauengestalt mit Hund und großer Tasche. Sperber mochte beide und er war dankbar, dass ausgerechnet sie hier standen.

Der Kriminaler war keiner, der vor jedem Kunstwerk reflexartig in die Knie sank. Dazu war er einfach zu sehr Realist. Meistens behielt er aber seine Meinung über Kunst für sich, denn der Respekt vor Einstellungen anderer gehörte bis zu einem gewissen Grad zu seiner Lebenseinstellung. „Leben und leben lassen!" Solange ein Mensch das Lebensrecht und die Unversehrtheit der anderen Menschen respektierte.

In manchen Jahren waren Skulpturen über die Innenstadt verteilt gewesen, mit denen er nichts anfangen konnte. Ja, es schien ihm einmal so, als hätte ein ganz Schlauer seinen Schrott auf diese Weise entsorgt.

Ein früherer Bürgermeister hatte unglücklicherweise eine Schwäche für einen Künstler, der nach Sperbers Meinung seine schlimmsten Alpträume in Metall gegossen hatte, um andere Menschen auch daran zu beteiligen. Obwohl man durch den grausigen „Dürerhasen" dieses Künstlers in Nürnberg eigentlich hätte gewarnt sein sollen, hatte man sich von Seiten der Stadt Ansbach nicht gescheut, einige dieser glupschäugigen Figuren anzukaufen.

Der weinkelchartigen J.-S.-Bach-Säule am Martin-Luther-Platz schenkte er, wenn möglich, keine Aufmerksamkeit.

Endlich zu Hause angekommen, wurde er von seiner immer noch abgespannten Frau mit einem Kuss empfangen.

„Heute Abend musst du leider wieder mit etwas Kaltem zum Abendessen vorliebnehmen, Schatz", sagte Julia bedauernd. „Ich bin vor lauter Arbeit nicht dazu gekommen zu kochen, obwohl es in Romanen doch manchmal heißt: ‚Sie kochte vor Wut!' Meinen Spaziergang mit Charlotte musste ich leider auch absagen. Er hätte mir heute wirklich gutgetan, aber die Arbeit an dem Gutachten geht vor und ich bin damit auf dem allerletzten Drücker", Julia seufzte. „Bei aller professionellen Distanz, im Beurteilungsfall dieses messerstechenden Gatten und seiner anderen diversen Gemeinheiten muss ich mich im Sinn von ‚Vor Wut kochen' heute schon an die Kandare nehmen, das war für mich recht anstrengend. Verrate mich bitte nicht, aber so sehr ich mich um Neutralität in der Sache auch bemühe, ich könnte den Kerl zeitweise an die Wand klatschen! Übrigens habe ich dich heute im Fernsehen gesehen, mein Star!", lachte Julia, nun schon etwas lockerer geworden.

Sie begann gleich davon zu erzählen: „Ich habe mir trotz der Arbeit Zeit genommen, die Nachrichten im Fernsehen anzuschauen. Das war im Grunde ein ganz trockener und kurzer Bericht. Man sah euch drei einen Moment an dem langen Tisch sitzen und dann kamst du und hast dein Statement abgegeben. Mehr war es nicht. Das Ganze hat höchstens drei Minuten gedauert."

Sperber atmete auf: „Bin ich froh, dass sie Mostrichs Auftritt weggelassen haben, es gibt anscheinend doch noch vernünftige Journalisten."

Zum Essen holte Wolfgang Sperber eine Flasche Weißwein, den er für besondere Anlässe aufbewahrt hatte. Beide tranken von dem köstlichen Tropfen. Schon nach dem ersten Glas gelang es dem Wein, manche Wogen dieses Tages in angenehmer Weise zu glätten.

Sperber zog sich danach auf seine Couch zurück und widmete sich mittels eines Buches dem ausgehenden Mittelalter. Die Erforschung dieses Teils der Geschichte war eine weitere Liebhaberei von ihm. Darin konnte er völlig versinken.

Julia hatte nebenan ein wenig ferngesehen. Später

kam sie herein, legte einen Arm um ihn, gab ihm einen Kuss und flüsterte ihm etwas ins Ohr. Sperbers Augen begannen zu leuchten. Er lächelte und nickte zustimmend. Beide löschten nach und nach alle Lichter im Haus, nur in einem Raum brannte das Licht noch eine ganze Zeitlang durch den geschlossenen Vorhang hindurch in den dunklen Garten des Hauses.

Stunden vorher hatte Dekan Ernst Hase den Kirchenvorstand von Sankt Gumbertus wiederum zu einer außerordentlichen Sitzung in das Gemeindezentrum eingeladen. In seinem eiligst verteilten Schreiben hatte er eine besondere Überraschung versprochen.

Erwartungsvoll waren alle Gemeindevertreter pünktlich erschienen. Der Dekan war schon da, als die Ersten eintrafen. Er war nicht allein.

Als er die Ankommenden begrüßte, saß ein schon ziemlich betagter, grauhaariger Mann am Konferenztisch. Er trug einen schwarzen Anzug, der gewiss schon bessere Tage gesehen hatte. Auch Hemd und Krawatte entsprachen, gelinde gesagt, nicht der neuesten Mode.

Alle Kirchenvorsteher bewegte die Frage: Wer ist das und was macht der hier?

Als sie im großen Karree Platz genommen hatten, setzte Hase zu einer kleinen Begrüßungsrede an.

„Liebe Schwestern und Brüder, Sie mögen sich heute beim Empfang der Einladung wohl gedacht haben, was will denn der Dekan schon wieder von uns? Und dann auch noch mit einer Überraschung!"

Zustimmendes Nicken. Erwartungsfrohes Lächeln.

„Ja, ich habe eine gute, frohe Botschaft für Sie und ich habe sie Ihnen gleich in persona mitgebracht. Zu meiner Linken dürfen wir Pfarrer Pöschel begrüßen und herzlich willkommen heißen!"

Ein einzelnes Vorstandsmitglied prustete los: „Ist das

der angekündigte Vikar? Die werden auch immer älter!" Florian Meusel, jüngstes Mitglied in der Runde und offizieller Vertreter der Gemeindejugend, merkte schnell, dass er der Einzige im Raum war, der über seinen Witz lachte. Der Dekan schoss wütende Blicke auf ihn ab und die meisten anderen schüttelten über den wieder einmal vorlauten jungen Mann empört den Kopf.

Der fremde Gast aber sagte zu aller Überraschung lächelnd mit klarer, lauter Stimme: „Vikar, das war einmal vor langer Zeit, mein junger Freund. Erwin Pöschel, dreißig Jahre Pfarrer von Rehhausen vorm Tann. Seit einigen Jahren im Ruhestand, bin ich Bürger von Neuendettelsau. Ich bin übrigens Ansbacher von Geburt. Ich bin in Ihrer Gemeinde aufgewachsen und bin hier in die Schule gegangen. Mit der Sankt-Gumbertus-Gemeinde verbindet mich manches. Ich war hier vor Jahrzehnten Jugendmitarbeiter und habe in meiner Schul- und Studienzeit oft in Ihrer Kirche als Mesner ausgeholfen, wenn Not am Mann war. Herr Dekan Hase hat mich gefragt, ob ich nicht bis zur Gesundung Ihres Herrn Pfarrer Schneider die ehrenamtliche Vertretung der verwaisten Pfarrstelle übernehmen würde. Nun, ich muss sagen, das Angebot hat mich gefreut und geehrt. Ich bin gerne bereit, wieder etwas für meine Ursprungsgemeinde zu tun. Im Ruhestand habe ich mich schon längere Zeit, ehrlich gesagt, etwas gelangweilt. Gleichwohl muss ich auch bekennen, dass ich beruflich schon etwas aus der Übung bin, aber dafür haben Sie, als Schwestern und Brüder in Christo, bestimmt ein rechtes Verständnis."

Als Pöschel geendet hatte, lag ein seliges Lächeln auf seinem Gesicht. Seine Wangen hatten sich rosig verfärbt. Mit seinem akkurat gezogenen Scheitel und dem straff nach rechts gekämmten Haar wirkte er im Moment wie ein schon etwas seniler Greis vor einem geschmückten Weihnachtsbaum.

Die Kirchenvorsteher gaben sich alle Mühe, ihr Entsetzen zu verbergen. Als wäre er der Sprecher des Gemeindeparlaments, erhob sich Oswald Nothnagel ein wenig von seinem Stuhl, verbeugte sich und krächzte aus trockener Kehle: „Herzlich willkommen und vielen Dank." Dann setzte er sich wieder und sah sich ratlos um.

Frau Stahlheimer fasste sich als Erste. In mütterlichem Tonfall sagte sie zu Erwin Pöschel: „Lieber Herr Pfarrer, ich finde es ja ganz reizend, dass Sie sich in Ihrem Alter nochmals eine solche Last auferlegen wollen, und ich möchte Ihnen bestimmt nicht zu nahe treten, aber meinen Sie nicht auch, dass diese doch anstrengende Arbeit in unserer recht anspruchsvollen und verwöhnten Gemeinde Ihrer Gesundheit schaden könnte? Sie haben sich Ihren Ruhestand doch wirklich verdient und er sei Ihnen von Herzen gegönnt!" Mit einer gönnerhaften Miene lächelte sie dem alten Herrn nach diesen Worten dann auch zu.

„Das war jetzt wieder einmal O-Ton Annemarie!", zischte Kirchenvorsteherin Schwalbe mit vor Wut blitzenden Augen. „Weißt du, manchmal geht mir das auf den Geist, wie du alles schönredest!"

Alle blickten sie nun erschrocken an. Die Schwalbe war schon wieder voll in ihrem Element. Mit einem Ruck wandte sie sich Dekan Hase zu und redete mit sich überschlagender schriller Stimme weiter: „Herr Dekan, bei allem Verständnis für Ihren guten Willen, aber das muss ich jetzt sofort loswerden, sonst platzt mir noch der Kragen: Wofür halten Sie uns eigentlich? Unsere Gemeinde hat eine lange, ehrwürdige Tradition! Wir haben unsere Ansprüche, da hat die Annemarie ausnahmsweise einmal recht! Meinen Sie, jeder kann sich dieser Aufgabe stellen, hier Pfarrer zu sein? Wir hatten in den letzten Jahren schon schwer zu tragen an manchem dieser sogenannten Pfarrherren."

Wie nach einem Hundertmeterlauf hielt die Schwalbe einen Moment schwer atmend inne, redete aber dann, in ihrer hektischen Art immer schneller werdend, weiter: „Gott sei Dank übernahm auch ab und zu mal ein Professor aus Neuendettelsau oder von sonst woanders die Verkündigung, da konnten auch wir, wenigstens von Zeit zu Zeit, eine Auslegung aus wirklich berufenem Mund hören. Und jetzt das! Nichts für ungut, Herr Pfarrer Pöschel, das geht jetzt nicht an Sie. Aber die Grenze des Erträglichen ist hier erreicht, Herr Dekan!"

Staunend und anerkennend hatten alle beobachtet, dass Eveline Schwalbe jetzt wieder einmal fast ohne Atemholen geredet hatte. Leider war ihre Stimme dabei fortwährend immer noch schriller geworden, sodass die Ohren der Zuhörer langsam anfingen, Protest einzulegen.

Dekan Hase bekam vor lauter Verlegenheit über diesen Ausbruch einen feuerroten Kopf und wusste zunächst nicht, wie er der Peinlichkeit dieser Situation entkommen konnte. Händeringend und um eine passende Rede verlegen, blickte er sich Hilfe suchend in der Versammlung um.

Seinem besonderen „Mitbringsel" war das selige Lächeln auch schnell vergangen. Pöschels Augen hatten sich zu Schlitzen verengt. Seine Stirn zeigte eine steile Falte. Dann sprach er plötzlich ganz ruhig und sehr deutlich in die atemlose Runde: „Ich glaube, Sie unterschätzen mich. Ich bin zwar nicht mehr jung, aber an vieles in der Gemeindearbeit kann ich mich durchaus erinnern, auch an taktlose, unverschämte Kirchenvorsteher. Sie können sagen, was Sie wollen, eines aber können Sie im Moment nicht sagen, nämlich wer Ihnen in nächster Zeit die geistliche Arbeit hier macht: Taufen, Trauungen, Beerdigungen, zum Beispiel. Wer betreut Kreise und Gruppen? Wer macht Besuche bei Alten und Kranken? Wer ist der Ansprechpartner Ihrer Erzieherinnen im Kindergarten? Wer übernimmt die Führung des Pfarramtes? Wer begleitet die Jugend- und Konfirmandenarbeit? Und so weiter. Wie Sie wissen sollten, sind das nur einige der Dienste, die jetzt brachliegen. Ihr Pfarrer hat all das bislang, trotz seiner Krankheit, treu und fleißig getan. Wer von Ihnen hat ihm dafür jemals gedankt?"

Betretenes Schweigen. Die meisten Blicke waren nun zur Tischplatte hin gerichtet. Die vor Pöschel schweigend dasitzende Versammlung glich plötzlich einer vom Lehrer gescholtenen Grundschulklasse.

„Also, des hommer etz net su gmand!" Glasermeister Hans Meier breitete Entschuldigung heischend seine Arme aus. „Sie sin uns scho recht und a offns Wort find an gutn Ort, odder su ähnlich. Mir brauchn jemand mit anner Erfohrung, des soch ich!"

„Ja, ja, natürlich!" Wieder hatte Nothnagel mit dem Sinn für Mehrheitsmeinung den Stimmungsumschwung im Kreise seiner Mitvorstände instinktiv richtig wahrgenommen. Schon hatte er sein Fähnchen in der Hauptwindrichtung! „Bitte nicht missverstehen. Wir sind doch froh, dass Sie diese große Aufgabe annehmen und dass unser Herr Dekan sich um uns sorgt."

Die meisten nickten eifrig und brummten ihre Zustimmung.

Eveline Schwalbe machte als Einzige den Eindruck, als würde sie gleich vor Wut aus der Haut fahren: „Ihr seid mir schon die Richtigen!", keifte sie los. „Auf euch wenn man sich verlässt, ist man verlassen. Das muss ich an der Stelle einfach loswerden. Aber ihr müsst das alles vor der Gemeinde verantworten, alles was hier passiert, das sage ich euch! Alles!"

Der Dekan hatte sich trotz des neuen Ausbruchs der übermäßig temperamentvollen Frau wieder gefangen. Auch er hatte den Meinungsumschwung im Gremium deutlich wahrgenommen. „Liebe Frau Schwalbe“, beschwor er die Kirchenvorsteherin mit erhobenen Händen, „nun geben Sie dem lieben Bruder Pöschel doch wenigstens eine Chance. Er wird bestimmt sein Möglichstes tun!“

„Sein Möglichstes, dass ich nicht lache!“, knurrte die Schwalbe hinter ihren perfekten Zahnreihen hervor. Aber ihr war auch klar, dass sie eben eine Schlacht verloren hatte.

„Lauter Schleimer! Na wartet, ihr werdet es schon noch sehen, dann streiche ich euch eure Dummheit aufs Butterbrot“, dachte sie bei sich.

Schon hatte die Vorfreude darauf einen Sieg errungen. Sie setzte eine duldende Miene auf und schwieg erst einmal.

Der Dekan witterte weiter Morgenluft: „Nun brauche ich aber noch Ihr Votum in dieser Sache. Ich frage Sie: Wer ist damit einverstanden, dass Pfarrer Erwin Pöschel kommissarisch die Amtsgeschäfte von Pfarrer Schneider übernimmt, bis dieser wieder dienstfähig ist, der hebe bitte die Hand.“

Alle Hände bis auf die von Frau Schwalbe gingen hoch.

„Gegenstimmen!“, schallte die Stimme des Dekans durch den Raum. „Keine! Enthaltungen!“

Eveline Schwalbes Hand. „Eine!“

„Damit haben Sie Ihr Einverständnis mit dem Einsatz von Pfarrer Pöschel in Ihrer Gemeinde mit überwältigender Mehrheit erklärt. Lieber Bruder, Gottes Segen zu Ihrem Dienst und viel Kraft!“ Er schüttelte Pöschel herzhaft die Hand.

Oswald Nothnagel erhob sich und sagte feierlich mit einer tiefen Verbeugung: „Sehr geehrter Herr Pfarrer Pöschel, wir bedanken uns für Ihre Bereitschaft zur Vertretung von Pfarrer Schneider. Im Namen des Kirchenvorstandes wünsche ich Ihnen Gottes Segen und Glück auf!“ Einige Kirchenvorsteher verzogen jetzt schmerzlich berührt den Mund: „Wer sagt denn in Franken Glück auf!? Spinnt der?“

Nach diesen merkwürdigen Ritualen schien Pöschel plötzlich wie verändert. Sein Gesicht zeigte wieder dieses etwas naive Lächeln.

„Ja, dann halte ich Ihnen jetzt eine Andacht. Wissen Sie, das war den Kirchenvorstehern in Rehhausen vorm Tann eigentlich immer das Wichtigste an der Kirchenvorstandssitzung und die anschließende Unterhaltung natürlich, damit man erfuhr, was sich so in den Dörfern getan hatte. Wir haben immer viel gelacht dabei!“ Pöschel lächelte wieder auf eine derart naive Art, die bei den anderen Anwesenden wieder Zweifel um seine geistige Zurechnungsfähigkeit aufkommen ließ.

Die Raumtemperatur schien jedenfalls mit einem Mal um einige Grad gesunken zu sein.

Auch Hase blickte irritiert drein. Pöschel schien den Stimmungsumschwung nicht zu merken. Er zog ein zerschlissenes Bibelexemplar im Taschenbuchformat aus einer seiner im Eingriff etwas glänzenden Anzugtaschen.

Aus der Brusttasche seines Jacketts fischte er anschließend eine ziemlich altertümliche, verschmierte Hornbrille heraus, die ihm, aufgesetzt, ein eulenartiges Aussehen verlieh. Zum Erstaunen aller wurde sie auch noch von einem Sprung über das ganze rechte Glas geziert.

Ungerührt und völlig zielsicher schlug der alte Geistliche daraufhin sein Buch auf und las mit pathetisch erhobener Stimme einen längeren biblischen Text vor. Danach fasste er seine perplex dasitzenden Zuhörer scharf ins Auge und begann eine sehr ausführliche Rede mit dramatisch erhobener Stimme: „Was will uns dieses Wort heute Abend förmlich ins Herz brennen?“

Die folgende Textauslegung war ebenso lang wie einschläfernd. Nach einer Dreiviertelstunde hatte er es geschafft, dass die meisten seiner Zuhörer wie geschlagen dasaßen.

Ein paar hatten die Gesichter in den Händen vergraben, andere waren ergeben nach vorne auf die Tischplatte gesunken, als erwarteten sie jeden Moment ihren Todesstoß.

Zwei Kirchenvorsteher hatten wohl den besten Ausweg aus dem monotonen, salbungsvollen Vortrag gefunden, weil sie inzwischen tief und fest schliefen.

Dekan Hase, dessen Augen zu diesem Zeitpunkt rot umrandet und todmüde dreinblickten, hob mit verzagter Miene eine Hand. Mit einem scharfen Unterton in der Stimme sagte er: „Danke Bruder Pöschel für diese recht in die Tiefe gehende Erklärung dieses Bibelwortes. Ich muss sagen, so ausführlich ist es mir noch nie dargelegt worden. Mir selbst wäre kaum so viel dazu eingefallen. Nun glaube ich, wir sollten aber zum Ende unserer Sitzung kommen. Ich schlage vor, dass wir zum Schluss ein erweckliches Lied aus unserem Gesangbuch singen und dann mit einem Segenswunsch gestärkt nach Hause gehen."

Nach der allgemeinen Verabschiedung fanden sich die Vorsteher auf der Straße in kleinen Diskussionsgrüppchen wieder.

Wenn Passanten in dieser späten Abendstunde an ihnen vorbeigegangen wären, hätten sie vielleicht unterdrückte Seufzer und kleine Entsetzensschreie hören können: „Allmächt, wos isn jetzt passiert!"

Und: „Gewählt ist gewählt, da lässt sich nichts machen!"

Und: „Sind wir dumm!"

„Stimmt!"

Frau Schwabe hätte sich vor Lachen kugeln können, tat es aber nicht, sondern hielt sich so schön brav zurück, wie es ihr nur selten gelang.

Der vorlaute Meusel konnte sich dagegen nicht zurückhalten. Seine witzige Erkenntnis musste er unbedingt noch frech einwerfen: „Jetzt haben wir einen Hasen, und einen aus Rehhausen vorm Tann, Mist haben wir selber genug gemacht. Ich finde, bei uns wird es immer ländlicher!"

Wenn Blicke töten könnten, wäre Meusel daraufhin bestimmt tot umgefallen.

Mittwoch

Der Monat Mai, in Liedern und Gedichten als lieblich gepriesen, zeigte sich am nächsten Morgen von seiner unberechenbaren Seite.

Am Himmel waren im Laufe der Nacht dicke graue Wolken aufgezogen. Kalt nieselte es von oben herab und als Wolfgang Sperber seinen Weg in die Innenstadt antrat, erfasste ihn schon beim Verlassen seines Hauses ein recht kalter, nasser Windstoß. Die ganze Stimmung erinnerte an einen Tag im späten Winter. Sperber hatte seinen leichten Mantel über den Anzug angezogen und spannte an der Haustüre seinen Schirm auf.

„Das werden wohl nun die Tage der sogenannten Eisheiligen sein ... Mitte Mai kommen die normalerweise. In der Schule hatte er deren Namen doch mal gelernt. Mal sehen, ob ich sie noch zusammenbringe: Der erste heißt Mamertus, dann kommt Pankratius, dann Servatius, dann Bonifatius und zum Schluss die heilige Sofie, auch als kalte Sofie bezeichnet."

Er war überrascht und ein wenig stolz auf sich, dass er sich nach so langer Zeit noch an die fünf Heiligen erinnern konnte. Von denen waren nun jedenfalls Kurzbesuche mit eisiger Atmosphäre zu erwarten.

Na, das konnte ja heiter werden, dachte er mit innerem Seufzen, denn er sehnte sich nach Sonne und Wärme.

So in Gedanken, war er bereits am Brücken-Center vorbeigegangen. Auf der Brücke über die heute schon dicht befahrene Bundesstraße erwartete ihn diesmal kein Bettler.

Stattdessen stand ein dort Mann in mittleren Jahren in Wind und Nässe. Die Kapuze seiner Regenjacke hatte er so tief ins Gesicht gezogen, dass er jedes Mal seinen Kopf ganz hoch heben musste, um den jeweils Vorbeikommenden anzusehen.

Er streckte Sperber ein Papierblättchen entgegen und rief: „Jesus liebt dich! Lies das Wort Gottes! Rette deine Seele!“

„Nein, danke, heute nicht!“, entgegnete Sperber ihm unwirsch. Er hatte mit diesen plumpen Missionierungsversuchen seine Probleme und hielt diese naive, aufdringliche Art, in der irgendwelche Schlagworte hinausposaunt wurden, schlichtweg für eine Beleidigung seines Verstandes.

Trotzdem wurde er nachdenklich, als er weiterlief. Der Mann hatte ihn an eine seiner Fragen erinnert, die sich ihm immer wieder stellten.

Gerade wenn ihm die Welt und die Menschen in seiner Eigenschaft als Polizist in ihrer oft so brutalen, grausamen Seite begegneten, tauchten sie immer wieder ganz automatisch bei ihm auf.

„Warum lässt ein Gott, der uns Menschen liebt, so viel Schreckliches geschehen? Er hat diese Welt doch geschaffen, steht zumindest in der Bibel. Warum hat er sie so eingerichtet, wie sie sich manchmal für mich darstellt?"

Die verzerrte Fratze des Grauens starrte ihn von Zeit zu Zeit an und er konnte sie einfach nicht mit dem Gedanken an all das Schöne in der Schöpfung beiseite drücken, das ihm natürlich auch bewusst war.

Immer wieder hatte er versucht, dieses Rätsel für sich zu lösen. Weder in Gesprächen mit Theologen noch in der einschlägigen Literatur hatte er bisher auf diese Fragen eine befriedigende Antwort gefunden.

Die ausweichenden Antworten mancher Experten kannte er und war entsprechend frustriert über ihre Aussagen, zum Beispiel über den wenig hilfreichen Satz: „Das ist Gottes Geheimnis."

Und genauso ärgerte er sich über manche erstaunlich präzise Aussage über Gott. Sie hatte in ihm nur noch mehr Misstrauen in die sogenannten Experten erweckt. Woher wusste denn dieser oder jener das alles so genau?

Auch die Antwort der Atheisten: „Es gibt keinen Gott, alles ist nur Zufall und blindes Schicksal", erschien ihm zu einfach und ebenso besserwisserisch wie die der allzu sicheren Gläubigen.

Als er bei seiner Suche nach Antworten auf die Schriften der sogenannten „Mystiker" stieß, fühlte er sich erstmals angesprochen. Angelus Silesius, ein Denker des 17. Jahrhunderts (1624–1677), kam ihm in den Sinn, der den Satz geprägt hatte: „Halt ein, wo läufst du hin, der Himmel ist in dir, suchst du ihn anderswo, so fehlst du für und für."

Dieses „Der Himmel in dir" hatte ihn ergriffen. Seit er das gelesen hatte, suchte er ihn immer wieder, diesen geheimnisvollen Ort in sich.

Ab und zu fand er ihn sogar: einen Ort der Ruhe und der Kraft in ihm selbst.

Er vermutete diesen Ort auch in jedem anderen Menschen. Gottes Wohnsitz in einem jeden.

Vielleicht war das ein Grund dafür, dass er jedem Menschen seine Würde zugestehen konnte. In jedem wohnt doch Gott, sagten die Mystiker, also auch in denjenigen, vor deren Taten diese Erkenntnis anscheinend dem Hohn und Spott preisgegeben war.

Wolfgang Sperber war keiner, der seine persönliche religiöse Einstellung plakativ vor sich hertrug. Er fand sich aber regelmäßig in einem inneren Gespräch mit einer Macht, von der er sich letztlich gehalten wusste und auf die er sich verließ.

Manchmal ertappte er sich dabei, sein Gegenüber auf diese Heiligkeit aufmerksam machen zu wollen, aber ihm fehlten regelmäßig die passenden Worte dafür. So beschränkte er sich darauf, im privaten Bereich und in seinem Beruf mit jedem Menschen so anständig und fair wie möglich umzugehen. Merkwürdigerweise fand er mit dieser Haltung oft überraschenden Anklang, auch bei scheinbar aussichtslos kriminellen Typen.

Dabei kannte er doch auch seine knallharte Zähigkeit, die dem anderen keinen Millimeter Spielraum gönnte, wenn es darauf ankam.

Wie passte das alles zueinander? Er schüttelte über sich selbst den Kopf: „Warum schon so tiefsinnige Gedanken in aller Frühe?“

Er war ganz froh, als er hinter sich schnelle Schritte hörte und eine vertraute Stimme sagte: „Hallo Wolfgang! Deiner ganzen Haltung nach bist du schon wieder eifrig am Denken.“

Konstanze schloss zu ihm auf und ging nun, ebenfalls mit einem Regenschirm bewehrt, an seiner Seite.

Ihr Gesicht strahlte ihn an und gab dem Tag seine Realität zurück.

Sperber war dankbar für die Leichtigkeit, in die ihn seine junge, hübsche Kollegin mit hineinnahm. „Guten Morgen, liebe Konstanze! Du scheinst schon gut gelaunt zu sein?"

„Klar, ein guter Abend, eine erholsame Nacht und die Vorfreude auf liebe Kollegen, was will der Mensch noch mehr!", gab sie launig zurück.

„Danke, ich bin heute empfänglich für Komplimente, kannst ruhig so weitermachen."

„Nur keine Übertreibung! Wer weiß, was der Tag noch alles bringt!", Konstanze lachte spitzbübisch.

Sperber war mit diesem Gedanken gleich wieder beim Ernst des Lebens angelangt. „Ich hoffe, wir kommen heute ein Stück in unserer gemeinsamen Sache weiter."

Konstanze nickte: „Wir sind doch ein Superteam, kannst dich auf uns verlassen, Wolfgang! Wir haben doch schon ganz andere Sachen aufgeklärt."

Beide waren nun bei ihrem Dienstgebäude angekommen und gingen gemeinsam die Treppe hoch.

Konstanze fragte neugierig: „Wie war die Pressekonferenz?"

„Oh, oh! Ich erzähle euch gleich nachher in Ruhe von diesem Fiasko. Wir treffen uns in einer halben Stunde bei mir. Bitte sage Karlo Bescheid."

„Mach ich!", flötete Konstanze heiter und wandte sich ihrem eigenen Büro zu.

Sperber schaute zunächst ins Inspektions-Sekretariat zu Barbara, die ihn besorgt über ihren Schreibtisch hinweg ansah.

„Tag Wolfgang", begann sie mit unheilschwangerer Stimme, „es ist wieder einmal Feuer unter dem Dach!" Stumm hielt sie ihm das „Ansbacher Tageblatt" hin.

„Lies mal, was der Herr Chefschmierer Mostrich über den gestrigen Pressetermin schreibt. Scheint ja ganz schön rundgegangen zu sein bei euch. Ich kann mir die heutige Laune von Dotzauer vorstellen. Ich denke, man geht ihm heute besser aus dem Weg!"

In seinem Büro schlug Sperber gleich die Zeitung auf. Die Überschrift eines Artikels sprang ihn förmlich an:

Tumult bei Pressetermin der Polizei
Polizeidirektor will Medien Maulkorb verpassen
Von Chefredakteur Lokales, H. Mostrich

Bei dem gestrigen Pressetermin in der Ansbacher Polizeiinspektion versuchte Polizeidirektor Dotzauer, die Medien an die Kandare zu nehmen. Er verbat sich jegliche kritische Berichterstattung im Fall der Gewalttat an einer Frau in der Gruft von Sankt Gumbertus (sogenannter Fall „Flügelschlag"). Die anwesenden Journalisten quittierten diesen plumpen Versuch, die Freiheit der Presse zu untergraben, mit einem Protest, der zu tumultartigen Szenen führte. Dotzauer wurde von den Medienleuten schlicht ausgepfiffen.

Der ebenfalls anwesende Oberstaatsanwalt Doktor Sauber sah sich, angesichts der sich steigernden Proteste, zu einer offiziellen Stellungnahme veranlasst.

Es ist nicht ausgeschlossen, dass diese eklatante Entgleisung eines hohen Polizeibeamten weitere Folgen nach sich zieht.

Enttäuschend empfanden die Vertreter der Öffentlichkeit, dass die Polizei wiederum kein schlüssiges Konzept zur Lösung des oben genannten Falles vorlegen konnte.

Bestimmt wird sich in nächster Zeit der Rat unserer Stadt mit der offensichtlichen Leistungsschwäche unserer Sicherheitsbeamten befassen müssen.

Wolfgang Sperber hielt einen Moment die Luft an, dann bemühte er sich, ruhig durchzuatmen. Das war schon ein starker Tobak, den sich Mostrich hier hatte einfallen lassen.

Er überlegte eine Weile und kam dann zu dem Schluss, den er auch nach dem ersten Artikel zum selben Thema gezogen hatte: Er wollte sich dadurch nicht beeinflussen lassen, stattdessen die Bemühungen zur Lösung des Falles so gut wie möglich weiter vorantreiben.

Kaum hatte er diesen Gedanken zu Ende gedacht, betraten Konstanze und Karlo sein Zimmer und setzten sich aufmerksam dreinschauend auf die bereitstehenden Stühle.

Frau Besendörfer staunte nicht schlecht, als die Türe ihres Büros von außen aufgesperrt wurde und ein alter Herr mit sauber gescheiteltem grauem Haar in einem etwas verblichenen schwarzen Anzug und mit einer unmöglichen Krawatte vor ihr stand.

Der Ankommende verbeugte sich knapp und begann mit sonorer Stimme zu sprechen: „Guten Morgen, Sie sind gewiss die Sekretärin Frau Besendörfer. Sie kennen mich noch nicht. Erwin Pöschel mein Name. Bisher Pfarrer im Ruhestand aus Neuendettelsau, vorher jahrzehntelang Pfarrer in Rehhausen vorm Tann. Ich pausiere augenblicklich mit dem Ruhestand und will in Ihrer verwaisten Gemeinde wieder voll aktiv sein. Mit anderen Worten: Ich vertrete Ihren bisherigen Pfarrer Schneider, bis er wieder gesund ist."

Etwas verdattert reichte ihm die Sekretärin die Hand.

„Also davon hab ich jetzt nichts gwust. Des ist ja wieder amal typisch. Mir sagt ja kanner wos."

Frau Besendörfer war schon wieder ganz fertig.

„Liebe Frau Besendörfer, das war keine böse Absicht. Die Kirchenvorsteher haben es selbst erst gestern erfahren. Ich war sozusagen die Überraschung des Herrn Dekans für sie."

Dann fuhr Pöschel schneidig fort: „So, nachdem wir uns bekannt gemacht haben, geht es jetzt gleich los mit der Arbeit."

Er blickte sich im Büro um. Mit dem Finger auf die gleichmäßig verteilten Haufen Papiers zeigend, fragte er erstaunt: „Darf ich erst mal wissen, was das hier ist? Ich vermute, Ihnen ist gestern der Schrank umgefallen und Sie sind dabei, die Sachen wieder zu ordnen. Sehr unangenehm so etwas, aber kann schon mal passieren. Das Ordnungschaffen nach so einem Unfall ist natürlich nicht zu umgehen."

Heidi Besendörfer schluckte ein paar Mal schwer, ehe sie antworten konnte: „Eh, nein, des war nicht der Schrank, des sin die laufenden Vorgänge. Ich hab es noch net gschafft, sie aufzuarbeitn. Ich hab zu wenig Stundn und dann werd ich dauernd vom Telefon und von Leuten gstört, die Neuigkeitn erfahrn wolln."

Jetzt fing sie an zu schnupfen und bemühte sich, nicht sofort in Tränen auszubrechen.

Pöschel setzte dem ein Ende, indem er resolut sagte: „Nicht weinen, Mädchen, sondern handeln! Und damit will ich sagen: Wir handeln! Da gehen wir jetzt ran und dann flutscht das. Sie werden sehen."

Er deutete auf den ersten Stoß: „Was ist das?"

Christa Besendörfer mit erstickter Stimme: „Anmeldungen zum Gemeindeausflug."

„Kommen in diese Schublade."

Gehorsam öffnete Frau Besendörfer die Schublade und legte die Anmeldungen hinein.

„Was ist das?"

„Artikelsammlung für den nächsten Gemeindebrief."

„Da hinein!"

„Was ist das?"

„Das sind die Geburtstagsgrüße für Juni."

„Geburtstagsgrüße gibt es so lange nicht mehr, bis

Pfarrer Schneider wieder gesund ist. Weg damit!" „Was ist das?"

„Das sind die Unterlagen für die Gabenkasse."

„Haben wir gerade keine Zeit dafür. Ab damit in diese Schublade!"

Und so ging es weiter. Binnen einer Stunde war das Büro aufgeräumt wie schon ganz lange nicht mehr. Nur die Bücher zur Eintragung von Taufen, Trauungen und Beerdigungen lagen noch auf dem Schreibtisch.

Pöschel sagte: „Die tragen Sie heute Morgen nach und sonst machen Sie mal gar nichts. Wenn jemand anruft und nur plaudern will, dann sagen Sie, dass das nicht geht, weil so viel zu tun ist. Am Nachmittag sehen wir weiter. Wenn Sie nachher mit Ihrer Arbeit fertig sind, trinken Sie erst einmal einen Kaffee und kommen zur Ruhe. Wenn was los ist, rufen Sie mich, ich sehe mich jetzt draußen nach dem Mesner um."

„Herr Pfarrer Pöschel", setzte Frau Besendörfer zaghaft und händeringend an, „ich muss Ihnen in Bezug auf den Mesner was sagn: Unser Anton Kreisel ist zwor meistens ganz nett und willig, aber er trinkt und das oft scho am Vormittag. Ich sag das nur, dass Sie sich drauf einstelln können, wenn Sie ihm nochher begegnen. Manchmol weiß er dann im nüchternen Zustand nimmer, wos man mit ihm besprochn hat."

„Den Umgang mit Alkoholikern bin ich gewöhnt. In unseren Dörfern hatten wir einige davon. Ich werde mit dem Herrn Kreisel schon zurechtkommen."

Frau Besendörfer war tief beeindruckt. Dieser Mann war anscheinend die Effektivität in Person und so verständnisvoll! So einen Chef hatte sie sich schon immer gewünscht. Sie nahm sich vor, ihm alles besonders recht zu machen, und setzte sich hin, um gleich mit der Arbeit zu beginnen.

In dem Moment läutete es an der Tür. Pöschel öffnete. Frau Stahlheimer starrte ihn mit ihren großen, braunen Augen verwundert an. Eigentlich hatte sie zu einem Schwätzchen mit Heidi ins Büro kommen wollen, auch um mit ihr das Problem des alten Vertretungspfarrers zu beratschlagen, und jetzt stand der selber vor ihr. Sie wusste nicht gleich, was sie sagen sollte.

Pöschel kam ihr zuvor: „Frau Kirchenvorsteherin Stahlheimer, wenn ich nicht irre?"

„Nein, Sie irren nicht", beteuerte die Angesprochene verlegen, „ist Frau Besendörfer zu sprechen?"

„Worum geht es? Ist es etwas Dienstliches?"

„Nein, eher etwas Privates."

„Tut mir leid, aber Frau Besendörfer muss hier arbeiten und kann jetzt keine Privatgespräche führen. Dafür wird sie nicht bezahlt."

„So, so!", Frau Stahlheimer wusste darauf keine bessere Antwort. Dann warf sie den Kopf in den Nacken und sagte beleidigt: „Na, dann eben nicht!"

Sie drehte sich brüsk auf ihren Absätzen um und rauschte davon.

Pöschel scherte sich nicht weiter um ihren Abgang, sondern fragte Frau Besendörfer: „Wo finde ich jetzt den Mesner Anton Kreisel?"

Die Sekretärin hob die Achseln: „Der ist um diese Zeit wahrscheinlich in der Kirche drüben. Ich weiß nicht, was er da gerade macht."

Pöschel schloss die Bürotüre hinter sich und machte sich auf die Suche nach dem Mesner.

Er fand ihn, als er einem lauten Schnarchen nachging, das aus einer Kirchenbank heraus ertönte. Kreisel, ein unförmig dicker, großer Mann, lag da in tiefem Schlaf. Neben sich hatte er eine leere Flasche Wodka liegen. Um ihn herum stank es nach billigem Alkohol. Pöschel ließ es nicht beim bloßen Anblick des Betrunkenen bewenden. Er packte ihn bei den Schultern, schüttelte ihn kräftig und rief aufgebracht: „He! Aufwachen Mann! Was fällt Ihnen ein, sich hier in der Kirche so zu besaufen!“

Es dauerte einige Zeit, bis Pöschels Schütteln und Schreien erreichten, dass der Säufer mühsam die Augen öffnete.

„Wer bist denn du? Du schaust aus wie ein Beerdigungsunternehmer. Bin ich tot?“, lallte er mühsam.

Pöschel sagte mit scharfer Stimme zu ihm: „Herr Kreisel, Sie liegen hier in der Kirche und sind betrunken! Ich bin Pfarrer Pöschel und ich finde es unmöglich, wenn ein Mesner sich so benimmt wie Sie gerade! Stehen Sie sofort auf!“

„Kann nicht … bin so müde …“, stieß Kreisel mit Anstrengung hervor.

„Bin ein guter Mesner, Herr Pfarrer, … bin ein schlauer Mesner … weiß Bescheid … weiß, was in Gruft … hol mir's … heute Nacht …“, dann fing er wieder zu schnarchen an.

Pöschel riss die Augen auf und verzichtete auf weitere Bemühungen. Er ließ den Schlafenden einfach liegen und ging eilig ins Büro zurück.

„Frau Besendörfer, ich brauche sofort den Hausmeister. Wir müssen versuchen, den völlig betrunkenen Kreisel in seine Wohnung zu bringen. Wissen Sie noch jemand, der uns dabei helfen kann?“

Heidi Besendörfer antwortete ihm überraschenderweise in vorbildlichem Hochdeutsch: „Ich hab es Ihnen ja gesagt, der säuft wie ein Loch. Pfarrer Schneider war dagegen völlig machtlos. Und die Kirchenvorsteher wissen Bescheid. Aber die würden nur was unternehmen, wenn er im Gottesdienst irgendwie ausfällig würde. Dazu ist der Kreisel aber viel zu schlau. Der versucht, seine Sucht heimlich auszuleben. Wo es doch schon jeder weiß, wie es um den steht. Aber heute hat er es zu weit getrieben! Denkt wohl, weil wir keinen Pfarrer haben, kann er sich im Dienst besaufen!"

Frau Besendörfer war richtig empört. „Ich rufe den Hausmeister über das Haustelefon. Aber der kann Ihnen nicht helfen. Unser Herr Striebel ist eine herzensgute Seele, aber er ist ein über achtzigjähriger alter Mann und gesundheitlich oft nicht auf der Höhe. Ich glaube, wir müssen die Sanitäter rufen, damit die ihn in seine Wohnung hochschaffen oder gleich ins Krankenhaus bringen, wenn er so besoffen ist. Den Hausmeister rufe ich trotzdem, damit er sich ein wenig um den Kreisel kümmert, wenn er in seiner Wohnung bleiben kann. Ich würde später auch einmal hochgehen, um nach ihm zu sehen."

Dann nahm sie den Telefonhörer zur Hand und wählte die Notrufzentrale. „Hier Pfarramt Sankt Gumbertus, Besendörfer. Wir haben einen völlig betrunkenen Mann in unserer Kirche liegen. Er ist nicht mehr in der Lage zu gehen. Es ist unser Mesner. Er hat seine Wohnung hier im Haus. Es ist wichtig, dass er entweder dorthin oder ins Krankenhaus gebracht wird. Wir brauchen also einen Arzt, der ihn untersucht, und einige kräftige Sanitäter, die ihn transportieren. Der ist bestimmt drei Zentner schwer! Sie schicken jemand? Danke schön!"

Die Sekretärin legte seufzend auf. „Es ist schon ein Kreuz hier!"

Dann rief sie über den Hausapparat doch den Hausmeister und bat ihn zu kommen.

Pfarrer Pöschel antwortete ihr nicht. Er schien abwesend, ganz in Gedanken versunken.

Nach einiger Zeit kamen Notarztauto und Sanitätswagen. Erwin Pöschel und Frau Besendörfer gingen hinaus und geleiteten die Helfer zu Kreisel. Der schlief noch fest in seiner Kirchenbank und schnarchte so laut wie vorher.

Dem Notarzt gelang es nicht, ihn zu wecken. Er maß den Blutdruck des Betrunkenen und prüfte seine Reflexe.

„Ist der öfter so beisammen?", fragte der Arzt.

Frau Besendörfer antwortete: „Ja, unser Herr Kreisel ist leider ein Alkoholiker. Sonst trinkt er meist heimlich, aber heute eben nicht. Er war schon oft dienstunfähig."

Der Arzt überlegte kurz: „Ich kann es nicht verantworten, dass ihm in seiner Wohnung in diesem Zustand irgendetwas passiert. Der soll seinen Rausch im Krankenhaus ausschlafen. Dort kann man auf ihn aufpassen. Wenn er nüchtern ist, möchte mit ihm über eine Behandlung seiner Sucht sprechen."

Die Sanitäter hoben den schweren Mann mit viel Mühe auf die Trage. Der Arzt, Pöschel und der inzwischen herbeigeeilte Hausmeister halfen ihnen dabei, so weit es ihnen möglich war.

Gerade als sie die Trage aus der Kirche hinausrollten, erwachte Kreisel und blickte wild um sich. Er versuchte sich aufzurichten, aber die Sanitäter drückten ihn auf die Trage zurück und schnallten ihn schnell mit ein paar starken Lederriemen fest.

In dem Moment kamen Kirchenvorsteher Nothnagel und sein Kollege Bieber um die Ecke des Stadthauses. Die beiden Beamten waren unterwegs zu einer Besprechung bei der Regierung von Mittelfranken. Sie blieben stehen und starrten auf die Gruppe vor der Kirche und dann natürlich auf den Mesner auf der Trage.

Der starrte zurück. Dann brüllte er los: „Ja, glotzt nur, ihr blöden Pharisäer! Ihr seid solche Arschlöcher! Einer mehr als der andere! So doof wie ihr bin ich noch lange nicht. Heute hol ich's mir. Da könnt ihr nichts machen. Ich gehe in eure Gruft und hol's mir. Da werdet ihr erst glotzen."

Die Sanitäter bemühten sich, die Trage so schnell wie möglich wegzurollen. Mit großer Anstrengung begannen sie, den Schwergewichtigen in ihren Rettungswagen einzuladen.

Dabei brüllte und tobte Kreisel weiter. Gut, dass sie ihn so fest angeschnallt hatten.

Nothnagel, sein Kollege und die anderen Zeugen des Vorfalles standen erst wie vor den Kopf geschlagen da. Dann schrie Nothnagel totenblass: „Jetzt ist er zu weit gegangen! Das lassen wir uns von dem Suffkopf nicht weiter gefallen! Der fliegt raus, und zwar sofort! Ich starte nachher gleich einen telefonischen Rundruf an alle Kirchenvorsteher. Jetzt ist Schluss, jetzt wird aufgeräumt!"

Der Arzt ging zu ihm hin, nahm seinen Arm und appellierte an den wütenden Mann: „Vorsicht, mein Lieber, nicht so aufregen, sonst sind Sie womöglich der Nächste, den wir versorgen müssen. Soll ich Ihnen ein Beruhigungsmittel geben?"

„Nein, lassen Sie mich in Ruhe, ich will mich aufregen!", wehrte Nothnagel ihn ab. „Mir langt es. In dieser Gemeinde hat man es ja mit lauter Idioten zu tun, besonders unter den Mitarbeitern!"

„He, he, langsam! Das ist eine Beleidigung für uns alle!", Hausmeister Striebel kam jetzt in Rage. Sein imposanter Bart, der das halbe Gesicht verdeckte, zitterte wie im Sturm: „Ich tu, was ich kann in meinem Alter und mit meiner angeschlagenen Gesundheit, wenn mir das auch niemand von euch Kirchenvorstehern dankt! Ich bin Rentner. Ich kann auch aufhören, wenn man mich beleidigt. Das habe ich nicht nötig, mir so etwas anzuhören!"

Pöschel legte ihm beruhigend die Hand auf den Arm: „Herr Striebel, wir kennen uns noch nicht. Ich bin Pfarrer Pöschel, seit heute die Vertretung Ihres kranken Pfarrers. Bitte beruhigen Sie sich. Herr Nothnagel ist genauso geschockt wie wir alle. Sie dürfen das nicht so persönlich nehmen, was er sagt. Der ist mit den Nerven nicht gut beieinander."

Der Pfarrer schob ihn mit weiteren beruhigenden Worten in Richtung Büroeingang. Frau Besendörfer folgte ihnen kopfschüttelnd.

Nothnagel zischte hinter ihnen her: „Da gehen sie hin, unsere Mitarbeiter. Sieht aus wie ein Trauerzug!"

Und zu Bieber: „Aber der elende Mesner fliegt, das sage ich Ihnen. Der fliegt bestimmt. Dafür werde ich sorgen!"

Bieber nickte zustimmend, dann setzten die beiden den Weg zu ihrer Sitzung fort.

Durch das Geschrei hatte sich ein kleiner Auflauf gebildet. Die Zuschauerschar, die bei dem Spektakel vor der Kirche interessiert zugehört und sich köstlich amüsiert hatte, löste sich langsam wieder auf.

Sperber blickte seine beiden engsten Mitarbeiter an. Der Kontrast ihrer morgendlichen Zustände war unübersehbar. Konstanzes Augen blitzten ihn unternehmungslustig an, während Karlo Grollmisch blass und mit müden Schlitzaugen dasaß. Die müden Augen legten ein beredtes Zeugnis von seiner geistigen Abwesenheit ab.

„Barbara hat mir gerade die Zeitung mit den Worten übergeben, es sei Feuer unterm Dach. Ich weiß nicht, ob ihr Mostrichs Artikel schon zur Kenntnis genommen habt?"

Konstanze schüttelte erwartungsvoll den Kopf. Karlo schüttelte seinen Kopf mehr automatisch.

„Karlo, ich sage nur ein Wort: ‚Lissi!'"

In dem Augenblick ging ein Strahlen über das Gesicht des jungen Mannes. Er blickte Sperber zum ersten Mal, seit er das Zimmer betreten hatte, munter an und grinste dann jungenhaft.

„Guten Morgen lieber Karlo, schön, dass du jetzt

gerade auch zu unserer Besprechung gekommen bist“, schmunzelte Sperber. Karlos Wangen röteten sich vor Verlegenheit. „Entschuldigung, war wohl gerade noch nicht ganz da“, nuschelte er.

„Junge, du hast mein Verständnis! Ging mir auch mal so. Was Verliebtsein heißt, weiß ich noch. Ist zwar schon einige Zeit her, aber die Erinnerung daran ist noch vorhanden. Ich denke an diesen Zustand als eine mittelschwere geistige Erkrankung zurück.“

Grinsend fuhr er fort: „Aber dass ihr euch nicht täuscht, auch die Liebe der späteren Jahre hat was. Und bei mir ist echt noch Glut unter der Asche, das sage ich euch, ihr jungen Spunde!“

Jetzt grinsten alle drei einander an.

Wieder ernst geworden hielt Sperber seinen Mitarbeitern das „Tageblatt“ hin: „Also, der Mostrich führt sich in seiner Zeitung ganz schön auf. Hört zu, ich lese euch das mal vor.“ Er las den Artikel laut.

„Und, was ist wahr davon?“, fragte Konstanze aufgeregt.

„Wahr ist, dass Dotzauer die anwesenden Journalisten zwar deutlich, aber nicht autoritär darum gebeten hat, fair über den Fall ‚Flügelschlag‘ zu berichten. Allerdings hat er auch darauf hingewiesen, dass eine unfaire Art der Berichterstattung negative Folgen für alle Beteiligten, aber besonders für das Verhältnis zwischen Polizei und Medien, nach sich ziehen könnte. Ich hatte gleich meine Bedenken, ob seine ungewohnt offene Art nicht vielleicht zu viele Angriffsflächen bieten würde. Mostrich hat dann eine ganz miese Stimmungsmache betrieben und versucht, seine Kollegen gegen uns aufzuhetzen. Dieser Artikel ist die Fortsetzung seiner mir unverständlichen Kampagne. Ich verstehe einfach nicht, warum er die in diesem Fall so sehr betreibt. Ich denke aber, was immer dahintersteckt, wir sollten das nicht so sehr zu unserem

Problem machen. Am besten wir schnappen uns den Täter bald, dann hat der Spuk erst einmal ein Ende. Ich bin nur froh, dass die Fernsehsender die Aktionen von Mostrich offenbar nicht unterstützen. Ich weiß von Julia, dass zumindest das Studio Franken vom Bayerischen Fernsehen ganz objektiv darüber berichtet hat. Hat jemand von euch etwas auf einem anderen Sender gesehen?"

„Ja, mehr zufällig in den Nachrichten von Regional-TV Westmittelfranken", meldete sich Konstanze zu Wort. „Ich fand den Bericht eher etwas trocken und vor allem sehr kurz. Na ja, es ist eben kein Mordfall, das muss man auch sehen. Von daher verstehe ich die ganze Aufregung unserer Vorgesetzten und von Mostrich beim besten Willen nicht. Dass die den Fall so hoch hängen und uns gleich alle drei damit befassen."

„Hast recht, geht mir genauso", bekräftigte Sperber. „Ich vermute, die Hektik kommt daher, weil sich die Sache in der Gruft von Sankt Gumbertus abgespielt hat. Wenn die Kirche irgendwie mitbeteiligt ist, reagiert die Öffentlichkeit mit größerer Aufmerksamkeit. Auch die Politiker werden dann immer etwas mehr dazu angeregt, ihr Süppchen auf der Sache zu kochen. Ich denke, das zwingt Dotzauer und Sauber, Druck zu machen, um den unangenehmen Fall möglichst schnell über die Bühne zu bringen. Er ist sozusagen ein Prestigeobjekt."

Nachdenklich fuhr er fort: „Sorge macht mir Dotzauers Reaktion. Er gibt sich sehr kriegerisch und hat Anweisung gegeben, Mostrich keine Informationen mehr zukommen zu lassen. Außerdem ist das Verhältnis zwischen Doktor Sauber und ihm gerade auf einem historischen Tiefpunkt angelangt. Diese unnötigen Nebenschauplätze sind mir im jetzigen Stadium unserer Ermittlungen wirklich lästig. Ich hoffe, die daran beteiligten Personen lassen uns in Ruhe unsere Arbeit tun."

„Das hoffe ich auch." Konstanzes Gesicht zeigte ebenfalls Besorgnis. Sie wusste aus ihrer Erfahrung, welche Unannehmlichkeiten ihnen aus wichtigtuerischen Rangeleien entstehen konnten.

Konstanze war trotz des unguten Umfelds gleich wieder guter Dinge. An diesem Morgen konnte sie endlich eine interessante Nachricht als Gegengewicht zu den Unannehmlichkeiten einbringen.

Sie berichtete ihren beeindruckt dreinschauenden Kollegen mit leuchtenden Augen: „Stellt euch vor, ich habe Kontakt zu Scotland Yard in London bekommen. Dort wird für uns nun tatsächlich in Sachen Frau Kuhn recherchiert."

Von dieser frohen Botschaft selbst begeistert klatschte sie lachend in die Hände und fuhr lebhaft fort zu erzählen: „Ihr wisst doch, dass ich vor einigen Monaten an dieser internationalen Tagung für Kriminalbeamte in Brüssel teilgenommen habe. Dort bin ich einem Kriminalbeamten begegnet, der bei Scotland Yard arbeitet. Wir haben uns auf Anhieb gut verstanden und öfter miteinander gesprochen. An den habe ich mich gestern erinnert und habe ihn tatsächlich bei Scotland Yard erreicht. Er hat sich gefreut und mir versprochen, sich sofort auf die Suche nach unserer Engländerin zu machen. Er will auch etwas über ihre Familiengeschichte herausfinden. Er sagte, es würde so ein oder zwei Tage dauern. Na, was sagt ihr jetzt?" Wieder klatschte sie begeistert in die Hände und lachte.

Wolfgang und Karlo stimmten in ihr Lachen ein, hauptsächlich deshalb, weil ihre überschwängliche Freude sie angesteckt hatte.

Sperber sagte immer noch lachend: „Wir sind wieder einmal schrecklich beeindruckt von deinen Kontakten und mehr noch, wie du sie miteinander verknüpfen kannst. Jetzt geht es wieder vorwärts, meint ihr nicht auch?"

Konstanze nickte mit leuchtenden Augen. Karlo schaute nicht ganz so überzeugt drein.

„Also dann weiter mit Schwung“, rief Sperber, „lasst uns unsere heutige Arbeit anschauen! Karlo, geh nachher gleich zu Barbara und bitte sie, sich von unserer Presseabteilung alle für unseren Raum wichtigen Tageszeitungen kommen zu lassen. Sie soll sie auf Artikel über unseren Fall sichten, die betreffenden Artikel ausschneiden und in einer Mappe sammeln, die sie erst mir und dann Dotzauer vorlegt. In dieser Reihenfolge bitte. Dann kümmere dich bitte um die Gruftschlüsselsache. Frage in der kirchlichen Verwaltungsstelle nach, ob sie die Liste darüber schon erstellt haben. Die schaust du bitte nach bekannten Namen durch. Auch wer seinen Schlüssel wie lange hat und wer ihn seit längerem noch nicht abgegeben hat, obwohl er ihn dienstlich nicht mehr braucht. Das könnte uns auf eine wichtige Spur setzen.“

Sperber beugte sich nach vorne und sprach eindringlich weiter: „Und Karlo, ich erwarte außerdem noch dreierlei von dir: Erstens, du gehst bitte persönlich zur Kirchenverwaltung. Zweitens, du brauchst unterwegs ganz bestimmt einen Kaffee, um über unseren Fall nachzudenken. Und drittens, du grüßt bitte Lissi von mir und sagst ihr, ich komme später auch auf eine Tasse Kaffee vorbei. Nicht vergessen!“

Karlo schaute erst ein wenig verdutzt drein, dann lichtete sich der rosa Nebel in seinem Kopf und er grinste wieder so breit, dass seine Ohren Besuch bekamen.

„Später machst du deine Arbeit weiter, die dieser Tage liegen geblieben ist.“

„Mach ich gern!“

„Konstanze, ich möchte, dass du dich heute zur Abwechslung auch mit deiner anderen Arbeit befasst. Ich weiß nicht, ob ich dich im Fall ‚Flügelschlag‘ heute brauche. Wenn ja, sage ich dir Bescheid.“

Konstanze überlegte kurz: „Ich habe heute eine Frau zu einer Befragung einbestellt, die ihren Mann wegen Misshandlung angezeigt hat.“

„Gut. Ich selbst möchte mich heute Morgen noch mal mit den kirchlichen Mitarbeitern unterhalten und mir die Gruft genauer ansehen. So, dann wünsche ich uns jetzt einen guten Tag! Bis spätestens morgen früh zur Besprechung der ‚Morgenlage'. Wenn etwas Besonderes los ist, bin ich auf meinem Handy zu erreichen.“

Seine beiden Mitarbeiter erhoben sich, winkten ihm zu und verließen den Raum.

Wolfgang Sperber machte sich unverzüglich daran, ebenfalls die Inspektion zu verlassen.

Er nahm Mantel und Schirm zur Hand, denn ein Blick aus dem Fenster zeigte ihm, dass sich das Wetter nach wie vor regnerisch und windig gebärdete.

Barbara sagte er im Vorbeigehen Bescheid, dass er in der Zeit vor der Mittagspause über sein Handy zu erreichen war.

Über den Karlsplatz wehte ein unfreundlicher, kalter Wind. Es nieselte immer noch. Sperber beobachtete, dass die Menschen auf der Straße eilig dahinliefen. Wahrscheinlich wollte jeder so schnell wie möglich wieder ins Trockene kommen. Er spannte seinen Schirm auf und achtete darauf, dass ihn kein Windstoß von unten erfasste und umstülpte.

Durch die Karlstraße über die Promenade, Neustadt und Kronenstraße kam er schnell in das Herz der Stadt.

Er läutete an der Türe des Pfarramtes Sankt Gumbertus. Zu seiner Verwunderung öffnete ihm ein schlanker, grauhaariger, nicht sehr großer, alter Herr, der ihn mit seinem schwarzen Anzug und dem sorgfältig gescheitelten Haar flüchtig an einen Konfirmanden vergangener Zeiten erinnerte.

Der Senior sprach ihn mit sonorer Stimme an: „Grüß Gott. Ich bin Pfarrer Pöschel. Ich vertrete seit heute Pfarrer Schneider. Was möchten Sie bitte?"

„Grüß Gott auch, Herr Pfarrer", stellte sich der Polizist vor. „Ich bin Hauptkommissar Wolfgang Sperber von der Kriminalpolizei in Ansbach und bin mit dem Gewaltdelikt an Frau Kuhn in Ihrer Gruft befasst. Nun möchte ich Ihren Mitarbeitern noch ein paar Fragen stellen und mir die Gruft noch einmal ansehen."

Mit diesen Worten zeigte Sperber dem Pfarrer seinen Dienstausweis.

Pöschel sah ihn nur ganz kurz an und sagte dann versonnen: „Wolfgang, Sie wissen sicher, dass der Name vom ‚Wolfsjäger' kommt: Wolfgang, der nach dem Wolf geht. Passt zu Ihrem Beruf, scheint mir."

Bei dieser Erklärung des Geistlichen suchte Sperber aber vergebens nach einem freundlicheren Gesichtsausdruck bei seinem Gegenüber.

Ein Paar graue Augen unter buschigen weißen Brauen musterten ihn vielmehr abschätzend und sehr aufmerksam.

In Sperbers Magen machte sich unter diesem prüfenden Blick ein unangenehmes Gefühl breit.

Er nickte: „Ab und zu erjage ich tatsächlich einen Wolf in Menschengestalt."

Mit einladender Geste, aber immer noch kühler Stimme fuhr Pöschel fort: „Es wird sich wohl nicht vermeiden lassen, dass Sie bei uns Ihre Pflicht tun. Zufällig ist neben Frau Besendörfer gerade auch unser Hausmeister, Herr Striebel, im Büro. Wir hatten heute schon jede Menge Ärger mit unserem Mesner, deshalb sind die beiden wohl noch etwas in Auflösung."

Sperber trat ein. Beide, Sekretärin und Hausmeister, saßen mit sichtlich erschütterten Gesichtern auf ihren Stühlen."

„Hauptkommissar Sperber von der Kriminalpolizei Ansbach! Ich denke, Sie kennen mich bereits?“ Beide nickten zustimmend. „Würden Sie mir bitten sagen, was vorgefallen ist?“

Pfarrer Pöschel schaltete sich schnell ein: „Ich will es Ihnen mit kurzen Worten schildern. Der Mesner, Herr Kreisel, ist Alkoholiker, das wissen alle. Es wurde bisher stillschweigend toleriert. Anscheinend ist er noch nicht öffentlich ausfallend geworden. Heute Morgen jedoch fand ich ihn sinnlos betrunken in einer Kirchenbank. Er war so betrunken, dass wir Arzt und Sanitäter gerufen haben, die ihn ins Krankenhaus geschafft haben. Das wäre allein schon schlimm genug. Nun kamen, als Kreisel von den Sanitätern aus der Kirche gefahren wurde, ausgerechnet zwei Kirchenvorsteher vorüber. Und wie es der Teufel will, wacht in dem Moment der stockbesoffene Kreisel auf und beschimpft die beiden unflätigst. Kirchenvorsteher Nothnagel hat sich daraufhin so aufgeregt, dass wir schon Angst hatten, er würde kollabieren. Nothnagel fing dann leider auch an, laut über die kirchlichen Mitarbeiter herzuziehen, das wiederum konnte sich Herr Striebel, unser wackerer Hausmeister hier, nicht anhören, ohne seinerseits loszulegen. Die ganze unschöne Szene hat sich vor einer Gruppe Schaulustiger abgespielt und dürfte heute Tagesgespräch in Ansbach sein. Das wird der Gruftgeschichte nun wieder neue Aufmerksamkeit zukommen lassen. Außerdem dringt dadurch natürlich etwas über das ungute Verhältnis von Kirchenvorstand und kirchlichen Angestellten in Sankt Gumbertus nach außen. Alles in allem eine ungute Verschärfung der Situation in der Gemeinde. Nothnagel verlangte leider auch lautstark die Entlassung von Mesner Kreisel. Merkwürdig fand ich, dass Kreisel dauernd geschrien hat, er wüsste etwas über die Gruft und würde sich heute Nacht etwas holen, da würden dann alle dumm schauen. Wir rätseln, was das sein könnte. Wahrscheinlich hängt es aber mit dem Überfall auf Frau Kuhn zusammen. Entweder hat der Mesner irgendetwas gefunden oder er hat in seinem Delirium wirr geredet?"

Sperber nickte Pöschel zu: „Danke Herr Pfarrer, nun bin ich über den Vorgang informiert, der sie so bewegt."

Dann sagte er zu den beiden Mitarbeitern: „Frau Besendörfer und Herr Striebel, ich frage Sie: Hat der Mesner Kreisel Ihnen gegenüber jemals irgendeine Andeutung gemacht, was er denn in der Gruft gefunden haben wollte? Oder ob er irgendetwas in nächster Zeit vorhat? Vielleicht etwas, das der Kirchengemeinde Schaden bringen würde?"

Die beiden sahen sich zweifelnd an, dann schüttelten sie die Köpfe.

Georg Striebel sagte in seiner bedächtigen Art: „Wissen Sie, Herr Hauptkommissar, der Kreisel ist ein typischer Eigenbrötler. Er lebt so für sich und ich habe manchmal den Eindruck, der spintisiert sich etwas zusammen, das in Wirklichkeit gar nicht existiert. Er hat natürlich nach der Sache mit Frau Kuhn dauernd in der Gruft herumgeschnüffelt. Aber ich gebe zu, das habe ich auch. Ich denke mir, da ist irgendetwas. Die Grablege birgt ein Geheimnis. Wir sind eben bisher nur nicht darauf gekommen. Aber auch wenn der Anton manchmal, mit seinem dauernd etwas zu hohen Alkoholspiegel, dummes Zeug redet, glaube ich persönlich, dass er jetzt irgendetwas entdeckt hat."

Pöschel unterbrach ihn mit einer abfälligen Geste scharf: „Ach was! Ich kenne diese Saufbrüder! Die reden und reden lauter so einen Quatsch, wenn der Tag lang ist. Die wollen sich dauernd wichtig machen. Kommt sicher von einem schwachen Selbstwertgefühl!"

Sperber ließ sich nicht aus dem Konzept bringen: „Was meinen Sie, Frau Besendörfer?"

„So wie heute habe ich den Kreisel noch nie gsehn", antwortete die Sekretärin mit zittriger Stimme. „Wenn ich auf mei Gefühl hör, sagt es mir: Do ist irgendetwas Besonderes bei dem gschen. Weiter weiß ich a nichts."

Nachdenklich meinte Sperber: „Mir scheint auch, dass es in der Gruft etwas gibt, das uns interessieren sollte. Kann ich bitte den Gruftschlüssel von Ihnen ausleihen. Ich möchte mich selbst ein wenig umsehen. Vielleicht haben Sie auch eine Taschenlampe bei der Hand, die könnte dabei hilfreich sein."

In diesem Moment läutete die Türglocke. Wieder ging Pfarrer Pöschel hin und öffnete. Draußen stand eine hübsche, zierliche, blonde, junge Frau, die gerade ihren Regenschirm schloss. Dem Pfarrer fielen sofort ihre ausdrucksvollen, großen, grünen Augen auf.

Sie lächelte Pöschel an und sagte etwas schüchtern: „Gelobt sei Jesus Christus!"

Pöschel war verdutzt. Er antwortete reflexartig: „In Ewigkeit, Amen!"

Dann fing er sich wieder und sagte in freundlichem Ton: „Dieser Gruß klingt mir gar lieblich in meinen Ohren. Sind Sie eine Schwester im Glauben?"

„So ist es", antwortete die junge Frau mit sanfter Stimme. „Ich bin eine überzeugte Christin, das kann ich wohl bekennen. Ich heiße Maria Sebald. Ich bin die Vikarin. Offiziell, wie Sie wissen, ‚Pfarrerin zur Anstellung'. Eigentlich sollte ein Vikar nach Ansbach kommen. Aber Vikar Theobald Schubert ist leider erkrankt. So hat man mich zu Pfarrer Trinkaus von Sankt Johannis gesandt. Pfarrer Trinkaus aber hat mir zu wissen gegeben, dass ich durch den Herrn Dekan Hase derzeit Sankt Gumbertus anbefohlen bin. So bin ich denn gekommen, um in Gottes Namen in seiner Gemeinde meinen Dienst hier und heute anzutreten."

Pfarrer Pöschel kratzte sich hinter seinem Ohr: „Der heutige Tag ist wirklich voller Überraschungen. Auch ich habe meinen Dienst in dieser Gemeinde erst heute begonnen. Kommen Sie bitte herein. Wir haben leider gerade einige sehr ungute Geschichten am Hals. Ausgerechnet jetzt haben wir auch noch die Polizei in Gestalt eines gestrengen Herrn Hauptkommissars hier, der uns gerade befragt. Aber wie gut, dass Sie kommen! So bin ich in meiner schweren geistlichen Aufgabe doch nicht allein gelassen. Gelobt sei der Herr!"

Nun antwortete die Vikarin mit einem Strahlen auf ihrem hübschen Gesicht: „Ja, denn er tut Wunder!"

Mit diesen Worten schloss sie ihren Schirm und trat ein.

Sperber hatte mit wachsendem Erstaunen dem Dialog der beiden gelauscht.

„Die reden anscheinend in ihrer Fachsprache miteinander. Sehr merkwürdig und ein bisschen amüsant."

Als er die Vikarin ansah, war er überrascht von ihrem ausgesprochen hübschen, sympathischen Gesicht, das von einer flotten Frisur umrahmt wurde. Die lebhaft leuchtenden grünen Augen sahen ihn warm und freundlich an. Er fand diese junge Frau sofort sehr sympathisch und schenkte ihr ebenfalls ganz automatisch ein herzliches Lächeln.

Sie war ganz schlicht, jedoch geschmackvoll gekleidet. Irgendwie passte an ihr alles gut zueinander, fand er.

Frau Besendörfer begrüßte sie erfreut: „Ja das ist einmal eine schöne Überraschung! Ich freu mich, dass Sie gekommen sind, und wünsch Ihnen eine gute, gesegnete Zeit bei uns!"

„Dem schließe ich mich gerne an", brummte Georg Striebel. Seine Augen leuchteten so, dass er plötzlich viel jünger aussah. „Eine gute Zusammenarbeit wünsche ich uns beiden." Damit schüttelte er der Pfarrerin kräftig die Hand. „Das wünsche ich mir auch mit Ihnen. Mit Gottes Hilfe und Rat wird es gelingen!"

„Wissen Sie", redete sie in die Runde strahlend weiter, „was mir mein Mentor mitgegeben hat? Er hat mir das schöne Wort aufs Herz gelegt: ‚Wohin du auch kommst, bedenke immer, unser Herr Jesus Christus ist schon da!'" Sie nickte dabei und bekam ganz rote Wangen, was ihr, wie Wolfgang Sperber fand, sehr gut stand.

„Und nun", fuhr sie ihm noch einmal bewusst zugewandt fort: „Sie sind Kriminalpolizist, nicht wahr?"

Sperbers Lächeln kam von Herzen, als er sie anblickte und antwortete: „Ich bin Hauptkommissar Wolfgang Sperber und leider in einer unangenehmen Mission hier. In der Gruft dieser Kirche wurde kürzlich eine Frau unter mysteriösen Umständen niedergeschlagen und so schwer verletzt, dass wir immer noch um ihr Leben bangen. Sie liegt nach wie vor im Koma auf der Intensivstation des Krankenhauses."

„Da bin ich ja in einen richtigen Krimi geraten!", rief die junge Frau aufgeregt. „Spannend! Wissen Sie, ich bin eine leidenschaftliche Krimileserin." Und mit einem schelmischen Lächeln fügte sie hinzu: „Wenn ich Ihnen irgendwie mit meinem Rat zur Seite stehen kann, lassen Sie es mich wissen. Eigentlich habe ich mir so einen Hauptkommissar ein wenig anders vorgestellt. Wolfgang heißen Sie? Nun, wie der böse Wolf wirken Sie nicht auf mich."

„Na, da bin ich aber froh, denn nichts ist mir so zuwider, als junge, hübsche Frauen zu erschrecken."

Nun blickten sie einander einen Moment lächelnd an.

Als sie sich wieder beruhigt hatten, sagte Sperber ironisch: „Woher kommt eigentlich Ihre Neigung zur gewalttätigen Literatur? Steht denn nicht in der Bibel, dass man seine Feinde lieben soll und wenn man einen Schlag auf die eine Wange bekommen hat, gefälligst auch die andere für den nächsten Schlag hinhalten soll?"

„Es stimmt einfach, was der Apostel Paulus sagt", entgegnete ihm die ansehnliche Pfarrerin mit unschuldigem Augenaufschlag: „Wir sind allzumal Sünder und ermangeln des Ruhmes, den wir bei Gott haben sollen. So habe ich eben auch erst ein kleines Stück auf dem schmalen Pfad der Tugend geschafft und äuge ab und zu mit Sehnsucht auf die breite Straße der Versuchung hinüber."

Die drei Zuschauer beobachteten die fast freundschaftliche Szene mit einigem Befremden.

Pfarrer Pöschel war dabei immer unmutiger geworden. Er sagte ungehalten: „Uns ermangelt es wirklich an der Zeit für derartige Spiegelfechtereien. Frau Besendörfer und ich sind mitten in der Arbeit. Ich darf Sie, Herr Hauptkommissar, nun bitten, uns wieder zu verlassen. Nehmen Sie den Gruftschlüssel und gehen Sie mit Gott, aber bitte gehen Sie. Wir haben hier wirklich Ernsthaftes zu tun, schließlich arbeiten wir nicht beim Staat."

„Die letzte Spitze hätte es nicht gebraucht", dachte sich Sperber. Aber er wollte sich seinen Unmut nicht anmerken lassen. Heute hatte er es wohl dauernd mit neidischen Spaßverderbern zu tun.

„Frau Besendörfer, geben Sie bitte dem Herrn Hauptkommissar den Schlüssel, damit er gehen kann", ordnete Pfarrer Pöschel an. „Und Sie, lieber Herr Striebel, begleiten ihn bitte in die Gruft und gehen ihm, wenn nötig, zur Hand."

„Ich möchte auch mit!", meldete sich Maria Sebald. „Ich muss die Örtlichkeiten, in denen ich tätig sein werde, doch kennenlernen."

„Ja, gehen Sie, gehen Sie!", seufzte Pöschel, „Frau Besendörfer und ich machen uns jetzt über die Gabenkasse. Ich habe den riesigen Stoß von Belegen gesehen, die zu buchen sind."

Noch ein Seufzer: „Die Gabenkasse war nie meine Stärke! Dass es dazu jetzt ein Computerprogramm gibt, macht die Sache auch nicht lustiger!"

Tröstend legte die Vikarin Pöschel ihre Hand auf den Arm. „Ich sage immer: Befiehl dem Herrn deine Wege und hoffe auf ihn, er wird's wohl machen!"

Pöschel tätschelte die Hand und antwortete: „Schön, schön, aber ich befürchte, diesmal müssen wir es selbst hinkriegen. Danke für den Zuspruch. Und nun geh in Frieden, mein Kind!"

Flink eilte Maria den beiden Männern nach, die sich schon auf den Weg zur Gruft gemacht hatten und gerade dabei waren hineinzugehen.

Maria war bereits hinter ihnen, als sie die Stufen zur Ebene hinabstiegen, auf der die Särge und die Sarkophage standen.

Sperber zog sich schnell ein paar Einmalhandschuhe über und begann, ohne weiter auf die kirchlichen Mitarbeiter zu achten, mit größtmöglicher Sorgfalt Sarg für Sarg nach beweglichen Teilen und Verstecken abzusuchen.

Maria Sebald sah sich beeindruckt im Raum um. Dann sagte sie zu Striebel, der den Polizisten nicht aus den Augen ließ: „Ich kann es mir gar nicht recht vorstellen, dass in den vielen Särgen hier überall tote Menschen liegen. Ich finde das irgendwie unheimlich." Dann machte sie eine kleine Pause und schob eifrig lächelnd nach: „Aber es sind ja nur die toten Leiber. Ihre Seelen sind in Gottes Hand."

„Schon wahr", brummte Striebel.

„Ich werde für sie beten." Ohne eine Reaktion Striebels abzuwarten, sank die junge Frau auf die Knie. Auf dem blanken Boden kniend, hatte sie sich bald tief ins Gebet versenkt.

Striebel stand etwas hilflos daneben. Schließlich faltete auch er seine Hände.

Sperber hatte von alledem nichts mitbekommen. Er war vollkommen mit seiner Untersuchung beschäftigt. Jetzt fuhren seine Finger aufmerksam die Ornamente an einem Zinnsarkophag nach und drückten hier und da.

Er wurde erst aufmerksam, als er hinter sich die laute Stimme der Vikarin vernahm, die inzwischen wieder aufgestanden war und nun die Verstorbenen segnete.

Sperber sah, dass sie mit ihren Händen ein großes Kreuz schlug und dazu einen Segensspruch sprach. Um wirklich alle Toten zu segnen, verlängerte sie den Querbalken ihres Kreuzes und drehte sich dabei einmal um sich selbst.

Als sie geendet hatte, fragte der Hauptkommissar schmunzelnd: „Haben Sie mich jetzt auch mit gesegnet, Frau Pfarrerin?"

„Natürlich, mein Sohn", antwortete Maria Sebald ihm mit ernster Miene.

„Mein Sohn?", er runzelte die Stirn.

„Das meine ich natürlich im geistlichen Sinn, da sind Sie bei einer Amtshandlung sozusagen mein Sohn."

„Ach, ja?", Sperber blickte etwas verwirrt drein.

Striebel konnte sich ein Grinsen nicht verkneifen. „Unsere neue Pfarrerin macht sich gut, finde ich", brummte er mit seiner tiefen Bassstimme.

Sperber wandte sich kopfschüttelnd wieder seiner Arbeit zu.

Währenddessen ließ sich Maria Sebald von Striebel erklären, wer in den Särgen lag.

Striebel machte das sehr anschaulich. Die Vikarin lauschte ihm gebannt.

Unter dem Reden ging der Blick von Striebel immer wieder aufmerksam zu Sperber hin, der nach wie vor voller Konzentration auf der Suche war.

Vor Konstanze hatte eine Frau Platz genommen, die ausgesprochen übel zugerichtet aussah. Ihr fehlte ein Schneidezahn. Das Jochbein unter ihrem linken Auge leuchtete in den Farben Rot, Blau, Grün. Das Auge selbst war blutunterlaufen. Der Mund hatte wohl auch einen Schlag abbekommen. Der Mundwinkel war eingerissen gewesen und genäht worden. Die eine Wange war ebenfalls verfärbt und dick angeschwollen. Die Frau hatte dadurch Schwierigkeiten mit dem Sprechen.

Sie wirkte verhärmt und sah viel älter aus, als sie ihren Angaben nach eigentlich war. Konstanze kannte sie bereits, wollte sich von ihr aber ihre Leidensgeschichte noch einmal erzählen lassen, um wieder ganz bei der Sache zu sein.

Ob sich die Sicht der Frau in der vergangenen Zeit verändert hatte? Schon einmal hatte sie die Gewalttätigkeit ihres Mannes angezeigt. Der war zu einer Gefängnisstrafe verurteilt worden und inzwischen wieder auf freiem Fuß. Dem Mann war untersagt worden, sich seiner Frau zu nähern. Sie war aber wieder zu ihm zurückgekehrt.

Die Beamtin konnte sich nur wundern: „Warum sind Sie wieder zu ihm gegangen?"

Man sah der Frau an, wie peinlich ihr diese Frage war: „Ich bin dumm, das weiß ich. Aber er verspricht mir doch jedes Mal hoch und heilig und unter Tränen, dass so etwas nie wieder vorkommen würde."

„Wann hat Sie Ihr Mann zum ersten Mal geschlagen?"

„Wir waren erst kurz verheiratet. Es war eigentlich unser erster gemeinsamer Urlaub in den Bergen. Er hatte sich betrunken und ging plötzlich auf mich los. Ich musste damals ins Krankenhaus. Dort gab ich an, ich sei bei einer Bergtour ausgerutscht und schwer gestürzt. Ein paar Jahre später konnte ich einfach nicht mehr. Ständig schlug er mich, oft wegen nichtiger Anlässe. Ich bin zur Polizei gegangen, aber er hat alles abgestritten. Die Polizei hat mir nicht geholfen. Ich hatte niemand, zu dem ich gehen konnte. Ich bin bei ihm geblieben, weil ich nicht wusste, wohin ich gehen sollte. Erst als er mich im Rausch so zusammenschlug, dass ich wieder im Krankenhaus landete, habe ich mir einen Rechtsanwalt genommen und ihn angezeigt. Er wurde schließlich eingesperrt. Wenn sich die Polizei früher für mich eingesetzt hätte, wäre er das letzte Mal bestimmt länger weggesperrt geblieben. Vielleicht hätte es etwas genutzt?"

Konstanze kannte Erzählungen wie die der Frau zur Genüge. Sie kannte diesen sinnlosen Kreislauf von Schlagen, Bereuen, wieder Schlagen auf der einen Seite. Geschlagen werden, kurzes Aufbegehren und wieder Zurückkehren zu dem Schläger auf der anderen Seite.

Das Rad drehte sich in diesem Spiel in einem fort weiter. Warum war der Entschluss der betroffenen Frau, wegzugehen von einem solch brutalen Menschen, so schwer?

Manchmal hatte sie Probleme damit, sich das immer wieder anzuhören. Für Konstanze zeigte so eine verunglückte Beziehung auf beiden Seiten, bei Täter und Opfer, alle Merkmale einer Sucht. Eigentlich, so dachte sie sich, müssten beide wie Süchtige behandelt werden.

Als die Frau gegangen war, setzte sie sich hin und schrieb das Protokoll. Sie würde bei der Staatsanwaltschaft Anzeige gegen den Mann erstatten. Einmal hielt sie im Schreiben inne, weil sie in sich so ein Gefühl der Freiheit empfand. Mit einem wunderbaren Gefühl dachte sie sich: „Meine Ungebundenheit hat wirklich viele guten Seiten."

Mit einiger Enttäuschung beendete Sperber schließlich seine Suche. Trotz aller Sorgfalt war kein Versteck zu finden gewesen. Aber so schnell würde er nicht aufgeben. Sein Gespür sagte ihm, dass da etwas war – und das musste er finden!

Er würde doch noch einmal Arpogaus und seine Mannschaft um eine Durchsuchung der Gruft bitten müssen.

Auf seinem Heimweg kehrte er noch in seinem Lieblingscafé ein. An ein Sitzen im Freien war heute natürlich nicht zu denken. So ließ er sich von Lissi im Innenraum des Cafés einen Espresso corretto bringen. Der rabenschwarze Espresso mit einem Schuss Grappa darin schaffte ihm einen gewissen Ausgleich. Mit frohen Gedanken machte er sich anschließend auf den restlichen Heimweg.

Er hatte die Türe zu seinem Haus kaum aufgesperrt, da kam ihm schon Julia mit aufgerissenen Augen und besorgter Miene entgegen. „Mein Liebster, ich muss dir sagen, dass wir Besuch von deiner Mutter haben. Sie wird ein paar Tage bei uns wohnen, weil im Seniorenheim umgebaut wird. Sie sagt, sie hält das nicht aus. Heute Nachmittag ist sie, ohne sich groß vorher anzumelden, mit dem Taxi und mit zwei Koffern bei uns angekommen. Ich habe gedacht, mich trifft der Schlag." Julia fasste sich an den Kopf. „Seit sie hier ist, hält sie mich auf Trab. Sie möchte sich natürlich unterhalten. Ich muss aber doch mein Gutachten fertigbringen. Sei so gut und nimm sie mir ab, so oft es für dich geht."

„Was hat der Herr mir da aufgeladen", stöhnte Sperber entsetzt. Dann hielt er sich die Hand vor den Mund und sagte verblüfft: „Jetzt fange ich auch schon so zu reden an wie die. Diese Kirchenleute bringen einen ganz schön durcheinander, das kann ich dir sagen."

Hinter Julia öffnete sich die Wohnzimmertüre. Hermine Sperber, Wolfgangs Mutter, kam mit frisch dauergewelltem, silbergrau getöntem Haar und wie von ihr gewohnt elegant gekleidet heraus. Auf ihren obligatorischen schwarzen Stock mit dem Silberknauf gestützt, fing sie sofort an zu reden: „Ja Wolfi, schön, dass du endlich kommst. Ich warte schon so lange auf dich! In unserem Stift wird umgebaut. Stell dir vor, die fingen an, bei uns einfach einen derartigen Lärm zu machen, das kannst du dir nicht vorstellen! Heute Morgen sage ich zu Frau Regierungsdirektor Schmitt: ‚Ich gehe, ich halte es nicht mehr aus. Ich ziehe für ein paar Tage zu meinem Sohn.' Ich habe meine Sachen gepackt, ein Taxi gerufen und hier bin ich. Freust du dich?"

„Ja – a"!, Sperber kam nicht dazu, sich weiter zu äußern. Seine Mutter hatte ihn bereits umarmt und gab ihm ein paar saftige Küsse auf die Wange.

„Sag mal, warum nennst du Frau Schmitt Frau Regierungsdirektor? Das war doch ihr Mann früher einmal. Der ist so viel ich weiß schon einige Jahre tot. Du sagst doch auch nicht ‚Frau Chefärztin' zu einer deiner Damen im Wohnstift, weil ihr Sohn diesen Beruf ausübt."

„Wolfi, das verstehst du nicht, so wie du eben manches nicht verstehst. Dafür bist du noch zu jung. So, und jetzt führe mich bitte in euer Wohnzimmer, ich möchte dir endlich etwas sagen. Du lässt einen nämlich kaum zu Wort kommen, weißt du. Hat dir das schon einmal jemand gesagt?"

Sie hakte sich bei ihm unter: „Bevor ich dir meine Neuigkeiten berichte, könntest du mir allmählich etwas von dir erzählen. Weißt du, ich lese von dir entweder in der Zeitung oder ich sehe dich zufällig einige Sekunden im Fernsehen, aber persönlich bekomme ich dich ja kaum zu Gesicht."

Wolfgang Sperber stöhnte tief in seinem Inneren: „Mutter, ich komme doch jede Woche zu Besuch zu dir, also mindestens ein Mal. Warum sagst du, du würdest mich kaum einmal sehen?"

„Weißt du, wir alten Leute haben ein ganz anderes Zeitgefühl als ihr Jungen. Ihr rennt den ganzen Tag hierhin und dorthin und dann ist der Tag rum. Ich alte Frau sitze still in meinem Zimmer und muss warten, dass sich jemand erbarmt und mal zu mir hereinschaut."

„Also jetzt übertreibst du wieder, Mutter. Wenn ich dich besuche, hast du oft schier keine Zeit für mich. Dein Literaturkreis, dein Malkurs, Gymnastik, Arztbesuch, Bibelstunde, Singstunde, Kaffeekränzchen, Spielkreis und dazu die diversen Besuche deiner Mitbewohner im Haus und was weiß ich noch. Ich finde, du bist eigentlich ganz gut ausgelastet."

„Da siehst du mal, was für eine schiefe Optik du hast, mein Lieber. Und so etwas ist Hauptkommissar! Hast du das gehört, Julia? Ich finde, dein Gatte wird mit zunehmendem Alter etwas wunderlich. Hast du das auch schon bemerkt?"

Julia sah Wolfgang völlig überfordert an. Was sollte sie dazu sagen?

Wolfgang schüttelte den Kopf und formte mit den Lippen das Wort „Nein!".

Julia nuschelte daraufhin etwas Unverständliches und flüchtete sich in die Küche.

Kaum dass sie in einem Sessel Platz genommen hatte, setzte seine Mutter sofort wieder zu reden an: „Also, jetzt erzähle mir bitte deinen neuesten Fall, den ‚Flügelschlag'. Ich bin ja schon so gespannt. Sag mal, stellt ihr euch dabei wirklich so ungeschickt an, wie der Mostrich schreibt?"

„Mutter, ich brauche erst einmal etwas zu trinken. Ich fühle mich irgendwie ganz erschlagen. Soll ich dir auch etwas aus der Küche mitbringen. Ich mache uns einen Wein auf. Magst du auch einen?"

„Wolfi, siehst du, das verstehe ich nun auch wieder nicht. Was machst du eigentlich so den ganzen Tag? Dein

Vater war nicht so empfindlich wie du und der hatte wirklich viel zu tun."

„Es liegt vielleicht am Wetter, Mutter. Jetzt sag bitte: Rotwein oder Weißwein. Was ist dir lieber?"

„Weißwein bekommt mir besser, aber auf Rotwein kann ich besser einschlafen."

„Gut, dann bringe ich uns Rotwein."

Wolfgang Sperber eilte in die Küche und rang, bei seiner Frau angekommen, die Hände.

„Liebste Julia, woher nehme ich nur jetzt die Kraft, das tagelang auszuhalten? Ich kann meiner Mutter doch nicht Ersatz für ihre Daueraktivitäten im Wohnheim bieten. Gerade jetzt, wo mich dieser Fall so in Beschlag nimmt! Ich fühle mich nach dieser Begrüßung schon überlastet."

Er hatte kaum ausgeredet, da meldete sich sein Handy.

„Sperber!", und dann bass erstaunt: „Was? Ich denke, der ist im Krankenhaus? Wo liegt der? Wer hat ihn entdeckt? Ich komme sofort, sperrt alles ab. Lasst niemand hinein. Pöschel soll sich zu unserer Verfügung halten. Ruft vorsichtshalber die Spurensicherung. Man kann nicht wissen. Ruft auch Frau Doktor Renz an, sie soll kommen und sich den Toten ansehen. Ich will in dieser Angelegenheit ganz auf Nummer sicher gehen."

Und zu seiner Frau: „Schatz, ich muss leider weg. Der Mesner von Sankt Gumbertus liegt tot in der Gruft. Weiß der Himmel, wie er dahin kommt. Er wurde doch erst völlig betrunken ins Krankenhaus eingeliefert. Ich bringe meiner Mutter nur noch schnell den Rotwein und verabschiede mich von ihr."

Wolfgang Sperber öffnete eilig eine Rotweinflasche und schnappte sich ein Weinglas. Dann gab er Julia einen Kuss auf die Wange und lief ins Wohnzimmer.

Julia fuhr sich geschockt durch ihr langes schwarzes

Haar: „Oh Mann, oh Mann! Wie würde Wolfgang sagen: ‚Was hat der Herr mir da aufgeladen!'"

„Ach Wolfi, jetzt freue ich mich auf einen guten Wein und einen gemütlichen Abend mit euch beiden!"

„Tut mir leid, Mutter, aber ich muss dich enttäuschen. Es gibt eine Leiche. In der Gruft von Sankt Gumbertus hat man den Mesner tot aufgefunden. Ich muss sofort hin!"

„Siehst du, das ist genau das, was ich immer sage. Jetzt siehst du es einmal selbst. Immer läufst du weg, wenn ich dich mal sprechen möchte. Zum Glück ist wenigstens noch Julia da."

„Sie bringt gleich das Abendessen. Du kannst dich schon an den Esstisch setzen. Ich muss jetzt wirklich schnellstens gehen."

Er lief hinaus, ohne auf ein weiteres Wort seiner Mutter zu warten, und nahm Mantel, Schirm und Autoschlüssel. Zum Glück stand das Auto noch vor dem Haus. Er stieg ein und fuhr los.

Als Sperber vor dem Grufteingang von Sankt Gumbertus ankam, begrüßte er die beiden Streifenbeamten, die vor der Grablege Wache hielten. Notarzt und Krankenwagen waren offenbar schon wieder abgefahren.

Sperber erkundigte sich bei den beiden Beamten: „Hat der gerufene Notarzt die Todesursache feststellen können?"

„Er hat festgestellt, dass der Mann wahrscheinlich nach einem Sturz von der Treppe ohnmächtig geworden ist und sich erbrochen hat. Der Notarzt, Doktor Nusch heißt er übrigens, hat alles versucht, um ihn zu reanimieren. Er hat das aber nach einiger Zeit aufgegeben, meinte, der Mann sei dann vermutlich an dem Erbrochenen erstickt. Außerdem hat er sich bei dem Sturz einiges gebrochen. Sieht aber nach einem Unfall aus. Der Tote liegt noch unten. Ein Stockbesoffener, der die Treppe hinabstürzt", resümierte der eine Streifenbeamte mit einer erklärenden Geste.

Und der zweite ergänzte: „Der Arzt hat uns erzählt, er habe ihn heute Nachmittag völlig betrunken ins Krankenhaus bringen lassen. Er ist ihnen wohl davongelaufen, als er aufgewacht ist. Sie haben ihn gesucht, als sie merkten, dass er nicht mehr in seinem Bett lag. Es muss ihm irgendwie gelungen sein zu verschwinden, ohne dass ihn jemand bemerkt hat. Aber Betrunkene sind ja manchmal findiger, als man annimmt. Wie er vom Krankenhaus hergekommen ist, in seinem Zustand, ist nicht bekannt. Vielleicht hat er sich ein Taxi genommen. Es stehen ja immer welche vor der Klinik."

Sperber öffnete die Grufttüre. Von der obersten Stufe aus sah er den unmäßig dicken Mann auf dem Pflaster unter sich liegen. Die Luft in der Grabkammer war feucht, dumpf, unangenehm alkoholgeschwängert und stank gleichzeitig entsetzlich nach dem Erbrochenen. Um den Kopf von Kreisel hatte sich eine Lache gebildet. Sein linker Arm und ein Bein standen in einem unnatürlichen Winkel vom Körper ab. Weiter konnte er von oben nichts erkennen. Er wandte sich wieder den Polizisten zu: „Wo ist Pfarrer Pöschel, der ihn gefunden hat?"

„Der sitzt drüben im Pfarrbüro, ist völlig fertig."

„Ich gehe kurz zu ihm. Ihr lasst niemand außer unseren Leuten hier hinein. Die Türe muss geschlossen bleiben."

Sperber läutete an der Bürotüre. Pöschel öffnete und ging ihm voraus in das Büro hinein. Seine Schultern waren gebeugt. Der alte, schmale Mann wirkte so, als wäre er ein Stück kleiner geworden.

Drinnen wies er auf einen Stuhl. Erst jetzt sah Wolfgang Sperber, dass der Geistliche offenbar geweint hatte.

Sein Gesicht war totenbleich, dadurch waren die rot geränderten, trüben Augen besonders auffällig.

„Bitte nehmen Sie Platz", sagte Pöschel mit brüchiger Stimme und deutete auf einen Stuhl.

Sperber setzte sich und sah sein Gegenüber aufmerksam an. „Herr Pfarrer Pöschel, Sie haben den Toten gefunden. Ich kann verstehen, dass Sie gerade sehr geschockt sind, aber ich muss so viel wie möglich wissen, um mir ein Bild von dem Vorfall zu machen. Bitte erzählen Sie mir, was Sie erlebt haben."

Erwin Pöschel räusperte sich und begann mit belegter Stimme zu berichten: „Ich habe mit Frau Besendörfer den Nachmittag über an der Gabenkasse gearbeitet. Als wir fertig waren, habe ich sie heimgeschickt. Ich habe dann noch in Ruhe ihre Eintragungen in den Kirchenbüchern geprüft. Anschließend wollte ich auch heimgehen. Im Vorbeigehen an der Gruft sah ich durch das Fenster, dass drin noch Licht brannte. Ich habe mir gedacht: Da hat jemand das Licht brennen lassen. Ich mache es aus, sonst brennt es die ganze Nacht. Mein erster Gedanke war, noch einmal ins Büro zurückzugehen und den Schlüssel zu holen, aber einem Impuls folgend, drückte ich die Türklinke herunter. Erstaunlicherweise ging die Türe auf. Sie war unverschlossen gewesen. Können Sie sich meinen Schreck vorstellen, als ich den Mesner da unten in seinem Erbrochenen liegen sah?"

Pöschel schüttelte den Kopf und sah zu Boden. Dann wischte er sich die Augen und fuhr fort: „Ich bin schnell die Treppe hinuntergerannt und habe ihn geschüttelt und seinen Namen gerufen. Er hat nicht mehr reagiert. Wahrscheinlich war er bereits gestorben. Natürlich bin ich nach dieser Entdeckung sofort ins Büro zurückgerannt. Über Notruf 110 habe ich angerufen, dass ein Arzt kommen soll. Zuerst kam ein Polizeiauto, dann Notarzt und Krankenwagen. Ich fühlte mich so schwach auf den

Beinen, dass ich die Polizisten bat, mich ins Büro setzen zu dürfen, nachdem ich ihnen mein Erlebnis geschildert hatte. Seitdem bin ich hier und versuche, mich wieder zu fassen. In meinem Alter kommt man über so etwas nicht so leicht hinweg. Der Arzt hat mir ein Beruhigungsmittel gegeben. Mir tut dieser Mensch so unendlich leid. So sterben zu müssen!" Pöschel verbarg sein Gesicht in den Händen. Seine Schultern zuckten.

Sperber beschloss, dem alten Herrn nun seine Ruhe zu gönnen. Er legte ihm die Hand auf die Schulter und sagte ruhig: „Es tut mir auch sehr leid, wenn ein Mensch unter solchen Umständen ums Leben kommt. Ich muss das in meinem Beruf leider immer wieder erleben. Bitte beruhigen Sie sich. Letztlich ist er doch in Gottes Hand. Von mir aus können Sie jetzt gerne nach Hause gehen, Herr Pfarrer Pöschel. Ich melde mich bei Ihnen, wenn ich noch Fragen habe. Derzeit sieht alles nach einem bedauerlichen Unfall aus."

Erwin Pöschel sah ihn überrascht an: „Ich hätte nicht gedacht, dass Sie solche Worte finden, Herr Hauptkommissar, aber ich freue mich darüber." Dann reichte er ihm die Hand.

Als Sperber die Bürotüre hinter sich geschlossen hatte, musste er ein wenig innehalten. Er war über sich selbst verwundert. Jetzt fing er schon an, Pfarrer mit frommen Worten zu trösten. Irgendwie hatten diese Kirchenmenschen tatsächlich etwas Ansteckendes.

Auf dem Platz vor der Gruft stand nun ein Fahrzeug am anderen. Er erkannte den Wagen der Spurensicherung. Aber auch ein Wagen mit Fernsehleuten und ein Übertragungswagen von einem privaten örtlichen Rundfunksender standen neben dem Streifenwagen der Polizei.

Ein Leichenwagen wartete zur Abfahrt bereit.

Unmittelbar vor dem Eingang erblickte Sperber zu seinem Erstaunen eine bekannte Gestalt. Neben den Polizeibeamten, die Wache halten sollten, stand offenbar ziemlich aufgebracht Herbert Mostrich vom „Ansbacher Tageblatt".

Er hatte wohl einen Fotografen mitgebracht, denn in seiner Nähe lungerte ein junger Mann herum, der mit verschiedenen Fotoapparaten behängt war. Der schien den Wortwechsel zwischen den Beamten und seinem Chef aufmerksam zu verfolgen.

Als Mostrich ihn kommen sah, sagte er mit spöttischem Unterton: „Ah, der Herr Hauptkommissar lässt sich endlich auch einmal am Tatort sehen. Ich dachte schon, Sie würden gar nicht mehr erscheinen und ich müsste mich weiter mit Ihren Untergebenen herumschlagen."

Mit aufgeregt protestierender Stimme fuhr ihn der Redakteur an: „Ich möchte von Ihnen wissen, warum wir von Ihren Beamten nicht in die Gruft hineingelassen werden. Die Öffentlichkeit hat schließlich ein Recht auf authentische Bilder und auf eine realistische Berichterstattung aus dem Erleben heraus. Warum wird uns hier dieses Recht verwehrt?"

„Herr Mostrich, Sie können sich alle Ihre Fragen doch selbst beantworten, denke ich", erwiderte Sperber dem erregten Journalisten gelassen. „Sie wissen doch genau, dass die Spurensicherung da drin ist. Während die an der Arbeit sind, hat dort niemand, außer den Beschäftigten der Polizei, etwas zu suchen. Es dürfen keine Hinweise übersehen werden, wenn es sich um einen Todesfall handelt, der noch nicht geklärt ist. Ich denke, das ist bestimmt auch im Interesse der Öffentlichkeit."

Aber Mostrich gab nicht so schnell auf: „Sie vermuten also, dass es sich in diesem Fall um Mord handeln könnte?"

„Derzeit meine ich überhaupt noch nichts, Herr Mostrich. Aber wenn Sie wissen wollen, zu welchen Schlüssen wir gekommen sind, wenden Sie sich morgen Vormittag bitte an unsere Pressestelle."

Und energisch zu den beiden Streifenbeamten gewandt: „Es bleibt dabei, niemand außer unseren Leuten darf hinein."

Sperber öffnete die Türe. In dem Moment versuchte der Fotograf, mit erhobener Kamera an ihm vorbeizustürmen.

Von mehreren kundigen Händen gepackt, lag der junge Mann Sekunden später am Boden. Ein Polizist nahm ihm die Kamera aus der Hand.

Mostrich schrie aufgebracht: „Das lasse ich mir nicht gefallen! Sie behindern die Arbeit der Presse!"

Dem Hauptkommissar wurde es nun einfach zu bunt. Mit scharfem Ton fuhr er den Journalisten an: „Herr Mostrich, wenn Sie sich nicht sofort mindestens zehn Meter von hier entfernen und dort bleiben, werde ich Sie wegen Behinderung von Vollzugsbeamten bei der Staatsanwaltschaft anzeigen. Notfalls lasse ich Sie beide festnehmen, damit Sie uns nicht weiter bei der Arbeit stören können. Also nehmen Sie Ihren Sensationsfotografen mit und entfernen Sie sich, aber fix!"

Und zu den Beamten: „Geben Sie ihm seine Kamera wieder. Und jetzt Schluss mit den Spielchen!"

Der Redakteur schrie zwar noch laut in Sperbers Richtung: „Ich protestiere auf das Schärfste! Das wird ein Nachspiel haben!"

Aber Mostrich merkte wohl, dass es der Polizist mit seinen Drohungen wirklich ernst meinte, und zog sich mitsamt seinem Fotografen vor sich hinschimpfend einige Meter zurück. Der Fotograf stolperte, ebenfalls laut vor sich hin maulend, neben ihm her.

Sperber ging nun unbehelligt in die Gruft hinein und blieb auf der obersten Stufe stehen. Er wollte die Arbeiten der Spurensicherungsmannschaft nicht stören.

Den ruhig arbeitenden Beamten in ihren weißen Schutzanzügen lief der Schweiß über das Gesicht, denn die von ihnen aufgestellten Scheinwerfer strahlten eine unerträgliche Hitze ab.

Ein Polizeifotograf bemühte sich, die tragische Szene in dem grell ausgeleuchteten Raum genau zu dokumentieren.

Der stechende Gestank schien sich weiter intensiviert zu haben.

Unten, auf der Ebene der Särge, standen die Gerichtsmedizinerin, Frau Doktor Brigitte Renz, und Gottfried Arpogaus und sprachen miteinander.

Als sie ihn bemerkten, kamen sie die Stufen herauf. Die Ärztin reichte ihm die Hand: „Grüß Gott, Herr Sperber!“ Dann berichtete sie ihm das Ergebnis ihrer ersten Untersuchung der Leiche: „Er ist wahrscheinlich an Erbrochenem erstickt. Er hat einige Brüche. Genaueres kann ich erst in einer Obduktion feststellen. Zeitpunkt des Todes: vor zwei Stunden, würde ich sagen. Außerdem ein Arm- und ein Beinbruch. Abschürfungen an Händen, Armen und Beinen, vermutlich von dem Sturz. Alles Weitere wie gesagt in meinem Bericht. Ich denke, er ist morgen am späten Vormittag oder am frühen Nachmittag fertig. Ich wünsche Ihnen noch einen guten Abend! Von mir aus kann die Leiche jetzt abtransportiert werden.“

Mit diesen Worten reichte sie ihm nochmals die Hand, grüßte Arpogaus und verließ die Gruft.

Der Kriminaltechniker hielt ihm hintergründig lächelnd einen durchsichtigen Plastikbeutel entgegen.

„Wolfgang, schau dir diesen dünnen Draht an. Es

scheint, als müssten wir uns von einer Unfalltheorie verabschieden. Er hing abgerissen hier am Geländer. Ich sage dir, der war bestimmt von Geländer zu Geländer gespannt. Ich bin sicher, der sollte jemand zu Fall bringen. Der schwergewichtige Mann hat ihn wahrscheinlich bei seinem Sturz abgerissen. Ich habe am Draht winzige Stofffasern entdeckt, die will ich mit Kreisels Hosenstoff vergleichen. Die Stufe auf der entsprechenden Höhe des Drahtes haben wir sorgfältigst abgesaugt. Ich hoffe, noch weitere Fasern zu finden. Morgen Vormittag sage ich dir in dieser Hinsicht Bescheid. Ich meine, du kannst von einem Mord ausgehen. Kreisel soll ja herumgeschrien haben, er wolle sich heute Nacht hier drinnen etwas holen. Ich vermute, jemand wollte verhindern, dass der so ohne Weiteres hier herein konnte. Ich weiß, das ist eine kühne Behauptung, aber ich werde mich bemühen, sie mit Fakten zu untermauern."

„Ich hoffe, du hast diesmal unrecht", entgegnete ihm der Polizist nachdenklich.

„Kann die Leiche von dir aus abtransportiert werden?", erkundigte er sich dann.

„Von mir aus schon. Weitere Untersuchungen der Kleidung und so weiter nehmen wir in unserem Labor vor."

„Gut, dann rufe ich zwei weitere Streifenwagen zur Verstärkung, um die Neugierigen draußen in Schach zu halten."

Er wählte und begann, mit seinem Handy zu telefonieren.

Kurze Zeit danach trafen zwei Polizeiautos ein.

Als Sperber aus der Gruft trat, beobachtete er, dass die Polizisten offenbar damit beschäftigt waren, besänftigend und erklärend auf die Journalisten, die neugierigen Nachbarn und die Passanten einzureden.

Auf Sperbers Genehmigung hin fuhren die Angestellten des Beerdigungsinstitutes ihren Wagen so nah wie möglich an den Grufteingang heran und schafften einen Zinksarg in die Grabkammer.

Es dauerte nicht lange, dann schleppten sie den Sarg unter Schnaufen und Ächzen die Stufen herauf und schoben ihn in ihr Auto.

Die Vertreter der Medien versuchten, von den Polizisten auf Abstand gehalten, so gut es ging die Szene in Film, Bild und Ton festzuhalten.

Sperber vereinbarte ein Gespräch mit Gottfried Arpogaus für den Morgen des nächsten Tages und verabschiedete sich. Die Polizisten würden die Tür zur Gruft absperren und versiegeln.

Müde stieg der Beamte dann in sein Auto und fuhr nach Hause.

Dort saß Julia in ihrem Arbeitszimmer am Schreibtisch und arbeitete, als ihr Mann heimkam. Nachdem er ihr einen liebevollen Kuss gegeben hatte, fragte er sie: „Ist Mutter schon im Bett?"

„Allerdings!", gab ihm Julia zur Antwort, verdrehte die Augen und schüttelte bedenklich ihren Kopf. „Ich musste sie ins Gästezimmer führen, nachdem sie dem Rotwein kräftig zugesprochen hatte. Deine Mutter redete sehr lebhaft den ganzen Abend über und nahm zwischendurch immer wieder einen Schluck Rotwein zu sich. Sie hat die Flasche fast alleine geschafft. Zwischendurch ist sie immer wieder einmal eingenickt, wachte dann leider auch immer wieder auf und redete weiter. Ich habe einen anstrengenden Abend hinter mir, das kannst du mir glauben. Es wäre alles nicht so schlimm, wenn ich nicht über diesem Gutachten wäre. Der Abgabetermin drückt mich schrecklich. Jetzt habe ich mich an die Arbeit gemacht und versuche nachzuholen, was ich heute versäumt habe. Ich fürchte, du wirst heute ohne mich zu Bett gehen müssen. Ich will, solange ich kann, hier weitermachen."

Wolfgang Sperber verzog bedauernd sein Gesicht: „Tut mir wirklich leid. Ich hätte dir diese Anstrengung wirklich gerne abgenommen. Morgen müssen wir überlegen, wie wir das mit Mutter so organisieren, dass jeder von uns mit seiner Arbeit zurechtkommt. Bei mir hat sich die Lage noch einmal verschärft", informierte er Julia mit einem schmerzlich verzogenen Gesicht. „Unser Kriminaltechniker Arpogaus meint, wir haben es im Fall des tödlich gestürzten Mesners mit einem Mordfall zu tun. Scheint so, als habe unser Täter wieder zu geschlagen. Diesmal hätte er ganze Arbeit geleistet. Außerdem hatte ich großen Ärger mit Mostrich. Der und sein Fotograf haben sich unmöglich aufgeführt. Ich musste ihm schließlich sogar mit Anzeige und Verhaftung drohen, um ihn zur Vernunft zu bringen. Er hat mit einem Nachspiel gedroht. Das kann ich alles gerade überhaupt nicht brauchen!"

„Armer Wolfgang, manche Leute machen es dir nicht gerade leicht, deinem Beruf nachzugehen." Damit stand Julia auf, legte die Arme um ihren Mann und drückte ihn tröstend an sich.

„Liebste, ich danke dir für deinen Trost! Ich trinke noch ein Glas Rotwein, dann gehe ich in mein Bett. Ich bin heute wirklich sehr müde."

Noch am Mittwochabend

Auf Konstanze hatte am vergangenen Nachmittag noch eine Menge Schreibarbeit gewartet, dazu Recherche für weitere laufende Fälle. In den letzten Tagen war manches liegen geblieben und wollte nun zügig bearbeitet werden. Sie arbeitete konzentriert bis in den Abend hinein. Als sie merkte, dass ihre Aufmerksamkeit nachließ, räumte sie ihren Schreibtisch auf und machte sich auf den Nachhauseweg. Unterwegs kaufte sie mit Bedacht in einem Feinkostgeschäft ein. Den heutigen freien Abend wollte sie wieder einmal so richtig genießen.

In ihrer Wohnung angekommen, packte sie zunächst die Einkaufstüten aus. Einen Teil davon legte sie in den Kühlschrank. Für ihr Abendessen hatte sie in dem Laden appetitlich garnierte Häppchen gekauft. Sie holte eine Platte und legte sie griffbereit darauf. Im Wohnzimmer deckte sie den Esstisch für sich mit einer Sorgfalt, als würde sie ihn für einen lieben Besuch herrichten.

Anschließend ging sie ins Bad und ließ Wasser einlaufen. Während das Wasser rauschte, spülte sie in der Küche das Geschirr vom Morgen ab. Danach räumte sie ihr Wohnzimmer auf. Herumliegende Wäschestücke warf sie in den Wäschekorb, ging in ihr Schlafzimmer, machte ihr Bett und öffnete das Fenster. Nach einem zufriedenen Blick in ihr Wohnzimmer ging sie zurück in die Küche und holte eine Flasche Sekt aus dem Kühlschrank. Ein wunderbares Getränk, das von einer Sektkellerei an der französischen Grenze nach der Champagnermethode hergestellt wurde. Sie öffnete die Flasche, nahm sie zusammen mit einem Glas mit ins Bad und stellte beides auf ein kleines Tischchen am Wannenrand. Als sie die Wassertemperatur geprüft hatte, goss sie ein Schaumbad in die Wanne und entkleidete sich. Der herrliche Duft des Badesalzes hatte sich sofort im Raum ausgebreitet. Nackt stellte sie sich vor den Spiegel, war mit sich und ihrem Körper zufrieden und stieg in die Wanne. Nach einem tiefen Schluck aus dem Sektglas lehnte sie sich aufseufzend zurück und genoss die Wärme des Wassers. Die Spannung des Tages fiel von ihr ab.

Einige Zeit später entstieg sie der Wanne, trocknete sich ab und cremte Gesicht und Körper ein. Dann bürstete sie ihr kurzes, dunkles Haar durch und zog sich einen bequemen Hausanzug an.

Konstanze liebte klassische Musik. Im Wohnzimmer legte sie eine CD mit einer Musik von Händel ein und setzte sich an ihren Esstisch. Aus der angebrochenen Sektflasche, die sie aus dem Bad mitgebracht hatte, schenkte sie sich ein Glas ein und konzentrierte sich dann ganz auf den Genuss der Häppchen, die vor ihr lagen. Zwischendurch nahm sie einen Schluck aus dem Glas, lauschte der Musik und war ganz und gar zufrieden. Nach dem Essen sah sie das Fernsehprogramm durch und entschied sich für einen alten Film mit Darstellern, die sie mochte. In der darauf folgenden Nacht schlief Konstanze ruhig und fast traumlos bis zum Morgen.

Donnerstagmorgen

Im Hause Sperber läutete am nächsten Morgen schon kurz nach sieben Uhr das Telefon. Julia wurde dadurch aus einem Traum geweckt und ging noch ganz verschlafen zum Apparat. Sie hörte, dass ihr Mann schon aufgestanden und dabei war, in der Küche das Frühstück zuzubereiten.

„Hallo Mama", hörte sie die krächzende Stimme ihrer Tochter Theresa. „Ich bin leider krank. Ich habe hohes Fieber. Mein Hals ist ganz entzündet. Ich wollte fragen, ob jemand von euch Sofia um zwölf Uhr von der Schule abholen kann. Könntet ihr mit ihr Hausaufgaben machen und auf sie aufpassen? Ich wäre euch so dankbar!"

„Oh Kind! Hermine ist gestern unverhofft bei uns

eingetroffen und möchte einige Tage bei uns wohnen, weil in ihrem Wohnstift etwas umgebaut wird. Ich glaube, das wird etwas viel für uns, aber ich rede mit deinem Vater darüber und rufe gleich wieder bei dir an."

Damit legte Julia kopfschüttelnd auf: Manchmal kam es wirklich ganz dick!

Julia ging in die Küche. Sie sah, dass Wolfgang das Frühstück fast fertig hatte. Ein wunderbarer Duft von Kaffee und frisch gebackenen Brötchen zog durch den Raum.

„Wolfgang, du bist wirklich ein Schatz! Ich danke dir für deine Frühstücksvorbereitungen. Theresa hat gerade angerufen. Sie ist krank und hat angefragt, ob wir Sofia heute nicht unter unsere Fittiche nehmen wollen."

„Ach du Schreck, auch das noch! Sofia von der Schule abholen, das kann ich übernehmen. Aber ich kann unmöglich heute Nachmittag auf sie aufpassen. Ich muss an dem Fall dranbleiben – leider! Mit Sofia zu spielen wäre mir viel lieber!"

„Lieber, du weißt, wie ich gerade unter Druck bin. Vielleicht bringe ich Mutter dazu, dass sie sich um Sofia kümmert?"

Die Küchentüre öffnete sich und Wolfgangs Mutter kam herein. Sie war mit einem hellblauen Seidenmorgenrock bekleidet. Ihr Haar war trotz der frühen Tageszeit sorgfältig gekämmt. Sie sah, trotz ihrer Rotweinorgie am Vorabend, keineswegs verkatert, sondern ausgesprochen munter und unternehmungslustig aus.

Freudig lächelnd sprudelte es aus ihr heraus: „Guten Morgen Kinder! Also wer ruft denn um diese Zeit schon bei euch an? Ich bin das vom Stift her gar nicht gewohnt, dass sich um diese Zeit etwas rührt. Wie ihr seht, bin ich aber bereits wach und freue mich auf das Frühstück mit euch. Ach, das sieht ja wirklich gut aus, was ihr da vorbereitet habt! Nun kommt, ich habe Hunger. Julia, Kind, du bist ja noch im Nachthemd, willst du nicht etwas überziehen, du wirst dich noch erkälten. So Wolfi, jetzt trag schon mal alles rüber. Ich komme nach. Vergiss nicht, eine Kerze anzuzünden. Du weißt, dass ich Kerzenlicht liebe, das macht das Essen immer so festlich."

Julia und Wolfgang hatten noch keine Gelegenheit gehabt, Hermine Sperber einen guten Morgen zu wünschen. Wolfgang gab ihr jetzt einen Kuss auf die Wange. Julia schüttelte verwundert den Kopf und begrüßte ihre Schwiegermutter ebenfalls mit einem flüchtigen Kuss.

„Guten Morgen Mutter, deine Energie möchte ich um diese Tageszeit haben! Den gestrigen Rotwein hast du gut verkraftet?"

„Junge, das war doch nur ein Gläschen. Ich habe wunderbar darauf geschlafen. In meinem Alter braucht man das." Mit einem zugekniffenen Auge und verschmitztem Lächeln legte sie nach: „Du kennst doch den Spruch von Wilhelm Busch: ‚Rotwein ist für alte Knaben eine von den besten Gaben.' Siehst du, dieser weise Spruch gilt genauso für alte Mädchen!"

Während Wolfgang grinsend das Tablett mit dem Frühstück zum Esstisch trug und seine Mutter ihm eifrig plaudernd ins Esszimmer folgte, verschwand Julia, um sich etwas überzuziehen und mit Theresa zu telefonieren. Auf jeden Fall würden sie sich um Sofia kümmern.

Ungeduldig insistierte Hermine Sperber: „Wolfi, jetzt erzähl mir doch endlich, was gestern los war. Warum musstest du so schnell weg?"

Während er den Tisch deckte, berichtete Wolfgang seiner aufmerksam lauschenden Mutter von dem Toten in der Gruft von Sankt Gumbertus am gestrigen Abend.

„Also mir graut schon bei dem Gedanken, was über euch heute wieder in der Zeitung steht. Ich habe den Eindruck, in Mostrich habt ihr keinen Freund."

„Da hast du wohl recht."

„Und du glaubst, es war Mord? Kannst es mir ruhig sagen, ich verrate niemandem etwas. Du weißt, ich kann schweigen."

Ganz sicher war sich Sperber in diesem Punkt nicht.

Er antwortete vorsichtig: „Wir müssen erst die Untersuchungen der Ärztin und der Spurensicherung abwarten. Bis dahin hoffe ich noch, dass es ein bedauerlicher Unfall war. Die Medien werden aber sicherlich schon vorher reichlich spekulieren. Ich hole dir dann die Zeitung herein. Du kannst dich in Ruhe darüber informieren. Bestimmt bringt das lokale Fernsehen auch etwas darüber."

Julia war inzwischen, ebenfalls mit einem Morgenmantel begleitet, hereingekommen. „Na ihr beide kriminalisiert schon wieder?", fragte sie amüsiert. Sie kannte Hermines Leidenschaft, sich gedanklich mit den Fällen ihres Sohnes zu beschäftigen. Die abenteuerlichen Thesen, die sie dabei aufstellte, sorgten bei Julia und Wolfgang immer wieder für Erheiterung und Gesprächsstoff.

Überraschenderweise hatte sie jedoch manchmal mit ihren Annahmen ins Schwarze getroffen. Dann sonnte sie sich in der Bestätigung ihrer kriminalistischen Fähigkeiten.

„Seht ihr, der Apfel fällt nicht weit vom Stamm. Von wem sollte Wolfi seine Fähigkeiten haben, wenn nicht von mir! Mein Hermann sagte immer: ‚Lasst mir mit euren blutigen Geschichten bloß meine Ruhe!' Aber ich war schon immer auch an den dunklen Seiten der Wirklichkeit interessiert. Es nützt nichts, davor die Augen zu verschließen. Man muss das Böse in der Welt bekämpfen. Da bin ich ganz an der Seite von meinem Wolfi!"

Auch jetzt, während das Trio frühstückte, musste Hermine ihre Theorien ausbreiten: „Ich sage euch, der Täter ist in der Nähe von Sankt Gumbertus zu finden. Wolfi, nimm sie alle noch einmal ins Gebet."

Jetzt lachte sie: „Das habe ich jetzt wieder einmal

treffend formuliert, findet ihr nicht auch? Nimm die Kirchenleute ist Gebet. Ist doch genial, oder? Ich bin nur froh, dass mein Gehirn noch funktioniert. Wisst ihr, das ist das Schlimmste, wenn man den Verstand verliert. Lieber Arthrose in den Knien, sage ich immer. Ich muss dabei an die arme Frau Oberamtsrat denken, die bei uns im Speisesaal auf einmal angefangen hat, statt mit Messer und Gabel mit den Händen zu essen. Sie nahm sich ungeniert eine Hand voll Essen und steckte sie sich in den Mund. Danach schleckte sie sich immer sorgfältig die Handfläche und dann die einzelnen Finger ab. Und jedes Mal wenn sie das tat, riefen alle laut: ‚Nicht schon wieder.' Ihre Tischnachbarn haben das zunächst ignoriert. Sie hat als Nächstes das Messer abgeleckt. Als sie dann anfing, ihren Teller mit der Zunge abzulecken, wurde das auch am Nachbartisch bemerkt. Und jedes Mal, wenn sie es tat, riefen alle am Nachbartisch laut: ‚Nicht schon wieder!' Ihr könnt euch denken, was das für ein Aufsehen hervorgerufen hat. Frau Schweiger, die Hausdame, ist herumgeflattert wie ein Huhn und wusste nicht, was sie tun sollte. Sie sprach mit Frau Meier, aber beim nächsten Essen war es wieder dasselbe. Schließlich wandte sich der Stiftsbeirat an Herrn Zapf, unseren Direktor, und verlangte kategorisch, dass Frau Meier irgendwo für sich sitzen müsse. Seitdem wird ihr das Essen auf ihr Apartment gebracht. Das macht mich ganz traurig, aber ich weiß auch nicht, wie es zu ändern ist. Ach ja, wenn man alt wird", seufzte sie tief und nahm sich noch etwas vom Lachsschinken.

Wolfgang nutzte die Redepause und sagte: „Mutter, wir haben eine große Bitte an dich: Theresa hat angerufen. Sie ist krank und Christian ist geschäftlich unterwegs. Wir sollen Sofia um zwölf Uhr von der Schule holen und sie den Nachmittag bei uns behalten. Erst heute Abend soll sie wieder nach Hause gebracht werden.

Meinst du, es wäre dir möglich, ein wenig auf sie aufzupassen, wenn sie hier ist?" Hermines Augen leuchteten auf: „Das ist ja wunderbar. Wie lange habe ich das liebe Urenkelchen nicht mehr gesehen! Wie alt ist sie jetzt?"

„Immer noch sechs Jahre und geht in die erste Klasse. Im Juni wird sie sieben. Nicht vergessen, Mutter!"

„Habe ich schon je einen Geburtstag vergessen, Wolfi?" Tadelnd schüttelte sie den Kopf. „Klar werde ich auf sie aufpassen. Ich werde mit ihr zuerst Hausaufgaben machen, wie sich das gehört, und dann fällt uns bestimmt etwas ein, wie wir den Nachmittag mit Spiel und Spaß gestalten können. Ich glaube, ich lege mich nach dem Frühstück noch ein wenig hin, dann habe ich heute Nachmittag den nötigen Elan dazu."

Julia stimmte erleichtert zu: „Das ist eine gute Idee, Mutter. Ich habe heute Morgen noch an meinem Gutachten zu arbeiten. Leider bin ich damit schon zu spät dran. Ich könnte mich dir deshalb heute Nachmittag leider gerade nicht so widmen, wie es nötig wäre."

„Mach dir keine Gedanken, liebes Kind", antwortete Hermine Sperber resolut. „Wo die Not am größten ist, bin ich am nähesten! Ich werde das Urenkelkind schon schaukeln!" Daraufhin lachte sie übermütig. Dann veränderte sich ihre Miene. Besorgt fragte sie: Das tut mir aber leid, dass Theresa krank ist. Ist es etwas Ernsteres?"

Julia antwortete: „Es scheint sich um eine Infektion zu handeln. Sie hat hohes Fieber. Ich habe mit ihr ausgemacht, dass ich um zehn Uhr bei ihr vorbeischaue, ob sie etwas braucht." Wolfgang Sperber sah auf seine Uhr. Es wurde Zeit, sich auf den Weg in die Arbeit zu machen. Er fuhr sich mit der Serviette über den Mund, rückte seinen Stuhl zurück und stand auf. „Bitte entschuldigt mich, ich muss aufbrechen. Höchste Zeit!"

Wolfgang gab seinen beiden Damen einen Abschiedskuss und ging hinaus.

In der Inspektion angekommen, ging Sperber gleich zu Barbara ins Sekretariat.

„Gut, dass du kommst, Wolfgang. Dotzauer hat schon aufgeregt nach dir gefragt. Er will dich dringend sprechen." Sie reichte ihm das „Ansbacher Tageblatt": „Mostrich hat wieder zugeschlagen. Vielleicht liest du erst mal, was er geschrieben hat, dann bist du gewappnet für das Gespräch beim Boss."

„Tod in der Gruft! War es Mord?"

So lautete die reißerische Überschrift des Artikels, den der Chefredakteur offenbar aus seinem Frust über Sperbers wenig kooperatives Verhalten hingefetzt hatte. Wieder wurde deutlich die offensichtliche Unfähigkeit der Polizei herausgestrichen Mit scharfen Worten geißelte der Journalist die offensichtliche Behinderung der Pressearbeit.

Mostrich hatte sich sogar zu einer Verdächtigung hinreißen lassen: *„Hat Hauptkommissar Wolfgang Sperber etwa Grund, etwas vor der Öffentlichkeit zu verbergen?"*

Sperber konnte sich nur noch wundern. „Was will der Journalist mit all dem bezwecken?"

Nachdem sich sein Ärger über die Unverschämtheiten Mostrichs beruhigt hatte, ging er zum Büro von Dotzauer.

Nach seinem Anklopfen wieder dieses schroffe: „Herein!"

Warum musste dieser Dotzauer nur immer zuerst so freundlich lächeln? Die wuchtige Gestalt des Polizeidirektors thronte wie üblich hinter einen fast leeren Schreibtisch.

Er machte eine großzügige Handbewegung in Richtung Besucherstuhl, dann sagte er mit scharfer Stimme: „Nehmen Sie Platz, Herr Hauptkommissar Sperber. Ich habe mit Ihnen zu reden!"

Seine an sich schon kleinen Augen waren zu Schlitzen verengt, als er wütend fortfuhr: „Herr Sperber, ich habe es satt bis obenhin. Jeden Morgen muss ich in der Zeitung lesen, die Polizei sei unfähig, diese Lappalie von einem Fall aufzuklären. Ich meine, der Täter müsste längst gefasst sein. Warum tut sich da so gar nichts? Und warum stehe ich am Pranger, der ich doch am wenigsten kann für eure Untätigkeit. Heute Morgen erhielt ich bereits zwei Anrufe. Und wer rief mich an? Was glauben Sie? Es war zuerst der Herr Landtagsabgeordnete Friedhelm Gockel. Er hat mir angekündigt, dass er heute von Mostrich zu einem Interview eingeladen worden ist. Er wollte mich darauf hinweisen, dass seine Beurteilung der Polizeiarbeit in dieser Stadt sich mit der von Mostrich so ziemlich denkt. Er würde sich in dem Interview strikt gegen die Behinderung der freien Presse in unserem Land wenden, kündigte er mir an.

Der zweite Anruf kam von Oberstaatsanwalt Sauber. Mit dem hatte ich schon gestern ein sehr unangenehmes Gespräch. Heute hat er mir weitere Vorhaltungen gemacht. Er ist ebenfalls sehr unter Druck von Seiten der Politik, in Gestalt von Friedhelm Gockel. Herr Sperber, ich habe Ihnen doch schon gesagt, ich brauche sofort eine Verhaftung. Warum ist in dieser Richtung noch nichts geschehen?“

Sperber hatte es geschafft, während der auf ihn niederprasselnden Vorwürfe gelassen zu bleiben. Mit ruhiger Stimme entgegnete er Dotzauer:

„Es tut mir leid, dass Sie so viele Unannehmlichkeiten mit diesem Herrn haben, aber wir können bei aller Mühe, die wir zur Aufklärung des Falles aufwenden, natürlich auch nicht zaubern. Der Tod von Herrn Kreisel, gestern in der Gruft, hat eine völlig neue Dimension in das Geschehen hineingebracht. Ich möchte Sie noch einmal bitten, uns die notwendige Zeit zur Aufklärung zuzugestehen. Ich kann doch auch nicht einfach irgendwen ins Gefängnis stecken, nur weil einige Herren sich so merkwürdig äußern."

„Merkwürdig sagen Sie? Ich will das nicht gehört haben! Dieser Ton steht Ihnen gegenüber von höhergestellten Personen nicht zu. Und nun gehen Sie schon! Ich verlange Ergebnisse von Ihnen und erlaube Ihnen weder Anwürfe von Honoratioren noch vage Entschuldigungen für die Unfähigkeit Ihrer Truppe!"

Dotzauer war während des Redens immer mehr in Rage geraten und feuerrot im Gesicht. Er rang nach Atem.

Sperber sah, dass ein vernünftiges Gespräch mit diesem Mann nicht möglich sein konnte, deshalb zog er es vor, sich wortlos zu erheben und grußlos aus dem Zimmer zu gehen.

Auf dem Gang fragte er sich, ob er oder andere verrückt geworden waren. Er kam zu der Meinung, dass das Benehmen von Dotzauer, Mostrich, Sauber und Gockel nichts mehr mit einem normalen Verhalten zu tun hatte.

Was steckte nur dahinter?

Er bat Barbara im Vorbeigehen, Konstanze und Karlo zu einer Beratung zu rufen.

Beide kamen gleich danach in sein Büro. Zunächst unterrichtete Sperber sie eingehend über Kreisels Tod.

Dann forderte er sie auf, von den Ergebnissen ihrer Nachforschungen Bericht zu erstatten. Die Kommissare hatten beide, unabhängig voneinander, eine Überraschung für ihn.

Karlo ergriff als Erster eifrig das Wort: „Gestern habe ich von der kirchlichen Verwaltung eine Liste der Schlüsselinhaber bekommen. Die reicht zurück bis in die Nachkriegszeit. Könnt ihr euch so etwas vorstellen?"

„In der Kirche gelten offenbar andere Zeitdimensionen als anderswo", überlegte Konstanze ironisch.

Karlo ließ sich von dem Einwurf nicht beirren: „Ich

habe die Aufstellung natürlich gleich nach bekannten Namen durchsucht. Dabei stieß ich auf Pfarrer Erwin Pöschel. Er hat einen Gruftschlüssel vor etwa sechzig Jahren bekommen und seither nicht mehr zurückgegeben. Was will uns das sagen?"

Karlo blickte die anderen beifallheischend an. Bevor die beiden zu Wort kommen konnten, fuhr er fort: „Ich würde sagen, wir haben hier einen klassischen Verdächtigen! Er tauchte doch so ganz zufällig gerade zu dem Zeitpunkt auf, nachdem sich der Überfall in der Gruft auf Frau Kuhn ereignet hatte. Und ganz zufällig wird dabei der Ortspfarrer ausgeschaltet. Eine prima Gelegenheit, um unauffällig ganz nahe bei der Gruft und damit bei dem zu vermutenden wertvollen Objekt zu sein. Und wer hat, wiederum ganz zufällig, den toten Kreisel gefunden? Mir sind das einfach zu viele Zufälle auf einmal."

„Du hast vielleicht recht", stimmte ihm Sperber nachdenklich zu. „Wenn ich aber an seine gestrige Reaktion auf den Todesfall denke, kommen mir auch wieder Zweifel. Mir schien seine Erschütterung sehr echt zu sein."

„Vielleicht ist er einfach ein guter Schauspieler", wandte Konstanze ein. „Du weißt doch, so jemand kann auf Kommando zu weinen anfangen, und Erschütterung darzustellen, ist für eine derart begabte Person sicher leicht möglich."

„Ich meine, ihr habt recht", sagte Sperber, „wir können die Sache mit dem Schlüssel nicht einfach ignorieren. Pfarrer Pöschel wird um eine weitere Befragung durch uns nicht herumkommen. Ich werde ihn dazu in die Inspektion vorladen."

Dann wandte er sich an Konstanze: „Kannst du uns schon etwas Näheres über die Identität von Frau Kuhn berichten?"

„Ja, stellt euch vor, mein Kollege in England hat mir

alles, was er herausfand, heute Morgen per Mail zugesandt. Meiner Meinung nach verbirgt sich hinter seinen eher trockenen Angaben eine lange und dramatische Familiengeschichte." Die Beamtin referierte die Nachricht aus England mit Begeisterung:

„Hanna Kuhn ist Jüdin deutscher Abstammung. Ihre Vorfahren, das heißt ihre Großmutter, war Sarah Lewinski, eine geborene Grünspan, aus Ansbach. Sie war eine Kriegerwitwe. Sarah hatte eine Tochter, mit Namen Rebekka. Rebekka war die Mutter von Hanna Kuhn. Sarah und Rebekka mussten 1943 vor den Nazis aus Deutschland flüchten. Sie kamen 1943 über die Schweiz nach London. Sarah Grünspan, also Hannas Großmutter, starb im Jahr 1973 in London. Die Eltern von Hanna Kuhn, also Rebekka und ihr Vater, ein deutscher Jude namens Henry Kuhn, starben beide 1984 bei einem Autounfall in England. Sie hinterließen nur ihre Tochter Hanna Kuhn. Hanna ist 1977 geboren, jetzt also dreiunddreißig Jahre alt. Hanna war beim Tod ihrer Eltern gerade einmal sieben Jahre alt. Das Kind Hanna kam nach dem Tod seiner Eltern zunächst in ein Waisenhaus. Ein Jahr später zu Pflegeeltern. Mac Persons Nachforschungen haben ergeben, dass Hanna 1989 eine kaufmännische Lehre in London begann. Sie zog in diesem Jahr in ein Lehrlingsheim ihrer Firma in London um. Offenbar war sie gut in ihrem Beruf, denn sie stieg nach und nach schließlich zur Chefsekretärin in dieser Londoner Firma auf. Hanna lebte seither in London."

Konstanze sah von ihrem Skript auf und blickte die beiden Kollegen triumphierend an: „Ist dieser englische Kollege nicht wirklich ein Engel! In so kurzer Zeit so viel über einen Menschen herauszufinden. Da steckt Arbeit dahinter, das sage ich euch!"

„Du musst ja einen mächtigen Eindruck bei ihm hinterlassen haben, weil er sich so für dich ins Zeug gelegt hat", scherzte Karlo in seiner jungenhaften Art und fing sich dafür von Konstanze sofort einen Stoß mit dem Ellenbogen ein.

„Alles reine Professionalität, sonst nichts", beteuerte sie lachend.

„Wie auch immer – wirklich imponierend!", stimmte Sperber zu.

Karlo kratzte sich am Kopf: „Jede Menge Daten und Namen, aber das habe ich mir gemerkt; Anne Kuhns Vorfahren stammen aus Ansbach. Sie ist zurückgekommen, um sich irgendwas zu holen. Aber was?"

„Konstanze, bitte bleibe an der Sache dran", bat Sperber, „ich will alles über die Grünspans in Ansbach wissen. Zumindest so weit zurück, wie es für unseren Fall wichtig erscheint."

Sperber erzählte den beiden von dem unguten Gespräch mit Dotzauer an diesem Morgen. Er beendete seinen Bericht mit den Worten: „Mein Bauchgefühl sagt mir, dass hinter den überzogenen Reaktionen etwas steckt, das mit dem Fall ‚Flügelschlag' nichts zu tun hat."

Beide Kommissare nickten zustimmend.

„Karlo, kümmere dich bitte mal um die Hintergründe. Mir fällt eine Gemeinsamkeit bei den Herren auf. Sie sind alle in derselben politischen Partei. Ich meine, da könntest du ansetzen. Erkundige dich vorsichtig, ob da irgendwas am Laufen ist. Vielleicht können wir uns von daher erklären, warum die so einen Stress machen?"

Karlo nickte zustimmend: „Ich habe einen Schulkameraden, der ist auch in dieser Partei. Ich kann den nicht verstehen. Mir geht denen ihr unsoziales Programm gewaltig auf die Nerven. Aber mein Spezi weiß bestimmt Bescheid, wenn es etwas Besonderes in diesem Laden gibt."

„Gut, ich nehme abschließend Kontakt mit Arpogaus wegen seiner Untersuchungsergebnisse auf. Etwas später werde ich auch mit Frau Doktor Renz über ihr Untersuchungsergebnis sprechen. Um zwölf Uhr muss ich – und nichts ist wichtiger! – meine Enkeltochter Sofia von der Schule abholen und zu mir nach Hause bringen, weil ihre Mutter krank ist und wir sie beaufsichtigen sollen. Heute Nachmittag müssen wir uns um fünfzehn Uhr noch einmal zusammensetzen. Vielleicht gibt es bis dahin wichtige Neuigkeiten."

Die beiden Kommissare standen auf, nickten ihm zu und gingen, um ihre Aufträge zu erfüllen.

Als die beiden gegangen waren, setzte sich Sperber zunächst mit dem Kriminaltechniker Arpogaus in Verbindung.

Der war sofort am Apparat: „Hallo Wolfgang, ich habe deinen Anruf schon erwartet. Also, meine Vermutung mit den Fasern hat sich bestätigt. Sowohl an dem Draht als auch auf der Treppenstufe fanden sich Fasern des Hosenstoffes von Kreisels Hose. An der Hose selbst gibt es einen Abrieb, der meiner Überzeugung nach von der unsanften Berührung mit dem Draht kommt. Es ist fraglich, ob mein Fund für ein Indiz vor Gericht ausreicht. Er ist ein Baustein, so würde ich es mal vorsichtig sehen. An der Kleidung gab es keine weiteren Besonderheiten. Außerdem haben meine Leute den Raum und die Särge noch einmal gründlich abgesucht. Keine Funde. Ich habe schon daran gedacht, die Särge mit einem mobilen Röntgengerät durchleuchten zu lassen, aber das könnten wir nur mit den Särgen machen, nicht aber mit den Zinnsarkophagen. Das alte Zinn enthält zu viel Blei, da gehen die Strahlen nicht durch."

„Also kein großer Fortschritt", stellte Sperber seufzend fest. „Trotzdem, sei bedankt für eure Arbeit. Schönen Tag noch!" Damit legte der Hauptkommissar den Hörer wieder auf.

Noch Donnerstag

Als Maria Sebald an diesem Morgen das Pfarramt Sankt Gumbertus betrat, fand sie drei Personen völlig niedergeschlagen auf ihren jeweiligen Sitzgelegenheiten vor.

Die Sekretärin hatte rot geweinte Augen und schnupfte immer wieder in ihr Taschentuch.

Pfarrer Pöschel sah man an, dass er in dieser Nacht wohl kein Auge zugemacht hatte.

Georg Striebel starrte mit trüben Augen den Fußboden an.

Maria hatte die heutige Tagespresse bereits gelesen, deshalb war sie vom Gemütszustand der anderen Mitarbeiter nicht sehr überrascht. Sie war die Einzige, die Kreisel nie kennengelernt hatte, deshalb hatte sie viel mehr Abstand zu dem Unglück als die drei vor ihr Sitzenden.

„Guten Morgen", sagte Maria verhalten in den Raum. Von Pöschel und den beiden anderen kam nur ein verhaltenes Murmeln zurück. Keine weitere Reaktion.

Die Pfarrerin setzte sich zunächst ruhig auf einen leeren Stuhl, dann sagte sie behutsam:

„Ich bin die Einzige von uns, die Herrn Kreisel nicht gekannt hat. Ich bin von seinem tragischen Tod also nicht so betroffen wie Sie. Ich frage mich: Wie machen wir weiter mit allem oder trotz allem? Ich habe mir etwas überlegt und möchte Ihnen als Erstes vorschlagen, dass wir für heute das Pfarramt schließen. Und dann würde ich gerne mit Ihnen in unsere Kirche hinübergehen und für den Verstorbenen und für uns beten. Wären Sie damit einverstanden?"

Pfarrer Pöschel antwortete ihr mit einem einfachen, aber entschlossenen: Ja, das tun wir."

Und zu Frau Besendörfer: „Bitte hängen Sie gleich ein Schild an die Türe: ‚PFARRAMT HEUTE GESCHLOS-

SEN'. Das schützt uns auch davor, heute von all den Neugierigen überrannt zu werden. Wir brauchen nun einen Tag, an dem wir uns wieder einigermaßen fassen können."

Das Schild wurde an die Türe gehängt. Die vier Menschen begaben sich in die an diesem Tag auf Grund des mit dicken Wolken verhangenen Himmels noch recht düstere Kirche.

Die Pfarrerin stellte flink Stühle um den Altar. Als sich alle gesetzt hatten, entzündete Maria Sebald nacheinander vier Kerzen am Altar an. Bei jeder Kerze nannte sie einen Namen: „Heidi Besendörfer, Georg Striebel, Erwin Pöschel, Maria Sebald."

Zum Abschluss stellte sie eine Kerze in die Mitte: „Anton Kreisel."

Nach einigen Worten der Einführung betete sie für den Verstorbenen und die Anwesenden, die um ihn trauerten.

Sie schloss auch die in ihr Gebet ein, die sich um die Aufklärung der mysteriösen Vorfälle bemühten. Auch Frau Kuhn, im Krankenhaus, vergaß sie nicht. Zum Schluss sprach sie einen Segen über die anderen Mitarbeiter.

Pfarrer Pöschel gab Georg Striebel und Frau Besendörfer für diesen Tag frei. Striebel sollte jedoch am Abend die Kirche abschließen.

Maria Sebald bat er, noch zu bleiben. Er wollte mit ihr sprechen und sich dabei vom Herzen reden, was ihn aus seinem gestrigen Erleben noch bedrückte.

Die beiden setzten sich dazu in die Sakristei der Kirche.

Zum Schluss des Gespräches sagt er zu ihr: „Liebe Frau Sebald, ich hätte eine große Bitte an Sie: Heute Morgen hat das Krankenhaus angerufen. Wie Sie noch nicht wissen können, haben wir dort zwei Stationen zu betreuen. Es sind die Unfallstation und die Intensivstation. Dort liegen mehrere Patienten, deren Angehörige um einen Geistlichen gebeten haben. Einige sind uns auch durch das Personal anbefohlen worden. Jetzt meine große Bitte: Könnten Sie das heute übernehmen? Ich wäre Ihnen sehr dankbar! Vielleicht könnten Sie bei dieser Gelegenheit auch bei Frau Kuhn vorbeisehen?"

„Lieber Bruder Pöschel, das tue ich gerne, wenn auch unter der Bedingung, dass Sie sich heute schonen. Versprechen Sie mir das?"

„Mir bleibt schon nichts anderes übrig", antwortete der alte Herr mit matter Stimme. „Ich bin völlig fertig. Heute Nacht konnte ich nicht schlafen. Ich sah dauernd den toten Kreisel vor meinen inneren Augen."

Die beiden Geistlichen verabschiedeten sich voneinander. Maria Sebald stieg in ihren kleinen roten Wagen und fuhr zum Krankenhaus.

An diesem Morgen besuchte die Pfarrerin mehrere Patienten auf der Unfallstation. Im Anschluss daran läutete sie an der Türe der Intensivstation. Eine Schwester öffnete. Maria Sebald stellte sich als neue Pfarrerin von Sankt Gumbertus vor. Die Schwester lächelte erfreut: „Gerade heute früh habe ich bei Ihrem Pfarramt angerufen, dass jemand von Ihnen kommen sollte. Schön, dass Sie da sind. Einige Angehörige und Patienten erwarten Sie schon."

Maria trat ein und begann mit ihren Besuchen.

Als sich der Vormittag seinem Ende zuneigte, fühlte sich die Pfarrerin regelrecht ausgepowert. Das aufmerksame Hinhören auf die Anliegen und die Erzählungen der Patienten hatten sie müde gemacht. Sie hatte den Eindruck, nun nichts mehr aufnehmen zu können.

Maria machte sich innerlich schon auf den Weg, die Intensivstation zu verlassen, da erinnerte sie sich seufzend, dass Pfarrer Pöschel ihr ans Herz gelegt hatte, sie möge doch auch nach Frau Kuhn sehen.

Im Stationszimmer traf sie einen Pfleger an, den sie fragte, ob es möglich wäre, Frau Kuhn zu sehen. „Ja, das ist möglich, Frau Pfarrerin", antwortete ihr der Pfleger. „Frau Kuhn geht es besser. Sie ist im Aufwachstadium. Wir haben die zusätzliche Sauerstoffzufuhr auf ein geringes Maß herabgesetzt. Sie kann bereits wieder ganz eigenständig atmen. Sie ist, so scheint es uns, zuverlässig über den Berg. Ich denke, wir können sie in den nächsten Tagen auf die Unfallstation verlegen."

Er führte sie zu der Pflegebox, vor der ein Polizist Wache hielt.

„Ich bin Pfarrerin Sebald von Sankt Gumbertus. Ich möchte nach Frau Kuhn sehen. Ist das möglich?"

Der Polizist sah sie etwas misstrauisch an, dann antwortete er: „Leider ist das nicht so einfach. Können Sie sich irgendwie ausweisen?"

„Einen Dienstausweis habe ich nicht, nur meinen Personalausweis."

Sie suchte in ihrer Tasche, fand ihren Ausweis und gab ihn dem Beamten. Der sah ihn sich aufmerksam an und verglich das Bild auf dem Ausweis mit der vor ihm stehenden jungen Frau.

„Ich muss mir trotzdem die Genehmigung meines Vorgesetzten einholen, bevor ich Sie hereinlassen kann."

Er zog sein Handy aus der Tasche und rief Sperber an.

Sperber ließ sich die Person der Pfarrerin beschreiben, dann gab er seine Genehmigung zum Besuch. Maria betrat die Box. Erstaunt bemerkte sie, dass Frau Kuhn die Augen geöffnet hatte. Mit großen, angstvoll blickenden Augen sah sie erst Maria Sebald und dann den Polizisten hinter ihr an.

Die Pfarrerin legte Frau Kuhn die Hand auf den Arm

und sagte mit sanfter Stimme: „Frau Kuhn, ich bin Pfarrerin Maria Sebald von Sankt Gumbertus in Ansbach. Sie müssen keine Angst haben. Sie sind im Krankenhaus in Ansbach. Sie hatten einen Unfall. Hier sind Sie ganz sicher. Vor dieser Pflegebox sitzt sogar ein Polizist, der aufpasst, dass Ihnen nichts passiert. Ich hole jetzt eine Pflegekraft, die Sie betreuen wird."

Dann ging sie hinaus und sagte dem Pfleger Bescheid.

Der Pfleger eilte mit ihr zurück zu der Patientin. Er sprach Frau Kuhn an. Sie konnte nicht antworten, weil ein Atemschlauch sie daran hinderte, aber alle ihre Reaktionen deuteten darauf hin, dass sie etwas mitteilen wollte.

„Ich muss einen Arzt rufen", sagte der Pfleger und ging schnell zum Stationszimmer zurück, um zu telefonieren. Nach einiger Zeit erschien ein Arzt. Vorsichtig zog er Frau Kuhn den Sauerstoff zuführenden Schlauch aus dem Mund.

„Frau Kuhn, schön, dass Sie aufgewacht sind! Ganz ruhig atmen!", kommandierte er dann. „Moment, ich wische Ihnen den Mund aus, dann können Sie besser sprechen."

Er nahm einen feuchten Wattestab und führte ihn in den Mund von Frau Kuhn ein.

„So, bitte versuchen Sie, etwas zu sagen." So sehr sich die Frau auch bemühte, sie konnte nur ein heiseres Flüstern hervorbringen.

„Augenblick, ich gebe Ihnen einen kleinen Schluck zu trinken, vielleicht geht es dann besser."

Der Pfleger nahm einen Schnabelbecher von der Ablage neben dem Bett und führte ihn vorsichtig zum Mund von Frau Kuhn. Die Kranke trank einen kleinen Schluck.

„Geht ... besser!", brachte sie mühsam heraus. Maria Sebald hörte trotzdem sofort den englischen Akzent.

Dann deutete sie auf Maria Sebald und sagte sehr leise: „Bitte herkommen."

Maria Sebald ging ans Bett und beugte sich über die Verletzte.

„Bitte Hilfe ... bitte wieder kommen ... will mit Ihnen sprechen ... brauche Hilfe."

Offenbar hatte sie das Reden sehr angestrengt, denn sie schloss nach diesen Worten die Augen und schien wieder eingeschlafen zu sein.

Maria wandte sich dem Pfleger zu: „Sie haben gehört, was sie gesagt hat. Bitte rufen Sie mich an, wenn sie wieder aufwacht. Ich werde am Tag oder auch nachts jederzeit zu ihr kommen. Hier haben Sie meine Karte mit meiner Handynummer. Bitte vergessen Sie nicht, Ihren Kollegen entsprechend Bescheid zu geben."

„Nein, ich vergesse es bestimmt nicht. Ich werde eine entsprechende Nachricht in unserem Dienstzimmer hinterlegen. Sie können sich darauf verlassen."

Maria Sebald verabschiedete sich noch von dem Pfleger und von dem Polizisten und machte sich auf den Heimweg.

Der Polizist hatte von seinem Platz vor der Pflegebox alles mitbekommen. Er griff zu seinem Handy und erstattete Sperber Bericht über den Vorfall.

Sperber hatte am späten Vormittag Frau Doktor Renz telefonisch erreicht. Die Gerichtsmedizinerin unterrichtete ihn in ihrer sachlichen Art über das Ergebnis der Untersuchung von Kreisels Leichnam:

„Herr Hauptkommissar, meine Untersuchung hat nichts wesentlich Neues gebracht. Die Halswirbelsäule des Mannes ist zwar angebrochen, daran wäre er aber nicht gestorben. Sein linker Arm und sein linkes Bein sind gebrochen, vermutlich durch den Sturz. Über kurz oder lang hätte Kreisel in der Zukunft wahrscheinlich größere gesundheitliche Probleme bekommen. Durch die starke Übergewichtigkeit und den Alkoholmissbrauch waren seine inneren Organe schon sehr in Mitleidenschaft gezogen. Eventuell hätte er einen Herzinfarkt oder einen Schlaganfall bekommen. Auch die Leber und die Bauchspeicheldrüse waren, durch die Trunksucht, bereits auffallend geschädigt. Auf den Zustand des gesamten Knochengerüstes und so weiter möchte ich hier nicht eingehen, das können Sie, wenn Sie möchten, in meinem schriftlichen Bericht nachlesen. Nur so viel noch: Ich fand nirgendwo fremdes Gewebe am Körper von Kreisel. Er hatte also offensichtlich keine körperliche Auseinandersetzung mit jemandem. An seinen Händen und Beinen fanden sich Abschürfungen, vermutlich durch den Sturz. So weit erst einmal in groben Zügen. Details, wie gesagt, in meinem schriftlichen Bericht."

Mit einem freundlichen Gruß beendete die Ärztin das Gespräch.

Gerade als Sperber den Hörer auflegte, stürmte Karlo ohne anzuklopfen in sein Büro: „Ich möchte dir nur einen Zwischenbericht geben", sprudelte er voller Eifer heraus. „Gerade habe ich mit meinem Schulfreund gesprochen. Ich glaube, der Hintergrund des seltsamen Gebarens von Dotzauer und Mostrich ist geklärt. Mein Schulfreund hat mir unter dem Siegel der Verschwiegenheit verraten, dass in ihrer Partei politische Intrigen am Laufen sind. Es gibt ein Gerangel um die Listenplätze zur nächsten Wahl. Ich habe von meinem Informanten erfahren, dass Dotzauer, Mostrich und der Herr Gockel jeweils auf den ersten Platz der Liste gesetzt werden wollen. Alle drei wollen Landtagsabgeordneter werden. Friedhelm Gockel, der bisherige Abgeordnete, möchte auf diesem Posten bleiben, und so kämpft gerade jeder gegen jeden. Sie wenden jeden Trick an und schließen alle möglichen Koalitionen.

Es sieht so aus, als würden im Moment Mostrich und Gockel unseren Dotzauer ausbooten wollen. Im Zuge dieser Kampagne nutzen die zwei den Fall ‚Flügelschlag', um ihn als Versager in seiner Eigenschaft als Führungspersönlichkeit darzustellen. Dotzauer weiß das natürlich, deshalb treibt er dich vermutlich so an. Er braucht jetzt dringend einen vorweisbaren Erfolg, je schneller, desto besser für seine Chancen, den Posten doch zu bekommen."

Sperber schüttelte angewidert den Kopf: „Ist ja unglaublich! Ich weiß nicht, wie ich auf weiteren Druck von Dotzauers Seite reagieren werde, aber ich denke, es ist am besten, wir behalten die Strategie des ruhigen Weiterermittelns bei und kümmern uns nicht um den Machtpoker der vier Parteigenossen. Schönen Dank, Karlo, deine Nachricht hat die Sicht etwas klarer gemacht. Wir wissen nun, woher der Wind weht, und brauchen die Kritik Dotzauers nicht gleich persönlich zu nehmen."

Im Bewusstsein, eine gute Leistung vollbracht zu haben, verließ der junge Kommissar Sperbers Büro erhobenen Hauptes.

Kaum war Karlo gegangen, läutete Sperbers Telefon. Maria Sebalds lebhafte Stimme klang aus dem Hörer: „Gott zum Gruße, lieber Herr Hauptkommissar Sperber! Hier ist Maria Sebald. Ich möchte mit Ihnen gerne über Frau Kuhn sprechen. Sie wissen ja sicher schon, dass sie heute früh kurz wach war und mit mir gesprochen hat. Sie bat mich, mit ihr zu reden, sie brauche Hilfe, sagte sie. Ihr Beamter hat das Gespräch mit Frau Kuhn, unmittelbar vor der Box ausharrend, mitgehört. Ich fand die ungeschützte Situation, in der ich mit der Patientin sprechen musste, nicht in Ordnung. Nun möchte ich Sie darum bitten, dass ich das nächste Mal, wenn sie wieder erwacht, allein mit ihr sprechen darf. Sie wissen, ich bin als Geistliche an das Beichtgeheimnis gebunden. Ich weiß nicht, um was es in diesem Gespräch gehen wird, aber ich denke, es wird ein wichtiges Gespräch zwischen Frau Kuhn und mir sein. So ein Gespräch ist eine sehr vertrauliche Sache. Manches davon ist vielleicht nicht für einen Dritten bestimmt."

Sperber hatte ihr aufmerksam zugehört. „Ich gebe Ihnen recht, liebe Frau Sebald. Als Pfarrerin sollen Sie die Möglichkeit bekommen, mit Frau Kuhn allein und ungestört zu sprechen. Anschließend werden wir Frau Kuhn verhören. Dem Beamten, der Frau Kuhn bewacht, werde ich für den Fall, dass sie wieder aufwacht und mit Ihnen zu sprechen wünscht, die Anweisung geben, Sie mit Frau Kuhn alleine zu lassen."

„Vielen Dank!" Die Pfarrerin atmete hörbar auf. „Wie kommen Sie in der Sache voran?"

„Ich wünschte mir, wir wären schon ein Stück weiter, aber wie sagen unsere Politiker immer: Wir sind auf einem guten Weg. Wir sind gut aufgestellt. Wir haben die richtigen Dinge auf den Weg gebracht."

Dann lachte er: „Bitte entschuldigen Sie mein Geschwätz. Hier wie dort verkleiden solche Plastiksätze nur die dahinter stehende Angst, es könnte schließlich doch nichts zustande kommen. So ein diffuser Fall gleicht einem Puzzlespiel. Wir müssen ein Puzzlesteil zum anderen legen. Ich gebe zu, im Moment ergibt sich noch kein erkennbares Bild."

„Ich werde für Sie beten, lieber Herr Hauptkommissar. Ich bin sicher, Gott wird Ihnen den richtigen Weg weisen. Mögen seine Engel Sie begleiten und sein Geist Sie führen und leiten. Danke für Ihr Verständnis und Gott befohlen, Herr Sperber!" Mit diesen Worten legte sie auf.

Sperber dachte sich schmunzelnd: „Na, dann kann ja nichts schiefgehen, wenn einem so viel Gutes gewünscht wird." Dann wurde er mit einem Mal ernst und wünschte sich, dass die Worte der Pfarrerin in Erfüllung gegen würden.

An diesem Morgen verließ Sperber die Inspektion um elf Uhr und trank in seinem Lieblings-Kaffeehaus einen Cappuccino. Er hatte dabei so ein optimistisches Gefühl in sich. War die Ursache der gute Kaffee oder die freundliche Bedienung durch Lissi? Er hätte es nicht sagen können. Endlich war Frau Kuhn aufgewacht. Wenn sie offen sagen würde, weshalb sie in die Gruft eingedrungen war, könnte sich alles schnell auflösen. Wie ein noch sehr kleines, aber doch schon sichtbares Pflänzchen keimte in dem Kommissar diese Zuversicht.

Jetzt spürte Sperber angesichts dieses Hoffnungsflämmchens den Wunsch, dieser durch Regen, kalten Wind und Dunkelheit, trotz frühlingshafter Anwandlungen, immer noch trüben, kalten Stadt für einige Zeit den Rücken zu kehren. Er beschloss, nach der Lösung dieses Falles Urlaub zu beantragen. Wenn Julia ihr Gutachten abgeschlossen hatte und die darauf folgende Gerichtsverhandlung über die Bühne gegangen war, konnten sie beide sich vielleicht für ein paar Tage in die Wärme eines südlichen Landes flüchten.

Sperber blickte auf seine Uhr: Zeit zu gehen und Sofia von der Schule abzuholen. Er winkte Lissi heran. Nachdem er bezahlt hatte, macht er sich eilig auf den Weg und kam gerade dazu, als die Kinder aus der Klasse seiner Enkeltochter lachend und schreiend aus dem Schultor stürmten.

„Hallo Opa!", Sofia, der sechsjährige Wirbelwind, kam freudestrahlend auf ihn zugerannt. Auf dem Kopf trug sie eine rote runde Stoffmütze. Anorak und Hose waren farblich genau auf das keck sitzende Mützchen abgestimmt. Ihr langes blondes Haar wehte beim Rennen unter der Kopfbedeckung hervor. Die Schultasche auf ihrem Rücken schien schwer zu sein, denn das Kind wurde von ihr etwas nach hinten gezogen.

„Grüß Gott, meine kleine Rennmaus!"

„Ich bin doch keine Maus, Opa!"

„Du bist meine ganz süße Maus."

Sofia schmiegte sich kurz an ihn, wie ein Kätzchen.

„Mein lieber Opapa!"

„Soll ich dir deine Tasche tragen?"

Sie nickte ernsthaft: „Ja, das wäre gut, die ist ganz schön schwer."

„Wie war es heute in der Schule?"

„Also Mathe fand ich nicht ganz leicht, aber Deutsch hat mir Spaß gemacht. Unser Lehrer, der Herr Fingerhut, hat uns eine spannende Geschichte vorgelesen. Über die haben wir dann geredet. Ich muss dir was sagen", fuhr sie eifrig fort: „Der Tim ist nicht mehr mein Freund!"

„Warum? Hat er dich geärgert?"

„Ja, der ist ein Lüger!"

„Du meinst sicher, er ist ein Lügner?"

„Sag ich ja, der ist ein Lüger!"

„Hat er dich angelogen?"

„Also, nicht direkt, aber auch schon. Wir hatten doch letzte Woche Wandertag. Am Tag zuvor hat unser Lehrer das Wandern mit uns besprochen. Da hat sich der Tim gemeldet und hat zu dem Herrn Fingerhut ganz stolz gesagt: ‚Im Wandern bin ich gut, also da bin ich wirklich gut. Wandern tu ich gern!' Ich war auch ein bisschen stolz auf ihn, wie er das gesagt hat. Aber weißt du, was dann passiert ist? Am Wandertag, wie wir so gelaufen sind, ist der Tim immer langsamer geworden. Schließlich ist er als Letzter hinterher gelaufen, als es ein wenig steiler geworden ist. Der Herr Fingerhut ist zu ihm hingegangen und ich auch, weil ich gedacht habe, dem ist schlecht oder so. Der Herr Fingerhut hat zu dem Tim gesagt: ‚Tim, ich dachte, du wanderst gerne, warum fällst du so zurück?' Der Tim hat ihm geantwortet: ‚Ja wissen Sie, Herr Fingerhut, Berge sind nicht meine Stärke.' Der ist doch ein Lüger! Zuerst gibt er so an und dann tut er so, als wenn er bloß wegen dem Berg so langsam gelaufen ist. Jetzt mag ich ihn nicht mehr!"

„Er hat dich schwer enttäuscht", schmunzelte Sperber.

„Da hast du mal recht, Opa!", meinte Sofia empört.

Inzwischen waren die beiden am Haus der Sperbers angekommen. Sofia rannte voraus und läutete an der Haustüre Sturm. Julia riss die Türe auf und dann lagen sich die beiden schon in den Armen. Sofia kuschelte sich an Julia und gab ihrer Oma einen Kuss auf die Wange.

„Hallo Oma, da bin ich! Wo ist die Uri?"

„Die wartet schon voller Sehnsucht auf dich im Wohnzimmer."

Sofia stürmte ins Haus.

„Grüß dich mein Schatz!" Jetzt bekam auch Wolfgang von Julia einen Kuss.

„Danke, dass du unseren Wildfang abgeholt hast!"

„Das würde ich am liebsten jeden Tag tun. Sie kann so wunderbar Geschichten erzählen, wenn man mit ihr unterwegs ist."

Beide gingen lächelnd hinein.

„Ich habe Hunger, hast du etwas zu essen?"

„Ausnahmsweise", sagte Julia ironisch.

„Heute gibt es natürlich etwas, das unsere Enkelin gerne isst: Spaghetti mit Tomatensauce und danach Eis. Hermine mag das auch ganz gerne, denke ich."

„Ich freue mich darauf, du weißt, ich liebe Nudeln!"

„Na dann. Du kannst dich gleich zu den beiden Herzdamen setzen. Aufgedeckt habe ich schon. Die Schlacht kann sofort beginnen."

Urgroßmutter und Urenkelin saßen einträchtig nebeneinander am Esstisch und warteten auf die kommenden Genüsse.

„Na, mein großer Detektiv, was hast du uns Neues zu berichten. Hast du deinen Mörder schon im Auge?“, begrüßte ihn seine Mutter lachend.

Die Urenkelin neben ihr verzog das Gesicht: „Igitt, schon wieder ein Mörder! Gleich erzählt er wieder von irgendeiner grauslichen Leiche. Uri, warum hast deinem Buben einen solch komischen Beruf lernen lassen?“

„Hast du das gehört, Wolfi? Solche klugen Fragen stellt dieses Kind! Weißt du, das hat sie auch von meiner Seite. Meine Mutter hat immer gesagt, ich sei ein ganz besonderes Kind.“

„Du bist ja heute noch eine ganz Besondere, liebe Mutter“, sagte Wolfgang, umarmte sie und gab ihr einen Kuss.

Hermine hob den Finger, wie eine Lehrerin, die will, dass man sich ihre folgenden Worte besonders gut einprägt: „Nun lasst euch das mal sagen! Sofia, du hast da gerade eine Frage gestellt, die mich Tag und Nacht beschäftigt. Dein Großvater hätte bei seinen guten Schulnoten sonst was werden können, aber nein, es musste ja die Polizei sein. Mein seliger Hermann hat immer gesagt: ‚Der Junge wäre in einem anständigen Beruf auch etwas geworden.‘“

„Mutter, ich bitte dich, wenn Polizist schon kein anständiger Beruf mehr ist, welcher dann?“

„Wolfi, du weißt genau, was ich meine! Jeden Tag verbringst du in schlechter Gesellschaft. Lauter Gauner und Verbrecher und du mittendrin. Was ist das für ein Leben, frage ich dich?“

Julia kam herein und stellte eine große dampfende Schüssel mit Spaghetti auf den Tisch.

„Wolfgang, holst du bitte die Sauce und den Parmesankäse in der Küche?" „Wirklich gerne!", antwortete Sperber und drehte die Augen zur Decke. Julia, die nicht wissen konnte, worum es vorher im Gespräch gegangen war, schüttelte verwundert den Kopf über diese Reaktion.

Schließlich aßen die drei Generationen friedlich und freundlich miteinander plaudernd die langen Nudeln in ihrer würzigen Sauce und ein köstliches Eis zum Nachtisch.

Nach dem Essen räumten Julia und Wolfgang ab. Während Wolfgang sich zu einer kleinen Ruhepause ins Schlafzimmer verzog, hantierte Julia in der Küche.

Sofia und ihre Uri aber nutzten die Zeit, um ihr geliebtes Spiel zu spielen, dem Uri einmal den Namen „Toben" gegeben hatte.

Das Spiel ging so: Die Urgroßmutter musste so schnell wie möglich im Wohnzimmer von einem Sitzmöbel zum anderen kommen. Währenddessen musste die Urenkelin versuchen, einmal eine bestimmte Runde im Zimmer zu laufen. Wer es zuerst geschafft hatte, bekam einen Punkt.

Julia verließ immer schon das Zimmer, bevor dieses Spiel begann. Sie konnte es nicht mit ansehen, wie sehr sich die beiden Spielerinnen anstrengten, um zu gewinnen.

„Mutter, entweder du fällst einmal dabei hin und brichst dir was oder du bekommst einen Herzschlag, eins von beidem."

„Ach was, ich Stift spielen wir auch immer ‚Die Reise nach Jerusalem', da geht es auch ganz schön rund. Ich muss in Form bleiben!"

In diesem Punkt ließ sich Hermine absolut nichts sagen. Julia war jedes Mal heilfroh, wenn das Spiel zu Ende war.

Sofia liebte dieses Herumrasen natürlich. Danach

war sie auch eher bereit, sich ihren Hausaufgaben zu widmen.

Pünktlich um fünfzehn Uhr begann die Besprechung in Sperbers Büro.

Karlo hatte Konstanze in der Zwischenzeit über den Hintergrund von Dotzauers Hektikmacherei informiert.

Sie reagierte zornig: „Ich bin immer wieder fassungslos, zu welchem Verhalten die Aussicht auf einen hohen Posten die Menschen treibt. Dotzauer möchte wohl am liebsten jemand verhaften lassen, egal ob er etwas getan hat oder nicht, nur um einen Erfolg vorweisen zu können. Es ist unglaublich!"

Nun ging es ihr aber um Wichtigeres: „Ich bin heute ganz schön vorwärts gekommen. Im Stadtarchiv hatte ich das Glück, auf sehr hilfreiche Menschen zu treffen. Die Mitarbeiter dort konnten sofort etwas mit dem Namen Grünspan anfangen. Die Grünspans waren eine Familie, die seit der Markgrafenzeit in Ansbach wohnte. Sie waren eine der jüdischen Familien, der die Markgrafen Schutz gewährten, weil sie sie zur Beschaffung von Geldern für ihre ausufernde Hofhaltung ganz dringend benötigten. Der Mann, der uns interessieren sollte, trug den Namen Herschel Grünspan. Er war ein außerordentlich begabter Mensch. Als Goldschmied ein Künstler und daneben ein genialer Erfinder. Er hatte in Ansbach, am Bahnhofsplatz, ein Juweliergeschäft, das wegen seiner besonderen Schmuckstücke weit über die Stadt hinaus berühmt war. Grünspan war angeblich ein reicher Mensch. Nicht nur das Geschäft, auch seine Erfindungen brachten ihm sehr viel Geld ein. Seine Familie gehörte seit langer Zeit offenbar zum Geldadel am Ort. Er war vielleicht einer der wohlhabendsten Ansbacher in seiner Zeit. Herschel Grünspan war ledig. Er hatte aber eine Schwester, deren Namen wir kennen: Sarah Lewinski, geborene

Grünspan, also die Großmutter unserer Hanna Kuhn. Es wird angenommen, dass Grünspan in der Zeit vor und im Zweiten Weltkrieg auch für die deutsche Wehrmacht arbeitete. Seine Erfindungen könnten vielleicht in irgendwelchen Waffensystemen eingesetzt worden sein. Aber über dieses Kapitel weiß niemand Bescheid. Es war mit strikter Geheimhaltung umgeben. Dass Herschel Grünspan nicht gleich nach Beginn der Naziherrschaft in ein KZ gebracht wurde, wie andere Ansbacher Juden, scheint der Tatsache geschuldet zu sein, dass er sich für die Machthaber als besonders nützlich erwiesen hatte. 1943, in der Kriegszeit, änderte sich in Ansbach manches. Ein neuer Kreisleiter war aufgezogen. Er war fanatischer als seine Vorgänger. Sein Bestreben war es, Ansbach judenfrei zu machen. In Verhörprotokollen hat sich die Geschichte des Herschel Grünspan in jenen Tagen niedergeschlagen. Grünspan, so plante man, sollte verhaftet und ins KZ Dachau gebracht werden. Offenbar waren die Nazis zu dem Ergebnis gekommen, dass man ihn und seine Erfindungsgabe dort besser unter Kontrolle hatte. Vielleicht sollte er aber auch nur einfach umgebracht werden. Niemand weiß das. Was man aus den Protokollen weiß, ist: Grünspan ist von einem seiner Nachbarn mit Namen Herbert Weiß rechtzeitig vor seiner Verhaftung gewarnt worden. Weiß gab das gegenüber der Gestapo nach einer Befragung in der Art des Hauses zu. Warum hatte er ihn gewarnt? Aus Schriftstücken im Archiv, Briefen aus Urlaubsorten et cetera lässt sich entnehmen, dass Weiß ein sehr guter Freund von Grünspan und seiner Schwester Sarah gewesen ist. Weiß arbeitete als Büroangestellter im Haus der Gestapo. Vermutlich hatte er dort etwas von der bevorstehenden Aktion mitbekommen. Grünspan, der die Lage der Juden in Deutschland offenbar richtig einschätzte, hatte ganz offensichtlich alles für die Flucht seiner Schwester und deren Tochter von langer Hand vorbereitet. Es gelang Sarah und Rebekka tatsächlich, während der Inhaftierungskampagnen der Nazis aus Deutschland zu fliehen. Es ist nicht belegt, wie sie es geschafft haben, über die Schweiz nach England zu gelangen. Eventuell ist zur Ermöglichung der Flucht viel Geld geflossen. Herschel Grünspan wurde auch nicht eingesperrt. Er erhängte sich, kurz bevor er verhaftet werden konnte. Sein Freund Weiß dagegen ist im KZ Hersbruck umgekommen. Und jetzt wird es ganz spannend: Als die Nazis sich die Juwelen und die anderen Reichtümer Grünspans aneignen wollten, war nichts mehr da. Die Gestapo-Unterlagen im Stadtarchiv bezeugen: Das Geschäft war leer und es waren weder Geld noch Edelmetall oder Juwelen zu finden. Einfach weg! Niemand hat den Schatz bisher gefunden. Herschel Grünspan hat das Geheimnis seines Versteckes mit in den Tod genommen! Sein Haus am Bahnhofsplatz, mit dem Geschäft darin, wurde im Krieg bei einem Angriff der Alliierten auf den Bahnhof in Ansbach vollkommen zerstört. Welch eine Geschichte!", seufzte Konstanze sehr bewegt,

Nachdenklich sagte sie abschließend: „Man könnte sich jetzt noch amüsieren, wenn man an die enttäuschten Gesichter seiner Schergen denkt. Geschieht ihnen recht! Aber es ist doch sehr, sehr schade um diesen ganz besonderen Menschen Herschel Grünspan! Genauso leid tut mir Herbert Weiß, der aus Treue zu seinem Freund sein Leben verlor. Wenn ich über den Wahnsinn nachdenke, der schuld war, dass diese beiden Menschen sterben mussten, könnte ich schreien vor Wut!"

Danach herrschte eine kurze Zeit Schweigen zwischen den drei Kommissaren. Jeder musste den Eindruck erst einmal verdauen, den die Geschichte in all ihrer Tragik bei jedem von ihnen hinterlassen hatte.

Sperber räusperte sich: „Denkt ihr, was ich jetzt denke?"

Karlo sagte aufgeregt: „Ich bin überzeugt, wir wissen jetzt, worum es in der Gruft von Sankt Gumbertus geht. Alle waren, oder sind, auf der Suche nach Herschel Grünspans Schatz!"

„Davon bin ich auch überzeugt", stimmte Konstanze ihm zu.

Sperber wiegte nachdenklich den Kopf: „Aber wo ist dieser Schatz? Ist er wirklich in der Gruft? Wie sollte Grünspan es geschafft haben, ihn vor seiner Verhaftung schnell dort hin zu bringen? War er denn nicht unter Beobachtung durch die Gestapo und ihre Zuträger? Wie kam er als Jude überhaupt zu einem Kirchenschlüssel? Es gilt noch sehr viele Fragen zu beantworten. Kann sein, dass Hanna Kuhn das ihr zustehende Erbe abholen wollte. Kann auch nicht sein. Was hat der Täter oder die Täterin mit der Sache zu tun? Geht es vielleicht in Wirklichkeit um etwas völlig anderes bei den Anschlägen?"

Entschlossen fügte er hinzu: „Wir müssen mit Frau Kuhn sprechen, das ist jetzt ganz wichtig. Ich bin überzeugt, dass wir dadurch auch den Täter finden könnten. Morgen möchte ich außerdem Pfarrer Pöschel nochmals befragen. Ich habe ihn heute nicht erreichen können. Karlo, hast du dich nach dem Befinden von Frau Kuhn im Krankenhaus erkundigt?"

„Ja, sie ist wieder ins Koma gefallen und ist zurzeit noch immer nicht vernehmungsfähig."

Als sich Konstanze und Karlo von ihm verabschiedet hatten, ging Sperber zu Dotzauers Büro und erstattete ihm genauestens Bericht über den neuesten Stand des Falles „Flügelschlag".

Dotzauer hörte ihm konzentriert zu. Als Sperber von seinem Verdacht gegen Pfarrer Pöschel sprach, leuchteten Dotzauers Augen plötzlich auf. Er schlug begeistert mit der flachen Hand auf seinen Schreibtisch und rief hoffnungsvoll: „Das ist doch endlich ein konkreter Verdacht! Ich sage, alles spricht für den Pöschel als Täter!“

Eifrig und weit über die Schreibtischplatte, bis fast vor Sperbers Gesicht gebeugt, zählte Dotzauer an seinen Fingern auf: „Erstens: Er hat den Schlüssel zur Gruft damals behalten. Zweitens: Damit hatte er die Möglichkeit, Frau Kuhn aufzulauern. Drittens: Er war zu der Zeit Grünspans in Ansbach. Viertens: Er weiß bestimmt vom Verschwinden des Schatzes. Fünftens: Er weiß, dass der Schatz in der Gruft ist. Und schließlich sechstens: Jetzt versuchte er, Frau Kuhn und den Mesner mit buchstäblich allen Mitteln von dem Schatz fernzuhalten. Wenn das keine schlüssige Beweisführung meinerseits ist!“, stellte er mit sich selbst zufriedener Miene fest.

„Ich bin fest davon überzeugt, dieser Pfarrer ist der Täter. Sperber, verhaften Sie ihn sofort! Wir müssen der Öffentlichkeit endlich eine Erfolgsmeldung präsentieren.“

Sperber fühlte sich von seinem Vorgesetzten massiv unter Druck gesetzt. Um zu Wort zu kommen, hielt er ihm eine Hand entgegen, als wollte er seinen Vorgesetzten davon abbringen, in seinem Jagdeifer gleich über den Schreibtisch zu springen. „Einspruch euer Ehren!“, sagte er mit energischer Stimme. „Langsam bitte, Herr Dotzauer! Ich muss Pfarrer Pöschel erst genau befragen. Wir wissen ja noch gar nicht, ob er für den Zeitpunkt der Überfälle vielleicht ein Alibi hat. Er kann den Schlüssel zur Gruft innerhalb der Zeitspanne, seit er ihn bekam, auch verloren haben. Vielleicht wurde die Rückgabe des Schlüssels in der Kirchenverwaltung nicht ordentlich registriert, das könnte doch möglich sein. Und es ist noch gar nicht gesichert, dass er überhaupt in Ansbach war, als das mit Grünspan passiert ist.“

„Sperber, Sie sind ein unverbesserlicher Zauderer“, tadelte ihn Dotzauer sofort unter heftigem Kopfschütteln, um dann mit Leidensmiene fortzufahren: „Ich kann es kaum mehr mit ansehen, wie Sie den Fall verschleppen. Mostrich zieht uns das Fell über die Ohren und Sie lassen sich das gefallen. Mann, wir haben die Ehre der Polizei in dieser Stadt zu verteidigen!“ Dann wandelte sich sein Gesichtsausdruck schlagartig und verzerrte sich wütend: „Tun Sie endlich was. Verhaften Sie diesen Pöschel!“

Sperber hielt jetzt seinerseits ärgerlich dagegen: „Nein, das tue ich nicht, Herr Polizeidirektor! Eine solche Verhaftung in der jetzigen Situation könnte uns teuer zu stehen kommen, wenn sie nicht gerechtfertigt ist. Außerdem könnte ein Unschuldiger durch uns in seinem guten Ruf geschädigt werden. Bedenken Sie bitte, Pöschel ist ein alter Mann. Ich möchte ihm die Aufregung einer Verhaftung und eines Gefängnisaufenthaltes ersparen. Erst wenn ich ganz sicher bin, dass er's war, nehme ich ihn fest. Ich glaube nicht, dass der uns wegläuft. Und wenn er es tut, haben wir ihn ganz schnell wieder, davon bin ich überzeugt. Pöschel ist keiner unserer Profiverbrecher. Er ist schlimmstenfalls ein verblendeter Mensch.“

Dotzauer sah ihn drohend an: „Das haben Sie wieder einmal sehr schön gesagt, Herr Hauptkommissar. Überzeugt haben Sie mich nicht. Ich schlage vor, Sie tun, was ich Ihnen sage, sonst müssten Sie mit disziplinarischen Maßnahmen meinerseits rechnen.“

Sperber schüttelte stumm den Kopf und verabschiedete sich wortlos, mit einer nur knapp angedeuteten Verbeugung.

Konstanze war wieder in ihrem Büro. Wolfgang Sperber hatte ihr gesagt, sie könne sich ihren unbearbeiteten Fällen zuwenden.

Die Kommissarin nahm sich als Erstes die Tagespost vor. Unter anderem fand sie darin einen Brief, der direkt an sie gerichtet war.

Sie entdeckte keinen Absender und öffnete neugierig das Kuvert. Überrascht las sie: „Heute kommt eine Sendung von illegalen Frauen im ‚La Belle' an. Das interessiert Sie sicher."

Die Nachricht war auf einen neutralen Bogen weißen Papiers geschrieben. Die standardmäßige Schrift konnte von jedem Computer stammen. Die Spurensicherung würde auf dem kurzen Schreiben keinerlei persönliche Merkmale des Schreibers finden, war sich Konstanze ziemlich sicher.

Sie überlegte: Das „La Belle" hatten sie schon die ganze Zeit im Blick. Es war ein legal betriebenes Bordell, das in einem Striplokal verborgen war. Der Verdacht, dass die Betreiber ihre Finger im Menschenhandel hatten, konnte aber bisher durch nichts erhärtet werden. Sollte sich heute dazu die Gelegenheit ergeben? Konstanze beschloss, der anonymen Anzeige nachzugehen.

Zunächst rief sie Sperber an: „Wolfgang, ich werfe nachher mit Karlo einmal einen Blick in das ‚La Belle'. In meiner Post fand ich eine anonyme Meldung, dass dort heute illegal eingeschleuste Frauen eintreffen. Ich vermute, die Konkurrenz will denen eins auswischen. Ich vermute weiter, man hat den Brief direkt an mich gesandt, weil der oder die Schreiber annehmen, dass eine Frau auf die Not anderer Frauen schneller anspringt als ein Mann. Zunächst ist alles lediglich noch auf der Ebene eines Verdachtes. Ich brauche einen Durchsuchungsbeschluss, kannst du einen Staatsanwalt darum bitten. Bei dir geht das bestimmt schneller als bei mir. Ich hole ihn mir gleich ab. Und bitte sei so gut und sage den Streifen, sie mögen sich in der nächsten Stunde in der Nähe des ‚La Belle' zur Verfügung halten. Man weiß ja nie. Wir melden uns, wenn wir etwas entdecken. Ich bin mir nicht sicher, ob hinter der Anzeige wirklich etwas steckt, darum gehe ich erst einmal mit Karlo alleine hin und rufe die anderen Kollegen erst, wenn wir eine Entdeckung gemacht haben. Wenn wir mit einem Großaufgebot erscheinen und der Brief ist nur ein Bluff, würden wir uns schön blamieren. Wenn es brenzlig wird, dann haben wir ja die Streifen zur Unterstützung."

Sperber dachte kurz nach und sagte dann: „Gut, passt auf euch auf. Seid nicht leichtsinnig. Sagt sofort Bescheid, wenn ihr Hilfe braucht. Viel Erfolg!"

„Danke!"

Konstanze erhob sich von ihrem Stuhl, zog sich ihre Jacke über, steckte für alle Fälle ihre Dienstwaffe ein und nahm Handschellen mit.

Dann rief sie Karlo und unterrichtete ihn über ihr Vorhaben. Die Augen des jungen Kommissars leuchteten sofort im Jagdeifer auf. Es schien Konstanze, als würde sein wuschelig abstehendes Haar Funken sprühen. Begeistert sagte er: „Endlich tut sich einmal wieder etwas. Ich habe diese lästigen Befragungen von Leuten, die einen ganz meschugge machen, im Moment gründlich satt. Einen Moment, ich ziehe mir nur meine Jacke über und stecke das Schießeisen ein, dann kann's losgehen." Sprach's, grinste, sauste zu seinem Schrank und holte Lederjacke, Handschellen und Pistole. „Fertig, kann losgehen! Wir beide auf der Jagd nach Menschenschmugglern, super!" Beide nahmen sich Sprechfunkgeräte mit.

Im Vorbeigehen holten sie bei der Staatsanwaltschaft den Durchsuchungsbeschluss ab. Dann fuhren sie im Dienstwagen zum „La Belle".

Bei dem Lokal angekommen, bemerkte Konstanze, dass die Türe zum Gastraum offen stand. „Karlo, geh bitte zur Rückseite des Hauses, damit uns niemand durch die Hintertüre entkommt. Ich gehe durch den Lokaleingang hinein. Es wundert mich, dass der um diese Zeit offen steht."

Der Kommissar stieg geschwind aus dem Wagen und lief hinter das Haus, um die Rückseite zu sichern.

Konstanze parkte den Wagen ein Stück vom Lokal entfernt, stieg aus und ging entschlossen hinein. Jetzt entdeckte sie den Grund der frühen Öffnung. Eine Putzfrau hatte den Fußboden des Gastraumes feucht gewischt. Die Türe hatte sie sicher geöffnet, damit er besser trocknen konnte.

Eine eklige Geruchsmischung von abgestandener, verbrauchter Luft hing trotz der offenen Türe in dem dunklen Raum. Die grässliche Mischung von kaltem Rauch, billigem Parfum und Körperausdünstungen ließ sie einen Moment den Atem anhalten.

Der günstige Umstand, sich nicht erst durch Läuten oder Klopfen Einlass verschaffen zu müssen, half der Polizistin, schnell und unbemerkt durch eine Türe neben der Theke in die hinteren Räume zu gelangen.

Sie fand sich in einem sehr langen, dunklen Gang wieder. Rechts und links Türen. Auch hier war die Luft zum Schneiden. Die Wände des Flurs waren mit zum Teil schon recht verschlissenen roten Stofftapeten bespannt und von mehr oder weniger obszönen Bildern verunziert.

„Was für einen verdorbenen Geschmack muss man haben, um sich in diesen Räumlichkeiten wohlzufühlen?", ging es Konstanze durch den Kopf, während sie sich gleichzeitig auf Geräusche und Stimmen konzentrierte, die aus einem der Räume drangen.

Die Stimmen kamen aus einem Zimmer ganz hinten im Flur. Sie konnte raue, laute Männerstimmen in einer hart klingenden, fremden Sprache von leiseren und ängstlich klingenden helleren Frauenstimmen unterscheiden. Kurze, schrille Laute deutete sie als angstvolle Schreie von weiblichen Personen.

Plötzlich ging neben ihr eine Türe auf. Ein großer, vierschrötiger Mann kam heraus und baute sich gleich vor ihr auf. Der Mann sprach sie in einer Sprache an, die sie nicht verstand. Vermutlich Russisch?

Konstanze war zunächst erschrocken und einen Augenblick verunsichert, fasste sich aber schnell und sagte mit fester Stimme: „Mein Name ist Konstanze Grunwald, Kriminalpolizei Ansbach."

Sie hielt dem Mann ihren Ausweis hin.

„Ich habe einen Durchsuchungsbeschluss für dieses Haus und möchte in die Zimmer hineinsehen."

„No!", sagte der Mann kurz angebunden, mit einer entsprechenden Handbewegung.

„Doch, das geht!", antwortete Konstanze scharf. „Sie gehen mir voraus und öffnen die Türen, sofort."

Plötzlich hatte der Mann ein Messer in der Hand. Konstanze hatte nicht gesehen, woher er es so blitzschnell hervorgeholt hatte, aber sie zögerte keine Sekunde. Die Handkante ihrer linken Hand traf den Arm des Mannes. Das Messer flog ihm im hohen Bogen aus der Hand.

Einen Augenblick stand der vierschrötige Typ perplex vor ihr und hielt seinen schmerzenden Arm, dann verzerrte sich sein Gesicht zu einer hasserfüllten Maske.

Er schrie geifernd unverständliche Schimpfwörter in seiner Sprache und ging mit gesenktem Kopf auf Konstanze los.

Jedoch konnte er einen gezielten Fußtritt nicht rechtzeitig parieren, der ihn hart und genau zwischen die Beine traf. Er fiel mit einem lauten Schrei nach hinten um, presste seine Hand auf den Unterleib und krümmte sich zusammen, dann wand er sich laut jammernd am Boden.

Konstanze beugte sich schnell zu ihm hinab und verpasste ihm einen Handkantenschlag gegen den Hals. Dieser Hieb schickte ihn ins Reich der Träume.

Als der Angreifer vor Konstanze so regungslos am

Boden lag, wälzte sie ihn auf den Bauch und fesselte ihm eilig die Hände mit ihren Handschellen auf den Rücken.

Durch den Lärm aufmerksam geworden, kamen zwei weitere Männer aus einem der hintersten Zimmer auf den Gang gestürmt. Als sie die Situation erkannten, zogen auch sie ihre Messer und kamen ein ganzes Stück auf sie zugerannt. Konstanze hielt ihre Waffe aber bereits schussbereit in der Hand und zielte auf sie: „Polizei! Messer weg oder ich schieße! Hinknien, auf den Boden. Hände auf den Kopf. Keine falsche Bewegung!", schrie sie mit gebieterischer Stimme. Weil die Kommissarin nicht wusste, ob sie von den Männern verstanden wurde, hatte sie den Finger so am Abzug ihrer Pistole, dass sie nötigenfalls sofort abdrücken konnte.

Die beiden verstanden offenbar, was sie forderte, und gehorchten sofort. Sie warfen ihre Messer auf den Flur und knieten sich hin. Dabei schrien sie wüst etwas in ihrer Muttersprache. Konstanze war ganz froh, dass sie nichts davon verstand.

Mit der freien Hand zog die Polizistin ihr Sprechfunkgerät heraus und rief Verstärkung herbei.

Es dauerte nur wenige Minuten, dann kamen Karlo und acht Polizisten in Uniform durch das Lokal gerannt. Auch sie hatten ihre Dienstwaffen im Anschlag.

Erleichtert ließ Konstanze die ihre sinken. Alles Weitere konnte sie nun den Kollegen überlassen. Ihre Stimme klang rau, als sie anordnete: „Nehmt die drei Männer fest." Auf zwei Kollegen und Karlo deutend, sagte sie: „Wir durchsuchen alle Räume. Könnte sein, dass noch mehr von dieser Sorte im Haus sind."

Während ein Teil der Beamten Konstanzes Anordnungen folgte und die drei Männer abführte, ging die Kommissarin mit den anderen von Raum zu Raum. Sie stießen die Türen auf und hielten die Waffen schussbereit vor sich. Alle Räume waren leer, bis auf den, aus dem die beiden Männer gekommen waren.

In diesem Zimmer fanden sie drei junge Frauen, die sich ängstlich aneinander drängten. Sie waren lediglich mit Schlüpfern und BHs bekleidet. Die drei zitterten vor Angst.

Konstanze machte eine beruhigende Geste mit der Hand und sagte langsam und deutlich: „Polizei, Sie sind in Sicherheit!"

Dann fragte sie mit ruhiger Stimme: „Spricht eine von Ihnen deutsch?"

„Ich ein wenig", meldete sich eine der verschüchterten Frauen mit unsicherer Stimme in gebrochenem Deutsch zu Wort.

„Ich bin Konstanze Grunwald, von der Polizei Ansbach. Woher kommen Sie?"

„Aus Russland."

„Bitte ziehen Sie sich an. Sagen Sie das den beiden anderen. Sie müssen mit uns auf die Inspektion kommen. Haben Sie Papiere, mit denen Sie sich ausweisen können?"

Die Frau schüttelte den Kopf: „Diese Männer haben uns die Pässe abgenommen."

Konstanze sagte zu den sie begleitenden Beamten: „Wir durchsuchen das ganze Haus. Dazu brauche ich noch einige Leute und vor allem einige Beamtinnen, die diese drei Frauen zur Inspektion begleiten."

Während sie sprach, hatten die Frauen begonnen, sich anzukleiden. Einer der Polizisten hatte Konstanzes Anordnung per Funk weitergegeben.

Konstanze rief mit ihrem Handy Sperber an: „Wolfgang, ich bin fündig geworden. Ich schicke dir drei des Menschenhandels verdächtige Männer. Sie haben Widerstand geleistet. Einer ist auf mich losgegangen. Sorge bitte dafür, dass sie gleich verhört werden. Wir brauchen einen Dolmetscher dazu. Sie sprechen Russisch, vermute ich. Bitte vernehmt auch die drei Frauen, die ich euch sende. Man hat ihnen ihre Pässe abgenommen. Offensichtlich sollten sie als Zwangsprostituierte hier arbeiten. Ich werde mit den anderen Beamten das Haus durchsuchen. Ich meine, jetzt ist es an der Zeit, auch den Betreiber des Bordells endlich mal festzunehmen."

Sperber reagierte sofort: „Natürlich, das ist einer der nächsten Schritte. Das muss schnell gehen, sonst haut er uns ab. Ich werde es sofort veranlassen."

Er fragte besorgt: „Seid ihr und die anderen Kollegen alle unverletzt? Brauchst du Hilfe von mir bei der Durchsuchung?"

„Ja, es wäre gut, wenn ihr kommen könntet, ich brauche jede Hand, dann geht es schneller."

Einige Stunden später und nach strengen Verhören waren sich die Polizisten im Klaren darüber, dass ihnen drei Beteiligte an einem Mädchenhändlerring in die Hände gefallen waren. Leider waren es wohl nur kleine Fische.

Im Haus fanden sich jedoch eine ganze Anzahl von russischen Reisepässen, darunter die der drei aufgefundenen Frauen. Die betreffende Abteilung der Sittenpolizei in Nürnberg würde den Fall weiterbehandeln. Täter und Opfer wurden nach Nürnberg überstellt.

Das „La Belle" wurde bis auf Weiteres polizeilich geschlossen. Der Betreiber war verhaftet worden und saß nun im Untersuchungsgefängnis.

Als die drei Kommissare wieder in die Inspektion zurückgekehrt waren, bat Sperber Konstanze, Karlo und Barbara, die Sekretärin, in sein Büro. Er hatte drei Gläser und eine Flasche guten Sekt auf seinem Tisch stehen.

„Ich meine, wir sollten auf unseren Erfolg anstoßen.

Wir haben guten Grund zu einer gewissen Zufriedenheit. Dieses ‚La Belle' war mir schon lange ein Dorn im Auge. Ich glaube, dort ist seit einiger Zeit mehr im Gange gewesen, als wir uns vorstellen. Obwohl wir natürlich wissen, dass wir der eigentlichen Krake mit unserer Aktion nur einen kleinen Arm abgeschlagen haben, haben wir unserer Stadt heute einen Dienst erwiesen. Konstanze, dir gebührt natürlich unsere besondere Hochachtung! Du hast drei Verbrecher aus dem Verkehr gezogen durch deine feine Spürnase. Gut, dass ihr beiden wohlbehalten seid!"

Sperber schenkte die Gläser voll. „Auf unsere tüchtige Oberkommissarin und unser Team insgesamt. Möge es uns gelingen, auch den Fall ‚Flügelschlag' bald zu einem guten Ende zu bringen!" Die vier lächelten einander zu und genossen den perlenden, kühlen Trunk im Bewusstsein ihrer vertrauensvollen Zusammenarbeit.

Wolfgang Sperber war als Hauptkommissar ihr Chef, das war klar. Wenn Ermittlungen liefen, hatte er das Sagen und wurde von den beiden bedingungslos anerkannt. Karlo und Konstanze achteten ihn nicht nur wegen seiner großen Erfahrung und der daraus resultierenden Fähigkeit zu einer sehr sachbezogenen, sehr durchdachten Vorgehensweise.

Wolfgang, den sie von Anfang ihres Dienstes in der Inspektion an duzen durften, war ihnen Vorbild, Kollege, Kamerad, oft Lehrmeister und manchmal so etwas wie ihr Beichtvater.

Eine äußerst seltene Kombination, die sie außerordentlich zu schätzen wussten. Vielleicht bestimmte dieser Zusammenhalt ihre Arbeit, andere Kollegen betrachteten ihre Abteilung mit einem gewissen Neid.

Nicht zuletzt Dotzauer war diese Vertrautheit lästig, weil sie seinen Einfluss auf ihre Arbeitsgruppe einschränkte. Er versuchte, Keile zwischen sie zu treiben, wo er nur konnte. Und handelte immer wieder nach dem

Prinzip „Teile und herrsche". Damit wollte er das Verhältnis der drei nach und nach zu seinen Gunsten verändern. Das war ihm bisher aber nicht gelungen. Je mehr er gegen jeden Einzelnen vorging, desto mehr schloss sich die Gruppe um Sperber zusammen.

Inzwischen war es siebzehn Uhr geworden. Wolfgang Sperber hatte Lust, die kleine Siegesfeier noch ein wenig auszuweiten. Er rief zu Hause an. Julia meldete sich.

„Julia, habt ihr Sofia schon nach Hause gebracht?"

„Ja, ich habe sie wieder ihrer Mutter übergeben, der es übrigens besser geht. Die Ruhe heute hat ihr sehr gutgetan. Sie lässt dich grüßen. Sofia und Hermine haben sich regelrecht müdegespielt, beide sind k.o., aber glücklich. Hermine hat sich gleich hingelegt und ausgeruht, als ich mit Sofia wegging. Jetzt ist sie aber schon wieder aufgestanden und guter Dinge. Momentan sitzt sie im Wohnzimmer und liest Zeitung. Sie will mir nachher bei der Vorbereitung zum Abendessen zur Hand gehen."

„Wir hatten heute in unserer Dienstgruppe Grund zum Feiern. Konstanze und Karlo haben drei Menschenhändler gefasst und drei Frauen aus ihrer Gewalt befreit, die Frauen waren von einem Verbrecherring zur Zwangsprostitution vorgesehen. Ich wollte diese Feier zusammen mit euch beiden noch ein wenig verlängern. Ich schlage vor, wir gehen heute Abend essen. Ich habe an die Gaststätte in der Orangerie gedacht. Was meinst du?"

Julia freute sich: „Schatz, das ist eine gute Idee. Ich sehne mich danach, etwas aus dem Haus zu kommen und was anderes zu sehen und zu hören als zu Hause. Ein wenig Abstand von dem Gutachten wird mir guttun. Ich glaube, Hermine wird sich auch gerne auf deinen Vorschlag einlassen, dabei kann sie ihren Tatendrang gleich ein wenig befriedigen."

„Schön, dann treffen wir uns doch um achtzehn Uhr gleich in der Gaststätte. Ich freue mich auf euch! Bis gleich, Geliebte!"

Freitagmorgen

Pünktlich um acht Uhr trafen sich die drei Kommissare am nächsten Tag im Büro von Wolfgang Sperber zur morgendlichen Lagebesprechung. Sie hatten kaum Platz genommen, da öffnete sich die Türe und Polizeidirektor Dotzauer trat ein. Er begrüßte sie mit einem freundlichen Lächeln auf den Lippen: „Guten Morgen, wie ich sehe, sind Sie schon an der Arbeit. Ich kann Ihnen mitteilen, dass Ihnen ein Teil Ihrer heutigen Tätigkeit von mir persönlich abgenommen worden ist. Ich habe Erwin Pöschel heute Nacht durch die Dienst habenden Beamten des Kriminaldauerdienstes verhaften lassen. Er sitzt in Untersuchungshaft und wartet auf Sie, damit Sie ihn verhören."

Er gestattete sich einen kleinen Triumph in der Stimme, als er fortfuhr: „Ich habe heute Morgen außerdem bereits eine entsprechende Mitteilung über diesen Fahndungserfolg an die Medien herausgegeben."

Dann sah er Wolfgang Sperber plötzlich direkt an und fuhr ihn mit scharfer Stimme und grimmigem Gesichtsausdruck an: „Wenn bei Ihnen schon nichts klappt, muss ich mich eben selbst darum kümmern, so ist das leider hier in diesem Laden!" In seinen Augen war die Wut zu lesen, die ihn in Wirklichkeit beherrschte.

Sperber war schockiert. Ihn empörte nicht allein der Ton, den sein Vorgesetzter wieder einmal an den Tag legte. Er fand es ungeheuerlich, was er gerade vernommen hatte. Der so harsch angesprochene Hauptkommissar musste erst ein paar Mal tief durchatmen. Er hatte zunächst Mühe, sich zu fassen. Dann entgegnete er dem vor Wut bebenden Mann mit mühsam beherrschter Stimme: „Ich wäre heute tatsächlich Ihrer Weisung nachgekommen und hätte Herrn Pfarrer Pöschel Ihrem Wunsch gemäß festgenommen. Ihn mitten aus der Nacht aus dem Bett zu holen, hätte ich mir allerdings nicht erlaubt. Mich wundert, dass Sie einen Staatsanwalt gefunden haben, der Ihnen bei dieser diffusen Verdachtslage einen Haftbefehl ausgestellt hat. Ein Verdacht ist noch lange kein Beweis und meiner Ansicht nach auch noch lange kein Grund zu einer Verhaftung."

Dotzauer schaute ihn von oben herab an und sagte mit einer gewissen Verachtung in der Stimme: „Sie schätzen die Lage eben vollkommen falsch ein. Das wundert mich nicht, denn es muss immer noch einen Unterschied geben zwischen den Führungskräften der Polizei und ihren Untergebenen. Ich habe eben meine Verbindungen nach oben. Lassen Sie sich das auch zur Warnung gesagt sein. Und jetzt schreiten Sie endlich zum Verhör, ich kann nicht alles selbst machen, dazu fehlt mir die Zeit. In meinem Beruf kann ich mir einfach keinen Schlendrian leisten."

Er verzog seine Mundwinkel mit einem geringschätzigen Blick nach unten und verließ den Raum.

Als Dotzauer mit einer derartig hoheitsvollen Pose den Raum verlassen hatte, nicht ohne die Türe kraftvoll zu öffnen und von draußen zuzuschlagen, waren die drei erst einmal still. Konstanze und Karlo hatte es regelrecht die Sprache verschlagen. Sie blickten zu Boden und wussten zunächst nicht, was sie sagen sollten.

Schließlich meinte Sperber zu ihrer Erleichterung mit sachlicher Stimme: „Man kann sich so ein Verhalten immer nur als ein Beispiel dienen lassen, wie man es nicht machen soll. Wie heißt es so treffend: ‚Hochmut kommt vor dem Fall.' Wenn ich es recht sehe, ist Dotzauer ganz schön absturzgefährdet. Ehrlich gesagt, ich würde es nicht bedauern, wenn ihm seine Gemeinheit gegenüber dem alten Mann zum Problem würde. Ich hoffe in dem Fall nur, er ist dann noch so weit lernfähig, dass er begreift, was er getan hat, und daraus die richtigen Schlüsse zieht."

Die beiden jüngeren Beamten nickten ihm beifällig und voller Empörung zu. Konstanze fauchte: „Er hat tatsächlich einfach jemand verhaften lassen, nur um des persönlichen Erfolges willen. Ich gönne ihm jetzt wirklich eine Abreibung. Ich hoffe von Herzen, dass Pöschel unschuldig ist!"

„Das hoffe ich auch!", Karlo schlug sich mit der Faust in die offene Hand.

„Wir gehen jetzt zu Pöschel", sagte Sperber entschlossen. „Wir werden ihn verhören. Wichtig ist mir, sein Alibi in der Zeit des Überfalls auf Frau Kuhn und des Anschlages im Krankenhaus genau zu durchleuchten. Bei der Staatsanwaltschaft werde ich sofort einen Durchsuchungsbeschluss für Pöschels Wohnung erwirken. Karlo, du nimmst bitte noch heute Vormittag die Durchsuchung vor. Besorge dir ein paar Leute dazu. Achte besonders auf Schuppen, Keller und sonstige Plätze, in denen normalerweise Werkzeug und Gifte gegen Schädlinge gelagert werden. Gegebenenfalls schaltest du bitte die Spurensicherung ein. Und sage uns sofort Bescheid, wenn du einen Überblick gewonnen hast."

Bevor sie sich in verschiedene Richtungen auf den Weg machten, telefonierte Sperber mit einem der Staatsanwälte wegen eines Hausdurchsuchungsbeschlusses.

„Du kannst ihn dir abholen, Karlo."

Konstanze und er fuhren zum Untersuchungsgefängnis. Dort angekommen, wurden sie auf ihr Verlangen hin zur Zelle des Gefangenen geführt. Erwin Pöschel saß zusammengesunken auf einem Stuhl in dem kargen Raum. Er war jedoch nicht alleine. Sein Anwalt saß bei ihm. Die beiden waren wohl mitten in einer Besprechung gewesen. Rechtsanwalt Doktor Siebenhaar kam nach einer kurzen, steifen Begrüßung sofort zur Sache.

Harsch sagte er zu den Beamten: „Es ist Ihnen sicher klar, dass mein Mandant sofort freigelassen werden muss. Er hat für die in Frage kommende Nacht des Überfalls auf Frau Kuhn ein bombenfestes Alibi. Herr Pfarrer Pöschel ist außerdem nierenkrank. Bei ihm wurde in dieser Nacht vor der Verhaftung eine Bauchfelldialyse durchgeführt. Dazu musste er die halbe Nacht in der Dialysepraxis seines behandelnden Arztes zubringen. Ich kann Ihnen die entsprechenden ärztlichen Atteste bis spätestens heute Nachmittag vorlegen. Dann kamen Ihre Leute mitten in der Nacht und holten den leidenden und völlig erschöpften Mann einfach aus dem Bett und brachten ihn hierher. Ich bin zutiefst erschüttert über dieses unmenschliche Vorgehen. Es erinnert mich sehr an Zeiten, die Jahrzehnte hinter uns liegen. Sie wissen, was ich meine? Eine Verhältnismäßigkeit der Mittel kann ich beim besten Willen in dieser Vorgehensweise nicht erkennen. Es gab keinen Grund zu einer Verhaftung, das stelle ich hiermit kategorisch fest. Zur Zeit des Anschlages, also am Dienstagvormittag, befand sich Herr Pöschel in seiner Wohnung in Neuendettelsau und ruhte sich von der Behandlungsnacht aus. Das kann seine Haushälterin, Frau Angermeier, bezeugen."

Der Rechtsanwalt richtete sich zu seiner vollen Größe auf. Mit ungespielter Empörung in der Stimme fuhr er fort: „Ich kann mich in diesem Fall über das Verhalten der Polizei nur wundern! In meiner ganzen Berufszeit ist mir ein derartig dilettantisches Vorgehen Ihrer Behörde noch nicht begegnet. Ich protestiere schärfstens gegen die Behandlung meines Mandanten. Er ist schließlich ein alter, kranker Mensch. Von der Rufschädigung, die ihm diese spektakuläre Verhaftung eingebracht hat, wird noch gesondert zu reden sein."

Siebenhaar hielt einen Moment inne, um sich zu sammeln. „Es muss Ihnen klar sein, dass ich mich im Interesse von Pfarrer Pöschel mit einer Erklärung an die Öffentlichkeit wenden werde. Ich verlange eine offizielle Entschuldigung der Polizei und darüber hinaus eine umfassende Unschuldserklärung zu Gunsten von Herrn Pöschel. Ich verlange, dass der oder die Verantwortlichen für diesen rechtswidrigen und menschlich verabscheuungswürdigen Vorgang mit allen zu Gebote stehenden disziplinarischen Maßnahmen zur Rechenschaft gezogen wird."

Der Anwalt zog die Luft scharf ein, atmete tief durch, dann lachte er spöttisch: „Ich fürchte, diese Sache wird den Ruf, der der Ansbacher Polizei durch die Presseartikel der letzten Tage vorausgeht, nicht gerade verbessern."

Sperber ging auf den alten Pfarrer zu und reichte ihm die Hand: „Herr Pfarrer Pöschel, ich entschuldige mich in aller Form für meinen Vorgesetzten, Herrn Polizeidirektor Dotzauer, der Ihre Verhaftung angeordnet hat. Es tut mir wirklich persönlich sehr leid, zu sehen, welche Unannehmlichkeiten Ihnen dadurch entstanden sind. Sie können das Untersuchungsgefängnis selbstverständlich sofort verlassen. Wenn Sie möchten, bringen wir Sie gerne nach Hause. Ich werde meinem Vorgesetzten Bericht erstatten und eine öffentliche Ehrenerklärung für Sie beantragen."

Pöschel stand von seinem Stuhl auf und nickte müde: „Ich bin völlig erledigt. Vor lauter Müdigkeit und Aufregung sehe ich fast nichts mehr. In meinem Kopf geht alles durcheinander. Außerdem scheint es mir, der aktive Dienst wächst mir gänzlich über den Kopf. Ich bin noch nie verhaftet worden, schon gar nicht mitten in der Nacht. Meine Unschuldsbeteuerungen sind an Ihren Kollegen einfach abgeprallt. Ich hatte auch keine Ahnung, wie es ist, eingesperrt zu sein. Dieses Gefühl, einem blinden und scheinbar gehörlosen Staatsapparat ausgeliefert zu sein, war entsetzlich. Sie können sich meine Panik wohl kaum vorstellen. Wie gut, dass Herr Rechtsanwalt Doktor Siebenhaar gleich heute Morgen gekommen ist, um mich hier herauszuholen."

Pöschel wischte sich über die Augen. „Ich wäre froh, wenn Sie mich jetzt nach Hause brächten. Ich bin so erschöpft."

Rechtsanwalt Doktor Siebenhaar verabschiedete sich von seinem angeschlagenen Mandanten, nicht ohne nochmals auf seine nächsten Maßnahmen hinzuweisen. Pöschel nickte und winkte müde ab: „Tun Sie bitte, was nötig ist. Ich kann nicht mehr."

Konstanze bat den alten Mann mit ruhiger, einfühlsamer Stimme, sich bei ihr unterzuhaken. Sperber leistete so schnell wie möglich die nötigen Entlassungsformalitäten, dann verließen die beiden Beamten mit dem zu Unrecht Beschuldigten das Gefängnis.

Auf dem Weg nach Neuendettelsau läutete Sperbers Handy. Karlo teilte ihm mit, dass die Durchsuchung von Pöschels Wohnung ohne irgendwelche Ergebnisse verlaufen war. Er berichtete, dass die Haushälterin durch die Aufregung über den Polizeieinsatz einem Nervenzusammenbruch nahe sei. Er habe nach Kräften versucht, sie zu beruhigen, beteuerte er, aber für die betagte Frau sei die Schande der Durchsuchung offensichtlich eine ganz persönliche Kränkung gewesen. Er musste schließlich einen Arzt kommen lassen, der ihr ein Beruhigungsmittel gab.

Karlo weiter: „Frau Angermeier ist noch in der Wohnung. Sie wartet auf ihren Arbeitgeber, um ihn zu versorgen."

„Danke Karlo. Du kannst zur Inspektion zurückfahren. Konstanze und ich bringen Herrn Pöschel jetzt erst nach Hause, dann kommen wir auch. Wenn wir da sind, folgt eine kurze Besprechung in meinem Büro. Bis dann!"

In der Wohnung angekommen, übergaben die Beamten den müden Mann seiner, trotz der eingenommenen Beruhigungsmittel, aufgeregt um ihn herumflatternden Hausangestellten.

Kaum wieder in ihrer Dienststelle zurück, trafen sich die drei Beamten zur Besprechung. Sie diskutierten miteinander nochmals ausführlich die Vorfälle der letzten Stunden und bedachten das weitere Vorgehen.

Sperber konnte eine gewisse Schadenfreude nicht verbergen. Grimmig sagte er: „Jetzt ist genau das passiert, was wir heute Morgen vermutet haben und was ich mir, ganz ungeschützt gesagt, in meinem Zorn auch gewünscht habe."

„Unser Herr Polizeidirektor sitzt mitten in den Nesseln. Ich vermute, dass er sich seinen Hintern außerordentlich verbrennen wird."

Konstanze und Karlo nickten grinsend. Karlo kicherte in sich hinein. „Die Woche endet mit einer gewissen Befriedigung, würde ich sagen."

Sperber fuhr mit ernstem Gesicht fort: „Meine Lieben, diese Sache hat leider auch noch eine sehr bittere Seite für uns. Wir alle sind von diesem fatalen Ausrutscher unseres Vorgesetzten betroffen. Der Ruf der Ansbacher Polizei, und damit unser eigener Ruf, ist krass geschädigt. Wir können ihn nur wieder aufpolieren, indem wir den richtigen Täter schnell dingfest machen. Ich hoffe darum inständig, dass uns das bald gelingt."

Sein Telefon läutete. Sperber nahm ab und hörte eine kühle Stimme am anderen Ende: „Sekretariat des Polizeipräsidenten. Der Herr Präsident Steinwedel möchte Sie sprechen, Herr Sperber."

Dem folgte ein Klicken im Hörer. Eine sonore Stimme sprach: „Hier Steinwedel. Herr Hauptkommissar Sperber, zunächst wünsche ich Ihnen einen guten Tag! Es tut mir leid, dass ich Ihnen das Folgende erst einmal am Telefon mitteilen muss, aber die Sache duldet keinen Aufschub. Es geht zunächst um den sogenannten Fall ‚Flügelschlag', den Sie bearbeiten. Ich möchte Sie darüber in Kenntnis setzen, dass der Rechtsanwalt Doktor Siebenhaar, der einen Herrn Pfarrer Erwin Pöschel vertritt, bei mir vorgesprochen hat. Er hat im Namen seines Mandanten Protest über dessen Behandlung und ungerechtfertigte Verhaftung eingelegt. Er forderte, sofortige Disziplinarmaßnahmen gegen den oder die Verantwortlichen einzuleiten, und kündigte zivilrechtliche Schritte in der Sache an. Ich habe Ihren Vorgesetzten, Herrn Polizeidirektor Dotzauer, sofort zu mir gerufen. Herr Dotzauer berichtete mir, dass sich in Ansbach einige mächtige Herren gegen ihn verbündet hätten. Diese gingen nun auf breiter Front gegen ihn vor. Die Presse spielt dabei offenbar eine ganz wichtige Rolle. Durch die übereilte Festsetzung des Herrn Pfarrer Pöschel bietet Dotzauer nun eine große Angriffsfläche. Die Verhaftung geschah in einer Weise, die ich aus rechtlicher und menschlicher Sicht nur ablehnen kann. Durch dieses unmögliche Vorgehen hat das Ansehen von Herrn Dotzauer und das der ganzen Polizei schweren Schaden erlitten. Um ihn erst einmal vor persönlichen Angriffen zu schützen, habe ich ihn bis auf weiteres beurlaubt. Weitere Schritte werden folgen müssen. Und nun zu Ihnen: Herr Hauptkommissar Sperber, ich beauftrage Sie mit sofortiger Wirkung, bis auf Widerruf, mit der Leitung der Polizeiinspektion in Ansbach. Sie bekommen das selbstverständlich noch schriftlich von mir. Ich wünsche Ihnen eine glückliche Hand in Ihrer neuen Aufgabe. Den Fall ‚Flügelschlag' müssen Sie wohl im Moment weiterdelegieren. Auf Wiederhören."

Sperber legte langsam und verwundert den Kopf schüttelnd den Hörer des Telefons auf und sah seine beiden Mitarbeiter mit einem abwesenden Gesichtsausdruck an.

Konstanze fragte besorgt: „Wolfgang, um Himmels willen, was ist los, sag schon. Du bist ja ganz blass geworden. Ist dir nicht gut?"

„Ich glaube, ich träume." Sperber fasste sich an den Kopf. „Mir ist ja schon einiges widerfahren, aber jetzt bin ich doch sehr überrascht. Ihr werdet es nicht glauben, aber das war gerade der Polizeipräsident persönlich. Er sagte mir, Dotzauer sei wegen der ungerechtfertigten Verhaftung beurlaubt. Ich soll Dotzauers Stelle vertretungsweise übernehmen, bis er wieder kommt."

Karlo lachte vergnügt: „Ich gratuliere dir und uns zu einem guten Ereignis. Für die neue Aufgabe wünsche ich alles Gute, Boss!"

„Ich finde das nicht spaßig, Karlo!", knurrte Sperber zurück. „Mitten aus einer Ermittlung einfach herauskatapultiert zu werden und auf einem Bürokratenposten zu landen, das ist nicht gut. Aber was soll ich machen? Wenn Steinwedel es so anordnet, kann ich nur folgen."

Er seufzte und sah Konstanze an: „Konstanze, du bist jetzt im Fall ‚Flügelschlag' federführend. Karlo wird dir zur Seite stehen. Ich werde dafür sorgen, dass du einen weiteren Mitarbeiter bekommst. Ich selbst bin für euch jederzeit und vor allen anderen zu sprechen. Ihr werdet den Fall lösen, davon bin ich fest überzeugt."

„Na danke! Und das kurz vor unserem wohlverdienten Wochenende", erwiderte Konstanze erschüttert.

Sperber versuchte, sie zu beruhigen: „Nur die Ruhe! Ich glaube, wir müssen die neue Situation ein wenig auf uns wirken lassen. Ich wünsche uns jetzt erst mal eine gute Mittagspause, in der sich alles ein wenig setzen kann. Wir treffen uns noch einmal um fünfzehn Uhr hier, dann sieht die Welt bestimmt schon wieder anders aus."

Auf seinem Heimweg war Wolfgang Sperber so mit sich beschäftigt, dass er seine Umgebung nur sehr unscharf wahrnahm. Er war froh über eine Pause. Allerdings musste er damit rechnen, dass seine Mutter und Sofia ihn gleich wieder in Beschlag nehmen wollten.

Zu Hause angekommen, sperrte Sperber die Türe zu seinem Haus ganz leise auf. Auf Zehenspitzen schlich er sich durch den Flur. Aus dem Wohnzimmer hörte er ein fröhliches Singen von Sofia und seiner Mutter. Er öffnete vorsichtig die Küchentüre. Julia bereitete das Mittagessen vor. Sie erschrak zunächst ein wenig, als die Türe sich leise hinter ihr öffnete, dann freute sie sich, ihren Mann vor sich zu sehen.

„Du schleichst hier herein wie ein Dieb. Ist etwas Besonderes bei dir?", fragte sie ihn besorgt.

Dem Gesicht ihres Gatten sah sie an, dass er mit einer Belastung nach Hause gekommen war.

Sperber seufzte: „Ja, aber das ist eine längere Geschichte. Ich wollte sie dir in Ruhe erzählen, darum bin ich leise hereingekommen. Nachher werde ich mich um unsere beiden Gäste kümmern."

Wolfgang erzählte Julia von den belastenden Ereignissen des Morgens und von seinem neuen Dienstauftrag. Sie hatte ihren Kopf beim Zuhören etwas zur Seite geneigt. Nachdem sie aufmerksam zugehört hatte, sagte sie in ruhigem Ton: „Ich kann mir gut vorstellen, dass dich das alles sehr bedrückt. Ich meine, du solltest dich jetzt wirklich deiner neuen Aufgabe widmen. Konstanze und Karlo werden den Fall ‚Flügelschlag' bestimmt in deinem Sinn weiterbearbeiten. Jetzt kommt erst einmal ein Wochenende zum Ausruhen. Du solltest es wirklich dazu nutzen. Ich denke, du hast es nötig."

Dann nahm sie ihn zärtlich in ihre Arme und sagte lächelnd zu ihm: „Ich habe eine Menge guter Nachrichten für dich, mein Liebling! Stell dir vor, ich habe die Arbeit zu diesem Gerichtsgutachten abgeschlossen. Jetzt bin ich viel freier für andere Dinge."

Und weiter: „Unserer Tochter Theresa geht es besser. Ihre Erkältung ist schön abgeklungen. Sofia wird heute noch bei uns sein. Jetzt kann ich mich um sie kümmern. Später bringe ich sie heim. Heute Abend kommt unser lieber Schwiegersohn, Christian, von seiner Dienstreise zurück und wird erst einmal wieder für seine Familie da sein. Deine Mutter wird uns auch wieder verlassen. Sie hat in ihrem Wohnstift angerufen. Die Bauarbeiten dort sind beendet. Morgen Vormittag will sie wieder zurück in ihr Apartment. Auf uns beide wartet ein Wochenende zu zweit. Ich bitte dich, halte es für uns frei. Ich freue mich so darauf!"

Es schien Wolfgang, als seien die dichten grauen Nebelschwaden, die eben noch sein Haupt umwölkt hatten, einem strahlend blauen Himmel gewichen. Er atmete bei den verheißungsvollen Worten von Julia vernehmlich auf, gab ihr einen Kuss und sagte lächelnd: „Du hast recht, jetzt sind wir beide dran. Ich werde alles tun, damit dieses Wochenende für uns schön wird. Ich bin überzeugt, meine Kollegen werden den Fall gut bearbeiten. Alle weiteren Dienstaufgaben müssen warten bis Anfang nächster Woche."

Julia und Wolfgang gingen dann Arm in Arm in das Wohnzimmer, das von Enkelin und Uroma in eine „Spielhölle" verwandelt war. Stühle waren mithilfe von Decken zu einem Haus geworden. Spielsachen lagen überall verstreut herum. Inmitten des Chaos saßen beide „Spielratzen" und sangen mehr laut als schön miteinander.

„Hallo Oma!", rief Sofia laut, als Julia und Wolfgang hereinkamen. „Du hast ja deinen Verliebten dabei. Wo kommt der denn plötzlich her? Ich habe ihn gar nicht kommen hören."

„Hallo Wolfi, schön, dass du kommst", fügte seine Mutter hinzu. „Wie du siehst, spielen wir beide ganz wunderbar. Du kannst dich gleich beteiligen. Du kennst doch das Lied ‚Heut war ein schöner Tag', das üben wir gerade miteinander. Bitte singe es mit uns."

Wolfgang gab seiner Mutter und Sofia jeweils einen Kuss auf die Wange. „Lasst euch erst einmal begrüßen", antwortete Sperber ausweichend. Dann sagte er mit einem verlegenen Lächeln und einer etwas müden Geste: „Tut mir leid Mutter, der Tag war für mich bisher noch nicht so schön. Vielleicht singen wir das Lied erst nach dem Essen. Ich brauche noch ein wenig Ruhe."

„Also Wolfi, was ist denn wieder?", entgegnete ihm seine Mutter unwirsch. „Ich finde, du bist ein wenig empfindlich. Wenn ich da an deinen Vater denke, muss ich sagen, der war schon ein wenig kraftvoller als du, mein Lieber."

„Ich weiß, Mutter. Aber hör dir bitte erst einmal an, was mir heute alles widerfahren ist, dann kannst du mich vielleicht besser verstehen."

„Aber bitte keine Leichen vor dem Essen!", mahnte Sofia mit ernstem Gesicht und lehrerhaft erhobenem Zeigefinger, „sonst könnte es sein, dass mir das Essen nicht schmeckt."

„Nein, keine Angst meine kleine Maus, soviel ich gesehen habe, gibt es keine Leichen, sondern ganz leckere Sachen zum Essen und einen feinen Nachtisch."

„Das will ich hoffen, Wolfi!", ahmte das Enkelkind den Tonfall seiner Urgroßmutter nach.

Wolfgang berichtete seiner gespannt dasitzenden Mutter in kurzen Zügen die Ereignisse seines Vormittages, ohne auf Details einzugehen.

„Also Wolfi, manchmal bin ich ganz froh, dass ich im Stift nicht alles mitbekomme, was bei euch so los ist. Ich muss sagen, das regt mich auf." Dann fuhr sie plötzlich mit großer Entschlossenheit und ihrerseits erhobenem Zeigefinger fort: „Mir kommt gerade ein wichtiger Gedanke! Nachdem dieser lästige Fall ‚Flügelschlag' bei euch anscheinend nicht vor und zurück gehen will, möchte ich mich in dieser Gruft einmal selbst umsehen. Wolfi, ich habe Adleraugen und Luchsohren. Du wirst sehen, ich finde das Versteck. Vor mir ist nichts sicher, das weißt du hoffentlich aus Erfahrung, Wolfi."

„Oh ja, Mutter, das weiß ich wirklich", seufzte Wolfgang. „Vor dir war und ist man nicht sicher. Tu bitte, was du für richtig hältst. Ich denke, die Gruft ist heute geöffnet. Julia kann ja auf Sofia aufpassen. Ich komme nach meinem Dienst am späteren Nachmittag wieder heim, dann kannst du mir deine Beobachtungen mitteilen. Ich bin schon sehr gespannt."

„Uri, bring mir bloß keine Leiche aus der Gruft mit, die mag ich nämlich in der Wohnung überhaupt nicht!", bemerkte Sofia nun mit nochmals erhobenem Zeigefinger.

Die Erwachsenen lachten amüsiert über das gelungene Imitat der urgroßmütterlichen Einwände.

Schließlich aß man ganz friedlich und genussvoll miteinander. Nach dem Essen stimmte Wolfgang das Lied an „Heut war ein schöner Tag ...".

Pfarrerin Maria Sebald schlief in dieser Nacht schlecht. Ihre Gedanken waren um die aufregenden Ereignisse in

Sankt Gumbertus gekreist und hatten sie schlecht einschlafen lassen. Danach hatte ihr ein unruhiger Schlaf Alpträume beschert. Sie war immer wieder aus dem Schlaf aufgeschreckt.

Mitten in der Nacht stand sie schließlich müde auf. Es ihr war schwindlig und dazu ein wenig übel. Sie ging auf die Toilette. Als sie vor dem Badspiegel stand, sah sie in ein Gesicht, das fahl und krank aussah. Maria merkte, wie ihr Kreislauf absackte. Sie öffnete das Badschränkchen und holte ein Fläschchen Kreislauftropfen heraus, das sie für alle Fälle dort griffbereit hineingestellt hatte. Sie schraubte die Kapsel ab und gab fünf Tropfen davon in ihren Zahnputzbecher, ließ Wasser einlaufen und trank einen Schluck. Ihr war immer noch schwindlig und das Badezimmer verschwamm ein wenig vor ihren Augen. Maria machte sich darauf gefasst, gleich umzukippen. Vorsichtshalber hielt sie sich am Waschbecken fest und machte sich bereit, sich schnell auf den Boden zu setzen, bevor sie umfiel.

Ein paar Minuten stand sie so da, dann merkte sie, dass die Tropfen anfingen zu wirken. Vorsichtig ging sie zurück in ihr Schlafzimmer. Inzwischen war sie ziemlich ausgekühlt.

Maria legte sich ins Bett und kuschelte sich fest hinein. Nach und nach wurde ihr wieder wärmer. Von der Übelkeit spürte sie nichts mehr. Ihre Gedanken waren noch nicht zur Ruhe gekommen. Sie dachte sehnsuchtsvoll an ihren Freund, Harro von Weinheim, den sie während ihres letzten Studienjahres an der Augustana-Hochschule in Neuendettelsau kennengelernt hatte. Seitdem waren sie ein Paar. Leider hatte sie der Dienst vor einem halben Jahr räumlich getrennt. Harro hatte es nach einem Lehrvikariat in Nürnberg als Pfarrer nach Oberbayern verschlagen, während sie von Nürnberg aus jetzt nach Ansbach geschickt worden war. So konnten die beiden zwar miteinander telefonieren, sahen sich aber nur von Zeit zu Zeit, oft nach komplizierter Terminabsprache und längeren Zugfahrten.

Harro war ausgerechnet jetzt für einige Wochen auf einer Fortbildungsveranstaltung. Er befand sich in sogenannter Klausur, aus der er nur in ganz besonderen Notfällen herausgerufen werden durfte. Maria hätte all das, was ihr in Ansbach bisher begegnet war, nur zu gerne mit ihm besprochen. Sie vermisste auch seine körperliche Nähe und hoffte inständig, dass es ihnen gelingen würde, in absehbarer Zeit an einem Ort zusammenzuleben und zu arbeiten. Die beiden wussten natürlich, dass sich ihre Situation durch eine Heirat grundsätzlich verbessern würde, aber beide waren zu diesem Schritt noch nicht bereit. Sie waren mit ihrem jeweiligen Neuanfang beschäftigt und wollten erst in ihrem Beruf Erfahrungen sammeln, bevor sie sich auch privat auf eine völlig neue Situation einzustellen hatten. Der derzeitige Zustand ihrer Beziehung hatte seinen besonderen Reiz. Sie freuten sich vor jeder Begegnung irre aufeinander und genossen die gemeinsamen Zeiten in vollen Zügen.

Maria überlegte: Harro war eben gerade nicht zu erreichen. Sie musste also sehen, wie sie mit den Aufgaben, die sich ihr stellten, alleine zurechtkam. Sie fand Halt in dem Gedanken: „Aber ich bin ja nicht allein!“ Vertrauensvoll faltete sie ihre Hände und bat Gott, ihr gute Gedanken zu senden, die ihr dazu helfen würden, all das Unglück der letzten Tage zu wenden.

Ruhiger geworden, drehte sie sich auf ihre Einschlafseite und fand endlich einen tiefen, traumlosen Schlaf.

Auch am Freitagmorgen

Als sie gegen sieben Uhr am nächsten Morgen erwachte, fasste sie sofort einen Entschluss. Sie würde jetzt gleich auf die Intensivstation des Krankenhauses zu Frau Kuhn gehen. Die Pfarrerin hatte das Bedürfnis, einfach dort zu sein und dieser Frau die Hand zu halten. Vielleicht würde Frau Kuhn ihre Anwesenheit spüren?

Hanna stieg aus dem Bett. Ihre Glieder fühlten sich an, als wären sie mit Blei gefüllt. Am liebsten hätte sie sich gleich wieder hingelegt. Sie fragte sich beklommen, ob sie vielleicht auf dem besten Weg war, krank zu werden. Im Badezimmer ging sie zunächst auf die Toilette, dann zog sie ihr Nachthemd über den Kopf und stellte sich unter die Dusche. Sie ließ erst eine Zeitlang warmes Wasser auf sich herabrieseln und seifte sich dann gründlich ein. Nachdem sie den Schaum warm abgespült hatte, überwand sie sich und duschte mit kaltem Wasser. Das wiederholte sie einige Male. Ihre Haut war schließlich gut durchblutet. Maria stieg erfrischt und mit Tatendrang erfüllt aus der Dusche. Nachdem sie sich mit einem großen Badetuch abgetrocknet hatte, cremte sie ihren Körper mit einer gut duftenden Lotion ein und zog ihren Bademantel an.

Die Wechseldusche hatte ihr sehr gutgetan, sie fühlte sich jetzt ganz leicht. In der Küche füllte sie ihr Espressomaschinchen mit Wasser, tat Kaffeepulver in den Filter, schraubte das Kannenteil darauf und stellte alles auf den Herd. Dann ging sie wieder in ihr Badezimmer und bürstete ihr blondes Haar.

Als sie ihr Spiegelbild betrachtete, war sie damit zufrieden. Sie lächelte sich selbst kurz zu und ging zu ihrem Wäscheschrank. Während sie sich anzog, hörte sie aus der Küche das Gurgeln ihres Kaffeemaschinchens. Vollständig angezogen, holte sie sich ein Brötchen aus dem Brotkorb, das sie sich gestern gekauft hatte, dazu Butter und einen vegetarischen Aufstrich aus dem Kühlschrank. Nachdem sie Tasse und Teller auf den Tisch gestellt hatte, schenkte sie sich den Espresso ein und trank den ersten Schluck mit Bedacht und Genuss.

Das Frühstück war für sie schon immer das wichtigste Essen des Tages. Normalerweise schnipselte sie sich dazu Obst und mischte es mit Getreide, das sie am Abend zuvor in ihrer Getreidemühle gemahlen hatte und das die Nacht über in Wasser eingeweicht war. Sie liebte es, ganz in Ruhe zu frühstücken und dabei Zeitung zu lesen. Heute nahm sie sich dazu jedoch keine Zeit.

Nach ihrem Frühstück stellte sie das benutzte Geschirr in die Küche, ging zurück ins Wohnzimmer und öffnete das Fenster. Mit beiden Händen auf die Fensterbank gestützt, sah sie auf den kleinen Platz vor ihrem Haus hinunter. Es waren um diese Zeit schon ziemlich viele Menschen unterwegs, die das hübsche Geviert mit dem dekorativen Brunnen im Mittelpunkt überquerten. Ein Blick zum blauen, wie blank geputzten Himmel zeigte ihr, dass offenbar ein schöner, sonniger Frühlingstag bevorstand. Maria schloss das Fenster wieder und zog sich rasch Schuhe und eine warme Jacke an. Dann lief sie flink die Treppe hinunter, stieg in ihr kleines Auto und fuhr damit durch die Stadt zum Ansbacher Krankenhaus.

Dort angekommen, fand sie tatsächlich vor der Klink gleich einen Parkplatz. Meistens war dort alles vollkommen mit Autos belegt. Sie wertete das als ein gutes Zeichen und lief guten Mutes los.

Schwungvoll ging sie an der Pförtnerloge des Krankenhauses vorbei und schritt den langen Gang entlang zur Intensivstation. Nachdem sie dort an der Eingangstüre geläutet hatte, wurde sie ganz unproblematisch von einer Schwester zur Pflegekabine geführt, in der Hanna Kuhn versorgt wurde. Ein Polizeibeamter, der vor der Box Wache hielt, ließ sich von ihr lediglich den Personalausweis zeigen und gab ihr dann den Weg frei. Er sagte freundlich: „Ich halte mich, solange Sie mit der Patientin sprechen, im Stationszimmer auf."

Hanna Kuhn schlief ganz ruhig.

Die Schwester war mit Maria in die Kabine hineingegangen. Sie machte die Pfarrerin darauf aufmerksam, dass der Atemschlauch, der die Verletzte bisher durch den Mund und die Luftröhre direkt mit Sauerstoff versorgt hatte, entfernt worden war. Er war durch eine einfache Atemunterstützung durch die Nase ersetzt worden.

Die Schwester erklärte ihr: „Wenn Frau Kuhn aufwachen würde, könnte sie jetzt bestimmt mit Ihnen sprechen. Ihr Hals ist in Ordnung. Die Trockenheit im Mund kann mit einem Schluck Tee beseitigt werde."

„Ich möchte lediglich ein wenig bei ihr sitzen und für sie beten", entgegnete Maria.

„Ist schon recht. Wenn Sie etwas brauchen, dann läuten Sie bitte." Damit ging die Schwester hinaus.

Die Pfarrerin nahm die Hand von Frau Kuhn vorsichtig in die ihre. Die Hand der jungen Frau fühlte sich trocken und warm an. Maria schloss die Augen und versenkte sich längere Zeit in ein intensives Gebet.

Als Maria Sebald ihre Augen wieder öffnete und den Kopf hob, blickte sie direkt in die aufmerksam auf sie gerichteten, lebhaft glänzenden großen, braunen Augen von Frau Kuhn. Völlig unbemerkt von Maria war sie aufgewacht.

Maria brauchte einen Augenblick, um sich von dieser unverhofften Überraschung zu erholen.

Dann sprach sie Anna Kuhn beherzt an: „Grüß Gott Frau Kuhn. Ich bin Maria Sebald. Ich bin Pfarrerin von Sankt Gumbertus in Ansbach. Vor kurzem war ich schon einmal bei Ihnen. Sie haben mich dabei um Hilfe gebeten. Erinnern Sie sich?“

Sie hielt einen Moment inne, um der Frau Gelegenheit zu einer Reaktion zu geben. Frau Kuhn lächelte, sah sie weiter aufmerksam an, nickte, sagte aber nichts.

Maria redete weiter: „Jetzt bin ich hier, um mit Ihnen zu sprechen. Ich habe eben für Sie gebetet.“

„Bitte geben Sie mir etwas zu trinken.“ Hanna Kuhn hatte mit schwacher Stimme und unverkennbarem englischem Akzent gesprochen.

Marie reichte ihr den Schnabelbecher und Frau Kuhn trank einen großen Schluck. Mit etwas kräftigerer Stimme fing sie dann zu reden an: „Es geht mir besser. Ich fühle mich ziemlich klar und habe nur leichte Kopfschmerzen. Ich brauche Ihre Hilfe. Damit Sie besser verstehen, worum es mir geht, will ich Ihnen von mir erzählen.“

Hanna Kuhn schloss die Augen, wie um Kraft zu schöpfen: „Es ist eine lange Geschichte, die ich zu erzählen habe. Weil ich mich aber noch nicht so stark fühle, um sie in allen Einzelheiten zu berichten, möchte ich sie möglichst kurz zusammenfassen.“ Maria gab, ohne zu antworten, mit einem stummen Nicken das Signal, dass sie bereit war, konzentriert zuzuhören.

Hanna Kuhn begann zu sprechen. Zwischendurch nahm sie immer wieder einen Schluck aus dem Trinkgefäß. Ab und zu schloss sie die Augen, um sich neu zu sammeln, oder lehnte sich zurück und schwieg einen Moment, um Kraft zu tanken: „Alles begann in der Zeit vor dem Krieg. Die Nazis waren an die Macht gekommen. Für die Juden in Deutschland wurde die Luft immer dünner. Wer von ihnen noch nicht deportiert war, musste jeden Tag damit rechnen, gefasst und in ein Konzentrationslager gesperrt zu werden. Unzählige Glaubensgenossen waren zu diesem Zeitpunkt von diesen Verbrechern bereits ermordet worden. Meine Großmutter, eine Jüdin, ist mit meiner Mutter, die damals fünf Jahre alt war, 1943 aus Ansbach vor den Nazis geflohen. Mein Onkel, Herschel Grünspan, ein wohlhabender Juwelier, hatte ihre Flucht organisiert, nachdem ihm verraten wurde, dass eine Verhaftung der Familie unmittelbar bevorstand. Grünspan selbst hat sich kurze Zeit darauf das Leben genommen, um nicht in die Hände der Nationalsozialisten zu fallen. Er hat sein gesamtes, großes Vermögen kurz vorher in der Gruft der Sankt-Gumbertus-Kirche versteckt. Ich weiß, wo dieser große Schatz liegt, und wollte mir in der Nacht, als ich in der Gruft überfallen wurde, mein rechtmäßiges Erbe holen."

Hanna Kuhn sah ihr Gegenüber eindringlich an. Sie hatte durchaus bemerkt, dass sich auf dem Gesicht der Pfarrerin ein skeptischer Zug eingegraben hatte.

„Sie fragen sich bestimmt, warum ich den Schatz so heimlich und mitten in der Nacht bergen wollte?" Ohne eine Antwort abzuwarten, fuhr sie fort: „Ich war überzeugt, niemand hätte mir geglaubt, dass ich die rechtmäßige Erbin bin. Ich habe im Moment nicht die Möglichkeit, es nachzuweisen, weil die Dokumente meiner Familie in England aus irgendeinem Grund nicht auffindbar sind. Vielleicht sind sie bereits damals in den Kriegswirren verloren gegangen. Deshalb entschloss ich mich nach längerem Überlegen, mein Erbe der Einfachheit halber heimlich und in der Nacht an mich zu bringen. Dabei wurde ich von jemandem niedergeschlagen. Ich weiß nicht, wer das war. Er muss über das versteckte Vermögen Bescheid gewusst haben. Ich vermute, er wollte abwarten, bis ich das Versteck geöffnet hatte, um mir dann das Vermögen Herschel Grünspans abzunehmen. Dann kam jemand dazwischen. Der Mensch, der mich niedergeschlagen hat, wollte sicher nicht, dass ich oder jemand anderes an das Vermögen herankam."

Mit großem Kraftaufwand erhob Hanna Kuhn ihre

Stimme: „Ich schwöre Ihnen, ich bin die rechtmäßige Erbin. Ich bin die einzige Überlebende meiner ganzen Familie Ich bin Herschel Grünspans Nichte. Meine Eltern sind bei einem Autounfall 1984 ums Leben gekommen. Ich habe keine Geschwister und keine weiteren Verwandten. Herschel Grünspan hat seine Schwester davor gewarnt, dass niemand ihr glauben würde, dass dieser namenlose Schatz die Hinterlassenschaft ihres Bruders sein sollte. Er liegt sozusagen herrenlos irgendwo in der Grablege. Damit gehört er rechtlich im Augenblick des Auffindens wohl zunächst der Kirchengemeinde. Ich bin überzeugt, dass mir in Ansbach erst recht niemand glaubt, dass alles mir gehört. Niemand weiß, dass Herschel Grünspan seine Edelmetalle und seine Juwelen in der Gruft von Sankt Gumbertus versteckt hat. Das wissen offenbar bisher nur ich und der Mensch, der mich niederschlug. Wenn ich Grünspans Schatz öffentlich fordere, wird so mancher Anspruch darauf erheben, dem er nicht gehört."

Mit flehentlich erhobenen Händen und bittender Stimme hauchte die Verletzte: „Ich bitte Sie, helfen Sie mir, Frau Pfarrer! Holen Sie an meiner Stelle den Schatz aus der Gruft. Retten Sie bitte mein Recht!"

In Maria Sebalds Kopf schien sich alles zu drehen. Sie wandte den Blick zu Boden und schwieg. Dann begriff sie, dass unmittelbar die Lösung der Rätsel um die Vorkommnisse in Sankt Gumbertus in erreichbare Nähe gerückt schien. Die Frage, wer Frau Kuhn überfallen hatte und ob es dabei wirklich um den Schatz in der Gruft ging, war aber bei weitem noch nicht gelöst. Sagte Hanna Kuhn die Wahrheit? Die ganze Geschichte kam Maria plötzlich wie eine fantastische Erfindung vor.

Maria hob den Kopf und sah Hanna Kuhn eindringlich an. „Liebe Frau Kuhn, ich kann das alles so schnell nicht fassen, Sie muten mir mit Ihrer Erzählung einiges zu! Ich frage mich, ob ich Ihnen diese ganze Geschichte wirklich abnehmen soll. Sie müssen zugeben, sie klingt doch sehr nach einer Erfindung. Wie soll ich Ihnen denn zum Beispiel Glauben schenken, dass das versteckte Vermögen, falls es das wirklich gibt, Ihnen und niemand sonst gehört?"

Hanna Kuhn schloss wieder die Augen und nickte erschöpft. „Ich kann Sie verstehen, das alles muss ja unreal für Sie klingen, es steht auch tatsächlich eine hochdramatische Familiengeschichte dahinter, die für uns, als Menschen unserer Zeit, kaum zu fassen ist. Ich werde Ihnen deshalb als einzigen Beweis, den ich habe, als Dokument sozusagen, einen Brief von Herschel Grünspan an meine Großmutter zeigen, in dem alles steht, was Sie wissen müssen. Kurz vor ihrer Flucht hat meine Großmutter diesen Brief von ihrem Bruder bekommen, mit der Auflage, ihn so gut wie möglich bei sich zu verstecken und ihn erst dann zu lesen, wenn sie zuverlässig in Sicherheit wären. Sie musste ihm das fest versprechen."

Wieder schloss Hanna Kuhn erschöpft die Augen, dann sagte sie unter konzentrierter Aufwendung ihrer Kraft: „Frau Pfarrerin, Sie werden mir dann bestimmt glauben, wenn Sie über alles Bescheid wissen. Ich bitte Sie nur, schnell zu handeln, bevor mir mein Erbe vor der Nase weggenommen wird!"

Marias Herz war von Hanna Kuhns Bitten angerührt, deren Stimme war zum Schluss immer flehentlicher geworden. Aber die Pfarrerin war sich trotzdem sicher, dass sie sich auf nichts einlassen würde, wogegen ihr Gewissen sprach.

Wenn sie sich an die abenteuerliche Hebung des Schatzes machen würde, dann niemals allein. Sie würde sich an Pfarrer Pöschel wenden und mit ihm das weitere Vorgehen beratschlagen.

Während sie darüber nachdachte, hatte Hanna Kuhn wieder erschöpft die Augen geschlossen. Maria glaubte schon, sie wäre wieder eingeschlafen, da öffnete die junge Frau plötzlich die Augen und sagte mit entschlossener Stimme: „Ich werde Ihnen sofort den Brief zeigen. Lassen Sie mich nur die Schwester rufen, sie soll meine Kleider bringen, darin ist er verborgen."

Die Patientin streckte die Hand nach dem Rufknopf aus und drückte ihn. Gleich darauf kam eine Schwester herein und sah erst Hanna Kuhn und dann Maria Sebald mit ungläubigem Staunen an: „Frau Pfarrerin, haben Sie ein Wunder gewirkt? Unsere Verletzte ist ja wach und sieht ganz munter aus. Ich rufe sofort einen Arzt, der sie untersucht."

Die Schwester wollte die Box eilig verlassen, aber Hanna Kuhn rief sie mit schwacher Stimme zurück: „Bitte bleiben Sie, Schwester. Ich habe mit Frau Sebald noch etwas Wichtiges zu reden. Das duldet keinen Aufschub. Bitte bringen Sie mir meine Kleider. In meinen Anziehsachen ist etwas, das ich Frau Sebald unbedingt zeigen möchte."

Die Schwester zog kritisch die Augenbrauen hoch: „Aber bitte nicht zu lange. Es ist wichtig, dass Sie sich nicht überanstrengen, Frau Kuhn. Ich hole die Kleider, aber ein Gespräch, länger als eine Viertelstunde, kann ich ohne ärztliche Erlaubnis nicht verantworten."

Hanna nickte, tapfer lächelnd: „Ich werde mich nicht überanstrengen, das verspreche ich Ihnen. Bitte holen Sie jetzt meine Kleider."

Nach kurzer Zeit kam die Schwester mit einem großen Plastikbeutel zurück.

„Hier sind Ihre Kleider. Manche sind aber voller Blut, ich hoffe, das macht Ihnen nichts aus."

Hanna antwortete schnell: „Nein, es ist ja mein Blut. Bitte lassen Sie uns jetzt allein, Schwester, und vielen Dank für das Bringen."

Kaum hatte die Schwester mit besorgter Miene die

Pflegebox verlassen, bat Hanna Kuhn Maria, das Bündel zu öffnen. „Geben Sie mir bitte meine alte graue Jacke!", stieß sie hastig hervor.

Ihre Wangen waren gerötet. Auch an ihrem Hals zeigten sich rote Flecken.

Maria holte die zum Teil von altem Blut steife Jacke mit spitzen Fingern aus der großen Tüte.

„Danke! Ich werde Ihnen jetzt den Brief zeigen. Bitte helfen Sie mir, diese Naht hier zu öffnen."

Mit einiger Anstrengung gelang es beiden, das ziemlich dicke Futter der Jacke aufzureißen. Ein Kuvert kam zum Vorschein, dem man sein Alter deutlich ansah.

Hanna Kuhn sagte lebhaft: „Gut, dass das alte Papier so weich und anschmiegsam geworden ist. Die Polizei hat den Brief bei der Durchsuchung glatt übersehen. Bitte öffnen Sie gleich das Kuvert und lesen Sie den Brief."

Maria öffnete das Kuvert zögernd und mit aller Vorsicht, um nichts Wichtiges zu beschädigen. Als sie es offen hatte, zog sie einen vergilbten Brief aus der unverschlossenen Briefhülle. Der Brief war in einer Schrift geschrieben, die wie gestochen vor ihr lag. Marias erster Gedanke war: „Imponierend, wie schön manche Menschen früherer Zeiten schreiben konnten." Der Brief war in der alten Deutschen Sütterlinschrift verfasst.

Maria war wieder sehr froh, dass sie sich früher einmal ganz intensiv mit dieser Schriftart beschäftigt hatte. Sie las:

Ansbach 26. März 1943

Liebe Sarah, Shalom!

Wenn Du diese Zeilen liest, bin ich nicht mehr am Leben. Ich will mich meiner Verhaftung durch die Gestapo dadurch entziehen, dass ich Hand an mich lege.

Ich hoffe und bete darum, dass Du und Deine kleine Rebekka gut nach England in die Freiheit gekommen seid. Das Geld und die Goldstücke, die ich Dir mitgegeben habe, werden Euch beide sicher eine ganze Zeitlang finanzielle Probleme vom Leibe halten.

Mein ganzes restliches Vermögen gehört Dir und Deinen Nachkommen. Ich habe es vor meinem Tod sicher in der Grablege der Markgrafen von Ansbach unter der Sankt-Gumbertus-Kirche versteckt.

Ich bin sicher, dass sich die Nazis nicht für alle Zeit in Deutschland halten können. Eines Tages wird das Land wieder von ihnen frei sein. Dann kannst Du Dein Erbe holen. Du musst es aber heimlich tun, weil Du mit der Missgunst, der Gier und dem Neid der Menschen rechnen musst. Sei also bitte sehr klug und vorsichtig und überlege genau, wie Du zu Werke gehst!

Den Schlüssel zur Gruft lege ich Dir in den Rucksack, den ich für Dich vorbereitet habe. Ich habe ihn vom evangelischen Pfarrer bekommen, als er mich darum bat, Reparaturarbeiten an verschiedenen Kunstwerken in der Gruft vorzunehmen. Den Schlüssel habe ich behalten und immer wieder an meinem Versteck gearbeitet. Als ich fertig war, habe ich mein Vermögen nach und nach darin versteckt.

Ich befürchte, dass niemand in Ansbach glauben wird, dass ich Dir den wertvollen Inhalt meines Versteckes vermacht habe.

Maria Sebald musste einen Moment mit dem Lesen innehalten. Was ihr hier vor Augen kam, war im Grunde unglaublich. Es erschien ihr so dramatisch, dass sie meinte, keine Luft mehr zu bekommen. Sie schloss die Augen und atmete langsam und tief durch. Dann las sie weiter:

Wenn Du vor dem großen goldenen Sarkophag in der Mitte der Gruft stehst, befindet sich das Vermögen in den hohlen Körpern der beiden Engel auf dem Sarkophag. Du brauchst nur die Köpfe der Figuren abzudrehen. Ich habe den Drehmechanismus aber gesichert.

Du musst die Köpfe der Engel zwei Mal ruckartig nach links drehen. Dann zwei Mal ruckartig nach rechts. Danach wird das linke Auge des jeweiligen Engels wie ein Knopf herausspringen.

Diesen Knopf musst Du drücken. Dann dreh den Kopf nach rechts, bis er abgeht. Im hohlen Rumpf der Engel ist das Vermögen verborgen.

Richte Dich bitte auf ein großes Gewicht ein, wenn Du es herausholst. Das Metall ist schwer!

Ich will Dir noch einen Rat geben: Bringe das Vermögen zu einer Bank. Lege es dort in ein Schließfach. Hole Dir immer wieder unauffällig, so viel Du brauchst. Es wird für Dich und die Deinen sehr, sehr lange reichen.

Möge Dir und Deinen Nachkommen das von mir übertragene Gut Glück und Segen bescheren und zu einem guten und zufriedenen Leben verhelfen! Und nun lebe wohl, bis wir uns dereinst im Frieden Gottes wieder begegnen.

Ich bin fest davon überzeugt, dass es ein Wiedersehen gibt!

Shalom,

Dein Dich liebender Bruder Herschel

Als Maria den Abschiedsbrief gelesen hatte, war sie sehr angerührt. Sie hatte Tränen in den Augen, die sie etwas verschämt abwischte.

„Das wünsche ich den beiden von Herzen, dass sie sich in Gottes Herrlichkeit wieder begegnet sind!", sagte sie mit Nachdruck zu Hanna Kuhn, die sie beim Lesen nicht aus den Augen gelassen hatte.

„Und ich wünsche mir, dass Sie mir Vertrauen schenken", bekräftigte Hanna leise. „Ich vertraue Ihnen auch. Ich lege ein großes Vermögen in Ihre Hände und bitte Sie inständig, dass Sie es für mich aufbewahren, bis ich in der Lage bin, es zu übernehmen. Ich verspreche Ihnen, es wird Ihr Schade nicht sein."

„Wenn ich es tue", antwortete ihr Maria, „dann mache ich es nicht um meinetwillen. Darauf können Sie sich fest verlassen. Ich tue es, damit Sie zu Ihrem Recht kommen. Aber eine Bedingung habe ich. Ich möchte, dass Sie amtlich feststellen lassen, dass das Vermögen Ihnen als alleiniger Erbin zusteht. Ich werde den Schatz so lange für Sie sicher verwahren. Niemand wird ihn finden. Ich werde Sie bei allen Behördengängen gerne begleiten und darauf achten, dass Ihnen kein Unrecht geschieht. Wenn ich den Eindruck habe, dass das nicht der Fall ist, werden Sie Ihr Erbe von mir übergeben bekommen. Sind Sie damit einverstanden?"

Hanna schloss die Augen und überlegte einige Minuten. Dann sah sie Maria Sebald an und antwortete bedächtig: „Ich will Ihnen vertrauen und bin mit Ihren Bedingungen einverstanden."

Kaum hatte sie ausgeredet, betraten die Schwester und nach ihr ein Arzt die Pflegekabine.

„Liebe Frau Pfarrerin", sagte der Arzt freundlich, „ich muss Sie nun leider bitten, uns mit der Patientin alleine zu lassen. Ich möchte Frau Kuhn untersuchen. Ich befürchte, sie hat sich bereits zu sehr angestrengt."

Maria verabschiedete sich und flüsterte Hanna Kuhn dabei ins Ohr: „Ich werde alles tun, was ich kann. Sie werden zu Ihrem Recht kommen. Gute Besserung. Gott behüte Sie!"

Daraufhin verließ die Pfarrerin mit schnellen Schritten die Intensivstation. Erst jetzt merkte sie, dass ihr Herz bis zum Hals schlug. Gewiss hatte sie vor lauter Aufregung einen feuerroten Kopf. Sie wollte sich gleich mit Pfarrer Pöschel in Verbindung setzen, um die Sache eingehend mit ihm zu beraten. Mit ihm zusammen wollte sie dann an das aufregende Werk gehen und den heiß begehrten Schatz bergen.

Maria empfand alles, was ihr begegnet war, seit sie in Ansbach ihre Stelle angetreten hatte, wie ein einziges großes Abenteuer. Ein wenig gruselig einerseits, belastend und auch herrlich aufregend. Ihr Idealismus war in hohem Maße herausgefordert, wenn sie daran dachte, dass sie jetzt einem Menschen durch ihr Engagement zu seinem Erbe verhelfen konnte.

Eine ganz großartige Aktion würde das werden, davon war sie fest überzeugt. Eifrig überlegte sie, ob die technische Seite klappen würde. Würde der Mechanismus in den Engeln nach so langer Zeit noch funktionieren?

Auf dem schnellsten Weg fuhr die junge Pfarrerin zum Parkplatz auf der Reitbahn und lief die paar Schritte durch einen Durchgang zum Gumbertusplatz.

Freitag, später Vormittag

Beim Pfarrbüro angekommen, erblickte sie zu ihrem Erstaunen an der Türe ein Schild „Das Pfarramt ist heute nicht besetzt".

Die Pfarrerin sperrte das Büro auf und ging hinein. Auf keinem der Schreibtische fand sich ein Hinweis darauf, wo sie Pfarrer Pöschel erreichen konnte und warum Frau Besendörfer nicht anwesend war.

Sie ging zum Telefon und wählte Erwin Pöschels Privatnummer. Seine Haushälterin nahm ab: „Hier Angermeier, bei Pfarrer Pöschel."

„Grüß Gott, Frau Angermeier. Hier ist Pfarrerin Maria Sebald. Können Sie mir bitte sagen, wo ich Herrn Pöschel erreichen kann?"

Mit erstickter Stimme antwortete die Frau: „Im Moment können Sie ihn leider gar nicht erreichen, Frau Pfarrerin. Herr Pöschel liegt im Bett. Seit der Verhaftung ist er völlig erschöpft." Dann schimpfte sie los: „Es ist doch eine bodenlose Unverschämtheit der Polizei, einem alten Mann so etwas anzutun! Finden Sie das nicht auch?"

Maria war völlig perplex: „Aber Frau Angermeier, was reden Sie denn da von einer Verhaftung, um Himmels willen?"

Die Haushälterin holte hörbar tief Luft: „Das wissen Sie gar nicht? Der arme Herr Pfarrer Pöschel wurde mitten in der letzten Nacht von der Polizei aus dem Bett geholt und verhaftet. Sie sperrten ihn ein, im Verdacht, er wäre der Gruftmörder. Stellen Sie sich vor, sie haben den armen Menschen eine Nacht lang dort eingesperrt. Er ist doch nierenkrank! Erwin Pöschel kann doch keiner Fliege etwas zuleide tun. Er war jahrzehntelang ein hoch geachteter und sehr beliebter Seelsorger in Rehhausen vorm Tann. Nein, das hat er nicht verdient!" Frau Angermeier schluchzte auf: „Und jetzt ist er natürlich fertig. Ich habe ihn gleich davor gewarnt, wieder tätig zu werden, aber er hat gesagt, er würde sich langweilen und er wolle doch gerne in seiner Heimatgemeinde als Pfarrer arbeiten, das sei ein alter Wunsch von ihm, der sich bisher nie erfüllen ließ."

Maria Sebald hörte der Haushälterin fassungslos zu, aber war so geschockt, dass sie zunächst keine passenden Worte fand. Als die Frau mit dem Wortschwall einen Moment innehielt, fasste sie sich wieder und sagte zu ihr: „Liebe Frau Angermeier, ich wusste bis jetzt von all dem nichts. Ich bin jetzt ganz erledigt von dieser schrecklichen Nachricht. Bitte grüßen Sie Herrn Pöschel von mir. Ich wünsche ihm, dass es bald wieder besser wird. Erinnern Sie ihn bitte in meinem Auftrag an das Wort: ‚Denen, die Gott lieben, müssen alle Dinge zum Besten dienen.' Ich meine, dass wir auch in solchen Widrigkeiten den Segen Gottes erfahren können."

„Danke, Frau Pfarrerin, für Ihre guten Worte, ich

werde sie ihm ausrichten. Auf Wiederhören. Behüte Sie Gott!"

Über das Haustelefon erreichte Maria den Hausmeister. Sie hörte seine tiefe Stimme sagen: „Georg Striebel, wer ist da?"

„Gott zum Gruße, Herr Striebel. Ich habe eben erfahren, dass Pfarrer Pöschel krank ist. Wissen Sie vielleicht, wo ich Frau Besendörfer finden kann?"

„Frau Besendörfer ist heute leider auch ausgefallen. Im wörtlichen Sinn. Sie ist nämlich zu Hause beim Weggehen ausgerutscht und hat sich wehgetan. Sie musste zum Arzt und nachsehen lassen, ob nichts gebrochen ist. Vielleicht ist sie am Montag wieder da?"

„Lieber Herr Striebel, es ist jetzt schon etwas spät am Vormittag und Sie wollen jetzt sicher mit Ihrer Frau essen, aber heute Nachmittag, sagen wir um vierzehn Uhr, müssen Sie mir bitte bei einer Arbeit in der Gruft helfen. Bringen Sie dazu bitte einen größeren Sack und eine Leiter mit. Und noch eine Bitte: Erzählen Sie niemandem etwas von unserer Aktion."

„Mach, ich!", kam die Antwort durch die Leitung. Maria legte den Hörer auf.

Die Pfarrerin war nun fest entschlossen, die Dinge selbst in die Hand zu nehmen. Sie würde sich von Striebel zur Hand gehen lassen und ihn streng zum Schweigen verpflichten.

So in Gedanken ging sie in das nahe gelegene Bistro und bestellte sich einen Cappuccino und ein großes belegtes Brot. Sie ließ sich Zeit. Um etwas zur Ruhe zu kommen, und las ein wenig in einer aufliegenden Zeitung, bis es vom Kirchturm vierzehn Uhr schlug.

Freitagnachmittag, vierzehn Uhr zehn

Als Maria an der Gruft ankam, hatte der Hausmeister die Türe bereits aufgesperrt und das Licht in der Gruft eingeschaltet. Sack und Stehleiter hatte er auf die Ebene der Särge hinuntergeschafft.

„Sie machen mich neugierig, Frau Pfarrerin", sagte er mit einem schiefen Lächeln, das sie von ihm noch nicht kannte. „Es scheint so, als planten Sie eine Geheimaktion?"

„So ist es tatsächlich, lieber Herr Striebel, und ich muss Sie bitten, über das, was Sie nun erleben, zu schweigen. Nicht einmal Ihrer Frau dürfen Sie davon erzählen. Können Sie mir das versprechen?"

„Ja, das kann ich", antwortete Striebel. Seine Augen glänzten seltsam bei diesem Versprechen. Er atmete tief und schwer. Anscheinend hatte er Schwierigkeiten mit dem Atmen. Maria nahm es zur Kenntnis, wunderte sich aber nicht darüber, denn sie selbst war jetzt sehr aufgeregt.

„Kommen Sie bitte mit in die Gruft. Ich sage Ihnen, was zu tun ist. Wundern Sie sich über nichts."

Sie ließ Striebel vorausgehen und zog hinter sich die Türe zu. Unten angekommen, ordnete sie energisch an: „Herr Striebel, stellen Sie bitte die Leiter neben diesen Engel hier."

In ihrer Tasche fand sie den Brief von Herschel Grünspan und zog ihn heraus. Ihr Unterbewusstsein registrierte zwar, dass Striebel aufmerksam auf das Schriftstück blickte und heftig dabei atmete, aber sie war zu sehr damit beschäftigt, sich auf die Anweisung im Brief zu konzentrieren, um auf ihn achten.

Dann stieg sie die Leiter hinauf und nahm den Kopf des Engels fest in ihre beiden Hände. Bevor sie ihn zu bewegen versuchte, sah sie ihn noch einmal an. Die Vergoldung schien am Hals der Figur völlig unverletzt zu sein. Es war keine Fuge oder etwas Derartiges zu erkennen. Entweder gab es in Wirklichkeit gar keine Möglichkeit, den Kopf an dieser Stelle zu bewegen, oder hier war ein Meister am Werk gewesen, der es verstanden hatte, die Teile der Engelsfigur in einer unglaublichen Präzision zusammenzufügen.

Maria kamen einen Lidschlag lang Zweifel, ob die Geschichte in dem Schreiben auch wirklich wahr wäre. Dann beschloss sie, einfach auszuprobieren, ob sich der Engelskopf bewegen ließ.

Sie nahm all ihre Kraft zusammen und bewegte ihn ruckartig nach links. Der Kopf bewegte sich jetzt tatsächlich. Noch einmal ruckte sie nach links. Dann wechselte sie ihre Position und ruckte den Kopf zweimal nach rechts.

In dem Augenblick machte es „klick!". Ein Auge der Figur war herausgesprungen und ragte nun wie ein Druckknopf hervor. Maria drückte ihn fest hinein. Dann drehte sie, den Kopf nach rechts, bis sie merkte, dass er sich ablöste. Er war nicht so schwer, wie sie es sich vorgestellt hatte.

Nun erst merkte sie, dass ihr der Schweiß über das ganze Gesicht lief. Die Anstrengung, aber noch mehr die Aufregung bewirkten, dass es ihr jetzt entsetzlich heiß war. Die drückende Luft in der Grabkammer tat ihr Übriges.

Maria reichte den metallenen Kopf den neben ihr mit aufgerissenen Augen und offenem Mund dastehenden Striebel.

Sie stieg die Leiter noch eine Stufe höher und beugte sich über das Loch im Rumpf der Engelsskulptur. Im schwachen Licht der Gruftbeleuchtung sah sie ein mattes Glänzen unter sich. Sie griff hinein und holte eine Handvoll glitzernder Schmuckstücke heraus, die sie mit fassungslosem Staunen in das Licht hielt, um sie zu betrachten. Sie sah auf Ketten und Armbänder in Gold und Silber.

Teilweise war der Schmuck mit Edelsteinen verziert. Sie sah bunte Steine und Geschmeide mit kunstvoll geschliffenen weißen Diamanten.

In den Brillanten erwachte das Feuer, das jahrzehntelang im Dunkeln geschlummert hatte. Die Pfarrerin versuchte, sich darüber klar zu werden, welchen Wert sie in der Hand hielt, aber ihr wurde dabei bewusst, wie wenig Ahnung sie von derartigen Schmuckstücken hatte. An solchen Dingen war ihr Interesse bisher völlig vorbeigegangen.

„Bitte halten Sie mir den Sack auf", bat sie den mucksmäuschenstill dastehenden Striebel.

Als sie sich ihm zuwandte, irritierte sie sein völlig veränderter Gesichtsausdruck. Sein Blick wirkte fiebrig und seine Lippen glänzten, weil er ständig aufgeregt mit seiner Zunge darüber fuhr. Das Gesicht des Hausmeisters war nicht mehr gelassen, sondern zu einer Grimasse verzerrt.

„Legen Sie den Schmuck wieder hinein, Frau Pfarrerin", brummte mit einem scharfen Befehlston seiner tiefen Stimme. „Kommen Sie von der Leiter herab, diese Arbeit ist zu schwer für Sie. Ich hole alles heraus und Sie nehmen den Sack, das ist besser."

„Na gut", dachte Maria, ahnungslos, „er ist wohl ebenso erschüttert von diesem Fund wie ich selbst. Er hat außerdem die längeren Arme und kommt damit leichter an den Schmuck heran."

Sie stieg schnell die Leiter hinab. Als sie unten angekommen war, warf sich Striebel mit einem erstickten Schrei plötzlich auf sie. Er umklammerte mit beiden Händen ihren Hals und drückte zu. Maria war vor Schreck zunächst wie gelähmt, dann wehrte sie sich instinktiv, aber Striebel ließ nicht locker. Sie bekam keine Luft mehr. Vor ihren Augen flammten Blitze auf, dann wurde es dunkel.

Immer noch Freitagnachmittag

Hermine Sperber hatte sich sorgfältig gekämmt. Ihre Kleidung war mit Bedacht aufeinander abgestimmt. Eine ausgefallene Handtasche ergänzte die geschmackvolle Ausstattung. Ihren Schirm wollte sie nicht mitnehmen. Er würde sie nur behindern, außerdem zeigte sich das Wetter gerade von seiner schönen Seite.

Heute Nachmittag wollte sie wieder einmal einen Stadtbummel unternehmen und dabei, unter anderem, der Gruft von Sankt Gumbertus einen Besuch abstatten. Es wäre doch gelacht, wenn sie ihr ausgeprägter Spürsinn in Stich ließe. Sie hatte immer noch etwas gefunden, wenn sie gesucht hatte. Irgendetwas hatte sie immer gefunden, wenn oft auch nicht das, was sie eigentlich gesucht hatte.

Hermine war gut gelaunt und fühlte sich insgesamt recht gut. Auch wenn ihre Arthrose sie heute kaum belästigte, hatte sie natürlich den schwarzen Spazierstock, mit dem edlen, schweren Silberknauf, trotzdem in der Hand. Er war so etwas wie ihr Wahrzeichen geworden.

Von ihren Lieben hatte sie sich erst einmal verabschiedet. „Ich habe mich ihnen allen nach Kräften gewidmet", dachte sie zufrieden. Und sie lächelte vor sich hin, als ihr in den Sinn kam, wie viel Spaß sie mit ihrer Urenkelin gehabt hatte. „So ein süßes Mädchen!"

Sie konnte sich Zeit für sich nehmen, so spazierte sie in aller Ruhe los. Sie überlegte: In das Brücken-Center würde sie vielleicht auf dem Rückweg gehen, jetzt war ihr dort zu viel Trubel. Dann beschritt sie bewusst die große Brücke über die Bundesstraße und hob auf deren Scheitelpunkt den Blick zur Silhouette der Altstadt. Immer wieder erfüllte der Anblick ihr Herz mit Freude. Sie kannte sich gut aus in dieser Stadt, denn sie hatte hier die schönsten Jahre ihres Lebens verbracht. Damals, als Hermann noch lebte und Wolfi ein kleiner Junge war.

Schön war es gewesen, mit ihrem Mann älter zu werden und zu sehen, wie ihr Sohn heranwuchs, um schließlich ein stattlicher Mann zu werden. Der Tod ihres Mannes war für sie dann der bisher schlimmste Schicksalsschlag ihres Lebens gewesen. Sie hatte sich danach unendlich einsam gefühlt. Auch dass Wolfgang und seine Familie sich rührend um sie angenommen hatten, nahm dieses Gefühl des Alleinseins nicht von ihr.

Sie übergab Wolfgang schließlich das große, schöne Haus und zog in das Wohnstift. Diesen Schritt hatte sie wohlüberlegt getan. Es war ihre ureigenste Entscheidung gewesen. Sie konnte sich nach und nach umstellen, sich sozusagen auf sich selbst zurückorganisieren.

Im Wohnstift hatte sie viele Anregungen. Sie hatte dort Bekannte und sogar einige wenige Freundinnen und Freunde gewonnen. In ihrem schmucken Apartment fühlte sich Hermine Sperber mit der Zeit rundum wohl.

In solchen Gedanken versunken, hatte die Seniorin schon den Durchgang zur Altstadt hinter sich gelassen und bog auf den Martin-Luther-Platz ein. Später wollte sie noch in die Utzstraße gehen und in einem großen Bogen durch die Neustadt laufen, um sich die Schaufenster anzusehen. Vielleicht würde sie sich auch etwas gönnen an diesem Nachmittag? Ein nettes Kleidungsstück für die Sommerzeit vielleicht? Das würde sich ergeben. Sie wollte sich dieses Geschenk für sich selbst bis zum Schluss aufheben.

Zuerst aber fieberte sie förmlich danach, sich in der Gruft umzusehen. So wandte sie ihre Schritte an Brunnen und Stadthaus vorbei in Richtung Sankt Gumbertus. Sie umrundete das graue Gerichtsgebäude und stand schließlich vor dem Grufteingang. Enttäuscht bemerkte sie, dass die Türe geschlossen war. Davon ließ sich Hermine aber nicht abschrecken. Notfalls würde sie den Hausmeister herausläuten, der würde ihr den Schlüssel schon geben.

Beim Näherkommen entdeckte sie, dass in der alten Türe wunderbarerweise ein Schlüssel im Schloss steckte. Dann bemerkte sie, dass im Inneren der Grablege auch Licht brannte. „Na, das passt ja!", dachte sie erleichtert.

Aber schon beim vorsichtigen Öffnen der Türe hörte sie seltsame Geräusche, die sie einen Moment verharren ließen. Ein Schnaufen und Scharren. Sie öffnete die Türe ganz mit einer energischen Bewegung und blickte mit zusammengekniffenen Augen in den Raum hinein. Dabei erschrak sie zutiefst. Sie konnte die entsetzliche Szene, die sich vor ihren Augen abspielte, zunächst kaum fassen.

In der Gruft unter ihr kämpften ein Mann und eine Frau miteinander. Der Mann hielt die Frau am Hals gepackt und würgte sie. Die Frau wand sich unter seinem erbarmungslosen Griff, dann erschlaffte ihr Körper plötzlich.

Der Mann wandte Hermine den Rücken zu. Die überlegte keinen Moment. Es schien so, als würden ihre Füße von alleine die Treppenstufen hinuntereilen. Ihre Handtasche hatte sie beim Loslaufen einfach fallen gelassen. Dafür hatte sie ihren Stock fester gefasst. Hinter dem Mann angekommen, hob sie den Stock und schlug den schweren Silberknauf mit allen ihr zur Verfügung stehenden Kräften auf den Kopf des Würgers.

Es krachte richtig. Der Mann öffnete seine Hände

und fiel wie vom Blitz getroffen zu Boden. Die junge Frau fiel ebenfalls nach hinten um. Sie lag eine gewisse Zeit bewusstlos da, dann begann sie zu würgen und zu husten, griff sich an den Hals und wand sich. Anscheinend hatte sie große Schmerzen.

Hermine gab sich keine Zeit, um groß nachzudenken. Sie ging zu der Frau hin, nahm sie bei der Hand, zerrte an ihr und schrie: „Schnell, stehen Sie auf, helfen Sie mir. Ich habe nicht die Kraft, Sie hochzuziehen. Wir müssen hier weg!"

Maria hatte nur gespürt, dass die Hände von Striebel ihren Hals plötzlich losgelassen hatten. Den harten Aufprall ihres Körpers hatte sie wegen ihrer Bewusstlosigkeit nicht gespürt.

Als sie wieder zu sich kam, musste sie nach Luft ringen. Kopf und Hals stachen entsetzlich bei jedem mühsamen Atemzug. Dann hörte sie die eindringlichen Schreie einer Frau. Jemand zerrte heftig an ihrer Hand. Maria versuchte, auf die Beine zu kommen. Ihr Instinkt trieb sie zur Flucht. Sie rappelte sich hustend und keuchend hoch und lief taumelnd an der Hand der Frau mit äußerster Mühe die Treppen der Gruft zum Ausgang hoch.

Oben angekommen, saugte sie gierig die frische Luft ein. Sie hörte, wie die Grufttüre heftig zugeschlagen wurde, blickte sich unter Schmerzen um und sah, dass die alte Frau, die sie die Treppe heraufgezerrt hatte, hektisch den Schlüssel im Schloss der Türe herumdrehte.

Die Pfarrerin schnappte immer noch nach Luft. Ihr Hals brannte und ihr ganzer Körper tat entsetzlich weh. Trotzdem versuchte sie, ein Wort herauszubringen: „Polizei!"

„Natürlich, ich rufe gleich an", schrie die alte Dame mit feuerrotem Kopf und weit aufgerissenen Augen. Mit Triumph in der Stimme legte sie nach: „Dieses Monstrum habe ich erst einmal eingesperrt." Und dann etwas kleinlauter: „Aber meine Tasche mit dem Handy habe ich in der Gruft liegen gelassen."

„Wo ist hier nur eine Telefonsäule?", überlegte Hermine Sperber angestrengt.

„Natürlich, beim Rathaus!", fiel es ihr ein.

„Kommen Sie, schnell!" Hermine Sperber zog Maria wieder hinter sich her. Am Gerichtsgebäude vorbei, hin zu der einzigen Telefonsäule weit und breit. Dort stellten sie fest, dass die unscheinbare graue Säule leider nicht funktionierte.

Die alte Frau lief, schwer nach Atem ringend, auf einen entgegenkommenden Mann zu und fragte mit vor Anstrengung und Aufregung sich überschlagender Stimme, ob er ein Handy bei sich habe. Der Mann bejahte und sah die Frau erschrocken an. Die alte Dame hatte sich derweil schon wieder etwas gefasst. In gebieterischem Ton gebot sie: „Rufen Sie sofort die Notrufnummer der Polizei an. Wenn Sie gewählt haben, übernehme ich." Der verdutzte Mann tippte mit zittrigen Fingern die 110 ein und übergab ihr dann stumm und mit großen Augen sein Handy.

„Hier Hermine Sperber, die Mutter von Hauptkommissar Sperber. Bitte schicken Sie sofort einige Funkstreifen zur Gruft unter der Sankt-Gumbertus-Kirche. Ich habe dort einen Mörder eingesperrt! Kommen Sie sofort."

Offenbar erlaubte sich der Beamte am Notruftelefon einen Einwand. Hermine entgegnete ihm darauf mit Strenge in der Stimme: „Nein, ich spreche im Ernst und bin auch nicht verrückt, nur weil ich alt bin. Und jetzt machen Sie schon, Mann, es ist eilig!"

Der Mann, von dem sie das Handy geliehen hatte, starrte die beiden Frauen an, als wären sie dem Irrenhaus entsprungen: „Was haben Sie da eben gesagt? Sie haben einen Mörder in der Gruft gefangen?"

Dann gewahrte er offenbar erst richtig, in welchem Zustand sich die beiden befanden.

Maria Sebald hatte sich auf die Bank gelegt, die um einen Baum herumlief, und hielt sich den Kopf mit beiden Händen. Ihre Kleidung war an einigen Stellen zerrissen.

Die alte Dame schien völlig aufgelöst. Aus ihrer kunstvollen Frisur war ein Gewirr von Haaren geworden, das nach allen Seiten abstand. Ihr Kopf war immer noch feuerrot, sodass der Mann fürchtete, sie würde gleich einen Herzschlag erleiden. Er überlegte nicht lange.

Noch einmal wählte er die Notrufnummer, nannte seinen Namen und sagte zu dem Beamten am anderen Ende: „Hier noch einmal bei Sankt Gumbertus. Hier befinden sich zwei verletzte Frauen. Ein Notarzt und Krankenwagen sind nötig."

Hermine hatten sich völlig erschöpft auf die Bank fallen lassen, legte den Kopf von Maria Sebald in ihren Schoß und murmelte ihr beruhigende Worte zu, während sie ihr sanft über das Gesicht strich. Die Pfarrerin öffnete ihre rot umrandeten, verschwollenen Augen, versuchte ein Lächeln, das gründlich misslang, und krächzte heißer: „Danke! Sie haben mir das Leben gerettet. Striebel hätte mich umgebracht. Sie kamen im letzten Moment."

Hermine Sperber entgegnete mit schwacher Stimme: „Ich bin immer noch durch und durch geschockt. In meinem Kopf dreht sich alles. Meine Beine fühlen sich jetzt an, als wären sie aus Gummi. Ich kann das alles nicht verstehen. Dass ich gerade einen Menschen niedergeschlagen habe – einfach unfassbar!"

Sie schüttelte ihren Kopf. Dann wollte sie wissen: „Warum hat der Sie denn angegriffen?"

Maria schluckte schwer, nahm ihre Kraft zusammen und sagte matt: „Striebel ist wahrscheinlich schon die ganze Zeit hinter einem großen Vermögen her, das seit vor dem Krieg in der Gruft liegt. Er ist der Täter, der bereits eine andere Frau überfallen hat. Wahrscheinlich ist er auch an dem Tod eines Mannes in der Gruft schuld." Nach diesen Worten musste sie innehalten. Das Sprechen kostete ihr viel Kraft und wurde von keuchendem Ein- und Ausatmen und Hustenanfällen unterbrochen.

Nun hörten sie Martinshörner. Mehrere Einsatzfahrzeuge näherten sich lautstark. Der Mann, der unter verwundertem Kopfschütteln aufmerksam zugehört hatte, lief den beiden Streifenwagen, die jetzt um die Ecke preschten, Arme schwenkend entgegen.

Die Polizisten sprangen behände aus den Autos. Gleich hinter ihnen folgte ein ziviles Einsatzfahrzeug mit dem Blaulicht auf dem Dach. Dem Fahrzeug entstiegen Sperber, Konstanze und Karlo. Sperber lief auf den Mann zu. Der erklärte hektisch, was er von der jungen Frau erfahren hatte.

Sperber hörte ihm jedoch nicht lange zu. Er wies die Polizisten mit lauter, befehlsgewohnter Stimme an. „Holt den Kerl aus der Gruft. Konstanze, bitte, kümmere dich um den weiteren Einsatz. Ich muss nach meiner Mutter sehen!"

Während die Polizisten auf die Türe zurannten, ging Sperber zu seiner Mutter und beugte sich zu ihr hinab. Besorgt fragte er sie: „Mutter, bist du in Ordnung?"

Hermine nickte, dann fing sie an zu weinen. Sperber nahm sie vorsichtig in die Arme. Er wollte sie trösten und dann zum nächsten Polizeiauto führen. In der Fixierung auf seine Mutter hatte er die daneben liegende junge Frau erst jetzt richtig wahrgenommen. Er erkannte entsetzt, dass es die junge, hübsche Pfarrerin war, die nun mit blaurotem, geschwollenem Gesicht und zerrissener Kleidung neben ihm lag.

„Frau Sebald, sind Sie verletzt? Bleiben Sie ruhig liegen, gleich kommt ein Arzt, der sich um Sie kümmert."

Seine Mutter immer noch im Arm haltend, fragte Sperber die Verletzte eindringlich: „Wer hat Sie gewürgt?“

„Der Hausmeister, Georg Striebel“, stieß Maria Sebald hervor. Auch ihr rannen jetzt Tränen über die Wangen. An ihrem Hals zeigten sich große blaue Druckstellen. Da kam auch schon der Notarztwagen mit blinkendem Blaulicht an. Ein junger Arzt sprang heraus und näherte sich, auf ein Winken von Sperber hin, eilig den drei Menschen auf der Bank unter dem Baum.

„Was ist passiert?“, fragte er sie mit konzentrierter Miene.

Hermine zeigte mit dem Finger auf Maria Sebald: „Kümmern Sie sich erst um sie. Die junge Frau wurde von einem Mann in der Gruft fast zu Tode gewürgt.“

Der Notarzt fing an, Maria sorgsam zu untersuchen.

Mittlerweile waren auch zwei Krankenwagen eingetroffen. Sanitäter brachten Tragen. Der Arzt ordnete an, die beiden Frauen vorsichtig in die Sanitätsfahrzeuge zu bringen. Sperber hielt die Hand seiner Mutter. Er war sehr bleich und voller Sorge um sie. Wie würde die alte Frau diese Aufregung überstehen?

Karlo kam auf ihn zu: „Fehlanzeige Chef! Der Vogel ist ausgeflogen. Die Fenster der Gruft sind vergittert, aber wir fanden eine Türe, die von der Krypta aus nach draußen führt.“

Sperber knurrte: „Verdammt, so ein Pech! Er muss gerade erst geflohen sein. Ruft sofort alle verfügbaren Leute. Sie sollen die ganze Altstadt abriegeln und den Hausmeister Georg Striebel suchen. Er muss schließlich noch hier in der Nähe sein. Durchsucht die Gebäude ringsherum, besonders den Beringershof und die Kirche. Befragt seine Frau. Konstanze soll das alles organisieren. Ich fahre mit meiner Mutter ins Krankenhaus. Um achtzehn Uhr soll Konstanze einen Pressetermin ansetzen.

Wir treffen uns um siebzehn Uhr zu einem Vorgespräch in meinem Büro."

Sperber eilte zum Sanitätswagen, in dem seine Mutter versorgt wurde. Vor dem Wagen zog er sein Handy heraus und rief Julia an. In kurzen Worten informierte er sie aufgeregt über den Vorfall und bat sie, zum Krankenhaus zu kommen. Er sagte abschließend: „Lass dir an der Pforte sagen, wo du uns findest." Dann legte er auf und bestieg den Krankenwagen.

Freitag, siebzehn Uhr

Bei der Siebzehn-Uhr-Besprechung im Büro von Wolfgang Sperber berichteten Konstanze und Karlo über die erfolglos verlaufene Fahndungsaktion. Die Kommissarin war niedergeschlagen. Mit müder Stimme zählte sie alle Bemühungen auf, die sie unternommen hatten, um den Täter zu finden:

„Wir haben alles abgeriegelt. Suchhunde konnten wir leider nicht einsetzen, die wurden gerade anderswo gebraucht. Ein Polizeihubschrauber suchte die Stadt ab. Die Gebäude im weiteren Umfeld wurden von oben bis unten durchsucht. Die Altstadt von Streifen durchkämmt. Wir haben sofort eine Fahndungsmeldung an die Medien herausgegeben. In der Wohnung von Striebel, die wir ebenfalls durchsuchten, fand sich ein aktuelles Foto von ihm. Wir haben es im Eilverfahren vervielfältigt und den Streifenbeamten mitgegeben. Auch an die Medien haben wir es geschickt. Striebels Frau wurde von uns eingehend verhört. Sie hat uns eine interessante Geschichte berichtet. Aber bevor Karlo sie erzählt, Wolfgang, möchte ich erst wissen, wie es deiner Mutter und Frau Sebald geht."

Sperber teilte den beiden mit, dass es seiner Mutter relativ gut ginge. Sie habe das Krankenhaus nach der Untersuchung wieder verlassen können und sei bei ihm zu Hause.

„Sie ist dabei, das Erlebnis gut und wortreich zu verarbeiten", meinte er ironisch schmunzelnd.

„Frau Sebald wurde ärztlich versorgt", berichtete er weiter. „Sie hatte unglaublich viel Glück. Wenn meine Mutter nicht rechtzeitig dazugekommen wäre, hätte Striebel sie bestimmt ermordet. Natürlich leidet sie unter Prellungen und Schwellungen. Sie hat nach wie vor Halsschmerzen und Kopfweh. Die Pfarrerin wird das Krankenhaus sicher in wenigen Tagen verlassen können."

„Das sind gute Neuigkeiten!", meinte Konstanze. „Karlo hat, wie gesagt, die Befragung von Frau Striebel vorgenommen."

Karlo berichtete: „Ihr könnt euch sicher denken, dass Frau Striebel sehr erschrak, als wir bei ihr auftauchten. Die Frau unseres Täters ist schwer krank. Sie kann kaum gehen und ist ständig an die Wohnung gefesselt. Zu Beginn der Befragung hatte ich Bedenken, dass ihr unsere Nachricht von den Vorfällen um ihren Mann gesundheitliche Probleme machen könnte. Ich befürchtete schon, ich müsste vielleicht einen Arzt rufen. Es kam jedoch ganz anders, als ich erwartet hatte. Frau Striebel konnte uns selbst die Türe öffnen, nachdem wir angeläutet hatten. Äußerlich überraschend ruhig, hat sie uns gebeten, an ihrem Wohnzimmertisch Platz zu nehmen."

Und weiter: „Nachdem sie sich schwerfällig gesetzt hatte, sah sie uns mit traurigen Augen an und seufzte tief. Dann sagte sie mit schwankender Stimme, sie habe so etwas schon kommen sehen. Ihr Mann lebt seit langem in einem bestimmten Wahn. Um uns davon zu erzählen, musste sie leider etwas ausholen. Georg Striebel, ihr Mann, ist in Ansbach geboren. Er war als Junge ein

Nachbar des reichen Juweliers und Erfinders Herschel Grünspan. Grünspan war, nachdem sein eigener Vater gleich am Anfang des Krieges gefallen war, so etwas wie ein zweiter Vater für ihn. Der Junge hielt sich mehr in der Werkstatt von Grünspan auf als zu Hause. Er liebte und bewunderte den Juwelier ohne Maßen und er tut das bis heute. Ihr Mann hat ihr oft erzählt, dass Grünspan ständig am Probieren und Erfinden war. Er fertigte in seiner Werkstatt wunderbaren Schmuck und ließ den kleinen Georg immer ein wenig feilen und klopfen. Der war begeistert. Natürlich hat Georg damals noch nicht verstanden, mit welchen Problemen sich der Jude Grünspan in der Nazizeit herumschlagen musste. Er merkte aber, dass irgendetwas im Anzug war. Immer wieder waren Männer in Ledermänteln im Laden und in der Werkstatt aufgetaucht. Georg konnte nicht hören, was dann besprochen wurde. Er wurde immer sofort hinausgeschickt, wenn diese Männer gekommen waren. Der Junge nahm aber durchaus die Angst wahr, die Herschel Grünspan beherrschte, wenn die Männer gegangen waren. Eines Tages waren die Schwester und deren Tochter plötzlich nicht mehr da. Auf seine Fragen, wo die beiden denn wären, bekam er von Grünspan nur einsilbige Antworten. Er sagte, sie seien zu Besuch bei Verwandten auf dem Land. Näheres ließ er sich nicht entlocken. Der Junge beobachtete, dass sich das Angebot in Grünspans Laden immer mehr lichtete. Aufmerksam wurde er, als ihm bewusst wurde, wie oft der Juwelier zwischen seinem Geschäft und der Gumbertuskirche hin und her pendelte. Immer hatte er eine große Tasche dabei. Georg wusste natürlich, dass Herschel Grünspan in der Gruft an den Särgen arbeitete, aber früher hatte er solche Arbeiten nur hin und wieder übernommen und sie nur dann ausgeführt, wenn es in seinem Geschäft ruhig zuging und seine Schwester im Laden alleine zurechtkam. Jetzt arbeitete er an etwas

Bestimmtem in der Gruft, das war Georg klar. Eines Tages bremsten zwei Mannschaftswagen der Gestapo vor dem Juweliergeschäft am Bahnhofsplatz. Die Männer der Geheimen Staatspolizei umstellten sofort das Haus. Nachdem sie mit Gewalt in das verschlossene Gebäude eingedrungen waren, fanden sie Grünspan. Er war tot, hatte sich erhängt. In Geschäft und Werkstatt fanden sie, obwohl sie alles um und um drehten, keinerlei Wertsachen mehr. Grünspans Schwester und deren Tochter blieben ebenfalls unauffindbar. Neben allen Nachbarn befragte man auch den kleinen Georg, ob ihm in letzter Zeit etwas Besonderes bei den Grünspans aufgefallen wäre. Georg war mit der Trauer über den Verlust seines väterlichen Freundes beschäftigt. Er war allen Erwachsenen gegenüber einsilbig und zog sich mehr und mehr in sich selbst zurück. Von Grünspans Aktivitäten verriet er den Gestapo-Beamten nichts. Er wollte seinen Freund schließlich nicht verraten. Als deutlich war, dass der Junge offenbar nicht wusste, ließ man ihn in Ruhe."

Dann legte Frau Striebel eine Pause ein und fragte die Polizisten, ob sie etwas trinken wollten. Diese lehnten jedoch ab. So erzählte sie weiter: „Georg war klar, dass Grünspan alle seine Schmuckstücke und Edelmetalle in die Gruft gebracht hatte. Er hatte ihn sogar dabei beobachtet, wie er einmal heimlich wertvolle Sachen einpackte und sich in die Gruft begab. Er schlich ihm damals bis vor die Grufttüre nach und hörte mit an der Tür gelegtem Ohr, wie Grünspan drinnen arbeitete. Georg fand jedoch bis jetzt nicht heraus, wo genau das Versteck sich in der Gruft befand. Als Grünspan Selbstmord verübt hatte und die Gestapo Laden und Lager leer fand, wusste mein Georg als Einziger Bescheid, wo das wertvolle Gut lagerte. Aus großer Solidarität zu Grünspan schwieg er bis zum heutigen Tag eisern. Nur mir hat er davon erzählt, weil er wusste, dass ich schweigen kann."

Frau Striebel musste innehalten, weil ihr bei den letzten Worten mehr und mehr die Stimme gebrochen war. Tränen liefen ihr aus den Augen und kullerten ihr die Wangen hinunter. Sie holte ein Taschentuch aus ihrer Kittelschürze, wischte sich damit über die Augen und schnäuzte sich geräuschvoll hinein. Nachdem sie ein paar Mal tief ein- und ausgeatmet hatte, erzählte sie weiter: „Mit der Zeit hatte sich bei meinem Georg die Meinung gebildet, das ganze Vermögen gehöre ihm, weil er sich sozusagen als Sohn und Nachfolger von Grünspan sah. Er suchte in der Gruft danach, so oft er dazu Gelegenheit hatte. Gefunden hat er es bis heute nicht. Er hoffte all die Jahre, seinen Schatz zu finden und reich zu sein. Es ist ihm nicht gelungen. Leider hatte so gar nichts von dem großartigen handwerklichen Geschick seines Idols übernehmen können. Mein Georg hat zwar später mit Metall in einer Fabrik gearbeitet, aber ein Künstler ist er wirklich nicht. Die Hausmeistertätigkeit muss er ausüben, weil seine Rente sehr klein ausfiel und meine Krankheit zusätzlich ständig viel Geld verschlingt. Und da tauchte vor etwa einer Woche diese Frau aus England auf und fragte in Ansbach überall nach Grünspans Geschichte. Als mein Georg das von einem Bekannten gehört hatte, verfolgte er diese Frau überall hin. Er hat sogar in der Nacht vor dem Hotel Augustiner gelauert. Was habe ich auf ihn eingeredet, das doch sein zu lassen. Er hat nicht auf mich gehört!"

Die Frau hob hilflos die Hände: „Georg war wie besessen von dem Gedanken, die Frau könnte ihn zu dem Vermögen führen. Als sie dann nachts vom Hotel zur Kirche lief, war er schneller und wartete in der Gruft auf sie. Als die beiden unverhofft von Pfarrer Schneider gestört wurden, schlug mein Mann Frau Kuhn nieder und floh. Heute wurde er von Frau Pfarrerin Sebald angerufen, die tat ganz geheimnisvoll und sagte, er müsse ihr helfen, in der Gruft etwas zu tun. Sie hat ihn verpflichtet, darüber zu schweigen. Mein Mann hatte natürlich sofort den Verdacht, die Pfarrerin wüsste über den Schatz Bescheid, und war voller Spannung, als er sich von mir verabschiedete und in die Kirche hinüberging. Die beiden müssen etwas gefunden haben. Grundlos hat mein Mann sich an dieser sympathisch aussehenden Frau bestimmt nicht vergriffen."

Sie sah die Polizisten an und fragte: „Können Sie mir sagen, was die gefunden haben?"

Karlo berichtete, er hätte ihr geantwortet: „Liebe Frau Striebel, selbst wenn wir etwas gefunden hätten, dürften wir es Ihnen nicht sagen."

Karlo erzählte weiter, wie er Frau Striebel an dieser Stelle rundheraus fragte, ob sie wüsste, wo ihr Mann sich versteckt hatte.

„Ich weiß es wirklich nicht", seufzte die alte Frau. „Sie können mir glauben, wenn ich es wüsste, hätte ich es Ihnen sofort gesagt, als Sie kamen. Sie müssen wissen, mein Mann ist krank. Er braucht dringend seine Medikamente. Er hat sie nicht bei sich. Sie sind hier in der Wohnung. Ich denke, er hält sich irgendwo versteckt und traut sich nicht heraus. Ich befürchte, dass er sich ohne seine Arznei in Lebensgefahr befindet." Sie rang verzweifelt die Hände: „Bitte hören Sie nicht auf, nach ihm zu suchen. Vielleicht ist er noch zu retten."

Margarethe Striebel legte daraufhin erschöpft ihr Gesicht in ihre Hände und schwieg.

Karlo erzählte von der weiteren Befragung: „Frau Striebel, was wissen Sie von dem Anschlag im Krankenhaus auf Frau Kuhn? Ist Ihnen etwas über den Mord an Mesner Kreisel bekannt?"

„Ich sage Ihnen alles", flüsterte sie. „Mein Mann ist kein schlechter Mensch, aber er ist getrieben von seinem Wahn. Der macht ihn unzurechnungsfähig."

Dann sagte sie plötzlich laut und heftig: „Ich will reinen Tisch machen, weil ich diesem Zustand ein Ende machen muss. Ich halte es nicht mehr aus, mit diesem Hirngespinst meines Mannes zu leben. Ich denke, es ist eine Ursache meiner Krankheit!"

Ruhiger fuhr sie dann fort: „Ja, das alles hat mein Mann getan. Ich habe ihn immer gedeckt, weil ich ihn nach wie vor liebe. Ich gestehe, in mir war auch eine Hoffnung, dass wir endlich ein sorgenfreieres, glückliches Leben hätten, wenn Georg das Vermögen wirklich finden würde."

Die Frau senkte den Kopf und saß mit hängenden Schultern da. In resigniertem Tonfall sagte sie: „Jetzt ist alles aus. Ihr werdet Georg fangen und einsperren und mich vielleicht auch."

„Obwohl ich weitere Fragen an sie stellte, hat sie von da an geschwiegen." Karlo beendete seinen Bericht, indem er sagte: „Ich habe mich dafür entschieden, Frau Striebel ins Bezirkskrankenhaus auf eine geschlossene Station bringen zu lassen, weil ich Bedenken hatte, sie würde sich vielleicht etwas zuleide tun. Ich hoffe, ihr könnt das gutheißen."

Sperber klopfte ihm anerkennend auf die Schulter: „Du hast genau das Richtige getan. Ich hätte es nicht anders gemacht als du."

Karlo war mit seinem Bericht noch nicht ganz am Ende. Er setzte noch einmal an: „Ich muss noch etwas Wichtiges sagen. Wir haben in Striebels Keller allerlei Gifte gefunden. Gegenwärtig ist das Labor bei der Analyse. Ich habe keinen Zweifel, dass wir es mit denselben Stoffen zu tun haben, die Frau Kuhn als tödlicher Mix im Krankenhaus verabreicht werden sollten. Auch einen Draht haben wir gefunden, der dem abgerissenen Draht in der Gruft gleicht."

Die beiden anderen Kommissare nickten bestätigend.

Konstanze war überzeugt: „Ich glaube, da ist wohl kein Zweifel mehr möglich."

Sperber sagte zu ihr: „Konstanze, du begleitest mich bitte als die für den Fall ‚Flügelschlag' zuständige Kommissarin nachher zum Pressetermin. Oberstaatsanwalt Doktor Sauber wird auch mit von der Partie sein. Ich hoffe, Redakteur Mostrich wird heute nicht wieder so ein Theater aufführen wie das letzte Mal."

Ebenfalls Freitag, zirka siebzehn Uhr

Maria Sebald lag voller Unruhe in ihrem Krankenhausbett. Sie dachte verzweifelt darüber nach, was sie jetzt am besten tun sollte. Am liebsten wäre sie einfach in diesem Zimmer liegen geblieben und hätte sich ein bisschen bemuttern lassen. Die Todesangst saß ihr noch in den Knochen und es gab Momente, in denen sie sich unter ihre Bettdecke verkroch und um Fassung rang. Hier im Krankenhaus fühlte sie sich relativ sicher, aber die Stimme ihres Gewissens forderte andererseits in drängendem Ton von ihr, dass sie unbedingt das Versprechen einlösen musste, das sie Hanna Kuhn gegeben hatte. Sie wusste, dass die Verantwortung dafür, dass diese große Erbschaft ihrer rechtmäßigen Besitzerin zukommen würde, nun bei ihr lag. Wenn sie ihr Wissen an die Behörden weitergab, würde Hanna Kuhn, falls sie keinen amtlich anerkannten Nachweis über ihr Erbrecht beibringen konnte, womöglich ganz leer ausgehen. Justizirrtümer gibt es doch ständig, überlegte Maria. Dazu kamen ihr Bedenken, dass es Striebel möglich sein könnte, doch noch an den Schatz zu kommen.

Vielleicht hatte die Polizei ihn schon gefasst, aber

vielleicht war er noch auf freiem Fuß? Wenn er sie bei dem zweiten Versuch, den Schatz zu heben, erwischen würde, war ihr Leben noch einmal in Gefahr.

Sie wusste auch nicht, inwieweit ihr Körper bei einer neuen Aktion mitspielen würde. Ihr Hals tat ihr zwar noch ziemlich weh und sie fühlte sich auch seelisch angeknackst, trotzdem überlegte sie, wie sie am schnellsten wieder aus dem Krankenhaus herauskommen könnte. Sie würde jetzt einfach gehen, ohne jemandem Bescheid zu sagen.

Schnell ging sie zum Schrank, zog ihr Krankenhaushemd aus und kleidete sich an. Dann öffnete sie ganz vorsichtig die Zimmertüre und spähte auf den Gang.

Draußen liefen einige Patienten umher, aber vom Krankenhauspersonal war niemand zu sehen. Glücklicherweise musste sie nicht am Stationszimmer vorbei, um zur Treppe zu kommen, die ins Erdgeschoss führte.

Maria huschte hinaus und erreichte ungesehen den Treppenabgang. Im Treppenhaus war sie alleine unterwegs. Sie eilte die Stufen hinab. Betont ruhig schlenderte sie dann durch die Eingangshalle und an der Pforte vorbei. Hier waren viele Menschen unterwegs und Maria fiel niemandem auf.

Sie spürte, wie ihr Herz bis zum Hals klopfte. Nun hoffte sie, dass sich die Polizei im Eifer der Fahndung nicht so genau in der Gruft umgesehen hatte und Grünspans Schatz noch an seinem Platz war. Die Angst vor Striebel bewirkte, dass ihr Körper zitterte.

„Guter Gott, bitte, bitte hilf mir und schütze mich jetzt in aller Gefahr!“, betete sie auf dem Weg zum Taxistand vor der Klinik.

Sie bestieg ein wartendes Taxi und ließ sich zu dem Haus am Storchenplatz bringen, in dem Pfarrer Trinkaus für sie eine nette Einzimmerwohnung angemietet hatte. In ihrem Zimmer erfrischte sie sich zunächst, wusch ihr

Gesicht und trank ein großes Glas Wasser. Dann holte sie ihren Koffer mit den Rollen vom Kleiderschrank herunter. Mit ihm konnte sie auch schwere Gegenstände leichter transportieren. Schließlich schlang sie sich ein Tuch um den Hals, damit man die Würgemale nicht mehr sehen konnte. Hastig trug sie den Koffer an Sankt Johannis vorbei durch die Pfarrgasse zum Gumbertusplatz.

Bislang war ihr niemand begegnet, den sie kannte. Dort angekommen, erblickte sie aufatmend ihr Auto, das völlig unberührt dastand.

Sie öffnete die Eingangstüre zum Pfarrbüro. Gott sei Dank war dort niemand um diese Zeit. Der Gruftschlüssel hing griffbereit im Schlüsselkasten.

Sich immer wieder ängstlich umsehend, ging sie mit ihrem Koffer zur Grufttüre und sperrte sie so schnell wie möglich auf. Als sie drinnen war, nahm sie den Schlüssel und drehte ihn von innen im Schloss um. In dem Augenblick lief es ihr eiskalt den Rücken hinunter. Sie hatte plötzlich das Gefühl, beobachtet zu werden. Konnte Striebel sich irgendwo im Raum versteckt haben und ihr auflauern?

Maria ließ den Koffer auf dem oberen Treppenabsatz stehen und schlich gebückt die Stufen hinab. Ihr Körper war gespannt wie eine Feder. Diesmal würde sie sich dem Gewalttäter nicht ohne Gegenwehr überlassen. Entschlossen, sich zu verteidigen, und mit hämmerndem Herzen lief sie die Sarkophage entlang und schaute aufmerksam in jeden Winkel. Ihr Adrenalinspiegel hatte sicher inzwischen seinen Höchststand erreicht. Schnell erkannte sie: Außer ihr war niemand im Raum. Maria atmete auf und versuchte, sich zu entspannen.

Immer noch zitterte sie vor Aufregung am ganzen Körper. Ihr banger Blick galt den beiden Engelsfiguren. Der Kopf des einen Engels, den sie geöffnet hatte, war wieder aufgeschraubt.

Waren die Skulpturen inzwischen ausgeraubt worden? Eilig stellte sie die Leiter, die aus der misslungenen Aktion noch an einer Wand lehnte, an den vergoldeten Sarkophag. Mit weichen Knien stieg sie die Sprossen hoch.

Ihre Hände umfassten den Engelskopf wie im Fieber. Zweimal ruckartig nach links. Zweimal ruckartig nach rechts. Der Knopf sprang heraus. Druck auf den Knopf. Schnell abschrauben!

Maria stieg mit dem Engelskopf hastig die Leiter hinunter. Beim Hinaufsteigen nahm sie ihren Koffer mit und legte ihn auf den Deckel des großen Sarges. Erst jetzt blickte sie in die Höhlung.

Zu ihrer grenzenlosen Erleichterung sah sie es unten glitzern. Maria öffnete hastig ihren Koffer und räumte alles, was ihr in die Finger kam, aus dem Inneren der Figur heraus, ohne darauf zu schauen, um was es sich handelte.

Wieder lief ihr der Schweiß über das Gesicht. Sie achtete nicht darauf. Oben waren offenbar die Schmuckstücke gelagert gewesen. Weiter unten erwartete sie eine Anzahl von schweren Gold- und Silberbarren. Auch zwei gewichtige Säckchen förderte sie zu Tage.

Maria arbeitete eine Zeitlang keuchend wie eine Maschine. Immer wieder blickte sie auf, schaute sich ängstlich um und lauschte einen Augenblick konzentriert, aber sie nahm nichts Verdächtiges wahr.

Endlich war sie am Boden des Hohlraumes angekommen. Gewissenhaft suchte sie alles ab. Ihre Finger tasteten umher, damit sie ja nichts vergessen würde. Sie hörte erst damit auf, als sie ganz sicher war, dass sich wirklich nichts mehr in dem Versteck befand.

Nun erst warf sie einen neugierigen Blick auf den Inhalt ihres Koffers. Ihr gingen fast die Augen über, als sie den unglaublichen Reichtum an Schmuck und Juwelen sah, der nun vor ihr lag. Etliche Gold- und Silberbarren glänzten vor ihr im Schein der trüben Lampe.

Ihre Hände glitten über die Säckchen. Das eine schien Münzen zu enthalten. Das andere fühlte sich an, als wäre es mit Steinen gefüllt.

Obwohl Maria nie einen Bezug zu derlei Wertsachen gefunden hatte, war sie schwer beeindruckt von dieser kostbaren Ansammlung.

Schnell stieg sie von der Leiter und legte sie an der anderen Seite des Sarkophags an. Beim zweiten Engel nahm sie die gleichen Handgriffe vor wie bei dem anderen. Wieder gelang es ihr, den Kopf der Figur abzuschrauben. Auch in deren Innerem wurde sie gleich fündig. Sie holte alles heraus, was sie finden konnte, dann schloss sie den vollen Koffer und versuchte, ihn zu bewegen. Er erwies sich als sehr schwer. Maria zerrte ihn an den Rand des Deckels. Mit äußerster Kraftanstrengung gelang es ihr, ihn vom Sarkophag herunterzuziehen. Der Abstieg von der Leiter war ein Kraftakt, der sie an ihre Grenzen kommen ließ. Verschwitzt und schwer atmend stellte sie den Koffer schließlich auf den Gruftboden.

Noch einmal stieg Maria die Leiter hoch. Sie schraubte die Engelsköpfe sorgfältig wieder in ihre Fassung. Überraschenderweise zeigte jeweils nur ein mit dem bloßen Auge kaum sichtbarer Riss an, dass die Köpfe der Figuren nicht vollkommen eins waren mit der restlichen Engelsfigur. Sie konnte wiederum nur staunen über die meisterliche Präzision, mit der Herschel Grünspan gearbeitet hatte. Maria stieg die Leiter rasch wieder hinab und zog einen festen Koffergurt aus ihrer Jackentasche, mit dem sie das Gepäckstück sicherte, damit es sich beim Transport nicht plötzlich öffnen konnte.

Nun taten ihr die Rollen des Koffers einen guten Dienst. Sie hoffte, dass sie die schwere Last aushalten würden. Drei Stufen lagen vor ihr. Sie zog den Koffer mithilfe seiner Räder mühsam Stufe um Stufe hoch. Oben angekommen, drehte sie den Schlüssel im Schloss und öffnete die Türe vorsichtig einen Spalt breit.

Von ihrer Position aus konnte sie den ganzen Platz übersehen. Sie ließ erst eine Gruppe Jugendlicher vorübergehen, schaute sich dann sorgfältig um, ob noch jemand kam. Nun war niemand mehr auf dem Platz. Jetzt ging sie, wieder am ganzen Körper schlotternd, so normal wie möglich, den schweren Koffer hinter sich herziehend, zu ihrem Auto. Den ganzen Weg über hatte sie Angst, dass die Rollen des Gepäckstückes die Last nicht aushalten würden.

Sie sperrte den Kofferraum auf und wollte den Koffer hineinheben, aber dazu reichte ihre Kraft nicht mehr. Der Koffer war einfach zu schwer für sie. Nun spürte sie auch wieder heftige Hals- und Kopfschmerzen. Durch die übergroße Anstrengung schmerzte ihr ganzer Körper. Maria war jetzt mit ihren Nerven am Ende. Tränen liefen ihr über das Gesicht. So stand sie mit um den Oberkörper geschlungenen Armen vor dem offenen Kofferraum ihres Autos, als ein junger Mann um die Ecke bog. Irritiert blickte er sie an und fragte etwas verlegen, ob er ihr irgendwie behilflich sein könne. Die Pfarrerin wischte sich energisch über die Augen und schluchzte noch einmal herzergreifend auf, dann sagte sie mit erstickter Stimme: „Bitte helfen Sie mir nur, den Koffer in den Wagen zu heben." Der Mann ließ sich das nicht zweimal sagen. Mit überlegenem Gesichtsausdruck fasste er den Koffer am Griff und wollte ihn mit elegantem Schwung in den Wagen verfrachten. Aber er brachte ihn trotz aller Anstrengung nicht über die Kofferraumkante. „Liebe Dame, was transportieren Sie denn? Der ist ja schwer wie Blei!", schnaufte er verwundert und setzte den Koffer wieder ab. Maria gelang es, ein schmerzliches Lächeln hinzukriegen: „Ich glaube, wir müssen beide zufassen."

Mit vereinten Kräften gelang es ihnen schließlich, das schwere Stück in das Auto zu hieven. Maria bedankte sich bei ihrem Helfer und schlüpfte schnell in ihren Wagen. Immer noch verängstigt schloss sie die Türen von innen ab.

Dann startete sie und fuhr in Richtung Bahnhof los. Es war ihr klar, dass sie womöglich gerade einer brandgefährlichen Situation entronnen war.

Wie leicht hätte diese Aktion schiefgehen können. Sie war plötzlich unendlich erleichtert und dankbar. Wie gut, dass der unbekannte Mann im rechten Moment des Weges kam!

Aufatmend dankte sie ihrem Gott mit einem Gebet für seinen Schutz.

Die junge Pfarrerin hatte lange darüber nachgedacht, wo sie das Vermögen deponieren konnte. Dabei waren ihr die Schließfächer am Bahnhof eingefallen. Im Bahnhofsgebäude würde sie mit ihrem Koffer nicht auffallen. Sie stellte das Auto auf dem Parkplatz vor dem Bahnhof ab. Diesmal wartete sie, bis ein kräftig aussehender Mann des Weges kam. Sie warnte ihn vor und bedauerte, dass der Koffer sehr schwer sei.

Gemeinsam hoben sie den Koffer heraus und stellten ihn auf der Straße ab. Ein weiteres Hilfsangebot des Mannes, der es sich offenbar nicht nehmen lassen wollte, der hübschen Dame ritterlich zur Seite stehen, lehnte sie dankbar lächelnd, aber entschieden ab.

Beherzt zog Maria ihre Last hinter sich her in das Bahnhofsgebäude hinein. An einem Schalter in der Halle mietete sie ein großes Schließfach und sperrte den Koffer darin ein.

Mit dem Schließfachschlüssel in der Jackentasche, ging sie sehr erleichtert zu ihrem Wagen zurück. Nun war es höchste Zeit, wieder in das Krankenhaus zurückzukehren. Sie nahm sich vor, bei Nachfragen des Pflegepersonals, wo sie gewesen sei, zu antworten, sie wäre ein wenig spazieren gewesen. Nachdem sie ihr Auto auf dem Parkplatz des Krankenhauses abgestellt hatte, lief sie zum Aufzug und fuhr zu dem Stockwerk, auf dem ihr Krankenzimmer auf sie wartete. Es war merkwürdig ruhig auf der Station. Maria fiel ein, dass es später Freitagnachmittag war. Im Krankenhaus herrschte bereits Wochenendbetrieb. Vielleicht hatte niemand bemerkt, dass sie fort war?

Langsam ging sie am Stationszimmer vorüber. Eine Schwester saß darin. „Hallo Frau Sebald, wollen Sie ein wenig spazieren gehen?", fragte sie freundlich.

„Ja, ein wenig Bewegung muss sein, man kann nicht immer auf dem Zimmer sitzen", antwortete Maria erleichtert. „Außerdem möchte ich eine Bekannte auf der Intensivstation besuchen."

„Na, dann eine gute Zeit! Aber übernehmen Sie sich nicht! Denken Sie daran, dass um achtzehn Uhr das Essen kommt."

„Danke, ich werde rechtzeitig zurück sein."

Sie stieg in den Aufzug und fuhr hinab zur Intensivstation. Dort läutete sie an der Türe. Die Schwester erkannte sie wieder:

„Frau Pfarrerin, wenn Sie zu Frau Kuhn wollen, müssen Sie auf die Unfallstation. Wir haben sie dorthin verlegt. Es ging ihr wirklich schnell besser, nach Ihrem letzten Besuch bei ihr."

Maria bedankte sich. Frau Kuhn lag auf der gleichen Station wie sie. Wenn sie das nur gewusst hätte! Sie fuhr wieder hoch.

Im Stationszimmer der Unfallstation fragte sie die Schwester nach der Zimmernummer von Hanna Kuhn. Die Schwester gab ihr freundlich Auskunft und sie machte sich schleunigst auf den Weg. Als sie um die Ecke des

Ganges herum war, sah sie den Polizisten, der vor dem Zimmer Wache hielt. Sie stellte sich ihm vor und zeigte ihren Ausweis. Der Polizist ließ sie ohne Weiteres passieren.

Maria klopfte an und hörte von drinnen ein „Herein". Hanna Kuhn lag in ihrem Bett. Sie hatte zwar noch einen Verband um den Kopf und ein Pflaster auf der Wange, sah aber insgesamt ganz munter aus.

„Oh, Frau Pfarrerin", sagte sie erwartungsvoll lächelnd, „wie mich das freut, Sie zu sehen! Ich habe Ihren Besuch mit großer Spannung erwartet. Bitte sagen Sie mir gleich, ist es Ihnen gelungen, mein Erbe zu retten?"

Maria setzte sich erst einmal auf einen Stuhl, sie fühlte sich völlig ausgepumpt. Jetzt spürte sie wieder, dass sie fast am Ende ihrer Kraft war.

Hanna Kuhn sah sie besorgt an: „Was ist mit Ihnen, Frau Sebald? Ihnen ist doch hoffentlich nichts geschehen, Sie sehen richtig krank aus."

Maria sagte nichts. Sie nahm nur ihren Schal ab und zeigte Hanna ihren Hals.

Die Patientin zuckte erschrocken zurück: „O Gott! Wer hat Ihnen das angetan?"

„Mein erster Versuch, Ihr Erbe abzuholen, ist leider gescheitert", antwortete Maria lakonisch mit einem Achselzucken. „Ich habe ausgerechnet den Menschen gebeten, mir dabei zu helfen, der selbst hinter dem Schatz her war."

Maria Sebald erzählte Hanna den ganzen abenteuerlichen und lebensbedrohlichen Ablauf der Bergung des Erbes.

Als sie geendet hatte, sagte Hanna zu ihr: „Wie kann ich Ihnen das nur jemals wieder vergelten? Sie haben Ihr Leben riskiert, um mir zu helfen. Ich bin Ihnen unsagbar dankbar. Bitte, lassen Sie sich von mir umarmen." Beide umarmten sich eher vorsichtig, denn jede fürchtete sich vor den Schmerzen, die ein starker Druck in ihrem jeweiligen Körper verursachen würde.

Aufgeregt fragte Hanna die Pfarrerin dann nach dem Vermögen, das sie gerettet hatte. Maria beschrieb so gut es ihr möglich war, was sie in der Eile gesehen hatte. Frau Kuhn schien sehr zufrieden zu sein und ließ sich aufatmend in ihr Kissen zurücksinken. Mit jubelnder Stimme und nach oben gereckten Armen rief sie dann: „Hurra! Es ist gelungen!"

Maria lachte und weinte nun gleichzeitig. Wieder nahm Hanna Kuhn sie vorsichtig in ihre Arme und flüsterte in ihr Ohr: „Ich danke dir, liebe Pfarrerin!"

Maria machte sich los und schniefte noch ein wenig, dann zog sie mit zufriedenem Gesicht den Schließfachschlüssel aus ihrer Jackentasche und zeigte ihn Hanna Kuhn. „Das ist der Schlüssel zum Schließfach", erläuterte sie eifrig. „Sie bekommen ihn, wie abgemacht, wenn alles geklärt ist."

„Ja, wie abgemacht!", bestätigte Hanna etwas enttäuscht, aber mit glänzenden Augen.

Maria spürte noch einmal, wie eine Last von ihr abfiel. Sie hatte den gefährlichsten Teil ihres Auftrages erfüllt.

Jetzt, da so viel gesagt war, spürte sie einen starken Druck auf ihrer Blase.

„Frau Kuhn, dürfte ich bitte Ihre Toilette benutzen?"

„Aber natürlich gerne. Nennen Sie mich bitte nicht mehr Frau Kuhn, das klingt so förmlich. Ich heiße Hanna. Darf ich Sie Maria nennen?"

„Ja, gerne. Ich fühle mich als Ihre Freundin und möchte es gerne bleiben."

Hanna schluckte einmal schwer, dann sagte sie lächelnd: „Das möchte ich auch, liebe Maria."

Maria zog ihre Jacke aus, legte sie auf den Stuhl und ging in die Nasszelle des Zimmers.

Als sie von der Toilette zurückkam, zog sie wieder ihre Jacke an.

„Der Schlüssel!"

Erschrocken tasteten ihre Finger nach dem Schlüssel in der einen Tasche.

Er war noch da.

Sie blickte die zufrieden lächelnde Hanna an und sagte: „Liebe Hanna, ich gehe jetzt in mein Zimmer. Morgen werde ich dich wieder besuchen. Einen guten Abend, und schlafe gut!"

„Das wünsche ich dir auch von Herzen, liebe Maria, und nochmals vielen, vielen Dank für das, was du für mich getan hast. Ich werde es dir nie vergessen, das verspreche ich."

Nach einer nochmaligen vorsichtigen Umarmung trennten sich die beiden.

Maria ging zu ihrem Zimmer zurück. Was sie nicht bemerkt hatte, war, dass der Schlüssel in ihrer Jacke wohl kaum geeignet war, das Schließfach mit den Wertsachen am Bahnhof zu öffnen, dafür aber sicher eine Garage im fernen England …

Freitagabend, achtzehn Uhr

Wieder richteten sich die Scheinwerfer der Fernsehanstalten auf den langen Tisch in der Polizeiinspektion. Dahinter saßen, wie bei der letzten Pressekonferenz, Oberstaatsanwalt Doktor Sauber und Wolfgang Sperber. Aber statt Dotzauer erwartete diesmal Oberkommissarin Konstanze Grunwald mit ihnen die Fragen der Journalistenmeute.

Anders als beim letzten Mal waren nun auch Kamerateams und Journalisten von außerhalb der Region anwesend. Der Fall „Flügelschlag“ hatte sich als eine Sensation mit allen Schikanen herausgestellt. Zwei spektakuläre Überfälle auf junge Frauen, ein ermordeter Mesner und dazu ein Täter auf der Flucht. Noch dazu ein kirchlicher Angestellter! Das interessierte die Leute!

Doktor Sauber sprach einleitende Worte und übergab dann an Wolfgang Sperber, der die Vorfälle grob umriss. Konstanze ging schließlich auf die Fragen der Medienvertreter ein.

Die Atmosphäre war ganz anders als beim letzten Mal, von Seiten der Journalisten her von freundlicher Sachlichkeit gekennzeichnet. Selbst Mostrich schien wie verwandelt. Er stellte seine Fragen verbindlich und interessiert.

Wolfgang Sperber konnte sich nur wundern. Erleichtert standen die Polizisten und der Oberstaatsanwalt nach einer halben Stunde Frage und Antwort schließlich auf und verließen den Raum. Es war alles erstaunlich gut abgelaufen.

Doktor Sauber reichte Sperber und Konstanze die Hand. „Danke für Ihre gute Arbeit! Jetzt müssten wir nur noch den Täter fassen und das Vermögen des Herrn Grünspan finden, dann hätten wir diesen Fall gelöst. Ich wünsche Ihnen viel Glück dazu!“ Dann wandte er sich von ihnen ab und ging.

Konstanze meinte ironisch: „Der hat gut reden. Er sagt immer ‚wir‘ und denkt ‚ihr‘. Die Fahndung nach Striebel läuft. Jetzt können wir nur warten, bis er irgendwo gefasst wird. Ich denke, es ist eine Frage der Zeit. Ob wir das sagenhafte Vermögen noch finden werden, hinter dem er her ist? Ich werde die Gruft ab jetzt überwachen lassen. Vielleicht schnappen wir ihn, wenn er seinen Schatz abholen will.“

„Eine gute Idee, Konstanze, ich glaube, das hätten

wir schon längst tun sollen. Im Gedränge dieser Tage habe ich auch nicht daran gedacht. Bitte veranlasse es gleich. Übrigens habe ich ab jetzt ein freies Wochenende", schmunzelte Wolfgang Sperber. „Bitte sei so gut und störe mich nur, wenn es wirklich brennt. Julia und ich brauchen diese Stunden einmal für uns. Wir haben eine sehr anstrengende Woche hinter uns mit unserem Besuch."

„Klar. Karlo und ich haben ja auch frei. Am Sonntag werde ich mich in Würzburg von meinen Eltern so richtig verwöhnen lassen!"

Wolfgang ergänzte noch: „Grüße bitte Karlo von mir. Ich wünsche euch beiden ganz ruhige erholsame Tage."

Winkend und zufrieden vor sich hin lächelnd, machte er sich auf seinen Heimweg.

Immer noch Freitagabend

Herrn Dekan Hase fiel es diesmal leichter, die Kirchenvorsteher von Sankt Gumbertus nach den furchtbaren Vorkommnissen in den letzten Tagen wieder zu einer Krisensitzung zu bitten. Heute hatte er doch wieder eine gute Nachricht für sie im Gepäck.

So einfach konnte er sie aber nicht gleich anbringen, denn die nach und nach eintreffenden Kirchenvorsteher begannen schon vor der Zusammenkunft, heftig miteinander zu diskutieren.

Hase beobachtete, dass sich Glasermeister Meier und Oswald Nothnagel bereits in den Haaren lagen. Ihre Stimmen wurden immer lauter. Ihre Gesichter immer bleicher (Nothnagel) und feuerrot mit hervortretenden Augen (Meier). Um Schlimmeres zu vermeiden, klatschte der Dekan energisch in die Hände und rief laut: „Setzen Sie sich bitte hin. Ich will beginnen!"

Die beiden Streithähne ließen voneinander ab.

Der Dekan nutzte die eintretende Ruhe, um zu beginnen. Er sprach feierlich: „Siehe, wie fein und lieblich ist's, wenn Brüder einträchtig beieinander wohnen! Psalm einhundertdreiunddreißig, Vers eins. In diesem Sinne begrüße ich Sie, liebe Geschwister im Herrn! Ich begrüße Sie in einer schweren Zeit und in schwerer Stunde. Wir gedenken zunächst unseres verstorbenen Mesners, Anton Kreisel, unseres lieben Bruders Erwin Pöschel, der verletzten Schwester Maria Sebald, der verwundeten Frau Hanna Kuhn und nicht zuletzt unseres fehlgeleiteten Bruders Georg Striebel. Er muss seine Sünden bitter auf der Flucht vor der Polizei und in Erwartung einer langen Haftzeit büßen. Auch seine Ehefrau, Margarethe, sei in unsere Gedanken und Gebete eingeschlossen. Ich bitte Sie, sich zu erheben und in einer Minute der Stille ihrer zu gedenken."

„Nein, da mache ich nicht mit! Ich habe keine Lust, mich für diesen unverschämten Kreisel zu erheben und für diesen Striebel, diesen Verbrecher, schon gar nicht!" Nothnagel schäumte vor Wut und war wie üblich totenbleich in seiner Erregung.

„Des is doch eine Unverschämtheit, wos Sie sich do erlaum, Nothnagel!" Jetzt war Glasermeister Meier, immer noch feuerrot und mit hervorquellenden Augen, von seinem Stuhl aufgesprungen. „Der Kreisel wor a Säufer, do will ich gor nix song. Aber a guder Mesner wor er a. Do gibt's a nix dagegn zu song. Und mitm Georg Striebel bin ich in die Scholl ganga. Der wor ä boor Glassn über mir. Des is fei sunst a onsdändicher Kerl! Aff den lass ich nix kummer! Von Ihne scho gor net, des sochi Ihne!"

„Jetzt lernen Sie doch erst einmal richtig deutsch reden. Vielleicht hilft Ihnen das auch dazu, Ihre Gedanken in die richtige Reihenfolge zu bringen!", kreischte Nothnagel zurück.

Meier geriet nun außer Rand und Band. Er schrie Nothnagel an: „Sie sin a fauler Sesselfurzer, lerner Sie erscht ermol is richdige Ärberdn. Sie Beamter Sie!"

„Meine Herrn, jetzt sind Sie zu weit gegangen!", fuhr Dekan Hase nun glücklicherweise in seiner schärfsten Stimmlage dazwischen. „Wir sind hier nicht im Wirtshaus, sondern in einer Kirchenvorstandssitzung. Wenn Sie sich nicht sofort beruhigen, sehe ich mich gezwungen, Sie von der Sitzung auszuschließen!"

„So, derf mer die Wohrheit nimmer sogn, dou herinner", brummte Hans Meier grantig, aber schon um etliche Phon reduzierter.

„Jetzt erheben wir uns halt!", forderte Eveline Schwalbe ungehalten. Sie wollte bald wieder zu Hause sein. Dauernd diese lästigen Sitzungen!

„Nein, ich nicht!", Oswald Nothnagel verschränkte demonstrativ die Arme über seiner Brust.

„Dann bleiben Sie halt sitzen, wir anderen erheben uns!" Mit einer autoritären Handbewegung forderte Frau Schwalbe die anderen zum Aufstehen auf. Alle folgten.

Einen Moment standen alle, bis auf Nothnagel, eine kurze Zeit ruhig da und schauten auf ihre Hände oder auf den Tisch. Nothnagel blickte nur stur zur Wand.

„Bitte setzen Sie sich wieder." Dekan Hase war seine aufkommende Ermüdung anzumerken.

„Wenn wir jetzt miteinander ruhig und sachlich sprechen könnten, wäre ich dankbar. Wir befinden uns in einer äußerst prekären Situation, das brauche ich Ihnen ja nicht zu sagen. Alle hauptamtlichen Kräfte Ihrer Gemeinde sind ausgefallen. In dieser Notsituation brauche ich zuallererst einen Mesnerersatz. Wer von Ihnen möchte diesen Dienst gerne tun?" Hase sah sich um und erblickte lauter entweder mit eifrigem Lesen beschäftigte oder gänzlich abwesend dreinschauende Menschen. Stille, Papiergeraschel.

Hase ließ sich davon nicht irre machen. Dieses Verhalten kannte er aus der Zeit, in der er noch Schulunterricht gehalten hatte. Mit erhobener Stimme begann er noch einmal: „Ich frage Sie, wer von Ihnen ist bereit, den sehr ehrenvollen Dienst einer Mesnerin oder eines Mesners zu übernehmen?“ Stille, dann eine zaghafte Stimme. „Das mache ich, was muss ich da tun?“ Frau Stahlheimer hatte sich gemeldet.

„Sie nun wieder!“, sagte Eveline Schwalbe herablassend. „Sie wird das übernehmen. Übernimm dich bitte nicht, Annemarie“, zischte sie missgünstig in Richtung der Freiwilligen.

„Pah, ich heiße doch nicht Eveline!“, kam es von der anderen Seite des Tisches beleidigt zurück.

Der Dekan ging auch hier dazwischen: „So meine Damen, es ist gut!“

„Meine nächste Frage: Wer ist bereit, die Kollekte einzusammeln?“

Vier Finger gingen hoch. „Danke für Ihre Bereitschaft!“

„Herr Nothnagel, darf ich Sie bitten, zusammen mit Frau Stahlheimer nach Abschluss des Gottesdienstes die Kollekte zu zählen?“

„Ja, dafür bin ich ja gut genug!“, Nothnagel nickte verbissen.

„No ja, is doch besser als nix“, konnte sich Hans Meier nicht verkneifen zu sagen.

„Ich möchte beantragen, dass die Jugend wieder eine Disco im Gemeindezentrum machen kann“, meldete sich Florian Meusel, Vertreter der Jugend im Kirchenvorstand, zu Wort.

„Ja, was fällt Ihnen denn ein“, ereiferte sich jetzt Oswald Nothnagel aufs Neue. „Die ganze Gemeinde trauert, aber die Herren Jugendlichen wollen feiern! Also so was!"

„Sie waren doch auch mal jung", sagte Florian Meusel trotzig. „Also, was ist, dürfen wir eine Disco haben oder nicht?"

„Nein!", riefen die meisten der Gemeindevertreter im Chor.

„Nun ist auch das geklärt", sagte der Dekan befriedigt, dann erhob er seine Stimme und sprach zu den Versammelten, als wäre er der heilige Nikolaus persönlich, der dabei war, ein wunderbares Geschenk für die braven Kinder aus seinem großen Sack herauszufischen. Mit großen, leuchtenden Augen und zum Himmel erhobenen Armen sprach er feierlich: „Ich sehe ein großes Licht am Horizont Ihrer Gemeinde. Mit anderen Worten: Ich darf Ihnen nun eine frohe Botschaft verkünden. Es naht Ihnen Hilfe in Gestalt eines jungen, bestens bewährten, sehr intelligenten Pfarrers!" Und mit diskret gedämpfter Stimme: „Ich darf Ihnen verraten, dass dieser Kollege sein Examen mit summa cum laude abgelegt hat! So ist das, wenn die Not am größten ist, ist die Hilfe am nächsten. Halleluja! Harro von Weinheim, bislang Pfarrer von Mooswiesen in Oberbayern, wird morgen schon hier bei Ihnen eintreffen."

Freudige Unruhe machte sich unter den Kirchenvorstehern breit. Bis Frau Stahlheimer einen kleinen, erschrockenen Schrei hervorstieß: „Ja um Himmels willen, wie sollen wir nur so schnell eine würdige Begrüßung auf die Beine stellen?"

„Wir helfen alle zusammen, dann klappt das schon!", beruhigte sie ausgerechnet Eveline Schwalbe, was ihr einen dankbar-versöhnlichen Blick der Stahlheimerin einbrachte.

Jetzt begannen auch die anderen, sich in die Planung einzubringen. Leider mündete alles gleich wieder in eine kontroverse Debatte: Es begann mit allerlei geäußerten Bedenken. Er war zum Beispiel nicht verheiratet. Warum das so war, bewegte einige von ihnen aus der ganz konservativen Ecke.

„Ja warum ist etz der nu net verheirät?", fragte der Glasermeister Hans Meier in seinem breiten Fränkisch Nürnberger Ursprungs. „Is der vielleichd vom andern Ufer? Oder mochn kanne. Su schlimm schaud er hoffentlich a wider net aus, odder?"

„Also eines stört mich schon, von seiner Befähigung zum Dienst in unserer besonderen Gemeinde wissen wir gar nichts. Wir kaufen die Katze, oder besser den Kater, im Sack, wenn wir jetzt zustimmen", wandte Annemarie Stahlheimer eindringlich sprechend ein.

Jetzt musste Eveline Schwalbe einfach ihrer Lebensklugheit freien Lauf lassen. Schnippisch sagte sie: „Annemarie, da sieht man wieder, dass dir immer noch die Lebenserfahrung fehlt, obwohl du schon so alt bist. Der Herr von Weinheim ist ein Adliger, das sagt schon einmal was. Außerdem hat er in einer Pfarrei bereits einige Zeit gearbeitet. Und jetzt kommt's, hör bitte mal zu, wenn man dir etwas sagt. Hast du denn nicht gehört, als der Dekan gesagt hat, dass Herr von Weinheim sein zweites theologisches Examen mit summa cum laude abgeschlossen hat?"

„Cum laude, wo issn des eigendlich?, wandte sich Meier an Frau Schwalbe. „Haast des vielleichd: Kumm her und sei laut? Odder hod des irgendwos mit erm Musiginsdrumend zum dou?"

„Nein, Herr Meier", schaltete sich jetzt Oswald Nothnagel in das Gespräch ein. „So etwas weiß man doch einfach: Summa cum laude ist eine Auszeichnung für ein besonders gutes Abschneiden in einer Prüfung. Wörtlich heißt sie: ‚Mit höchstem Lob'."

„So! Dann hat mei Gsell, der Franz, a eine cum laude gmachd. Der wor echd gout bei seiner Gsellnbrüfung gwesn!"

Oswald Nothnagel schüttelte mit gespielter Verzweiflung seinen Kopf und Eveline Schwalbe wandte sich ruckartig von Meier weg und verdrehte die Augen.

Oswald Nothnagel brachte jedoch seine Besorgnis noch in einer anderen Sache zum Ausdruck: „Ich befürchte, unser neuer Pfarrer hat von der Führung eines Pfarramtes unserer Größenordnung überhaupt keine Ahnung. Ich denke, dem müssen wir gut auf die Finger schauen, damit nicht alles bei uns den Bach runtergeht."

Nun fand es Oswald Nothnagel wieder einmal an der Zeit, seinen Lieblingsbesorgnissatz einzuwerfen: „Ich sage euch, wir fahren diese Gemeinde noch an die Wand!" Alle nickten zustimmend.

„Meine Damen und Herren, liebe Schwestern und Brüder, nun geht mir die Besorgnis unter Ihnen doch etwas zu weit." Dekan Hase hatte beschwichtigend die Hand erhoben. „Wie Sie schon so richtig in Erinnerung gerufen haben, liebe Frau Schwalbe, hat Harro von Weinheim ein ausgezeichnetes Examen abgelegt. Ein Mensch, der das schafft, schafft meiner Meinung nach fast alles. So lasst uns diesen Bruder in Christo nun herzlich und mit Freuden bei uns aufnehmen. Mit seiner Ankunft geht meine Zeit als Vertreter Ihres vorigen Pfarrers zu Ende und ich muss sagen, ich bin froh darum!"

Nun blickte er in erschrockene Gesichter.

„Das sollten Sie nicht allzu sehr missverstehen", besserte er schnell nach. „Diese Gemeinde ist mir in dieser Zeit nicht nur Aufgabe gewesen, sondern auch eine erfreuliche Bestätigung dafür, dass Gott mich nicht alleine durch diese besondere Zeit gehen ließ. Wie heißt es so wunderbar im Psalm dreiundzwanzig: Und ob ich schon wanderte im finsteren Tal ..."

Damit kam er zur Abstimmung. Die Gemeindevertreter entschieden sich einmütig für Harro von Weinheim.

So endete diese Sitzung in einer relativ guten und zuversichtlichen Stimmung. Dekan Hase konnte dem Frieden nicht trauen. In seiner immer etwas pessimistischen Gesinnung entschied er sich vorsichtshalber gegen ein Lob- und Danklied zum Abschluss.

„Ich spreche noch ein Gebet und dann lasst uns zum Abschluss vom Lied ‚Verzage nicht du Häuflein klein ...', Nummer zweihundertneunundvierzig, im Gesangbuch, die Verse eins bis fünf singen", sagte er bedeutungs- und salbungsvoll.

Noch später am Freitagabend

Kaum hatte Maria, nach den aufregenden Ereignissen dieses Tages, ihr Zimmer betreten, läutete ihr Telefon auf dem Nachttisch.

Als sie abhob und die geliebte Stimme hörte, verklärten sich ihre Züge. Dann konnte sie sich nicht mehr halten und begann laut zu weinen. Am anderen Ende bemühte sich ihr erschrockener Freund Harro, sie zu trösten. Er sprach sanft und beruhigend wie ein Vater auf ein verzweifeltes Kind ein, bis sie sich wieder fasste. Als er sicher war, dass sie ihm wieder zuhören konnte, sagte er behutsam:

„Liebste, ich bin so froh, dich zu hören. Als ich hörte, was dir ausgerechnet in Ansbach zugestoßen ist, war ich erst einmal völlig geschockt. Als mir aber gesagt wurde, du seiest relativ glimpflich davongekommen, war ich erst einmal erleichtert. Bitte sage mir, wie geht es dir jetzt?"

Maria erzählte ihrem Freund mit brüchiger Stimme

ihr Erleben. Harro war aufs Neue entsetzt. Nun bemühte sich Maria, ihn zu beruhigen. Sie erzählte ihm, dass es ihr, nachdem sie ihre Aufgabe gelöst hatte, von Stunde zu Stunde besser gegangen war. Tatsächlich fühlte sie sich mit der Stimme ihres Liebsten im Ohr im Moment recht gut.

Harro war aber immer noch außer sich: „Ausgerechnet als du in höchster Gefahr geschwebt bist, sitze ich abgekapselt, aber in schönster Sicherheit, in meiner Fortbildungsveranstaltung. Ich habe so oft mit großer Sehnsucht an dich gedacht, aber du kennst ja das eherne Gesetz: Kein Kontakt nach außen in diesen Tagen!"

Mit Vorwurf in der Stimme fuhr er fort: „Du hättest mich trotzdem aufstöbern müssen. Wie konntest du dich bloß in so eine gefährliche Situation begeben! Es macht mich verrückt, daran zu denken, was sein könnte, wenn nicht in letzter Minute diese alte Frau eingegriffen hätte. Bitte tu so etwas nie wieder!"

Kleinlaut antwortete Maria: „Ich weiß nicht, ob ich dir das versprechen kann. Siehst du, durch unseren Beruf kommen wir mit Menschen immer wieder in die seltsamsten Situationen. Dir geht es doch auch nicht anders."

Es war Maria, als könnte sie Harro am anderen Ende nachdenklich nicken sehen.

Nach einer kleinen Weile des Schweigens sagte er plötzlich mit völlig veränderter Stimme: „Ich habe eine ganz große, schöne Neuigkeit für dich!"

Maria hielt gespannt den Atem an, dann sagte sie schelmisch: „Ich höre, Liebster, bekommst du vielleicht ein Kind von mir?"

Harro lachte auf: „Mir scheint, du bist schon wieder ganz schön übermütig!"

Dann fiel er gleich mit der Tür ins Haus: „Du wirst es nicht fassen, ich werde Pfarrer von Sankt Gumbertus in Ansbach!" Dann berichtete er der völlig überraschten

Maria, dass ihn der Regionalbischof Hufschläger heute angerufen hatte, um ihn zu fragen, ob er nicht sofort die verwaiste Pfarrstelle übernehmen wolle. Der Oberkirchenrat habe ihm erklärt, dass sich die Gemeinde Sankt Gumbertus nach den furchtbaren Ereignissen in einem äußerst desolaten Zustand befände, der den dringenden Einsatz eines guten Mannes erforderlich mache. Harro habe sich auf seiner Stelle in Oberbayern bestens bewährt, so sei die Wahl nach einigem Hin und Her in der Vollsitzung des Landeskirchenrates in München schließlich auf ihn gefallen. „Ich habe schnell zugesagt." Harro gluckste vor Freude und Maria konnte sich das breite Grinsen vorstellen, dass sich nun auf seinem Gesicht ausgebreitet hatte.

„Niemand, außer unseren Eltern und unseren Freunden, weiß vermutlich, dass wir beide ein Paar sind. Wir haben das ja auch nie an die große Glocke gehängt", sagte Maria langsam.

„Siehst du, wie Gott selbst manchmal eingreift!", jubelte Harro begeistert. „Ich werde so schnell wie möglich bei euch aufkreuzen!"

Nun war Maria regelrecht baff. Mit einem derartigen Zufall hatte sie niemals gerechnet. Die beiden unterhielten sich noch lange und überlegten und planten eifrig, wie es nun weitergehen sollte.

„Ich glaube, es ist gut, wenn wir nicht allzu lange warten, bis wir uns den Kirchenvorstehern als Paar vorstellen." Beide vereinbarten, dass Maria am nächsten Tag, sobald es ihr möglich war, in seine Wohnung kommen würde.

Nach einem Gespräch, das noch eine ganze Zeit währte, legte sich Maria voller Vorfreude auf Harro und mit einem dankbaren Herzen, ob der wunderbaren Fügung, ins Bett und schlief tief und traumlos bis zum Morgen.

Samstag

Konstanze konnte sich nicht erinnern, wann sie sich einmal nach dem Aufwachen so zerschlagen gefühlt hätte wie an diesem Samstagmorgen. Eine sehr aufreibende Woche lag hinter ihr. Sie brauchte dieses freie Wochenende ganz dringend, um sich zu erholen. Das graue, neblige Wetter vor ihrem Zimmerfenster passte ausgezeichnet zu ihrem Zustand. Sicher würde es heute wieder regnen. Ein Tag zum Ausschlafen und zum Nichtstun.

Zur sportlichen Betätigung hatte sie zu dieser Morgenstunde auch keine Lust. Nur faulenzen, vielleicht ein Bummel über den Markt und dann mit einer Freundin ein wenig in einem Café plauschen. Am Nachmittag fernsehen. Als Action höchstens noch saunieren und ein wenig schwimmen. Und morgen dann Verwöhnsonntag in Würzburg. So sollten sich diese zwei Tage gestalten, darauf freute sie sich.

Noch schlaftrunken schaltete sie ihre Kaffeemaschine ein und ging ins Bad, um sich zu duschen. Nach einer erst warmen, dann kalten Dusche und einer Tasse Kaffee fühlte sie sich besser und dem kommenden Tag einigermaßen gewachsen. Im Bademantel holte sich Konstanze die Samstagszeitung. Dann setzte sie sich hin und frühstückte. Zunächst aß sie ein wenig Obst und strich sich ein Brot mit ihrem Lieblingsaufstrich: Paprika-Peperoni. Seine Schärfe empfand sie am Morgen als erfrischend.

In der Zeitung suchte sie aus Gewohnheit zuerst den Lokalteil heraus und staunte nicht schlecht. Neben einigen Bildern aus der Gruft und dem Fahndungsfoto von Georg Striebel fand sie einen überraschend positiv geschriebenen Artikel von Mostrich zum Fall „Flügelschlag“.

Schon die Überschrift signalisierte eine Kehrtwende in seiner Berichterstattung:

Erfolge der Polizei im Fall „Flügelschlag"

Darunter ein sehr objektiver Bericht über die Ereignisse. Staunend las Konstanze:

Wegen seiner offensichtlichen Führungsschwäche wurde Polizeidirektor Rudolf Dotzauer vom Polizeipräsidenten Steinwedel beurlaubt.

Seit Hauptkommissar Sperber die Leitung der Inspektion übernommen hat, scheint die Polizeiarbeit in unserer Stadt endlich wieder effektiver geworden zu sein.

Die unmittelbare Bearbeitung des spektakulären Falles wurde der verdienten Oberkommissarin Konstanze Grunwald in die Hände gelegt. In Zusammenarbeit mit Kommissar Karlo Grollmisch ist sie dem Täter offenbar unmittelbar auf den Fersen. Es ist also an der Zeit zu hoffen, dass die Bürger unserer bisher so friedlichen Stadt in wenigen Tagen wieder aufatmen können und die schrecklichen Ereignisse um die Gruft von Sankt Gumbertus ein Ende haben.

Dann folgte zu diesem Thema noch ein groß aufgemachter, ausführlicher Artikel über die historischen Hintergründe des Gerüchtes vom Vermögen des Herschel Grünspan, das in der Fürstengruft versteckt sein sollte.

Mostrich kam darin zu dem Schluss, dass diese Geschichte mit einer Volkssage gleichzusetzen sei. Schließlich hätte die Spurensicherungsgruppe der Polizei die Gruft mehrmals erfolglos durchsucht. Er hegte die Vermutung, dass die Nazis das Vermögen Herschel Grünspans damals doch in seinem Haus gefunden und an sich genommen hatten.

Konstanze schüttelte den Kopf. So viel Wirbel wegen nichts? Ein Mensch wegen einer bloßen Geschichte, hinter der nichts als ein aufgeblasenes Gerücht stand, ermordet.

Zwei Mordversuche, drei Menschen verletzt, davon eine Frau sehr schwer. Dazu die ganze Aufregung und der enorme Einsatz von Polizeikräften. Wer konnte das verstehen? Sie war empört und traurig zugleich.

Ihre Gedanken gingen zum flüchtigen Täter. Wo konnte sich Georg Striebel nur versteckt haben? Gab es in der Kirche irgendwelche Räume, die nur er aus seiner langjährigen Hausmeistertätigkeit kannte? Wohin konnte er geflohen sein, wenn es ihm gelungen war, aus der Kirche zu flüchten?

Irgendwann in allernächster Zeit bekommen wir ihn zu Gesicht, davon war die Kommissarin überzeugt. Sie sollte recht behalten mit ihrer Vermutung.

Nach dem Frühstück beschloss Konstanze, zunächst zum Einkaufen zu gehen. Sie zog sich wettergemäß an und nahm vorsichtshalber ihren Regenschirm mit. Da ihre Wohnung nicht allzu weit vom Stadtkern entfernt lag, konnte sie den Wochenmarkt bequem zu Fuß erreichen.

Konstanze liebte diesen Markt. Sie freute sich jedes Mal über die große Auswahl an frischem Obst und Gemüse, das zum Teil direkt vom Erzeuger stammte. Wunderbar duftende Bio-Backwaren wurden in einem Verkaufswagen von einem Bäcker aus der Umgebung freundlich dargeboten.

Bunte Blumensträuße aus Feld und Flur um Ansbach erfreuten ihre Augen in ihrer Schönheit. Ein Fischstand und zwei Stände mit fantastischem Käseangebot lockten die Marktbesucher zum Kauf. Darüber hinaus waren Nudeln, Eier, Geflügel und vieles mehr im Angebot.

Konstanze wollte sich ein wenig Zeit gönnen, um sich in Ruhe umzusehen und ihre Auswahl zu treffen. Schließlich herrschte in ihrem Kühlschrank nach dieser Woche gähnende Leere.

Plötzlich läutete ihr Handy. Sie meldete sich. Ein Kollege vom Kriminaldauerdienst war am Apparat.

„Frau Grunwald, es tut mir leid, dass ich Sie störe, aber ich denke mir, was ich Ihnen zu sagen habe, wird Sie sicher sehr interessieren. Ich muss Ihnen leider mitteilen, dass Frau Kuhn aus dem Krankenhaus verschwunden ist."

„Wie kann das sein! Sie wurde doch Tag und Nacht von Beamten bewacht."

In Konstanze wallte Ärger hoch. Sie verstand die Welt nicht mehr. Wer hatte da Pfusch gebaut?

„Es scheint so gewesen zu sein", hörte sie eine verlegene Stimme am anderen Ende sagen, „dass sich der Kollege irgendwann in der Nacht einen Kaffee zum Wachbleiben aus dem Stationszimmer geholt hat. Dabei hat er sich wohl ein wenig mit der Nachtschwester verplaudert. In dieser Zeit könnte Frau Kuhn ihr Zimmer verlassen haben. Im schlimmsten Fall ist sie daraus entführt worden."

„Oh verflixt, so eine böse Überraschung! Der Kollege kann etwas erleben!" Konstanze machte keinerlei Hehl aus ihrer Wut. „Geben Sie sofort das Fahndungsfoto, das schon einmal in der Zeitung erschienen ist, an alle Streifen heraus. Dazu eine Beschreibung von ihr."

„Ist schon geschehen, Frau Grunwald. Diese Maßnahmen habe ich sofort in Gang gebracht, nachdem ich von dem Vorfall gehört habe. Ich dachte, wir sollten nichts versäumen. Bitte entschuldigen Sie meine Eigenmächtigkeit."

„Da gibt es nichts zu entschuldigen. Ich bedanke mich, Kollege! Ich werde sofort ins Krankenhaus fahren, um den nachlässigen Kollegen und das Personal zu befragen. Kündigen Sie im Krankenhaus an, dass sich alle am Fall Beteiligten zu unserer Verfügung halten sollen."

Konstanze eilte nach Hause, legte ihre Einkäufe in

den Kühlschrank und fuhr auf dem schnellsten Weg zum Krankenhaus.

Auf der Unfallstation traf sie einen völlig zerknirschten Polizisten an, der ihr dieselbe Geschichte erzählte, die sie schon am Telefon gehört hatte.

Konstanze wies ihn mit scharfen Worten zurecht. Dann sagte sie dem mit gesenktem Blick vor ihr stehenden Polizisten: „Sie können jetzt nach Hause gehen. Am Montagvormittag melden Sie sich bei Hauptkommissar Sperber. Ich fürchte, Ihre Nachlässigkeit wird Folgen für Sie haben." Der Gescholtene zog mit hängendem Kopf ab.

Die Polizistin sprach als Nächstes mit der Nachtschwester, die in der vergangenen Nacht Dienst hatte. Aber die konnte ihr auch nicht weiterhelfen. Sie beteuerte mit vor Verlegenheit hochrotem Gesicht, dass sie in dieser Nacht einmal kurz zu Frau Kuhn hineingesehen und sie ruhig schlafend vorgefunden hatte.

„Das war vor der Kaffeepause mit dem Beamten", gab sie leise an.

Die Schwester hatte daraufhin keine Veranlassung mehr gesehen, ein weiteres Mal in das Zimmer der Patientin zu gehen. Ihrer Überzeugung nach befand sich Frau Kuhn auf dem besten Wege zur Besserung.

Beide, Polizist und Krankenschwester, hatten also auf dem Gang keinerlei verdächtige Beobachtung gemacht.

Eine außerordentlich ruhige Nacht sei das gewesen, berichtete die Nachtschwester abschließend.

Der ganze restliche Samstag verlief ohne weitere Ereignisse im Fall „Flügelschlag". Trotz intensiver Suche fand sich keine Spur von Georg Striebel oder Hanna Kuhn. Beide waren und blieben verschwunden. Wie vom Erdboden verschluckt.

Pfarrer Harro von Weinheim lenkte am Nachmittag dieses Tages seinen Motorroller mit gemischten Gefühlen über die Kreuzung am Ansbacher Schloss. Einerseits freute er sich natürlich darauf, seine geliebte Maria wieder um sich zu haben, andererseits war ihm aber durchaus bewusst, dass man ihm eine große Aufgabe übertragen hatte. Er kam sich vor wie ein Mensch am Ufer eines strudelnden, reißenden Flusses, mit dem Auftrag, ihn zu durchschwimmen.

Als er so in Gedanken versunken das Schlosstor hinter sich gelassen hatte und auf den Johann-Sebastian-Bach-Platz einbog, kam ihm mitten in der Straße Polizeikommissar Xaver Rossmeisel in grüner Uniform mit hoch erhobener Hand entgegen und zwang ihn, sein Fahrzeug abzubremsen und schließlich vor ihm stehen zu bleiben.

Harro schob das Visier an seinem Helm hoch und sah den streng blickenden Beamten freundlich an: „Grüß Gott."

Schroff entgegnete ihm Rossmeisel: „Mein Herr, Sie befinden sich in einer Fußgängerzone, wissen Sie das überhaupt? Sie haben keine Berechtigung, hier hereinzufahren."

„Ich weiß, dass das eine Fußgängerzone ist", antwortete ihm Harro geduldig, obwohl er sich über den harschen Ton des Polizisten ärgerte. „Ich wohne hier, im Haus Nummer fünf."

„Das kann jeder sagen", kam die unwirsche Antwort. „Wo ist denn bitteschön Ihr grüner Berechtigungsschein mit dem großen A drauf, für Anlieger. Der muss am Fahrzeug angebracht sein."

Harro breitete entschuldigend die Hände aus: „Ich weiß darüber noch nicht Bescheid, ich ziehe gerade erst ein."

„Sie wissen doch: Unwissenheit schützt nicht vor Strafe", knurrte Rossmeisel ungehalten. „Zeigen Sie mir bitte Ihren Führerschein und den KFZ-Schein Ihres Fahrzeuges."

Harro seufzte und zog den Reißverschluss seine Jacke auf: „Einen Moment bitte."

Er kramte in der Innentasche nach den geforderten Papieren und hielt sie dem Polizisten hin.

Der sah sie aufmerksam an und fragte dann misstrauisch: „Wo wohnen Sie, haben Sie gesagt?"

„Hier, in dieser Straße. Genau dort, im Haus Nummer fünf." Harro wies auf das Haus mit dem braunen Holztor.

„Ich will noch einmal von einer Verwarnung absehen, aber spätestens am Montag müssen Sie sich ein grünes A-Schild beim Ordnungsamt besorgt haben und am Fahrzeug anbringen, sonst sehe ich mich gezwungen, ein Verwarnungsgeld von Ihnen zu kassieren."

Harro nickte ergeben. „Nette Begrüßung in dieser Stadt", dachte er bei sich mit einem gewissen Unmut. Er steckte seine Papiere wieder ein und grüßte den Polizeibeamten, dann fuhr er das kleine Stück bis zu dem Haus, in dem sich seine künftige Wohnung befand.

Vor dem großen Tor des Hauses, in dem seine Pfarrwohnung auf ihn wartete, stellte er den Roller ab. Kaum war er abgestiegen, da hörte er hinter sich schon wieder die Stimme des Polizisten: „Sie dürfen hier nicht parken. Wenn Sie nicht gleich wieder weiterfahren, muss ich Ihnen einen Strafzettel in Höhe von dreißig Euro verpassen."

„Ist ja gut", stöhnte Harro und hob besänftigend die Hand. „Ich schiebe es wohl einfach hier hinein." Er deutete auf das geschlossene Tor.

Schon wieder raunzte der Polizist: „Ich glaube, das sehen die gar nicht gerne, wenn in diesem Durchgang jemand etwas abstellt. Außerdem laufen die Fremdenführer mit ihren Gruppen hier durch. So ein Ding – er deutete etwas geringschätzig auf Harros frisch geputzten, blauen Motorroller – macht da drin einen schlechten Eindruck."

Nun hatte Harro genug. Verärgert erwiderte er scharf: „Jetzt reicht es aber! Ich bin hier der neue evangelische Pfarrer, damit Sie das gleich zur Kenntnis nehmen! Ich werde in Zukunft zumindest mitbestimmen, wer oder was da steht."

Erstaunt blickte ihn der Beamte an und schluckte einmal unsicher. Energisch fand er dann wieder zu seinem amtlichen Ton zurück und schnarrte: „Na ja, auf kirchlichem Grund können Sie das, aber hier auf der öffentlichen Straße gibt es auch für Sie als Pfarrer keine Sonderrechte. Selbst wenn Sie hier Anlieger sind, können Sie nicht einfach vor diesem Haus parken. Und Be- und Entladen geht in der Fußgängerzone nur von sechs bis zehn Uhr und von dreizehn bis fünfzehn Uhr. Merken Sie sich das gut!" Er wandte sich brüsk ab und ging ein paar Schritte weg, um nach einem anderen Verkehrssünder Ausschau zu halten.

Missmutig öffnete Harro das schwere Tor und schob den Roller hinein.

„Fahrräder abstellen verboten!" Das verblichene Schild an der Wand des dunklen Durchgangs stach ihm als Nächstes in die Augen.

Harro war jetzt richtig sauer: „Fehlt nur noch, dass gleich einer kommt und sagt, sie haben schon einen anderen Pfarrer und ich kann gleich wieder gehen!"

Dann fiel sein Blick auf die in der Düsternis des etwas heruntergekommenen Raumes herumstehenden Fahrräder.

Verwundert stellte er fest, dass sich hier anscheinend niemand um die alte Verbotstafel scherte. Harro holte seine wenigen Sachen aus dem am Roller angebrachten Koffer: eine Isomatte, ein Schlafsack, eine Plastiktüte mit

Schlafanzug und Waschzeug. Seine anderen Habseligkeiten würden Anfang nächster Woche von einer Spedition gebracht werden.

Als Nächstes holte er den Hausschlüssel heraus, dem man ihm eilfertig im Schnellverfahren zugesandt hatte. Die Haustüre war, ebenso wie das Tor, mit einem automatischen Türschließer versehen. Man musste einige Kraft aufwenden, um sie aufzudrücken. Der junge Mann ging mit seinem Gepäck die breite Treppe hoch und sperrte erwartungsvoll die schöne Jugendstiltüre zu seiner künftigen Wohnung auf. Drinnen roch es eindringlich nach frischer Farbe. Der Parkettboden im Gang blitzte und glänzte. Harro blickte den Flur hinab: „Stolze vierunddreißig Meter lang. So stand es in der Wohnungsbeschreibung, die man ihm mit dem Schlüssel zugeschickt hatte." Er schüttelte den Kopf. Dann spürte er die Kühle, die von diesem langen Gang ausging, der sich über die ganze Hauslänge hinzog. Was würde es kosten, diesen Schlauch im Winter zu heizen? Bestimmt ein Vermögen, besonders bei der beachtlichen Raumhöhe.

Diese ganze Wohnung war für eine große Pfarrfamilie des neunzehnten Jahrhunderts eingerichtet worden, hieß es in der Beschreibung.

Zweihundertvierzig Quadratmeter Wohnfläche. Er befürchtete, sich in dieser großen Behausung wie sein eigenes Schlossgespenst vorzukommen.

Mit einem Blick in die geräumige Küche überzeugte er sich, dass ein einfacher Herd und eine Doppelspüle da waren. Anerkennend blickte er auf eine große Arbeitsplatte.

„Zumindestens kann ich meinen Spaziergang bei schlechtem Wetter durch die Zimmer unternehmen, dann werde ich wenigstens nicht nass, und auf dem Gang könnte ich eine Kegelbahn einrichten", überlegte er amüsiert.

Dabei war Harro durchaus an große Zimmerfluchten gewöhnt. Er war in der herrschaftlichen Atmosphäre des Schlosses derer zu Weinheim aufgewachsen. Als zweiter Sohn eines unterfränkischen Landadligen und seiner Frau war ihm auch der Lebensstil einer reichen Familie vertraut. Die Weinheims lebten sehr gut von ihren Weinbergen, den Wäldern und Feldern, die ihnen seit alters gehörten. Im neunzehnten Jahrhundert waren einige metallverarbeitende Betriebe hinzugekommen.

Sein älterer Bruder, Alfons, hatte außer Betriebswirtschaft auch noch Informatik studiert. In einem besonderen Betrieb wurden nun, neben allen anderen Einkommensquellen, Computerprogramme gestaltet.

Natürlich wäre Harro vor diesem Hintergrund ein Studium der Betriebswirtschaft vorgezeichnet gewesen. Er wollte aber, zum Verdruss seines Vaters, seinen eigenen Weg gehen. Schon immer hatten ihn die Schicksale der Menschen bewegt. Die eigentliche Inspiration seiner Berufswahl aber kam von der Begegnung mit einem jungen Pfarrer in seiner Heimatgemeinde. Harro war fasziniert von dessen Persönlichkeit. Dieser Geistliche konnte die Jugend, und damit auch ihn, hell begeistern. Auch vom bemerkenswerten Leben in der Pfarrfamilie war der junge Adlige eigenartig berührt.

Im Haus des Geistlichen drehte sich das Gespräch nicht, wie bei ihm zu Hause, nur ständig um das Geschäft, den Umsatz, die Mitbewerber, die Möglichkeiten der Betriebserweiterung und der Kapitalaufstockung.

Vielmehr erlebte er dort, wie über das Leben an sich gesprochen wurde. Es wurden Dinge ernst genommen, die in seiner Familie, wenn überhaupt, dann nur als Randerscheinungen kurz begutachtet und meist als nicht sehr wichtig gleich wieder ad acta gelegt wurden.

Der schlichte Stil, der im Haus des Pfarrers gepflegt wurde, stand in einem deutlichen Gegensatz zu dem seines Elternhauses. Nicht das Äußere eines Menschen und die ihn umgebenden Elemente waren in dieser sympathischen Familie wichtig, sondern seine Beweggründe und sein innerer Weg.

Harro hatte sich nach und nach von dem Gedanken losgesagt, in den familieneigenen Großbetrieb einzusteigen. Der Wunsch nach Leben reichte bei dem jungen Menschen weit über die bloße Erlangung materieller Mittel hinaus. Er wollte Antworten auf seine erwachten Lebensfragen finden. Er erhoffte sich das im Studium der Theologie. Harro hatte schwer darum kämpfen müssen, aus den vorgegebenen Bahnen herauszukommen. Seine Eltern waren zunächst irritiert, als er ihnen von seinen Studienplänen berichtete. Dann entsetzt, als sie feststellten, dass es ihrem Sohn damit bitterernst war.

Sein Bruder hatte Verständnis gezeigt. Vielleicht spürte er, dass er selbst allzu schnell auf das vorgegebene Lebenskonzept eingeschwenkt war. Vielleicht erkannte er aber auch, wie sehr sein jüngerer Bruder innerlich bereits auf anderen Pfaden wandelte.

Von Harro völlig unbemerkt, bahnten sich im nahe gelegenen Gemeindehaus der Kirchengemeinde Sankt Gumbertus große Dinge an.

Ein Ausschuss des Kirchenvorstandes war dabei, für ihn ein Willkommen vorzubereiten. Die kleine Feier war auf achtzehn Uhr angesetzt. Für den neuen Pfarrer sollte die Begrüßung eine freudige Überraschung werden.

Im Moment werkelten einige Mitglieder des Kirchenvorstands, Annemarie Stahlheimer, Else Laumer, Wilhelm Bieber, und die Sekretärin Heidi Besendörfer in Küche und Gemeindesaal. Florian Meusel, den Jugendvertreter in der Vorstandschaft, hatte man wieder weggeschickt. Er stand überall im Weg herum und nervte alle mit seinen altklugen Reden.

Die Tische waren bereits gedeckt und mit Bedacht dekoriert. Nun galt es noch, Speisen und Getränke vorzubereiten und möglichst verlockend aufzubauen.

Die Zusammenarbeit ging diesmal reibungslos vonstatten. Alle waren hochgestimmt und voller Erwartung. Sie freuten sich auf ihren neuen Seelsorger.

Harro hatte sich sehr zufrieden in seiner neuen Wohnung umgesehen. Eine richtig schmucke Bleibe war das! Die hohen Räume würden im Winter wahrscheinlich viel Heizmaterial verschlingen, um warm zu werden, aber immerhin stand da in einem Raum ein schöner Holzofen, dieser Raum könnte sein Wohnzimmer werden. Natürlich gab es zur Beheizung dieser schönen, hellen Behausung auch eine moderne Gasetagenheizung.

Nachdem er sich alles angesehen hatte, bestimmte er den größten Raum zu seinem Dienstzimmer. Hier war Platz für einen Schreibtisch und einen großen Tisch für Besprechungen aller Art. Außerdem hatte man von hier einen schönen Blick in die Fußgängerzone.

Als Schlafzimmer hatte er den hintersten Raum im langen Gang vorgesehen, dort würde es am ruhigsten sein. Überhaupt die Ruhe! Es herrschte in der Wohnung eine himmlische Stille, obwohl er draußen große Lieferwagen vorbeifahren sah. Das lag wohl an den guten Schallschutzfenstern.

In seinem künftigen Dienstzimmer, das ihm auch den Blick auf Sankt Gumbertus erlaubte, rollte Harro seine Isomatte aus und legte seinen Schlafsack darauf. Sein Blick ging durch das Fenster hinüber zur großen Kirche.

Er hatte sofort nach dem Anruf von Oberkirchenrat Hufschläger sein Laptop hergeholt und im Internet nach Informationen über Gumbertus gesucht. Auf der Homepage der Gemeinde wurde unter anderem auch diese große, traditionsreiche Kirche vorgestellt. Er wusste, dass sich in der alten Kapelle, die den Chorraum ausfüllte, ein wunderschöner Marienaltar und Steinreliefe mit Abbildungen bedeutender Menschen ihrer Zeit befanden. Das ganz besonders herausragende Stück in diesem Kirchenraum aber war ein Bild, das aus einer bedeutenden Nürnberger Malerwerkstatt stammen sollte. Es war angeblich in der ganzen Kunstwelt bekannt.

Harro wollte sich ein wenig die Beine vertreten und dabei auch Sankt Gumbertus innen und außen ansehen. In Ansbach selbst kannte er sich, von seinen Studienjahren im nahen Neuendettelsau her, gut aus.

Er machte sich auf den Weg, ging um die Kirche herum, lief die Utzstraße entlang und landete in einer Buchhandlung.

Harro liebte historische Romane. In dem großen Laden fand er den richtig dicken Schmöker einer Autorin, die er schätzte. „Gerade das Richtige, um mich abzulenken." Sein Rückweg führte ihn durch die Neustadt und zurück in seine neue Wohnung.

Er hatte es sich gerade auf seiner Isomatte bequem gemacht, um das neue Buch anzulesen und dabei auf Maria zu warten, als es an seiner Türe läutete.

Als Harro öffnete, sah er seine Geliebte vor sich stehen, Maria fiel ihn sofort mit einem Juchzer um den Hals. Nach einem innigen Kuss zog Harro seine Geliebte in die Wohnung. Die beiden nahmen sich keine Zeit, um gemeinsam die Wohnung anzusehen. Harro führte Maria in sein späteres Büro. Dort sanken beide auf die Isomatte.

Leider währte ihre Freude aneinander nicht sehr lange, denn schon nach kurzer Zeit läutete es wieder an der Wohnungstüre. Harro löste sich von seiner Liebsten, brachte eilig seine Kleidung in Ordnung und fuhr sich durch sein verwuscheltes Haar. „Ich komme sofort wieder, lauf bitte nicht weg!", sagte er scherzhaft zu Maria und lief los, um nachzusehen, wer sie störte.

Als Harro die Türe öffnete, stand eine ältere Frau herzlich lächelnd und leicht erhitzt mit hochroten Wangen vor ihm.

„Grüß Gott, Herr Pfarrer, und meinen herzlichsten Glück- und Segenswunsch zum Einzug! Ich heiße Annemarie Stahlheimer und bin Mitglied des Kirchenvorstands von Sankt Gumbertus."

Nun hielt ihm die etwas mollige Frau strahlend einen bunten Strauß Blumen hin.

„Diese Blumen sind von uns für Sie zum Einzug in Ihr neues Heim. Lieber Herr Pfarrer, der ganze Kirchenvorstand hat mich zu Ihnen gesandt. Wir haben unten im Gemeindezentrum alles vorbereitet, um Sie offiziell herzlich willkommen zu heißen. Die anderen Kirchenvorsteher und ich bitten Sie, gleich herunterzukommen, damit wir Sie begrüßen können. Für Speise und Trank haben wir auch gesorgt."

Verblüfft starrte Harro einen Moment den Blumenstrauß an: „Jetzt haben Sie mich wirklich überrascht, Frau Stahlheimer. Damit habe ich nicht gerechnet. Ich muss Ihnen sagen, ich bin auch von meiner Garderobe her nicht auf einen Empfang vorbereitet. Meine Sachen kommen erst demnächst mit der Spedition."

„Das macht doch nichts", entgegnete ihm die Kirchenvorsteherin fröhlich. „Wir nehmen Sie, wie Sie sind. Kommen Sie doch bitte mit."

„Vielen Dank, das hört sich gut an", bedankte sich Harro artig.

„Ich komme gleich hinunter. Bitte lassen Sie mir etwas Zeit."

Zu Maria zurückgekehrt, sagte er bedauernd: „Der Kirchenvorstand hat im Gemeindezentrum eine Begrüßungsfeier vorbereitet. Ich wusste davon nichts. Liebste, ich glaube, wir müssen unsere eigene Feier später fortsetzen. Bitte komm mit mir hinunter. Ich bin froh, dass ich mich jetzt nicht alleine in diese unverhoffte Festlichkeit hineinbegeben muss."

Maria zog sich an. Beide liefen die Treppe hinab und gingen über den Hof in das Gemeindezentrum hinein.

Als sie miteinander den hell erleuchteten, großen Raum betraten, wurden sie mit Hallo und Händeklatschen begrüßt. Harro machte gute Miene zu dem überfallähnlichen Ereignis und schüttelte die vielen Hände, die sich ihm entgegenstreckten.

Unter denen, die ihnen erwartungsvoll und freundlich entgegensahen, entdeckte er das von verschiedenen Begegnungen in Nürnberg schon bekannte Gesicht seines künftigen Vorgesetzten. Dekan Ernst Hase stand im Gegensatz zu den anderen mit ernster Miene da und schaute ihn mit einer gewissen Missbilligung an. Sein schwarzer Anzug und seine steife Körperhaltung umgaben ihn mit einer Aura der Unnahbarkeit.

Frau Stahlheimer rief laut: „Wir begrüßen unseren neuen Pfarrer, Herrn Harro von Weinheim, ganz herzlich in unserer Mitte. Wir wünschen ihm ein gutes Eingewöhnen bei uns und Glück und Segen im privaten wie im beruflichen Bereich seines Lebens. Wir freuen uns, dass Sie unsere Pfarrerin, Frau Sebald, auch gleich mitgebracht haben. Auch ihr ein herzliches Willkommen."

Wieder wurde lang anhaltend geklatscht und gelächelt. Harro und Maria verbeugten sich etwas verlegen.

„Liebe Frau Pfarrerin, lieber Herr Pfarrer", fuhr die Vertrauensfrau munter fort, „wir haben zu Ihrer Begrüßung eine Kleinigkeit zu essen und zu trinken vorbereitet. Bitte greifen Sie zu und seien Sie gerne unter uns. Sicher werden Sie heute viel zu viele Menschen auf einmal kennenlernen. Die meisten Namen werden Sie wahrscheinlich gleich wieder vergessen, aber Sie werden uns, so Gott will, noch oft begegnen. Wir hoffen, dass Sie bald ganz zu uns gehören werden."

Wieder Klatschen und Lächeln. Harro wusste nicht, was er jetzt tun sollte. Hunger hatte er um diese Zeit immer und Durst auch, aber er konnte doch nicht gleich mit dem Ruf: „Das Büfett ist eröffnet!", losstürmen und sich auf die Tafel schmeißen.

Frau Stahlheimer nahm ihm seine Entscheidung ab. Sie sagte: „Vielleicht möchten Sie, lieber Herr Pfarrer, nun einige Worte an uns richten?"

Harro räusperte sich kurz und sagte laut: „Sie haben mich überrascht. Ich war auf einen derartig gut organisierten Empfang noch gar nicht vorbereitet. Aber ich freue mich, dass Sie alles so schön hergerichtet haben. Wir beide, Frau Sebald und ich, sind der Meinung, dieser Anlass bietet uns eine gute Gelegenheit, uns Ihnen gleich als ein Paar vorzustellen. Wir kennen uns aus dem Studium. Für uns beide ist es eine glückliche Fügung, dass wir in Ihrer Gemeinde gemeinsam arbeiten können, wenn die Umstände für Sie auch alles andere als angenehm sind. Wir werden in dieser Situation mit Gottes Hilfe unser Möglichstes für die Gemeinde Sankt Gumbertus tun."

Dieser Erklärung folgten wieder ein heftiges Händeklatschen und natürlich ein verwundertes Gemurmel. Harro ließ den Versammelten keine Zeit für weitere Ansprachen, sondern redete gleich weiter: „Hunger und Durst haben wir auch, darum erkläre ich das Büfett für eröffnet."

Lachen schallte ihm entgegen und vereinzeltes Händeklatschen. Mancher lachte aber nicht. Einer davon war – wie konnte es anders sein – Dekan Ernst Hase.

Während Harro und Maria sich händeschüttelnd, höflich lächelnd und verbindliche Worte sprechend zum

Tisch mit dem Essen und den Getränken hindurchzuschlängeln versuchten, drängelte sich Dekan Hase energisch durch die dem Büfett entgegen strebenden Menschen, um zu dem umlagerten jungen Pfarrer zu gelangen. Dem war es bislang noch nicht gelungen, sehr viel weiter zu kommen. Immer wieder wurde er durch Begrüßungsreden und Händeschütteln aufgehalten.

Als es Hase endlich gelungen war, zu ihm durchzukommen, tippte er ihn auf die Schulter: „Ich muss kurz mit Ihnen sprechen, Bruder von Weinheim."

Harro ging erwartungsvoll hinter dem Dekan her. In einer stillen Ecke des Gemeindezentrums stellte Hase ihn zur Rede: „Bruder von Weinheim, wie können Sie in einer derartigen Aufmachung zu dieser Begrüßung erscheinen?"

Harro sah an sich hinab. Er trug Jeans und hatte eines seiner ältesten Hemden an. Seine Schuhe waren ungeputzt und sein Kopf wirkte wahrscheinlich auch nicht gerade wie auf Hochglanz poliert.

„Also, ich konnte doch nicht wissen, dass die hier für mich ein Fest in dieser Größenordnung vorbereitet haben", versuchte er sich zu verteidigen.

„Als Pfarrer haben Sie immer korrekt angezogen zu erscheinen, da gibt es keine Entschuldigung. Schlampiges Auftreten mag es in anderen Dekanaten geben, in meinem jedenfalls nicht. Ich achte auf die äußere Form, lassen Sie sich das gesagt sein."

„Herr Dekan, bei allem Respekt", erwiderte ihm Harro nun ungehalten, „die äußere Form ist doch oft nur Fassade. Ich meine, es kommt darauf an, was in einem Menschen steckt. Ich bin auch auf angemessene Kleidung bedacht, aber ich möchte nicht zum bloßen Kleiderständer werden. Hätte ich gewusst, was mich heute hier erwartet, dann wäre ich auch von der Kleidung darauf vorbereitet gewesen, das können Sie mir glauben."

„Gut, dann wissen Sie jetzt Bescheid, was von Ihnen erwartet wird. Sie sind in allererster Linie Repräsentant unserer Konfession", entgegnete Hase streng.

„Ich halte mich für einen Repräsentanten meines Herrn und in erster Linie für einen Seelsorger für die Menschen, die mir anvertraut sind."

Hase wurde es jetzt zu viel. „Wir werden ja sehen, wie Sie sich machen." Grantig nörgelte er weiter: „Ich bin ja außerdem ziemlich unvorbereitet von Ihrer beider Offenbarung eben überrascht worden. Von Ihrem Verhältnis wusste ich nichts. Aber hätte ich es gewusst, wäre ich gegen Ihre Ernennung auf diese Stelle gewesen, das können Sie mir glauben. Es ist doch ein völlig unhaltbarer Zustand, wenn hier ein Liebespaar agiert. Wer weiß, was die Leute nun über Sie reden! Am besten, Sie heiraten gleich, dann erledigt sich dieses Problem von selbst. Jetzt fangen Sie erst einmal an, dann reden wir weiter."

Hases Ton war von Empörung auf zuletzt väterlich ermahnend umgeschwenkt. Harro musste an sich halten, um nicht gleich über so viel Rückständigkeit empört aufzuschreien. Er atmete ein paar Mal tief durch, dann gelang es ihm, ruhig zu sprechen: „Sehr verehrter Herr Dekan, wann wir heiraten, bestimmen wir selbst."

Hase schaute ihn mit wütendem Gesicht durchdringend an, aber er war sich bewusst, dass er diese Heirat nicht befehlen konnte.

Er wandte sich brüsk ab und rief: „Am besten gehen Sie jetzt erst mal wieder hinein und tun Ihren Dienst, anstatt hier aufmüpfige Reden zu führen!" Damit wandte er sich um und schritt energisch in Richtung Gemeinderaum.

Harro trottete hinter ihm her. „Alles nicht besonders verheißungsvoll. Mit diesem verbohrten, unfreundlichen Menschen zusammenzuarbeiten, würde nicht leicht werden."

Wieder im Gemeinderaum angekommen, wurde er gleich von Eveline Schwalbe in Beschlag genommen: „Lieber Herr von Weinheim, ich darf Sie doch so nennen, nicht wahr? Herr Pfarrer klingt so steif und unpersönlich. Wir wollen doch zueinander kommen, da soll die Form keine so große Rolle spielen." Sie strahlte ihn mit ihrem verführerischsten Lächeln an.

Harro war etwas verwirrt und nickte. „Ja, ich denke auch, dass die Äußerlichkeiten nicht die erste Geige spielen sollten, das Thema habe ich eben mit dem Herrn Dekan besprochen."

„Darüber und über vieles andere möchte ich mit Ihnen gerne mal unter vier Augen reden."

Bevor Harro ihr etwas irritiert darauf antworten konnte, sagte eine weibliche Stimme scheinheilig schmeichelnd hinter ihnen:

„Ach, die Eveline macht unserem neuen Herrn Pfarrer schöne Augen. Was würde dein Mann wohl dazu sagen?" Unbemerkt war Kirchenvorsteherin Annemarie Stahlheimer in ihre Nähe gekommen.

„Annemarie, du redest wieder einmal dummes Zeug", fauchte die Schwalbe zurück. Hämisch grinsend redete sie gleich weiter: „Ich staune immer wieder, wie sich in deinem Kopf alles verdreht. Da muss man sich nicht über die unsinnigen Laute wundern, die deinem Mund dauernd entschlüpfen." Die beiden funkelten sich an.

Harro nützte diesen Moment: „Entschuldigung die Damen, aber ich habe noch nichts gegessen." Er ging eilig auf den Tisch mit den Häppchen zu. Enttäuscht sah er, dass die Platten bereits völlig abgeräumt waren. Offenbar war man hier mit schnellem Zugreifen gut in Übung.

„Ach, Herr Pfarrer, jetzt haben Sie wohl überhaupt nichts mehr zu essen bekommen, das ist aber schade!" Eine freundliche Dame hatte sich ihm lächelnd genähert.

„Ich könnte Ihnen ein Glas Wein anbieten?"

„Ja, bitte einen Weißwein."

„Hier, wohl bekomm's!" Sie reichte ihm ein Glas Wein über den Tisch.

Harro trank. Am liebsten hätte er sich geschüttelt und alles gleich wieder ausgespuckt. „Schmeckt wie Bahndamm Nord, Frühlese."

An diesem Abend machte Harro noch manche Bekanntschaft. Zum Beispiel mit weiteren Kirchenvorstehern. Einer von ihnen, Hans Meier, freute sich: „Etz suwos, des ist brima, dass sie zu uns kummä. Ä soa junga Mo und scho Pfarrer! Wos soll ma dozu song? Und die Freindin ist a scho do, no suwos, wenn des blos gut geht!"

Und mit einem anderen von ihnen, Walter Seiferlein: „Sehr schön, dass uns endlich ein Pfarrer geschickt wurde. Nach allen Katastrophen der letzten Zeit kommen nun Sie zu uns. Vielleicht ändert sich jetzt etwas zum Besseren, wir werden die Gemeinde sonst bestimmt noch an die Wand fahren."

Darauf wusste Harro keine gescheite Antwort. Er nickte nur und sagte: „Das kann ich mir denken."

Auch Oswald Nothnagel ging auf ihn zu und sagte mit skeptisch verzogenem Gesicht: „Unter uns gesagt, Herr von Weinheim, ich freue mich, dass ein junger Pfarrer wie Sie zu uns kommt. Für die Pfarramtsführung wünsche ich mir persönlich einen jungen, attraktiven Pfarrer mit vielen Jahren Amtserfahrung."

Harro lächelte schmerzlich und gab zu bedenken: „Ob das eine das andere nicht ausschließt?"

Florian Meusel, der Vertreter der Jugend im Kirchenvorstand, meinte: „Ist ja geil, dass Sie wenigstens nicht uralt sind. Ein bisschen jünger könnten Sie schon sein. Wissen Sie, die Alten hier wollen von uns Jungen nichts wissen. Bei denen heißt's immer: Wo ist denn die Jugend?

Aber wenn dann mal Jugendliche auftauchen, dann stören sie die Beschaulichkeit. Im Gottesdienst ist es immer dasselbe: Wenn wir dabei sind, ist es für die Alten zu lebhaft und für uns zu leblos. Cool, dass Sie da sind. Man sieht sich ..." Damit drehte er ab.

Harro fühlte sich ausgelaugt und hungrig. Er entschloss sich zu gehen und blickte sich nach Maria um. Als er sie gesichtet hatte, trafen sich auch schon ihre Blicke und Harro konnte ihr ein Zeichen zum Aufbruch geben. Er ging rasch hinaus und wartete vor der Türe auf seine Freundin, die sich elegant von ihrem Gesprächspartner losgeeist hatte und laut aufatmend auf ihn zukam. Beide gingen Arm in Arm mit schnellen Schritten durch den Hof auf die Straße hinaus.

In Harros Erinnerung gab es nur wenige Schritte von hier in einer Seitenstraße einen recht guten Italiener. Er fand das Lokal auf Anhieb und setzte sich mit Maria in eine gemütliche Nische.

Nachdem der Kellner die Karten gebracht hatte, sagte er zu Maria: „Ich nehme wieder einmal Calamari in padella con limone e panagrattato, du weißt schon: gebratene Kalamare und Zitronenscheiben mit Knusperbrösel. Dazu möchte ich einen leichten Rotwein. Und als Nachtisch gönne ich mir Gelato con olio e sale oder auf Deutsch Vanilleeis mit Olivenöl und Meersalz."

„Eine tolle Wahl!", stimmte Maria ihm zu. Genau das möchte ich auch!"

Als Harro vor Jahren von einem Freund Vanilleeis mit Olivenöl und Meersalz empfohlen wurde, konnte er sich nicht vorstellen, dass diese Zutaten zueinander passten. Als er es aber probierte, war er gleich hin und weg. In der Zwischenzeit hatte er diese Spezialität schon öfter gegessen. Das Vanilleeis musste gut und das Olivenöl Spitzenklasse sein. Am besten von der Sorte, die so ein wunderbar grasiges Aroma besitzt. Davon ein wenig über die Kugel Eis gegossen und eine Miniprise Meersalz darauf. Man musste es einfach probiert haben. Es schmeckte ihm sehr.

„Zum Abschluss werde ich einen Espresso trinken", verkündete Maria voller Vorfreude auf das ruhige gemeinsame Essen.

Während des Essens berichtete Harro von seinem unerquicklichen Gespräch mit Dekan Hase.

Maria konnte nur mit verdrehten Augen darauf erwidern: „Wie kann der nur derartig unsensibel sein? Aber es wundert mich eigentlich auch nicht so sehr, denn ich habe mir schon von einigen Gemeindegliedern anhören müssen, wie dämlich sich der immer wieder anstellt. Warum die den zum Dekan gemacht haben, das verstehe wer will!"

Harro wiegte den Kopf: „Ich möchte ihm das nicht so einfach durchgehen lassen. Ich werde ihn um ein Gespräch bitten. Ich will von ihm nicht ständig so von oben herab angeredet werden. Da würde mir einfach zu wenig Spielraum für eine gute Zusammenarbeit bleiben."

Damit wandten sich die beiden Liebenden aber auch schon wieder mit Genuss ihrem köstlichen Essen und angenehmeren Themen zu.

Sie überlegten, wie sie ihre Gemeinsamkeit in diesem Umfeld leben könnten. Das Gespräch mündete dabei immer mehr in eine Vorfreude auf die nächste Zeit.

Nach dem Essen machten Maria und Harro noch einen Rundgang durch die Innenstadt und beschlossen dabei, in Marias Wohnung zu übernachten. Harro wollte jedoch am nächsten Morgen zeitig zu einem Freund, der etwa die gleiche Statur hatte wie er, nach Neuendettelsau fahren, um sich von ihm ein paar offizieller aussehende Kleidungsstücke zu holen. Noch einmal wollte er sich keine Rüge wegen unpassender Kleidung einfangen. Um halb zehn Uhr wollten sie dann gemeinsam den Gottesdienst besuchen, den Dekan Hase halten würde.

Morgen des Sonntags

Anscheinend hatte sich der Himmel an diesem Sonntag etwas ganz Besonderes einfallen lassen. An diesem Morgen hatte sich dichter Nebel wie eine graue Decke über die Stadt gebreitet. Die Sicht betrug nur etwa zehn Meter. Alle Geräusche wurden sofort wie von einer Wand verschluckt.

In der Kirche Sankt Gumbertus herrschte ab halb neun Uhr lebhaftes Treiben. Die Aushilfsmesnerin, Frau Stahlheimer, eilte hin und her. Oben auf der Empore übte der Kantor noch mit Posaunenchor und Kirchenchor. Auch Dekan Hase war bereits eingetroffen, las die notwendigen Mitteilungen an die Gemeinde noch einmal durch und überprüfte, ob in der Kirche alles seine Ordnung hatte.

Nach und nach trafen auch andere Kirchenvorsteher ein. Frau Stahlheimer war gerade dabei, die Altarkerzen zu entzünden, als sich ihr Eveline Schwalbe näherte. Neben ihr trottete ein recht nachlässig angezogener Florian Meusel.

„Guten Morgen!", rief Annemarie Stahlheimer dem ungleichen Paar freundlich zu. „Na, was sagt ihr zu den beiden Altargestecken. Die sind doch mal was anderes als die immer gleichen, langweiligen, die der Mesner in einem Blumengeschäft bestellt hat." Stolz fügte Frau Stahlheimer hinzu: „Ich habe sie selbst angefertigt."

„Annemarie, was soll ich dazu sagen?", antwortete Eveline Schwalbe höhnisch. „Für mich sind deine sogenannten Altargestecke die reinste Gotteslästerung. Einfach grottenhässlich!"

Florian Meusel fügte in seiner ungeschminkten Art hinzu: „Die sehen aus wie zwei explodierte Schrubber!"

Annemarie Stahlheimer sah die beiden Kirchenvorsteherkollegen eine kleine Weile mit weit aufgerissenen Augen und offenem Mund an. Dann sagte sie mit vor Empörung zitternder Stimme: „Ihr habt wirklich keinerlei Geschmack. Aber das sage ich euch: Nie, nie mehr werde ich jemals wieder ein Blumengesteck für diese Kirche anfertigen. Ich werfe meine Perlen doch nicht vor die Säue, wie es in der Bibel heißt. Anders gesagt: Solche Banausen wir ihr beide müssen sich ihr Zeug in Zukunft selber zusammenstecken! Und jetzt verschwindet, und zwar plötzlich, ich habe im Gegensatz zu euch in dieser Kirche eine wirkliche Aufgabe gefunden."

Nun waren Eveline Schwalbe und Florian Meusel an der Reihe, völlig baff zu sein. So knallhart hatte sich die sonst so weinerliche Annemarie Stahlheimer noch nie geäußert.

Sie waren im Moment regelrecht überfordert mit dieser Frau. Beide wussten nicht, wie sie auf den Ausbruch reagieren sollten, und begaben sich schweigend und in ihrer Weltsicht erschüttert in die Sakristei.

Annemarie Stahlheimer dagegen hatte sich wieder ihrer Arbeit am Altar zugewandt und fühlte sich prächtig wie schon lange nicht mehr.

Ebenfalls Sonntagmorgen

Harros Wecker hatte schon kurz vor sechs Uhr geläutet. Er bemühte sich, seine Augen aufzubekommen, um nicht gleich weiterzuschlafen. Neben ihm lag Maria und schlief noch ganz tief. Das Klingeln des Weckers hatte sie nicht geweckt. Harro ließ sich Zeit, seine Freundin zu betrachten. Die Liebe, die er dabei empfand, war so intensiv, dass sie ihn beinahe schmerzte. Er musste sich sehr zurückhalten, um sie nicht zu berühren.

Harro riss sich von dem schönen Anblick los. Es half nichts, er musste sich im nahen Neuendettelsau noch einige Sachen holen. Er brauchte vor allem Kleidungsstücke, die eine gewisse Seriosität spiegelten. Vorsichtig schlug er seine Zudecke zurück, stand auf und schlich sich in die Küche. Bei geschlossener Türe bereitete er das Espressokännchen vor, schnitt sich eine Scheibe Brot ab und holte sich einen Aufstrich aus dem Kühlschrank. Solange der Kaffee brauchte, um zu kochen, konnte er sich im Bad waschen und anziehen. Nach einer etwas flüchtigen Wäsche trank er einen doppelten Espresso und aß das Brot. Maria schlief immer noch fest, als er sich aus der Wohnung schlich.

Als Harro aus dem Haus trat, lag der kleine Platz im Nebel vor ihm. Ihm graute vor der Fahrt mit dem Roller bei dieser schlechten Sicht.

Der junge Pfarrer machte sich trotzdem mit langen Schritten auf den Weg. Da löste sich eine dunkle Gestalt aus der Nebelwand und kam auf ihn zu. Er erkannte eine ältere Frau und wunderte sich, was die um diese Zeit dazu trieb, im Nebel herumzulaufen. Was er nicht wusste, war, dass diese Frau ihn durchaus kannte, denn sie war bei seiner Begrüßung dabei gewesen. Frau Rosa Huber war nämlich ein sehr treues Gemeindeglied. Seit Jahren trug sie das Gemeindeblättchen von Sankt Gumbertus aus. Weil sie immer so früh aufwachte, warf sie die neueste Ausgabe an diesem Sonntag schon um diese frühe Tageszeit in die Briefkästen. Wenn sie damit fertig war, würde sie, wie jeden Sonntag, den Gottesdienst in

Sankt Gumbertus besuchen. Als sie den Pfarrer erkannte, der eben aus dem Haus getreten war, kniff sie die Augen zusammen und dachte, scharfsinnig wie sie war, bei sich: „Das sieht mir nach Fremdübernachtung aus. In dem Haus wohnt die Pfarrerin. Für mich ist die Sache klar." Harro grüßte sie mit einem knappen Nicken im Vorübergehen. Frau Huber ließ es sich nicht nehmen, darauf laut mit „Guten Morgen Herr Pfarrer, auch schon so früh unterwegs?" zu antworten.

Harro erkannte, dass auch in dieser Stadt die soziale Kontrolle sehr gut funktionierte. Unverdrossen ging er einfach weiter. Sollten sie sich doch das Maul zerreißen. Der alte Spruch von Wilhelm Busch kam ihn in den Sinn: „Ist der Ruf erst ruiniert, lebt sich's völlig ungeniert!"

Als er den Martin-Luther-Platz überquerte, kam es ihm vor, als hätte sich der Nebel bereits etwas gelichtet.

Ein wenig erleichtert schritt er schneller aus, um das Pfarrhaus zu erreichen. Harro wählte den kürzesten Weg seitlich am Stadthaus vorbei. Dabei ließ er das Portal von Sankt Gumbertus links liegen und lief direkt an der Mauer der Kirche entlang. Vor sich hatte er nun den Brunnen mit dem goldenen Kopf von Markgraf Karl Wilhelm Friedrich, dem sogenannten „Wilden Markgrafen", an seiner Spitze. Der bei Sonnenschein hell glänzende Markgrafenkopf wurde heute von grauen Nebelschwaden umwabert.

Natürlich war der Brunnen bei diesen Temperaturen noch nicht in Betrieb. Immer noch war der große Brunnentrog ringsum mit einer dicken Holzverschalung bedeckt. Als Harro ganz nah am Brunnen vorbeiging, glaubte er seinen Ohren nicht trauen zu können.

Als er eine menschliche Stimme verhalten rufen hörte, blickte er sich um: „Woher kamen diese Rufe?" Offenbar aus dem verschlossenen Brunnentrog.

Der Pfarrer legte sein Ohr auf das Holz. Nun hörte

er die Rufe überdeutlich. „Hilfe, bitte helft mir!", klang es dumpf aus dem Brunnentrog. Fast unglaublich, aber wahr, da war ein Mensch im Brunnentrog. Harro versuchte sofort, die Holzverschalung hochzuheben. Sie schien jedoch irgendwie zusammengeschraubt zu sein. Er ging um den Brunnen und probierte an verschiedenen Stellen, die Abdeckung anzuheben.

„Der Mensch muss doch reingekommen sein, also gibt es eine lockere Platte." Tatsächlich ließ sich eine Holztafel anheben. Harro stemmte sie hoch und sah hinein. Er musste seine Augen erst eine Weile an die Dunkelheit des Troges gewöhnen, aber nun war die Stimme laut genug, dass sie ihm die Richtung wies, in die er blicken musste. Er erkannte diffus eine zusammengekrümmte Gestalt am Boden. Der scharfe Gestank nach Exkrementen, der ihm aus der finsteren Höhle entgegenschlug, ließ ihn den Atem anhalten und brannte in seinen Augen.

„Was ist mit Ihnen?", rief er ins Dunkle hinein. Einem schweren Atmen folgte ein schwacher weiterer Hilferuf. Harro legte die Holzplatte zur Seite, dann holte er sein Handy aus der Jackentasche und wählte die Notrufzentrale. Eine ruhige Stimme meldete sich sofort. Harro redete aufgeregt in sein Handy: „Ich habe einen offenbar verletzten Mann im Brunnentrog vor der Sankt-Gumbertus-Kirche gefunden. Er braucht ärztliche Hilfe. Bitte schicken Sie schnell einen Krankenwagen und einen Notarzt."

Der Mann am anderen Ende der Leitung ließ sich Harros Namen und seine Adresse geben und versicherte ihm, dass er sofort Hilfe senden würde. Harro sollte so lange bei dem Verletzten bleiben. Der junge Pfarrer legte auf und schwang sich sofort in den Brunnentrog. Jetzt sah er den hilflosen Menschen ganz deutlich. Vor ihm lag ein alter Mann, dessen Gesicht schmerzverzerrt war. Seine Augen waren weit geöffnet und starrten ihn an.

„Bitte helfen Sie mir!", sagte der Mann mühsam mit rauer Stimme. Anscheinend war sein Mund völlig ausgetrocknet. Harro beugte die Knie, sodass er auf Augenhöhe mit dem Mann war. „Ich habe nach einem Arzt gerufen, gleich kommt Hilfe!", verhieß er dem Daliegenden. „Danke!", brachte der mühsam hervor. Von draußen hörte Harro das Tuten eines Martinshornes laut in der sonntäglichen Stille näherkommen. Er kletterte wieder aus dem Trog, um sich den Helfern bemerkbar machen zu können.

Da kam er Rettungswagen auch schon vom Schlosstor her angebraust und hielt vor dem Brunnen. Ein Mann in roter Jacke mit der Aufschrift „Notarzt" öffnete die Wagentüre und sprang auf die Straße: „Haben Sie angerufen?"

„Ja, hier im Brunnentrog liegt ein hilfloser Mann."

Inzwischen waren auch zwei Sanitäter ausgestiegen und eilten mit Harro und dem Arzt zum Brunnen. Sie trugen verschiedene Koffer. Der Arzt stieg in den Brunnen und knipste dabei eine Taschenlampe an. Ihm folgte einer der Sanitäter. Nach kurzer Zeit tauchte der Helfer wieder auf und rief seinem Kollegen zu, er soll die Trage herbeischaffen.

Der Sanitäter rannte zum Krankenwagen, zog die Trage auf ihren Rädern heraus und schob sie zum Brunnenrand. Der Arzt war offenbar mit seiner ersten Untersuchung fertig. Er und der Sanitäter machten sich nun daran, den alten Mann hochzuheben und mit einiger Mühe durch die Öffnung der Holzverschalung zu schieben. Harro sah als Erstes den blutverschmierten Kopf des Mannes. Der draußen stehende Sanitäter griff jetzt auch mit zu. Harro hielt die Trage mit einer Hand fest und unterstützte mit der anderen die Bemühungen der Retter. Als der Alte endlich auf der Trage vor ihm lag, sah er ihn aufmerksam an. Das Gesicht wirkte grau und eingefallen. Seine Augen waren geschlossen. Es schien, als sei er ohnmächtig. Die Lippen des Mannes waren aufgerissen und bluteten. Lange Bartstoppeln und die stinkende, verschmutzte Kleidung ergänzten den verwahrlosten Eindruck des Mannes. Überall an ihm entdeckte Harro frisches und getrocknetes Blut. Auch die Haare am Kopf dieses Menschen waren blutverkrustet.

Ob es sich bei ihm um ein Unfallopfer oder einen verletzten Obdachlosen handelte? Er sandte ein stummes Stoßgebet für diesen schlimm zugerichteten Menschen zum Himmel.

Arzt und Sanitäter kletterten, angestrengt atmend, aus dem Brunnen. Während die beiden Sanitäter den Mann eilig zum Krankenwagen brachten und ihn schließlich hineinhoben, fragte der Arzt Harro, ob ihm die Person bekannt sei. Harro schüttelte den Kopf und berichtete, wie er ihn gefunden hatte. „Mir scheint, dieser Mann ist Opfer eines Verbrechens geworden", sagte der Arzt nachdenklich. „Er hat am Hinterkopf eine ziemlich große Wunde. Ich befürchte, er ist überfallen und niedergeschlagen worden. Natürlich könnte er auch unglücklich gestürzt sein. Ich rufe auf jeden Fall die Polizei, die soll sich um diesen Fall kümmern."

Hastig holte er sein Handy aus der Tasche und rief die Polizeiinspektion an. Zu Harro gewandt setzte er eine sehr skeptische Miene auf. „Ich glaube nicht, dass wir den Mann durchbringen werden. Er ist unterkühlt, vollkommen ausgetrocknet und hat einen starken Blutverlust. Er scheint mir außerdem sehr krank zu sein. Im Moment war es mir natürlich nicht möglich, eine zuverlässige Diagnose zu stellen, dazu werde ich mir jetzt Zeit nehmen. Danke für die Benachrichtigung. Guten Tag!" Dann rannte er zum Krankenwagen und widmete sich seinem Patienten.

Während Harro noch ganz perplex dastand und über

das Geschehen nachdachte, fuhr ein Polizeiauto heran. Die Beamten stiegen aus und klopften an die Türe des Krankenwagens. Einer der Sanitäter öffnete und verwies die Polizisten zunächst an Harro, denn im Sanitätsauto kämpfte der Arzt jetzt um das Leben des Mannes und hatte keine Zeit, irgendwelche Auskünfte zu erteilen.

Die Polizisten fragten Harro, was eigentlich los sei. Der Pfarrer berichtete ihnen, wie er den Mann gefunden hatte. Die beiden sahen sich kurz bedeutungsvoll an. Einer kniff die Augen zu Schlitzen zusammen und sagte zum anderen: „Denkst du auch, was ich denke?" Der Angesprochene nickte. „Das könnte der Mann sein, nach dem wir schon seit Freitag vergeblich suchen. Ich denke, wir verständigen vorsichtshalber die Kripo." Der Polizist ging zum Wagen und fing an zu telefonieren. „Brauchen Sie mich noch?", fragte Harro den anderen Beamten. Der zog ein Notizbuch heraus: „Ich muss mir noch Ihren Namen, Ihre Adresse und Ihre Telefonnummer aufschreiben." Nachdem er alles aufgeschrieben hatte, konnte Harro gehen.

Als Harro auf seine Armbanduhr sah, erschrak er. Nie würde er es schaffen, mit dem Roller zu seinem Freund nach Neuendettelsau zu fahren, sich umzuziehen und dann rechtzeitig zum Gottesdienstbeginn wieder in Ansbach zu sein. Dazu müsste er fliegen können.

Harro beobachtete, dass die beiden Polizisten den Brunnen weiträumig mit rotweißen Bändern absperrten. Der Motor des Rettungswagens wurde angelassen. Mit Blaulicht, aber ohne Martinshorn wendete der Wagen und fuhr ab.

Der junge Pfarrer kehrte, bedrückt durch sein Erlebnis, in Marias Wohnung zurück. Maria war bereits aufgestanden und frühstückte in der Küche. Als Harro bei ihr läutete, öffnete sie ihm in ihren Bademantel gehüllt. Er fand, dass sie wunderschön aussah, und nahm sie in die Arme. In der Küche berichtete er ihr, bei einer Tasse Kaffee, vom Geschehen am Brunnen. Maria überlegte nicht lang: „Ich bin überzeugt, der Mann, den du gefunden hast, ist Striebel. Er hat sich, nachdem er mich angefallen hatte und aus der Gruft geflohen war, im Brunnentrog versteckt. Mich wundert, dass niemand auf die Idee gekommen ist, ihn darin zu suchen. Wahrscheinlich dachten alle, der Deckel auf dem Brunnen sei ringsum fest angeschraubt. Ich vermute, auf Grund seines Blutverlustes und seiner angeschlagenen Gesundheit ist Striebel ohnmächtig geworden. Er war dann vermutlich so schwach, dass er aus eigener Kraft nicht mehr aus seinem Versteck herausgekommen ist. Nachdem die Straßen um den Brunnen ständig belebt sind und von allen möglichen Fahrzeugen befahren werden, hat sein Rufen wahrscheinlich niemand gehört."

Maria hatte plötzlich feuchte Augen. Sie wischte die ersten Tränen, die ihr über die Wangen liefen, mit der Hand weg und schniefte: „Der alte Mann tut mir leid, obwohl er schreckliche Dinge getan hat. Er ist doch eigentlich ein verblendeter Mensch, der sein Leben wegen diesem elenden Schatz verdorben hat." Harro konnte ihr nur zustimmen und nahm sie tröstend in die Arme.

Als die beiden jungen Leute etwas später vom Frühstückstisch aufstanden und einander liebevoll betrachteten, waren sie sich schnell einig, dass sie sich nun lieber ins Bett legen wollten, anstatt den Gottesdienst zu besuchen. Sie liebten sich an diesem Vormittag so leidenschaftlich, dass sie kaum etwas vom Glockenläuten der beiden großen Kirchen in der Nähe der Wohnung vernahmen. So war es Dekan Hase natürlich, trotz intensiven Herumschauens, nicht möglich, sie in der Kirche zu entdecken. Er beschloss, die beiden ernsthaft zu ermahnen, sich regelmäßig im Gottesdienst sehen zu lassen.

Am Nachmittag dieses Sonntags versuchte Maria, die Patientin Hanna Kuhn telefonisch im Krankenhaus zu erreichen, um sich nach ihrem Befinden zu erkundigen. Eine Ansagestimme erklärte ihr, dass dieser Anschluss nicht existierte.

Maria rief die Station an, auf der Hanna Kuhn liegen musste. Die Schwester am Telefon sagte ihr, dass Frau Kuhn nicht mehr in der Klinik sei.

Maria machte sich daraufhin auf den Weg zum Hotel Augustiner, dort erfuhr sie, dass Hanna Kuhn an diesem Morgen abgereist war.

Ihr nächster Weg führte die Pfarrerin zum Bahnhof. Tief enttäuscht erkannte sie, dass der Schlüssel, den sie bisher in der Jacke herumgetragen hatte, nie und nimmer der Schließfachschlüssel war. Kein Zweifel, Hanna Kuhn hatte ihn wohl ausgetauscht, als sie in ihrem Krankenzimmer auf der Toilette war. Deprimiert verließ Maria den Bahnhof. In ihrer Wohnung angekommen, rief sie Harro an und berichtete ihm voller Ärger von ihrer vergeblichen Suche und der Entdeckung, von Hanna Kuhn eiskalt gelinkt worden zu sein.

Montagmorgen

Am Montagmorgen fanden sich Konstanze Grunwald und Karlo Grollmisch im Büro von Wolfgang Sperber ein. Sie besprachen, was sich seit der Auffindung von Georg Striebel im Brunnen vor Sankt Gumbertus ergeben hatte. Die Beamten des Kriminaldauerdienstes und die Spurensicherung hatten das Versteck Striebels penibel untersucht. Sie konnte nichts finden, was der Polizei bei ihrer Suche nach dem angeblichen Schatz in der Gruft weitergeholfen hätte. Frau Striebel wurde gleich nach dessen Auffindung zu ihren Mann ins Krankenhaus gebracht. Georg Striebel wurde von ihr eindeutig identifiziert. Die alte Frau saß am Bett ihres in Bewusstlosigkeit liegenden Mannes bis zu seinem Tod, denn am Nachmittag des Sonntags war Georg Striebel verstorben. Alle Bemühungen der Ärzte hatten ihn nicht retten können.

„Diesen Schatz gibt es wohl doch nicht", meinte Karlo.

„Oder wir haben ihn noch nicht gefunden", ergänzte Konstanze.

Wolfgang Sperber zuckte die Achseln: „Ich glaube, zunächst können wir die Akte ‚Flügelschlag' zumindest beiseite legen und uns anderen Fällen zuwenden."

Die beiden jüngeren Beamten stimmten dieser Meinung erleichtert zu.

Weiter kamen sie nicht, denn plötzlich wurde die Bürotüre geöffnet. Zu ihrem Erstaunen trat Polizeidirektor Dotzauer mit einem verlegenen Lächeln in den Raum.

Er hob die Hände und sagte bescheiden: „Bitte lassen Sie sich nicht stören. Ich bin seit heute wieder im Dienst. Meine wichtigste Aufgabe ist es, Ihnen zu der Lösung des Falles ‚Flügelschlag' zu gratulieren. Ich möchte mich bei Ihnen wegen der Unannehmlichkeiten entschuldigen, die durch mein übereifriges Handeln in dieser Sache entstanden sind. Ich möchte, dass wir von nun an gut und effektiv zusammenarbeiten. Ich wünsche Ihnen einen guten Tag und eine gute Woche." Mit einem Nicken verabschiedete er sich, drehte sich um und ging wieder hinaus.

Etwas ratlos schauten sich die drei Kommissare an. Dann lächelte Wolfgang Sperber zufrieden: „Ich finde, das hörte sich gut an. Vielleicht beginnt jetzt tatsächlich ein besseres Miteinander. An uns soll es nicht liegen, was meint ihr?" Seine beiden Mitarbeiter nickten entschlossen.

Karlo verdrehte plötzlich die Augen und fuhr sich mit allen fünf Fingern durch sein sowieso schon nach allen Seiten abstehendes Haar: „Also dieser Auftritt eben hat mich an etwas erinnert, das ich schon einige Tage mit mir herumtrage. Immer wieder bin darüber hinweggekommen, euch das zu erzählen. Dieser Tage traf ich meinen Bekannten. Ihr erinnert euch noch, der von der Partei, in der auch unser Herr Dotzauer und der Herr Mostrich ihre Gesinnung aufwärmen lassen. Der Bekannte hat mir erzählt, dass Dotzauer den Posten eines Landtagsabgeordneten vergessen kann. Das Ei hat er sich mit seiner übereifrigen Aktion selbst gelegt. Seine Parteifreunde sind von ihm gleich nach dem Bekanntwerden seiner Beurlaubung abgerückt und dem Mostrich geht es nicht besser. Der Herr Chefredakteur hat sich in der Öffentlichkeit wohl zu sehr unseriös aufgeführt. Ich sage euch, die bespitzeln sich alle gegenseitig. Bei dem Gerangel um die Spitzenplätze wird offenbar gehauen und gestochen. Unser lieber Abgeordneter Friedhelm Gockel hat von den Ungeschicklichkeiten der beiden eindeutig profitiert. Er ist für die nächste Wahl wieder auf dem ersten Listenplatz gelandet. Seine beiden Mitbewerber, wie man so schön sagt, liegen weit abgeschlagen hinter ihm und sind damit nach menschlichem Ermessen chancenlos. Ich bin komischerweise gar nicht traurig darüber." Karlo grinste nach dieser Mitteilung hemmungslos.

Konstanze und Wolfgang rangen sichtlich einen Moment mit sich, ob sie nach dem eben gefassten Vorsatz zur neuen Solidarität mit Dotzauer in die geballte Schadensfreude ihres jungen Kollegen einstimmen wollten, sie konnten aber nicht lange verhindern, dass sich ihre Gesichter doch dem unverschämten Grinsen von Karlo anschlossen.

Das Leben ging in den nächsten Tagen natürlich weiter. Auf Maria und Harro wartete viel Arbeit und diese Arbeit forderte einen Großteil ihrer Zeit und ihrer Gedanken. Nach und nach verblassten die Ereignisse um das Vermögen in der Gruft. Von Hanna Kuhn hörten und sahen sie nichts mehr. Sie blieb verschwunden.

Einige Wochen später

Zwei Monate später erhielt Maria Sebald jedoch einen Brief. Auf dem Kuvert fand sich kein Absender. Mit wachsendem Erstaunen las sie:

Liebe Maria,

nun, da ich eine neue Heimat gefunden habe, ist es mir ein Bedürfnis, mich bei Dir zu melden.

Zunächst muss ich mich bei Dir entschuldigen. Ich gebe zu, ich habe Dich belogen und betrogen. Mir blieb aber keine andere Wahl und ich hoffe sehr, Du kannst mir verzeihen.

Zunächst mein größter Betrug: Ich bin nicht Hanna Kuhn. Mein wirklicher Name spielt aber keine große Rolle mehr für mich, denn er gehört zu einem Leben, das ich gerne hinter mir gelassen habe. Ich habe die wirkliche Hanna Kuhn in einem Londoner Waisenhaus kennengelernt, als sie und ich noch Kinder waren. Hanna Kuhn war seit unserer gemeinsamen Zeit im Waisenhaus meine allerbeste Freundin.

Wir beide waren dort im Heim die Lieblinge der Leiterin des Hauses. Es ging uns so lange gut, solange sie die Leitung des Hauses innehatte. Aber dann wurde diese gütige Frau plötzlich schwer krank und musste ihren Beruf aufgeben. Hanna und ich kamen in Pflegefamilien. Ich hatte großes Pech mit der Familie, zu der ich als Pflegekind kam. Jahrelang musste ich eine Unzahl von Demütigungen, Schlägen und sogar Missbrauch sexueller Art durch meinen Pflegevater hinnehmen. Meiner Freundin Hanna ging es besser. Sie war mein einziger Halt in dieser Zeit. Immer wieder konnten wir uns mehr oder weniger heimlich treffen. Sie tröstete mich oft und brachte mich, durch ihre heitere, liebenswürdige Lebenseinstellung, immer wieder auf gute Gedanken. Ohne sie hätte ich mich in dieser Zeit sicher eines Tages umgebracht.

Wir wurden beide älter und lernten verschiedene Berufe. Hanna wurde Sekretärin. Ich konnte eine Lehre als Verkäuferin in einem großen Warenhaus in London beginnen und mich schließlich zur Leiterin des Einkaufs in dieser Firma hocharbeiten. Hanna wurde Chefsekretärin in einem Industriebetrieb.

Eines Tages wurde Hanna krank. Schnell stellte sich heraus, dass sie an einer sehr schweren Krankheit litt. Ich fuhr mit ihr nach Amerika. Dort verstarb sie in einer Spezialklinik.

Niemand hat in England von ihrem Tod erfahren. Ich vermute, dass es mit der Weiterleitung der Todesnachricht aus irgendeinem Grund nicht geklappt hat. Ich ließ Anna in Amerika einäschern. Ihre Asche ruht auf einem Friedhof in New Jersey. Hannas Pass und alle ihre Sachen nahm ich als Andenken zu mir.

Als ich wieder in England angekommen war, traf ich nach vielen Jahren durch einen Zufall die Heimleiterin, die uns Mädchen damals wie eine gute Mutter betreut hatte. Kannst Du Dir meine Freude vorstellen? Sie war wieder gesund geworden. Jetzt war sie natürlich alt geworden, aber sie zeigte sich mir gegenüber noch genauso liebenswürdig wie in früherer Zeit. Ich erzählte ihr von unserem Schicksal. Gemeinsam haben wir über all das Unglück und über den Tod von Hanna geweint.

Sie übergab mir bei einem unserer folgenden Treffen einen Karton, den sie nach dem Tod von Hannas Eltern bekam. Sie hatte ihn damals mit nach Hause genommen. Durch ihre plötzlich auftretende Krankheit und die Aufenthalte in verschiedenen Krankenhäusern war er bei ihr zunächst in Vergessenheit geraten. Nun war sie, nach dieser langen Zeit, beim Umräumen ihres Hauses wieder auf ihn gestoßen.

Ich nahm den Karton mit in meine Wohnung und vertiefte mich in seinen Inhalt. Natürlich stieß ich dabei auch auf den Brief von Herschel Grünspan. Ich entschloss mich dazu, Hannas Erbe anzutreten. Hanna und ich waren ungefähr der gleiche Typ. So fiel es mir nicht schwer, mich so herzurichten, dass ich dem Bild in Hannas Ausweispapieren ausreichend ähnlich sah. Ich wurde Hanna Kuhn.

Als ich das Vermögen aus der Gruft holen wollte, habe ich mir eine von Hannas ganz alten Jacken angezogen. Irgendetwas von ihr sollte mit dabei sein, wenn ich ihr Erbe abholen würde.

Du kennst den Fortgang der Geschichte. Nachdem ich den Schließfachschlüssel aus Deiner Jacke genommen hatte, habe ich Dir meinen Garagenschlüssel dafür hineingesteckt.

Am nächsten Tag verließ ich heimlich die Klinik. Ich holte Deinen Koffer aus dem Schließfach. Völlig unbehelligt konnte ich mit einem Leihwagen von Deutschland aus über die Grenze in die Schweiz gelangen. Dort deponierte ich das ganze Vermögen zunächst in einer Bank. Es ist übrigens mehr, als ich je gehofft hatte.

Ich bin jetzt eine wirklich reiche Frau! Ich lebe hier, in den USA, in einem schönen Ort in Massachusetts. Ich denke immer wieder auch an Dich, liebe Maria.

Es war ein großes Glück für mich, dass Du in jenen Tagen da warst und mir unter Lebensgefahr geholfen hast. Du hast mir Deine Freundschaft angeboten. Ich möchte mich dieser Freundschaft würdig erweisen und Dir zeigen, dass ich wirklich – trotz allem – Deine Freundin bin.

Liebe Maria, ich besitze ein prächtiges Haus mit viel Grund. Das Meer ist ganz in der Nähe. Außer einer guten Freundin habe ich alles, was ich mir früher erträumt habe.

Deshalb lade Dich zu mir ein. Wenn Du kommen willst, gib mir bitte eine Nachricht an die E-Mail-Adresse auf dem beiliegenden Zettel.

Ich warte auf Dich und freue mich sehr auf ein Wiedersehen!

Deine Hanna Kuhn

Maria war zunächst wie vor den Kopf geschlagen, als sie den Brief gelesen hatte. Immer und immer wieder las sie ihn. Erst langsam konnte sie alles richtig begreifen, was darin stand. Sie spürte, wie aus dem Gefühl des Unmutes in ihr großer Zorn entstand.

Sie musste an die Menschen denken, die wegen des Vermögens verletzt wurden oder ihr Leben verloren hatten. Sie dachte an ihre eigenen Ängste in der lebensgefährlichen Situation.

Hanna Kuhn, oder wie immer sie hieß, machte es sich nun sehr leicht. Sie wollte den Schatz, der ihr nicht gehörte, jetzt offenbar in vollen Zügen genießen.

Marias Augen hatten sich zu Schlitzen verengt. Langsam nickte sie mit dem Kopf. „Oh ja, ich werde zu dir kommen, aber die Begegnung mit mir wird nicht einfach für dich werden, das gelobe ich. Unsere Rechnung ist noch offen. Die Geschichte unserer Beziehung ist noch lange nicht am Ende."

Einige Monate später

Das Telefon von Erwin Pöschel läutete. Der alte Pfarrer meldete sich. Zu seiner Überraschung hörte er eine bekannte Stimme am anderen Ende: „Gott zum Gruß, lieber Herr Pöschel. Ich bin Maria Sebald. Sie erinnern sich an die Vikarin, die kurz nach Ihnen in Sankt Gumbertus ihren Dienst begann?"

„Ja, natürlich erinnere ich mich!", antwortete Pöschel

erfreut. „Wie geht es Ihnen?" „Danke, gut. Ich war einige Zeit in Nordamerika. Nun bin wieder in Ansbach und möchte Sie gerne besuchen."

„Darüber würde ich mich sehr, sehr freuen. Kommen Sie doch gleich heute Nachmittag zum Kaffee. Meine Haushälterin wird auch einen guten Kuchen für uns backen. So um fünfzehn Uhr?"

„Ja, ich freue mich auf ein Gespräch mit Ihnen."

Am Nachmittag läutete Maria an Pöschels Türe. Seine Haushälterin, Frau Angermeier, öffnete und begrüßte sie: „Herzlich willkommen, Frau Pfarrerin, das ist eine Freude für Herrn Pöschel. Er ist schon voller Erwartung. Kaffee und Kuchen stehen bereit. Kommen Sie doch herein."

Erwin Pöschel kam ihr auf dem Flur entgegen: „Wie gut, dass Sie wieder wohlbehalten unter uns sind. Ich hoffe, Sie hatten eine gute und erholsame Zeit, wo immer Sie waren. Ich bin schon sehr gespannt auf Ihre Erzählungen."

Maria setzte sich im Esszimmer an die Kaffeetafel und bewunderte den sorgsam angeordneten Blumenstrauß und daneben den appetitlichen Kuchen.

Während sie aßen und tranken, erzählte Maria ihre Geschichte: „Ich fühlte mich von Hanna Kuhn betrogen. Ihre Lügen, auf meine und anderer Menschen Kosten, machten mich zornig."

Maria machte eine bedeutsame Pause und sah Erwin Pöschel eindringlich an: „Was ich jetzt sage, fällt unter das Beichtgeheimnis. Sie dürfen es niemandem sagen, sonst bringt dieser Schatz im Nachhinein womöglich noch mehr Unglück." Pöschel versprach es.

„Sie müssen wissen", fuhr Maria fort, „dieses große Vermögen in der Gruft von Sankt Gumbertus gab es wirklich."

Der alte Pfarrer hob stumm die Augenbrauen und sah sein Gegenüber mit einem erstaunten und dann ungläubigen Blick an.

„Sie können mir wirklich glauben", beteuerte Maria. „Auch wenn Ihnen die Geschichte unwirklich erscheint. Sie ist wahr. Ich habe die Schmuckstücke, die Juwelen, die Gold- und Silbermünzen und das ganze Edelmetall mit diesen, meinen Händen alleine aus den Hohlfiguren der beiden Engel in der Gruft, im Schweiße meines Angesichtes und bestimmt unter Todesgefahr, herausgeholt. Das stimmt, so wahr ich hier sitze."

Maria hatte aufrichtig und engagiert geredet. Erwin Pöschel glaubte ihr. Seine Wangen hatten sich gerötet und seine Augen blitzten aufgeregt. „Bitte erzählen Sie. Ich kann es kaum erwarten zu hören, wie die Geschichte weitergeht."

„Georg Striebel und Hanna Kuhn waren beide hinter dem Schatz her. Beide nahmen für sich in Anspruch, der rechtmäßige Erbe beziehungsweise die Erbin Grünspans zu sein. Keiner von beiden war es in Wirklichkeit. Hanna betrog mich und Georg Striebel ging für sein angebliches Recht sogar über Leichen."

Maria berichtete dem verwunderten Pöschel ihre spannenden Erlebnisse und den Inhalt des Briefes von Hanna Kuhn.

„Auf Grund meiner traumatischen Erfahrungen", erzählte sie weiter, „bekam ich auf Antrag von Seiten der Kirche eine Auszeit zugestanden. Mein Freund Harro konnte gut verstehen, dass ich die Reise einfach unternehmen musste, um ein schwieriges Kapitel meines Lebens abzuschließen. Ich machte mich auf die Reise zu Hanna Kuhn. Sie lebte und lebt heute noch in den USA. Diese Frau hatte mich seelisch verletzt. Andere Menschen waren wegen des Vermögens verletzt und sogar getötet worden. So einfach, wie sie sich das dachte, wollte ich es ihr, und mir selbst, nicht machen. Ich hatte mit ihr noch eine Rechnung offen. Ich wollte Abrechnung halten. Können Sie das verstehen, lieber Bruder Pöschel?"

Pöschel räusperte sich aufgeregt, dann sagte er: „Verstehen kann ich das schon, aber nicht vorstellen. Wie sollte diese Abrechnung aussehen? Wollten Sie ihr das Geld wieder abnehmen oder sie gar verletzen?"

Maria erklärte: „Als ich losgereist bin, hatte ich diese schwierige Frage für mich selbst noch nicht zu Ende gedacht. Ich wollte sie zunächst treffen und mich dann entscheiden, was ich tun wollte, um eine Art Gerechtigkeit herzustellen. Als ich in Massachusetts ankam, war ich zunächst verwundert, dass Hanna Kuhn mich mit einem zerbeulten Kleinwagen vom Flughafen abholte. Ich dachte mir, dieser Wagen drückt wohl das Unterstatement einer superreichen Frau aus. Sie hat mich sehr liebevoll empfangen, wollte aber auf meine Fragen zunächst keine Erklärung abgeben. Sie bat mich, ihr damit noch ein wenig Zeit zu lassen. Äußerlich war sie verändert. Sie sah abgemagert und ganz allgemein sehr schlecht aus. Ihre Haut erschien mir merkwürdig fahl. Ob sie krank war? Ich fand sie auch verlegen, aber das wunderte mich weniger. Es mochte von Schuldgefühlen herkommen, die sie mir gegenüber hegte. Als wir dann auf einem kleinen, heruntergekommenen Bauernhof ankamen, der, wie sie sagte, ihr gehörte, stieg meine Verwunderung über die Bescheidenheit, mit der sie sich umgeben hatte. Im Brief hatte sie alles ganz anders beschrieben. Als wir nach einem schlichten Begrüßungsessen auf der Terrasse des kleinen Wohnhauses saßen, war ich mit meiner Geduld am Ende. Ziemlich erregt sagte ich zu ihr: ‚Du hast dich in deinem Brief als reiche Frau bezeichnet. Wieso lebst du dann so unter deinem Stand? Wo ist nun das prächtige Haus auf großem Grund, nahe am Meer? Hast du mich schon wieder angelogen?' Ziemlich laut habe ich dann weiter insistiert: ‚Ist dir eigentlich bewusst, welches Unglück du in Ansbach angerichtet hast, mit deinen Lügereien und mit deiner Gier auf das Vermögen, das dir nicht zusteht?' Daraufhin brach Hanna regelrecht zusammen. Sie weinte herzzerreißend und ich glaubte schon, sie könnte sich nicht mehr beruhigen. Ich ließ sie zunächst weinen, weil ich dachte, dass ein Schmerz sich Luft machen wollte. Als sie sich etwas beruhigt hatte, sagte sie unter Schluchzen mit fast erstickter Stimme: ‚Diese Unglücke mit den Verletzten und den Toten verfolgen mich Tag und Nacht. Ich finde keine Ruhe mehr. Andauernd kreisen mir schlimme Gedanken im Kopf. Ich klage mich selbst an und kann keinen Sinn mehr in meinen Bemühungen finden.' Dann sah sie mich an und sagte: ‚Aber ich habe meine Strafe schon erhalten. Fast das ganze Vermögen hat sich in Nichts aufgelöst.' Ich war wie vor den Kopf geschlagen und fragte sie, wie das geschehen konnte, es sei doch nach ihren Angaben so ungeheuer groß gewesen. ‚Das war es wirklich. Ich habe es durch meine Dummheit und durch meine Gier verloren. Ein Vermögensberater hat mir goldene Berge versprochen. Er hat mich überzeugt, dass eine bestimmte Anlage traumhaft hohe Renditen einbringen würde. Viele Prominente in den USA hätten durch die Aktien, die er mir exklusiv anbot, ihr Vermögen in kürzester Zeit verdrei- und vervierfacht. Er nannte mir einige bekannte Namen. Ich habe ihm nach einigem Hin und Her Vertrauen geschenkt und ihm einen Großteil des Vermögens überlassen. Zunächst lief es auch wunderbar. Das Vermögen wuchs ständig. Dann kam – wie du weißt – die Finanzkrise. Es stellte sich heraus, dass mein Berater mit den Papieren viel zu hoch gepokert hatte. Er hatte sich auf meine Kosten gründlich verspekuliert. Von einem Tag zum anderen war alles Geld weg. Mit dem Rest konnte ich mir diesen verlassenen Hof kaufen. Mit dem

Geld, das ich noch habe, werde ich noch eine Weile ein bescheidenes Auskommen haben. Ich bin aber bereits auf der Suche nach einer Anstellung.'"

Maria nahm einen Schluck von ihrem Kaffee, dann erzählte sie weiter: „Ich misstraute Hanna immer noch. Deshalb sagte ich betont skeptisch: ‚Und das soll ich dir jetzt einfach glauben, nach allem, was du mir schon vorgeflunkert hast?' Hanna ist wortlos aufgestanden und ins Haus gegangen. Als sie wieder kam, hatte sie einen vollen Aktenordner bei sich. Sie übergab ihn mir mit den Worten: ‚Hier, du kannst dich selbst überzeugen, dass alles der Wahrheit entspricht, was ich dir gesagt habe.' Ich blätterte in dem Ordner und versuchte, mich in all den Papieren zu orientieren. Für mich war das aber zunächst sehr schwierig. Ich kenne mich in solchen Dingen nicht gut aus. Deshalb brauchte ich ganz schön viel Zeit und Konzentration, um mich zurechtzufinden. Hanna ließ mich in Ruhe nachsehen. Es war ihr offenbar daran gelegen, dass ich überzeugt war. Ich sah, dass sie Wertpapiere für wahnsinnig viel Geld gekauft hatte. An den Kontoauszügen ihrer Bank war zu sehen, dass das Vermögen zu Gunsten eines Fonds abgebucht worden war. Dann aber fand ich eine Abrechnung, aus der hervorging, dass eine fast völlige Entwertung der Papiere stattgefunden hatte. Hanna Kuhn war danach zwar keine ganz arme Frau, aber bestimmt auch keine reiche. Mit dem Verbliebenen würde sie, wie sie gesagt hatte, in einem eher unterdurchschnittlichen Stil leben können. Ich blieb einige Wochen bei Hanna. In dieser Zeit haben wir viel miteinander gesprochen. Ich lernte in diesen Gesprächen eine Frau kennen, die es bis dahin in ihrem Leben sehr schwer gehabt hatte. Nach und nach konnte ich auch ein gewisses Verständnis für ihre Beweggründe aufbringen, die sie dazu gebracht hatten, sich das Vermögen anzueignen. Für mich waren diese Gespräche meine Art und

Weise, um mit Hanna Kuhn, oder wie immer sie einmal geheißen hat, abzurechnen. Wir haben uns schließlich nach dieser Zeit als wirkliche Freundinnen voneinander verabschiedet."

Mit diesen Worten hatte Maria ihre Erzählung beendet.

Nachwort

Mein Dank gilt zunächst Herrn Lambert Herrmann, dem Chef des „Fahner Verlages", für die kreative und liebenswürdige Begleitung des Buchprojektes, sowie Herrn Hartmut Wörnlein, der mir als Lektor sehr freundlich und fachlich kompetent beratend zur Seite gestanden hat.

Weiter danke ich auch meinen beiden Töchtern Jacqueline und Judith für ihre literarische Beratung, den beiden Hauptkommissaren Herrn Falk und Herrn Friedel für manches informative Gespräch sowie Alexander Biernoth und Hans-Martin Goede für die freundliche Überlassung von Fotografien.

Einen ganz besonderen Dank spreche ich jedoch meiner Frau aus für ihre Geduld, mit der sie meine Arbeit unterstützt hat.

Diese Geschichte ist frei erfunden. Jede Ähnlichkeit in Handlungen und Personen, die meine Leserinnen und Leser vielleicht zur Realität entdecken, geht auf mein Bemühen zurück, eine authentisch wirkende Geschichte zu gestalten, und ist nicht als persönliche Anspielung zu sehen. Viele Zusammenhänge zwischen real existierenden Personen und Dingen gibt es nur in der Geschichte. Bei der Beschreibung von tatsächlich existierenden Orten habe ich mir dichterische Freiheiten erlaubt, wo es mir nötig erschien.

Alle Abweichungen von der Wirklichkeit oder Fehler beruhen allein auf meinem Willen oder auf Unwissen.